DANS LA MÊME COLLECTION
CHEZ TALENT ÉDITIONS

Sur le chemin du pardon - **David Baldacci**
Une bonne action - **David Baldacci**
Une lueur dans la nuit - **Stacy Willingham**

THOMAS VEILLET

WALL STREET EN FEU

THRILLER

TALENT ÉDITIONS
115 rue de l'Abbé Groult, 75015 Paris

Photos de couverture : © Adobe Stock, © Freepik

ISBN : 978-2-37815-262-8

THOMAS VEILLET

WALL STREET EN FEU

THRILLER

Talent Éditions

À Vanessa…

PROLOGUE

23 novembre 2021 – 23 h 45 – Narragansett, Rhode Island – USA

L'absence de lune et un voile nuageux tenace plongeaient la côte de Nouvelle-Angleterre dans une obscurité parfaite. L'air marin, doux pour cette fin d'automne, parvenait du port tout proche, rappelant la présence de l'océan Atlantique.

Quasiment indétectable, un homme moulé dans une combinaison noire jouait de ces conditions propices pour longer l'immense clôture entourant un immeuble de bureaux de trois étages. La société Narragan Biosciences n'avait pas lésiné sur les mesures de sécurité. Et pourtant…

L'homme en noir ralentit son allure et leva la tête afin d'observer le rayon d'action des caméras qui balayaient inlassablement la cour et le parking, de l'autre côté des grillages. Ses gestes précis étaient ceux d'un professionnel aguerri. Efficaces et silencieux. Il se jeta brusquement à terre alors qu'une voiture manœuvrait sur le parking de la société, à moins d'une centaine de mètres. Le pinceau des phares fit briller une pièce de métal que l'homme en noir tenait dans sa main gauche. L'étincelle de lumière était probablement passée inaperçue, le chauffeur ayant l'air plus concentré sur son smartphone que sur le chemin menant à la sortie de l'entreprise. Une fois franchie la sécurité du campus de Narragan Biosciences, le SUV disparut en direction de Woodruff Avenue.

L'intrus reprit sa progression jusqu'à un bâtiment qui faisait l'angle du complexe ultrasécurisé : le local central de climatisation d'où sortait une imposante tuyauterie. Adossée au grillage, l'installation présentait un tube d'un diamètre suffisamment généreux pour qu'un corps adulte puisse se glisser à l'intérieur. Une épaisse grille en interdisait l'accès. Un écran pas plus grand qu'un smartphone illuminait quelques mètres alentour. L'homme en noir sortit de sa poche un ruban adhésif pour l'empaqueter et ainsi atténuer sa luminosité. Il dégaina ensuite une carte magnétique qu'il colla sans hésitation sur l'écran. Un bref cliquetis se fit entendre et la grille commença à s'ouvrir lentement, dans un léger bourdonnement. Sans perdre une seconde, l'homme en noir se glissa à l'intérieur du tube, juste assez large pour que ses épaules athlétiques puissent y pénétrer. Lentement, il commença à ramper à l'intérieur. Le réseau de climatisation serpentait le long de la clôture, puis formait un angle droit pour monter sur quelques mètres, avant d'accéder au deuxième étage de l'immeuble. L'homme savait que le niveau supérieur était dédié à l'informatique, son objectif de la nuit.

Quelques minutes plus tard, en sueur, il se glissa hors du tube et se retrouva à l'intérieur même du bâtiment principal, dans un local technique au bout d'un couloir. Il s'accorda quelques instants pour calmer son rythme cardiaque et sonder l'apparent silence. Il voulait s'éviter une mauvaise surprise en tombant sur un employé modèle qui aurait décidé de faire des heures supplémentaires. Après quelques instants de calme quasi absolu – calme perturbé uniquement par sa respiration, et par le bruit du système de climatisation qui filtrait l'air par cycles de trente secondes –, l'intrus se mit en mouvement. Il se faufila hors du local et se dirigea d'un pas assuré dans le couloir central de la société Narragan. Le plan du bâtiment gravé dans son cerveau, il savait exactement où aller. Il tourna à droite pour atteindre un sas qui s'ouvrait par identification faciale. Il porta alors la main à son oreillette, déclencha sa radio et murmura :

– En position…

Son interlocuteur lui répondit dans un son étouffé et vague :

– Bien reçu.

La seconde qui suivit, la caméra de contrôle s'éteignit et la serrure du sas passa au vert. L'appareil se ralluma instantanément après son passage. Si quelqu'un prenait le temps de visionner les enregistrements, il ne verrait qu'un écran noir de trois secondes, pas assez pour éveiller la suspicion – c'était en tout cas le but recherché.

L'homme en noir se trouvait maintenant face à une porte sombre où était écrit en lettres rouges : « Serveurs – Personnel autorisé ». L'accès s'effectuait avec un code à six chiffres – dont il disposait bien évidemment. Il pénétra ainsi dans un temple informatique d'une vingtaine de mètres carrés. De nombreux racks de serveurs s'alignaient contre les murs, bercés par le ronron du système de refroidissement. Des clignotements verts et rouges dans tous les sens offraient au visiteur une ambiance stroboscopique. Il ne se laissa pas perturber et se dirigea sans délai vers un rack bien précis.

D'un geste sec et assuré, il ouvrit le logement dédié aux cartes couvertes de circuits imprimés. De son sac ultraplat sanglé sur son dos, il en sortit une identique à celles présentes dans les serveurs. L'informaticien qui la lui avait fournie s'était perdu en explications et détails, mais il s'en moquait. Son travail se limitait à échanger deux cartes et à ressortir comme il était venu. Le reste de sa nuit ne serait qu'une promenade de santé. Il souleva le loquet qui retenait la carte originale dans son rack, la sortit et la remplaça par son clone. Il referma ensuite la porte de l'armoire du serveur principal et quitta la pièce incognito. Alors qu'il se dirigeait vers le local de climatisation pour s'extraire du bâtiment, un bruit attira son attention : un garde qui faisait sa ronde…

Lors de la préparation de sa mission, on lui avait pourtant précisé que les rondes avaient lieu une fois par heure.

Normalement, il n'aurait dû croiser personne. Il allait devoir composer, les ordres étaient clairs : personne ne devait savoir qu'il avait mis les pieds dans le bâtiment, ni même qu'il s'en était approché. L'homme en noir dégaina son arme et s'accroupit à l'angle du couloir, ainsi dissimulé à la vue du garde. C'est du moins ce qu'il espérait.

Son pistolet n'avait rien de classique. Pour le non-initié, il ressemblait à n'importe quelle arme de poing munie d'un silencieux. Mais il était équipé d'une empreinte palmaire codée pour identifier son propriétaire. Quant à ses projectiles, ils contenaient une dose hypodermique sur le modèle de celles utilisées par les gardiens de zoo pour anesthésier de grosses espèces sauvages. À un détail près : le produit contenu dans les fléchettes effaçait la mémoire du sujet – plus ou moins les trente dernières secondes. Un produit indétectable dans le sang. La victime se réveille dix minutes plus tard avec l'impression d'avoir fait un malaise, rien de plus. L'ordre de la mission était on ne peut plus clair : ne laisser aucune trace et encore moins tuer. Pas cette fois.

D'un pas lourd, le garde s'approchait dans le couloir. Sa silhouette bedonnante laissait à penser qu'il avait participé à l'amélioration des bénéfices de McDonald's. L'homme en noir le mit en joue et n'hésita pas une seconde. Un doux clic troubla à peine le silence. La fléchette se planta dans le double menton du garde, comme foudroyé par une balle en plein crâne – immédiatement son cerveau cessa de fonctionner et refusa de donner des instructions au reste de son corps. Avec l'agilité d'un félin, l'intrus se rua sur le gardien pour l'empêcher de s'effondrer trop bruyamment. Il accompagna sa victime tout en douceur sur le sol. Il prit ensuite son pouls pour s'assurer que tout allait bien. Après une sieste d'une dizaine de minutes, Michael, comme l'indiquait le badge sur sa poitrine, reprendrait connaissance avec le sentiment d'avoir raté quelque chose, sans être capable de dire quoi. Et s'il tenait à conserver le boulot qui lui permettait de payer son loyer et ses hamburgers indigestes, il ferait tout ce qu'il faut pour que cet incident reste connu de lui et lui seul. De quoi satisfaire son agresseur.

Le chemin du retour ne présenta aucune difficulté. Après avoir rampé à nouveau dans la tuyauterie climatique, l'homme en noir se retrouva dans la forêt qui jouxtait l'immeuble de la société Narragan Biosciences. L'humidité se faisait plus présente. Il referma la grille consciencieusement et partit au pas de course en direction de l'ouest, vers une clairière qui bordait un lac, bien que de nuit cet endroit ressemblât plus à un marécage. Le point de rendez-vous avec son « Uber ». Il ne s'agissait pas d'une de ces horribles Toyota Hybride qu'affectionne la licorne californienne, mais d'un hélicoptère tapi dans l'ombre. Tout aussi noir que sa combinaison de combat, tout aussi sombre. Les pales de la machine tournaient déjà dans l'air salin du bord de mer. C'était la version civile du Blackhawk, modèle qui équipe les forces spéciales américaines. Les nouveaux suppresseurs de bruits récemment installés étaient tout simplement bluffants. On entendait à peine les deux turbines de mille six cents chevaux, on devinait le woosh-woosh émis par les longues pales noires qui fendaient la nuit.

L'homme en noir accéléra son rythme de course et sauta sans effort sur le plancher riveté du Sikorsky. Alors qu'il reprenait son souffle, il hocha la tête en direction du pilote. Ce dernier joua du collectif et fit décoller la machine avant de frôler la cime des arbres pour rester le plus « furtif » possible. La longue silhouette sombre de l'hélicoptère disparut rapidement en effectuant un virage sur la gauche, en direction de sa base dans le Connecticut. Quelques minutes plus tard, il se posait dans une immense propriété située sur une colline. Au loin, on devinait le halo lumineux de Manhattan qui se dressait face à l'océan. Wall Street semblait à la fois si loin et si proche. Pourtant, ce qui venait de se passer ce soir dans la ville de Narragansett était étroitement lié à la cloche qui retentirait dans quelques heures au sud de Manhattan.

L'homme en noir, lui, avait déjà disparu des écrans radar.

CHAPITRE 1

27 novembre 2021 – 6 h 15 – Manhattan Sud, New York – USA

Il était six heures quinze du matin quand Tom Kelcey émergea de la station de métro de Wall Street. La nuit était encore bien présente en cette fin de novembre. Le jeune homme à l'allure de triathlète avala les escaliers à grandes enjambées. Il aimait arriver tôt au bureau pour prendre le temps de préparer sa journée de *trading* et faire le point avec les analystes de Brodman, Zimmerman & Sons, le courtier qui l'employait depuis maintenant deux ans.

Après dix-huit mois sous les drapeaux en Afghanistan – l'armée lui ayant tout de même financé ses études à la fac auparavant –, il avait postulé dans plusieurs établissements prestigieux pour dénicher le boulot de ses rêves : trader. Tous les matins, dans le métro depuis Brighton Beach, Brooklyn, où il résidait dans un appartement hérité de ses parents, il lisait et relisait les médias financiers sur sa tablette, espérant repérer *la* nouvelle qui lui permettrait de faire sa journée. Son métier, il le vivait à cent pour cent dès qu'il mettait les pieds dans la rame. Il était primordial de disposer d'un maximum de données pour appréhender l'équation qu'il devrait résoudre – équation qui avait pour but de deviner la direction du marché. Mettre bout à bout des bribes d'information aboutissant à un tableau complet qui le guiderait dans sa journée. Tout cela ressemblait plus à un jeu de piste qu'à un véritable travail.

Il avait toujours eu le goût des énigmes mais, depuis qu'il travaillait dans la finance, le Sherlock Holmes qui sommeillait en lui ne recherchait aucun coupable. Ses enquêtes poursuivaient des objectifs assez limpides : débusquer les bons coups, gagner de l'argent, faire de la performance. Au réveil, tous les matins, Tom se considérait extrêmement chanceux d'exercer cet emploi, heureux de se lever aux aurores, motivé comme un sportif de haut niveau ou un gamin le matin de Noël. Car il y avait parfois de beaux cadeaux à la clé, des bonus conséquents et la satisfaction d'avoir correctement « lu » le marché. Les journées ne se ressemblaient pas, loin de là. Il pouvait enchaîner les gains pendant des jours, se croire le maître du monde, puis soudain, sombrer dans les pertes et revenir à plus d'humilité. Mais dans ce milieu, on a souvent tendance à ne rien apprendre de ses échecs et à tout oublier, comme le répétait sans cesse son boss. L'appât du gain pouvait en déstabiliser plus d'un, mais Tom mettait un point d'honneur à ne pas tomber dans ce piège. Avant de décrocher son premier contrat de trader, il avait beaucoup potassé le passé de la Bourse, du *trading* et des marchés. Difficile de passer à côté de l'implacable répétition de l'Histoire. Un trader pouvait afficher des résultats meilleurs que ceux de ses congénères, essentiellement pour sa constance. On faisait de lui une vedette, mais la finance n'est pas une science exacte. Il finissait par chercher des solutions alternatives pour gagner encore plus et rester au top, quitte à flirter avec les limites de la légalité. Tom Kelcey refusait néanmoins de les franchir, l'honnêteté représentant la base de son éducation familiale et de sa formation militaire.

Après quarante-cinq minutes de métro, Tom Kelcey avançait d'un pas rapide en direction du nord, heureux de se dégourdir les jambes. Malgré son visage avenant, il activait déjà son « mode tueur », presque en apnée pour toute la journée. Les quelques heures qui précédaient la cloche de Wall Street lui donnaient l'impression d'être dans le vestiaire, tel le boxeur qui va monter sur le ring. L'excitation montait et, bon Dieu, il adorait ça.

À quelques pâtés de maisons de là, empêtré dans les embouteillages, William « Bill » Callahan ruminait au volant de sa Dodge Charger 69, de fort méchante humeur. Contrairement à Tom Kelcey, Callahan était un vieux loup de Wall Street. Il avait écumé le « *floor* » une bonne partie de sa carrière, vivant mal le passage à l'électronique, mais il s'accrochait – il existait peu de boulots avec lesquels on pouvait se faire cinq cent mille dollars par an, sans aucun diplôme ou sans être une *escort* de haut vol. La soixantaine en approche, il ne lâchait pas le morceau, mais, année après année, il se perdait en meetings stériles et en politique interne, au lieu de débusquer de bons coups dans la salle des marchés, à l'ancienne. La frustration dominait dans ce qui s'apparentait à une fin de carrière sans gloire pour cet Américano-Irlandais fier de ses origines. Son grand-père, débarqué aux États-Unis au début du siècle dernier, avait tout quitté pour tenter l'aventure sur les terres de la liberté. Il avait fait l'acquisition d'un premier bar aussitôt transformé en pub irlandais. À force de travail et d'abnégation, son établissement était devenu le repaire de la police new-yorkaise au milieu du siècle. Bill se rappelait encore les mains immenses de son grand-père quand il le prenait dans ses bras. À chaque fois qu'il pensait à son aïeul, il s'imaginait tout le chemin parcouru par sa famille… et lui-même.

Son trajet matinal depuis Tarrytown, dans le nord de New York, l'avait mis à cran. Pas d'autre choix que de prendre la voiture, car l'imbécile de PDG de Brodman, Zimmerman & Sons l'avait invité ce soir dans sa résidence des Hamptons. Et il ne se voyait pas rentrer chez lui à l'aube, en métro. Restait plus qu'à trouver une place de parking qui ne lui coûterait pas un mois de salaire, ce qui, dans ce quartier du sud de New York, était aussi probable que de voir les Jets remporter le Superbowl.

Bill Callahan ne fulminait pas qu'à cause de la circulation. Le fait d'être convoqué chez le big boss avant la Christmas Party annuelle n'augurait rien de bon. Il n'avait pas la moindre idée de ce que son supérieur pouvait bien lui vouloir et cela l'énervait d'autant plus. Dans son métier, il avait toujours appris à anticiper, alors que dans le cas présent, il subissait. Son cardiologue aurait certainement poussé des hauts cris face à son état psychologique et nerveux. Bill était stressé comme jamais il ne l'avait été dans sa carrière. Il commençait d'ailleurs à se dire qu'il serait temps de passer à autre chose. La soixantaine arrivant, il y réfléchissait de plus en plus souvent. Mais mis à part écumer le monde de l'investissement et hurler sur ses traders, il n'avait que peu de talents à mettre en avant.

– Putain de merde ! hurla-t-il, alors qu'un imbécile venait pratiquement de se jeter sous ses roues.

Un réflexe instinctif sur la pédale de frein. Il ne savait pas très bien comment il avait réussi à éviter cet imbécile sur le passage piéton.

– Oh, Bill, tu veux déjà te débarrasser de moi ? Il suffit de le dire, tu sais ? Un seul mot de ta part et je m'en vais !

Perdu dans son stress du moment, Callahan n'avait pas reconnu Tom Kelcey, un de ses traders. Un type très difficile à détester. En plus de rapporter beaucoup d'argent, il se montrait d'une gentillesse rare dans ce métier. Discret et attentionné, Tom faisait exception dans le milieu des traders, une sorte de meute de chiens alphas. Lui avait su trouver sa place par le travail et de beaux succès, sans arrogance ni agressivité.

Le jeune trader se tenait devant le capot de la Dodge avec un large sourire et les bras écartés, plein d'incompréhension. Bill sortit la main par la fenêtre et fit signe à son subordonné de dégager, ce que celui-ci fit en riant alors que quatre camions de livraison derrière la Dodge jouaient déjà du klaxon. Bill écrasa l'accélérateur en frôlant le trader à la recherche de son Graal matinal : une place de parking disponible.

Tom Kelcey, au contraire, était plutôt heureux et détendu. Il se rendait compte que la vie avait été plutôt généreuse avec lui. Quelques années auparavant, au fond d'un trou au milieu de l'Afghanistan, il avait eu la certitude de ne jamais en réchapper. La violence et les horreurs, il en avait eu son lot. Positiver, positiver, positiver… Il avait une vie à reconstruire, et pour l'instant, tout cela fonctionnait plutôt bien… même si l'on ne sombrait pas dans l'euphorie à la maison, avec sa compagne Rebecca.

À son retour d'Afghanistan, Tom avait rencontré Rebecca lors d'un match de baseball au Yankee Stadium. Elle avait rapidement attiré son regard en étant la seule spectatrice à suivre un match de football sur sa tablette en plein match de baseball. Elle lui avait expliqué par la suite qu'elle détestait ce sport mais qu'elle avait dû venir avec un ami. Au début de leur relation, les choses n'avaient pas traîné. Rebecca avait rapidement emménagé chez lui. C'était une jeune femme adorable mais un peu superficielle, qui adorait faire les boutiques, sortir le soir en boîte, tout ce que Tom détestait. Mais l'ancien militaire se sentait seul et la jeune femme s'était montrée très présente, aux petits soins. Puis la relation s'était assez rapidement délitée. Deux êtres aussi différents ne pouvaient raisonnablement pas envisager de vivre une passion idyllique pendant des dizaines d'années.

Tom secoua la tête comme pour se sortir de cette réflexion désagréable et tenta de retrouver son « mode tueur ». Chaque matin, l'approche de l'ouverture des marchés lui procurait des bouffées de bien-être. Il se sentait vivant. À sa place. Et même parfois, il avait le sentiment d'être quelqu'un d'autre, de l'ouverture à la clôture. Souvent, le soir après une journée complète, quand la cloche de la fermeture retentissait, il avait comme un regret au fond de lui, l'envie que ça dure encore. Il avait compris qu'il était complètement accro à l'adrénaline des marchés.

Tom entendit une voix familière derrière lui sur le trottoir :

– Alors, tu es revenu ce matin ?

Le trader Lamar Loggins, son voisin direct dans la salle des marchés, fit gentiment barrage de sa personne. Avec ses cent vingt kilos de surface carressable, comme il les qualifiait, et son sourire omniprésent, Lamar était un type attachant. Cet ancien footballeur américain avait dû arrêter sa carrière prématurément pour un satané problème de genou. Un beau bébé afro-américain d'un mètre quatre-vingt-douze, dont la carrure massive avait tendance à se ramollir avec le temps. Mais son esprit et son humour étaient toujours aussi vifs.

– Je suis revenu parce que tu n'arrives pas à vivre sans moi et que tu ne saurais pas allumer ton Bloomberg[1] si je n'étais pas là, rétorqua Tom.

– Je savais allumer un Bloomberg alors que tu barbotais encore en tenue de camouflage quelque part chez les marchands de chameaux ! balança Lamar en lui écrasant la main.

Puis il s'aligna sur le pas de son collègue en direction de leur bureau.

– Alors, passé un bon week-end, lieutenant ?

Tom ne put s'empêcher d'esquisser un sourire en entendant son grade militaire. Difficile de tirer une croix sur cette période de sa vie, il y pensait constamment. Pas que ça lui manquait… Par contre, l'esprit d'équipe dans lequel il avait alors baigné lui faisait défaut dans la vie civile. Son sourire se para d'une pointe de nostalgie lorsqu'il répondit à Lamar :

– Ouais, pas mal, vu le temps merdique qu'on a eu. J'ai passé le plus clair de mon temps dans le garage à bricoler mon Raptor. Et puis samedi soir, j'ai quand même sorti madame pour aller manger du crabe chez *Nick's Lobster House*.

– Encore du crabe ! Mais vous n'en avez pas marre ? Tu as demandé à Rebecca si elle avait envie d'autre chose de temps en temps ?

Comportement typique des échanges matinaux entre traders, les deux hommes ne pouvaient s'empêcher de s'envoyer des piques ironiques. Leur petit rituel. Tom savait que ça ne menait à rien, mais il ne pouvait faire autrement que de relancer :

1. Service en ligne d'information économique et boursière.

– Arrête, Lamar, elle adore ça ! On adore ça tous les deux. C'est peut-être pour ça qu'elle est avec moi, parce que j'en mangerais à tous les repas. Et puis si ça ne lui plaît pas, elle peut le dire, mais comme elle ne dit rien…

Il laissa sa phrase en suspens, comme s'il savait que sa réplique n'avait aucun sens.

– Bah, tu sais bien qu'elle est avec toi pour ton corps de triathlète !

– Je ne fais pas de triathlon. Je m'entretiens sans excès…

Les vannes de Lamar n'avaient pour but que de détendre l'atmosphère à l'approche des bureaux de Brodman, Zimmerman & Sons. Comme un passage obligé ou un antidote à la pression qui montait.

Dans le hall d'entrée, les deux hommes se plièrent à la reconnaissance faciale mise en place le mois dernier. Dernier joujou en date du patron de la boîte, Jason Dalmore. Un « fils de » qui avait hérité de son père et qui se prenait pour le nouveau caïd de Wall Street. Depuis qu'il avait racheté Brodman & Zimmerman, il avait tout rénové et modernisé, au grand dam des anciens, comme Bill Callahan, qui le détestaient cordialement. Ça ne déplaisait pas aux plus jeunes, encore fallait-il aimer passer tous les matins au scanner. Dans la période post-COVID, avec toutes les théories complotistes qui circulaient, certains ne jubilaient pas à l'idée de laisser leurs données faciales dans des serveurs aux quatre coins du monde ou pire, dans le *cloud* !

Alors que les deux traders pénétraient dans l'ascenseur, leur patron, Bill Callahan, était à deux doigts d'assassiner l'employé d'un parking. Le type se déplaçait à la vitesse d'une limace surmenée. Bill attendait depuis quinze minutes que l'employé place de façon poussive les véhicules des clients situés devant lui. Le conducteur commençait à craindre pour sa Dodge, la prunelle de ses yeux. Il tenta d'ailleurs de se souvenir du numéro de son avocat, au cas où il devrait l'appeler, une fois que le NYPD l'aurait coffré pour tentative de meurtre.

Après avoir frisé l'infarctus pendant que le type garait sa voiture dans un enchevêtrement indescriptible de carrosseries – marque de fabrique du parking new-yorkais –, Callahan paya son dû, frôlant une nouvelle fois l'incident cardiaque à la lecture du montant affiché. Il s'en alla d'un pas hésitant. Et pourquoi ne pas reprendre sa voiture, rentrer à la maison et se finir tranquillement au Talisker pour éviter le mystérieux rendez-vous du soir ?

Il n'arrêtait pas de se torturer les méninges, plus râleur que jamais. Depuis samedi matin, il avait échafaudé bon nombre de scénarios. Il avait épluché les dossiers chauds de la cinquantaine de traders sous ses ordres, passé à la moulinette les situations douteuses ou les *trades* susceptibles de froisser la susceptibilité de son milliardaire de patron. Mais rien… Rien qui lui sautât aux yeux, en tout cas. Il fouilla dans les poches de son manteau en laine, espérant vaguement trouver une clope, bien qu'il ait arrêté depuis des années – un vieux réflexe qui confirmait pleinement son état de stress. Peut-être que finalement, le big boss voulait seulement le virer.

Mais dans le scénario 23 de ses nuits sans sommeil, Dalmore ne l'aurait pas invité chez lui. Il aurait fait bosser ces imbéciles des RH. Après tout, ils n'étaient pas amis, ils ne s'appréciaient guère, sans même préserver les apparences. La réalpolitique : Jason Dalmore avait laissé Callahan à son poste car il était une denrée rare. On ne trouvait plus de vieux chevaux comme lui pour gérer une bande de traders qui se prenaient soit pour Gordon Gekko, soit pour Jordan Belfort, et qui se transformaient en alcooliques cocaïnomanes parce que ce n'était pas si facile que ça de « faire du fric ».

Depuis qu'il était dans le milieu, Callahan avait occupé tous les boulots possibles au sein d'une salle de *trading* : market-maker, sales, trader, chef de desk… Il fut un temps « spécialiste », comme ces gars qui traitaient les titres sur le *floor* à Wall Street, ceux que l'on voit encore parfois à la télévision pour le folklore.

Aujourd'hui, avec les bourses mondiales passées au tout-digital, ils ont disparu ou se sont recyclés. Les équipes de traders respectaient Callahan pour son expérience impressionnante, bien loin de ces universitaires parachutés en tant que chefs de salle et qui peinaient à obtenir le respect de leurs troupes.

– Oh, et puis merde ! jura-t-il, tout seul dans la rue.

Une jeune femme qui promenait son bébé dans une poussette se retourna en lançant un regard plein de reproches. Callahan ne la remarqua même pas.

En direction du 185 Pearl Street, il se raisonna. Il trouverait bien autre chose à faire s'il devait passer à la trappe. Il ne savait absolument pas quoi, mais il se sentait prêt pour une nouvelle aventure. Son fils volait de ses propres ailes, parti s'établir en Californie depuis longtemps. Bientôt cinq ans qu'il ne lui avait plus parlé. Sa femme, plus susceptible que jamais et qui détestait le travail de Bill par-dessus tout, ne verrait sans doute pas d'un mauvais œil un nouveau départ. Elle avait plusieurs fois insisté pour qu'ils vendent leur maison et partent s'établir là où la météo était plus clémente, non loin de son fils adoré. Sauf que Callahan n'arrivait pas à se résoudre à changer de métier et à tout recommencer à zéro, même si l'âge le poussait de plus en plus à y réfléchir… Sans compter son vieux pote qui le tannait depuis des mois pour bosser avec lui dans un *hedge fund* du côté du Connecticut. Mais le Connecticut n'était peut-être pas assez proche de la Californie pour sa chère épouse relativement pointilleuse quant à leur future implantation géographique.

Bill Callahan accéléra le pas. Il était temps d'aller voir ce qui se passait sur le *floor* de Brodman & Zimmerman. L'ouverture s'annonçait dans moins de deux heures.

Tom Kelcey n'était pas facilement impressionnable mais, après deux années passées dans l'entreprise, ce qu'il voyait l'émerveillait toujours autant. Un *trading floor* ne pouvait laisser indifférent. Derrière la porte coulissante du « ring », comme les traders l'appelaient, se dressaient quatre alignements de bureaux face à face sur une longueur proche d'un terrain de basket. Ils étaient une cinquantaine à occuper les lieux. Chaque trader disposait d'au minimum quatre écrans, et au maximum… Tom ne savait pas combien le type qui traitait les options en avait, mais les doigts d'une main ne suffisaient pas pour les compter.

On avait beau être au quarante-troisième étage d'une tour lambda du sud de Manhattan, la vue était bouchée par d'autres gratte-ciel plus ambitieux dans leur ascension vers les sommets. Impossible donc de flâner en se perdant sur le cours de l'Hudson, vers Ellis Island et la statue de la Liberté. Leur liberté, les traders la trouvaient dans la spéculation la plus échevelée, et surtout dans la performance.

L'espace entre chaque employé était optimisé : agoraphobes s'abstenir. On n'était pas loin des batteries de volailles. Et une fois assis, les affaires ouvertes, il était mal vu de quitter son siège. On vous livrait même à manger devant vos écrans pour ne pas perdre une miette des évolutions des marchés. Quant aux toilettes, il valait mieux prendre ses précautions et disposer d'une vessie spacieuse.

Le type qui prenait les commandes pour les repas de midi venait justement de commencer sa tournée. Les *desks* commençaient à se remplir. Sept heures trente, c'est déjà tard à Wall Street où la compétition faisait rage à tous les étages, où amitié et confiance constituaient des notions toutes relatives. Tom trouvait toujours étrange de commander son repas de midi alors que, souvent, il n'avait pas encore petit-déjeuné. Il est vrai qu'une fois la tête dans le guidon, le temps filait à des cadences prodigieuses. C'était d'ailleurs pour ça qu'il appréciait tant son travail : le stress, la tension, le rythme et pas le temps de passer trois heures à la machine à café pour commenter les matchs de baseball du week-end. De toute façon, il détestait le baseball, surtout depuis que les Mariners de Seattle n'étaient plus au top.

Dès son premier jour chez Brodman & Zimmerman, il s'était senti à l'aise, sans avoir besoin de perdre son temps en chichis et en diplomatie. Il palpait presque cette tension omniprésente, sentait que le moindre écart pouvait se terminer aux poings. Il devait reconnaître des similitudes avec ce qu'il avait vécu à l'armée, la camaraderie en moins.

Alors que Tom était perdu dans ses pensées, Lamar arriva en courant derrière lui, le souffle court et la cravate déjà de travers.

– Tom, Tom, tu prends quoi à midi ? Je viens de choper le gars du Deli, je t'ai commandé comme d'habitude, c'est bon ?

– Si tu as déjà commandé, que veux-tu que je fasse d'autre ? lui répondit Tom.

Lamar le dévisagea avec un regard qui ferait passer celui de Donald Trump pour intelligent. Il riposta, toujours aussi jovial :

– Eh, mec, ça fait deux ans que tu commandes systématiquement le même sandwich, la même salade et que tu bois le même soda immonde au pamplemousse. Alors me fais pas le coup du type brimé parce que j'ai anticipé tes désirs !

Et il écroula sa lourde carcasse sur sa chaise en mimant la contrariété.

Kelcey éclata de rire :

– C'est bon, Lamar ! Ne boude pas, ça accentue ton double menton !

Le trader lui répondit par de grands gestes prohibés à l'église le dimanche. En même temps, il s'en fichait, il n'allait pas à l'église. Ni lui ni Lamar d'ailleurs.

Ce dernier avait grandi dans le milieu du football américain, renonçant à toute pensée religieuse pour se concentrer uniquement sur le foot, le foot et le foot. De plus, la mère de Lamar était décédée lorsqu'il avait vingt ans. Cela lui avait définitivement retiré toute envie d'imaginer, ne serait-ce qu'un seul instant, qu'il puisse exister un quelconque Dieu bienveillant, là dehors.

L'heure avançait et la salle continuait de se remplir. Ce n'était clairement pas la plus grande de la région – l'immense salle de l'UBS, en son temps, pouvait contenir mille huit cents personnes sur un seul plateau, une structure qui ressemblait à un hangar pour Airbus A380. La salle de Brodman & Zimmerman n'affichait pas de pareilles dimensions, mais on y faisait encore du *trading* à l'ancienne, avec des gars qui se creusaient les méninges et ne se contentaient pas d'appuyer sur *Enter*. Pas besoin de faire tourner un ordinateur avec plus de puissance de calcul que celui de la NASA lors du départ d'Apollo 11 vers la Lune. Jason Dalmore se faisait un point d'honneur à conserver ce savoir-faire. Il semblait s'être bercé des exploits de Gordon Gekko dans *Wall Street*, persuadé que Di Caprio avait réellement travaillé dans une salle de *trading*.

CHAPITRE 2

27 novembre 2021 – 7 h 30 – Manhattan Sud, New York – USA

Les marchés n'étaient pas encore ouverts. Tom Kelcey tirait le meilleur de la machine à café, à l'étage des analystes. Dans une salle de *trading*, on ne manquait jamais de caféine. C'est d'ailleurs en arrivant à Wall Street que Tom avait commencé à boire du café. À l'armée, il se contentait de thé sucré le matin – il ressentait plus le besoin d'énergie que de tension nerveuse. Ici, le type de combat était bien différent et les conséquences aussi. Il observait ses collègues rentrer tour à tour dans la grande salle de conférence.

Chaque matin, lorsqu'il assistait à ce rituel, il essayait d'imaginer ce qui pouvait animer les femmes et les hommes qui passaient cette porte. Certains avaient l'air d'être en pilote automatique. D'autres afichaient un air concentré, comme si leur vie dépendait de ce qui allait se dire dans les minutes suivantes. Et puis il y avait tellement peu de femmes. En infériorité numérique assurément mais certainement en supériorité question compétences. Pour elles, il fallait se battre toujours plus pour gagner en crédibilité, ce qui fait qu'elles étaient souvent plus performantes que les hommes.

Le cérémonial du matin allait débuter dans quelques instants : le briefing des analystes. Chez Brodman & Zimmerman, l'équipe était constituée d'une douzaine de grosses têtes toutes sorties des grandes écoles. Et ces aristocrates de l'entreprise ne prenaient jamais de risques inconsidérés, ils se contentaient de prédire la hausse ou la baisse des actions, à la manière des météorologues. Pour se couvrir, ils n'oubliaient jamais d'utiliser le conditionnel accompagné de nombreux « si… ». Tom ne raffolait pas de ces analystes souvent hautains, pour ne pas dire arrogants. Mais ils représentaient un mal nécessaire puisque, de tout temps, l'investisseur lambda a détesté l'incertitude. Il aime se bercer de cette douce phrase : « On sait où va le marché. » Ou tout du moins, il aime qu'on lui laisse entendre qu'éventuellement, peut-être, on sait où va finir le NASDAQ à la fin de la semaine. Même si, avec le recul, tout le monde sait que le taux de fiabilité de ce jeu de dupes relève du pile ou face. Si le client venait à apprendre que le taux de réussite du trader moyen culmine à peine au-dessus des cinquante pour cent, ce serait une hécatombe parmi les banques et les salles de *trading*.

Néanmoins, faisant contre fortune bon cœur, Tom se rendait religieusement au briefing pour s'entendre raconter des banalités par les « gars du dessus ». Et le champion toutes catégories s'appelait Scoumoune, *alias* Robert Eisenstein, analyste sur le secteur pharmaceutique. Difficile de faire plus à côté de la plaque que lui. Si Scoumoune vous recommandait d'acheter du Gilead, vous saviez que le titre allait s'effondrer dans les trois semaines. S'il affirmait avec certitude qu'une boîte de biotechnologie à la mode allait obtenir l'approbation pour son nouveau médicament dans les trois semaines, vous étiez certain que les autorités fédérales s'apprêtaient à rejeter la demande. Tom et certains de ses collègues le surnommaient l'« indicateur inversé ». Finalement, il était assez fiable dans son genre : il suffisait de prendre l'exact contre-pied de ce qu'il préconisait pour gagner de l'argent. Eisenstein était un type passe-partout. Sans âge, de taille moyenne, avec un début de calvitie, mal à l'aise dans ses costumes sur mesure, il représentait une ode à la dépression. Aussi triste que cela puisse paraître, la salle de *trading* adorait ce genre de bouc émissaire.

Au troisième rang, Tom écoutait d'une oreille distraite Eisenstein finir son laïus sur une boîte pharmaceutique du nom de Narragan Biosciences, une obscure biotech qui prétendait révolutionner le secteur avec un produit miracle capable de faire remarcher les paralytiques. Tom avait l'impression de se retrouver dans ses cours de catéchisme, vingt ans en arrière. L'analyste affichait un bel optimiste sur l'avenir de Narragan Biosciences – il venait même d'avoir un *call* avec le patron de la société basée près de Boston. Selon ce dernier, Martin Lawrenson, la compagnie développait une technologie ultra-innovante qui devrait, à terme, faire des miracles. Difficile de garder son sérieux lorsqu'on connaissait le passif de Scoumoune. Pourtant, les perspectives de cette société semblaient séduisantes. Tom Kelcey surveillait les chiffres de cette entreprise depuis déjà quelques semaines. Quoi qu'il en soit, il ne ferait investir aucun de ses clients sans une étude plus approfondie que celle de l'indicateur inversé.

Tom se contenta de prendre quelques notes jusqu'à la fin du meeting matinal, bourré des théories habituelles : « Achetez Apple, parce que ça n'arrêtera jamais de monter ! Amazon est en train de devenir la World Company, elle doit être dans tous les portefeuilles ». Dans le monde merveilleux de la finance, on se retrouve souvent sur les mêmes lieux communs, les mêmes titres encore et encore... Les effets de mode ont la vie dure. Du coup, on en oublie des sociétés performantes mais qui génèrent moins d'intérêt dans la presse et les milieux bien informés. Tom, lui, se faisait un devoir de débusquer *la* nouvelle pépite, plutôt que de miser sur les « grosses Bertha » habituelles de Wall Street. Plus facile à dire qu'à faire. Cela nécessitait un travail de recherche et d'analyse monumental, une veille intellectuelle et technologique de tous les instants. Depuis deux ans, il avait assez bien tiré son épingle du jeu, sans non plus décrocher le gros lot.

En observant quelques sociétés de second plan, dont Narragan Biosciences, pas forcément connues du grand public, Tom avait repéré des volumes de transactions conséquents, laissant présager de futurs mouvements violents, à la hausse comme à la baisse. Rien d'illogique, mais depuis un moment, Tom pensait que certains mouvements d'achat ou de vente suivaient une sorte de méthodologie, comme si des gens derrière ces transactions étaient au courant de ce qui allait se passer. De là à utiliser le terme de délit d'initié… Au début, il s'était méfié de ses propres soupçons. Si quelque chose de louche se produisait, la SEC, l'autorité fédérale de surveillance des marchés boursiers, aurait tiré la sonnette d'alarme. Mais aucun communiqué du gendarme de la Bourse n'avait été publié. Il devait donc s'agir de quelque chose qui dépassait l'entendement de Tom Kelcey. Ou alors, un type particulièrement chanceux rôdait derrière ces opérations. Trop chanceux pour être honnête…

Ces récentes découvertes avaient rendu Tom quelque peu insomniaque. Sa compagne Rebecca l'avait questionné à de nombreuses reprises sur ces nuits blanches suspectes, mais il bottait en touche systématiquement, utilisant le vieil argument des traumatismes de guerre. Le syndrome de stress post-traumatique est un trouble anxieux dont souffrent de nombreux soldats de retour de zones de conflit, ou des civils victimes d'attentat. Pour les proches, les méandres psychologiques de cette « maladie » sont difficilement perceptibles, provoquant en chaîne un sentiment d'impuissance, de frustration et de stress. Rebecca n'échappait pas à la règle. Un des camarades de combat de Tom, avec qui il avait suivi sa formation dans les Marines à Camp Pendleton, s'était suicidé après dix-huit mois en Afghanistan. Aucun signe avant-coureur. Le retour à la vie civile s'était avéré trop difficile, les événements vécus au combat avaient eu raison de son équilibre mental. Sa disparition avait beaucoup perturbé Tom, d'autant qu'il l'avait rencontré deux jours auparavant et que rien ne laissait supposer un tel acte.

Il n'empêche, l'excuse du syndrome de stress post-traumatique lui permettait de fuir les dialogues désagréables avec sa compagne. Il ne cachait généralement rien à Rebecca, mais leur relation en était à un stade où il pensait qu'elle n'avait pas besoin de tout savoir, et au vu de l'ambiance de certains soirs à la maison, il n'avait pas envie de passer pour un type affaibli par une quelconque souffrance vis-à-vis de son passé. Il préférait ne pas en dire trop sur ses histoires de boulot. Du coup, Lamar était le seul au courant de ses soupçons, car le seul à même de comprendre les détails et les implications de cette « découverte » étrange. Expliquer tout cela à Rebecca qui travaillait dans le webmarketing était au-dessus de ses forces. Et parfois, Tom se disait qu'il sombrait dans la parano, qu'il se faisait un délire de trader pensant avoir débusqué le coup du siècle.

Le *morning meeting* se termina. Comme d'habitude, Tom Kelcey n'avait pas appris grand-chose de ces quarante-cinq minutes qui s'apparentaient plus à du lien social qu'à de l'information opérationnelle. Le seul moment où tout le staff du *trading* se retrouvait, il fallait se montrer, les gros poissons du management ne rataient jamais la messe. Tout cela était primordial quand venait l'attribution des bonus de fin d'année.

Plus de soixante personnes se levèrent dans un étonnant mouvement coordonné, pressées d'en découdre. Tom se dirigea vers son desk, déjà concentré. Il lui restait un peu plus d'une heure avant l'ouverture, mais tous les éléments de sa routine matinale n'étaient pas encore en place. Il sentit un regard pesant sur lui. Son chef de desk, Bill Callahan, avait une manière de regarder les gens tellement insistante que l'on pouvait le sentir à dix mètres à la ronde.

– Alors, Bill, tu veux me faire des excuses pour avoir tenté de m'écraser ce matin ? lança Tom avec ironie.

– Écoute-moi bien, mon gars, si j'avais voulu t'écraser, tu serais déjà à la morgue, et moi je serais en fuite en direction du Canada. Mais si j'avais *vraiment* voulu te supprimer, je l'aurais fait faire par des copains du Bronx et on n'aurait jamais retrouvé ton corps. Donc, non, je ne suis pas venu m'excuser. Je peux te parler deux minutes ? demanda-t-il d'un ton légèrement plus grave.

Une question pour la forme mais qui avait tout d'un ordre. Tom emboîta le pas de son boss déjà parti en direction du bocal, son bureau. Situé tout au fond de la salle de *trading*, c'était une pièce de quarante mètres carrés avec un bureau, une table, deux fauteuils et une généreuse baie vitrée offrant une vision parfaite sur tous les traders. En revanche, aucune vue à couper le souffle sur l'extérieur ; ce privilège était réservé aux personnes placées au-dessus de Bill dans la hiérarchie. À New York, l'étage où se trouve votre bureau, sa situation, son aménagement, tout est codifié, jusqu'au nombre de tiroirs. La baie vitrée de Bill Callahan permettait bien entendu de surveiller les traders à l'œuvre et offrait aussi sa petite dramaturgie. Dès qu'un employé était convoqué dans le bureau directorial, personne n'en perdait une miette. Bonne ou mauvaise nouvelle ? Une séance de calinothérapie ou un passage de savon en règle ? La salle des marchés disposait de l'image, mais pas du son.

L'antre du chef des traders ressemblait probablement à celui de tous les vieux briscards de Wall Street. Y trônait l'éternel graphique du Dow Jones sur les cent vingt dernières années, avec des annotations sur chaque événement marquant de l'histoire de la Bourse américaine. Tout cela était bien symbolique, car au gré des fusions, des faillites et des baisses de cours, les composants de l'indice des années 1930 et ceux de 2021 n'avaient rien à voir.

Le fauteuil en cuir de Callahan datait d'au moins trois cent cinquante ans. Cela avait d'ailleurs fait scandale quand il était arrivé dans la société. On avait bien essayé de lui imposer ces chaises modernes avec un petit cintre sur le dossier pour accrocher sa veste. Impensable pour Callahan qui avait campé sur ses positions et sur son fauteuil en cuir. Si l'on faisait abstraction de la vue sur la salle des marchés, en pénétrant dans cette pièce, on avait l'impression de se projeter cinq décennies en arrière. L'âge de cette vilaine statuette posée sur le bureau de Callahan. Elle figurait le combat d'un *Bull* et d'un *Bear*, l'imagerie d'Épinal de

Wall Street, le *Bull* représentant la puissance des marchés haussiers contre le *Bear* et ses marchés baissiers.

Tom Kelcey se glissa dans le fauteuil en face du maître des lieux avec un désagréable picotement au tréfond de l'estomac. Sur le qui-vive, il était impatient de savoir ce que lui valait cette invitation impromptue. Il passa nerveusement une main dans ses cheveux châtains respectant parfaitement le code de la coupe des Marines. En deux ans, mis à part pour l'annonce du bonus annuel, il avait été convoqué deux fois. La première ne lui laissait par un souvenir impérissable, faisant suite à une échauffourée avec un autre trader sur le *floor*. Son adversaire, un brin agressif, avait été licencié sur-le-champ, mais Tom eut droit à une retentissante remontée de bretelles. Ce jour-là, les jointures des doigts de Callahan avaient eu l'air au bord de la rupture. Il se demandait encore comment il avait échappé au poing dans la figure. La seconde convocation avait été nettement plus reluisante. Son boss l'avait félicité pour un *trade* magistral sur une entreprise de pointe dans l'intelligence artificielle qui s'était fait racheter trois jours plus tard. Avec des infos de première main, Tom avait raflé le gros lot ce jour-là... Mais que lui voulait Bill en ce lundi matin, à moins d'une heure de l'ouverture ?

Callahan soupira en fixant Tom, sans un mot. Les secondes, intenables, durèrent des heures. Le jeune trader peinait à soutenir le regard de son supérieur qui finit par lâcher le morceau :

– Tom, je suis convoqué au domicile de Dalmore, ce soir.

La façon dont il lâcha *Dalmore* était sans équivoque, avec une bonne dose de mépris. Mais c'était le boss, alors on faisait avec. Ça n'empêchait pas Callahan de le considérer comme un gros con. Ce n'était pas un scoop. Puis, il continua sur un ton contrarié :

– Tu peux imaginer que je n'ai aucune envie de mettre les pieds dans les Hamptons ce soir. Et en plus, je déteste l'idée de ne pas savoir ce qui m'attend. Je n'ai rien à me reprocher, mais je ne peux pas m'empêcher de penser que tout cela n'annonce rien de bon. Tu vois ce que je veux dire ?

– Tout à fait clair, glissa Tom sur la défensive.

– Je me suis donc dit que s'il y avait un type dans cette salle des marchés qui pourrait me rencarder sur un truc bizarre, ce serait bien toi.

– Moi ? Mais pourquoi moi ? demanda Tom d'un air surpris.

– Ne me prends pas pour un débile ! Avec ta gueule à la Ryan Gosling, tout le monde t'adore. Tu causes à tout le monde, tu as un talent inné pour repérer ce qui ne va pas dans une opération financière. Je dis simplement que s'il y a quelque chose de pourri dans cette salle, tu dois forcément être au courant. Je me trompe ?

– Euh… Tu me fais trop d'honneur, mais en supposant que ça soit vrai, là, tout de suite, je ne suis au courant de rien… En plus, la semaine dernière j'étais en formation. Je n'ai parlé à personne depuis dix jours…

Le visage de William « Bill » Callahan se referma de déception. Si Tom Kelcey ne disposait d'aucune info, d'aucun bruit de couloir, ce soir, il allait devoir foncer tête baissée dans la gueule du loup. Cette sangsue de Brandon Walsh, l'assistant de Dalmore, l'avait appelé samedi matin sur son portable pour le convoquer aujourd'hui à 18 h 30. Et ce type imbuvable l'avait battu froid quand Bill lui avait demandé la raison de cette convocation. Walsh se contenta d'un laconique « il veut vous voir » avant de raccrocher. Le point de départ du week-end de Bill sur les chardons ardents.

Après quelques secondes de silence, le patron des traders agita la main dans un geste de dédain à destination de Tom. Il pouvait décamper sans autre forme de congé.

Derrière ses écrans, Lamar Loggins n'avait rien manqué de la scène dans le bocal de Callahan. Il était relativement confiant, Tom n'avait rien à se reprocher, mais les mouvements suspects sur la dizaine de titres qu'il avait repérés ne sentaient pas bon. S'il parvenait à faire du fric là-dessus à court terme, tant mieux. Mais ça pouvait rapidement dégénérer et tourner au vinaigre.

Callahan en savait déjà peut-être assez long sur la question, ce qui avait valu à Tom cette inquiétante entrevue. Tout à ses spéculations, Lamar attendait avec impatience le retour de Tom pour en avoir le cœur net.

En descendant les trois marches qui le ramenaient vers son desk, Tom s'interrogea : cette convocation chez Jason Dalmore avait-elle quelque chose à voir avec ses découvertes et ses soupçons de malversation ? Peu probable, mais avec l'informatique, on pouvait douter… D'autant que Dalmore serait assez porté sur l'espionnage de ses employés… Tom avait les jambes en coton, pas vraiment rassuré, sa belle motivation matinale en avait pris un coup. C'est dans cet état d'esprit qu'il revint à son desk.

Sous le regard interrogatif de Lamar, Tom s'installa à son bureau. Sur une largeur d'un mètre cinquante, six écrans installés sur deux rangées superposées lui faisaient face. Une impressionnante pile de dossiers l'attendait : des infos sur toutes les entreprises dont il suivait particulièrement les cours en bourse. Il posa ses coudes sur un sous-main qui datait du débarquement en Normandie, un legs du père de Tom. Un clavier, un iPad Pro et son litre de café, tout était en place. Même si c'était bruyant, étouffant, inconfortable et que son collègue de droite ne pouvait rien manger sans projeter du Tabasco, Tom se sentait chez lui. Il ne put s'empêcher de lancer un regard en direction du bocal…

Lamar piaffait d'impatience :

– Tout va bien ? Callahan ne t'a pas viré ?

– Tout va bien, Lamar, répondit Tom d'une voix étonnamment neutre.

– C'est tout ce que tu as à me dire ?

– Hey, tu n'es pas mon style, on n'est pas mariés ! lâcha Tom dans un sourire forcé.

Lamar se renfrogna de son côté, les yeux rivés sur ses écrans, comme s'il avait déniché une info capitale. Tom laissa tomber ses mains sur ses genoux et partit en arrière sur son siège équipé d'un cintre. Il laissa échapper dans un soupir crispé :

– Fais pas la gueule ! Callahan est convoqué chez Dalmore ce soir et il ne sait pas pourquoi. Il balise et il pensait que j'avais une idée du pourquoi et du comment.

– Tu lui as fait part de tes soupçons ?

– Lamar ! Putain ! Je t'ai dit quinze fois de ne pas en parler ici ! s'agaça-t-il en baissant le ton. Non, je n'ai rien dit. Pour la simple et bonne raison que je n'ai encore rien fait.

– OK, OK ! Je m'inquiète pour toi, c'est tout.

Ce rendez-vous impromptu avec le boss lui avait fait perdre un temps précieux, le compte à rebours affichait douze minutes avant l'ouverture. Clairement pas assez de temps pour faire le tour des soixante titres qu'il suivait quotidiennement. Tous les matins, il jetait un œil sur autant de graphiques qui tournaient en boucle sur son Bloomberg. Mais aujourd'hui, c'était mort. Un rapide tour d'horizon sur ses écrans accréditait une tendance haussière. Francfort et Paris, ouverts depuis plusieurs heures, grimpaient de près de un pour cent – bien que les marchés européens ne veuillent pas dire grand-chose, de ce côté de l'Atlantique. Deux certitudes s'imposaient à Tom : il était à la bourre et le marché allait monter.

Il se contenta d'étudier les volumes traités la semaine précédente sur Narragan Biosciences – symbole NABI. Chaque titre dispose d'un symbole à Wall Street, et on reconnaît un trader d'expérience, lorsqu'il peut réciter les cinq cents symboles du S&P 500 par cœur. Un petit exercice qu'on pratique dans les bars en fin de semaine, mais dont il vaut mieux s'abstenir après quelques verres.

Les données sur Narragan étaient toujours aussi étranges, les volumes conséquents et illogiques : comme si la taille des ordres traités avait été soigneusement choisie pour ne pas attirer l'attention. Mais en regroupant tous ces ordres, une certaine logique se dessinait. Tout laissait supposer que quelque chose d'anormal se tramait autour de cette société. Cela rappela à Tom son premier gros coup en bourse, lorsqu'il avait amassé pas mal d'argent.

Ça paraissait presque trop facile. La vieille expression « Facile, la Bourse » lui revint à l'esprit, mais tel n'était jamais le cas…

Selon son expérience, une opportunité unique de gagner de l'argent se présentait. Peut-être un hasard, mais quand un hasard semblait se répéter un peu trop souvent, une signification s'imposait : quelqu'un était au courant, et ce quelqu'un devait en savoir bien plus que lui.

Le regard de Tom fut soudain attiré par du mouvement sur le grand écran placé contre le mur en face de lui. Un groupe de personnes devant un immense logo venait de sonner la cloche de Wall Street. Le folklore : on fêtait une société nouvellement cotée en bourse – on pouvait l'identifier grâce au logo placardé contre le mur – et on annonçait l'ouverture du marché !

Les fauves étaient lâchés et Tom n'avait qu'un objectif ce matin : shorter Narragan Biosciences, juste pour voir. Difficile à comprendre pour un néophyte, mais shorter consiste à vendre une action qu'on ne possède pas, dans l'espoir de l'acheter moins cher quelques jours plus tard. La beauté du métier : vous pouviez vous contenter d'essayer des choses sans avoir besoin de vous justifier. Dans le cas présent, Tom était presque convaincu que l'action allait effectivement baisser, qu'il engrangerait pas mal de dollars. Mais cela ne sentait pas bon du tout…

CHAPITRE 3

27 novembre 2021 – 16 h 30 – Hoboken, New Jersey – USA

De l'autre côté de l'Hudson River, dans la petite localité d'Hoboken, à quelques encablures du ponton sur lequel se déverseraient bientôt les banlieusards qui bossaient à Manhattan, un homme marchait le long des berges de la rivière. La tête rentrée dans les épaules, il se mêlait aux passants pour tenter de rester inaperçu. Il portait une longue veste kaki avec une capuche en fourrure qu'il avait pris soin de remonter sur sa tête, déjà recouverte d'une casquette des New York Yankees usée jusqu'à la corde. L'homme cachait également son visage sous un masque chirurgical de protection contre le COVID, plutôt délaissé ces derniers temps, depuis que le vaccin était devenu aussi populaire que la voiture électrique. Certains, un poil paranoïaques, avaient pourtant tendance à conserver le masque coûte que coûte de peur d'attraper la vilaine maladie. Ce n'était pas le cas du discret marcheur. Lui en faisait juste un providentiel accessoire de dissimulation.

Riccardo Malagacchi en connaissait un rayon en matière de discrétion. Il avait passé la majeure partie de sa vie derrière un écran d'ordinateur en tant qu'expert informatique pour une division de la CIA basée à Langley, en Virginie. Mais après des années de bons et loyaux services, il s'était fait pincer les doigts dans le pot de confiture, ou plutôt de cocaïne. Résultat : un licenciement immédiat. À sa décharge, comment pouvait-on tenir des heures les yeux rivés sur des écrans, à pénétrer des systèmes ennemis, à détruire des réseaux terroristes de l'intérieur, à infecter des serveurs, le tout en ne carburant qu'au café ?

Totalement accro, Riccardo ne pouvait plus se passer de sa drogue au quotidien. Il était d'ailleurs en train de rechercher son ravitaillement au bord de l'Hudson, de quoi rester éveillé et concentré sur son objectif. Il venait de recevoir ses instructions, la nuit serait longue.

Riccardo s'approcha d'un grand type aux allures de squelette déglingué, nonchalamment appuyé contre un gros SUV. Sa peau translucide et grisâtre semblait fine comme du papier à cigarettes. Le dealer ne respirait pas la pleine santé. Il attendait le client. Son visage s'illumina légèrement lorsqu'il aperçut Riccardo, une liasse de billets dans la main.

– Comme d'habitude, lâcha furtivement le client.

– Bonjour à toi aussi, cher ami, répliqua le fournisseur. Tu as passé une bonne journée ? Moi, ça va, je finis de livrer mon dernier client et je rentre coucher les enfants.

Dans la pénombre, on aurait pu deviner un sourire narquois sur ses lèvres. Riccardo lui rétorqua d'un ton mordant :

– Arrête tes conneries, Hank ! File-moi ta came, on n'est pas là pour sociabiliser…

– Comme vous voudrez, monseigneur, le client est roi…

Comme par magie, Hank fit disparaître les billets de la main de son client. Quelques secondes de suspens et apparut dans sa paume un sachet pas plus grand qu'une carte à jouer. De quoi tenir quarante-huit heures pour Riccardo. Peut-être un peu plus, s'il se montrait raisonnable. Il saisit maladroitement sa dose et tourna instantanément les talons pour repartir dans la nuit naissante, laissant son dealer à ses prochains clients.

Il savait que cette merde le tuait à petit feu, mais sa vie ne se résumait qu'à ses écrans. Pas d'autres cordes à son arc. Le cercle infernal : hacker pour acheter sa coke, puis recommencer, toujours et encore, sans aucun espoir de s'en sortir. À une époque, il pensait avoir trouvé une solution, une aide médicale et psychologique. Mais il n'avait pas persévéré. Surtout, sans femme, sans enfants et sans famille, difficile de trouver ce supplément de motivation qui peut faire la différence dans la guerre contre l'addiction. Alors à quoi bon… Il sentait au fond de lui que tout cela le mènerait forcément au fond du gouffre, au sens propre comme au figuré. En attendant, il survivait avec la poudre blanche comme seule famille.

Après avoir longé les quais d'Hoboken pendant quelques minutes, Malagacchi s'engouffra dans une ruelle sombre qui s'immisçait entre deux immeubles cubiques sans charme. Il distingua deux clochards vautrés sous des cartons. L'odeur d'urine était lancinante. Hoboken ne s'améliorait pas, Frank Sinatra ne serait pas heureux de constater la déchéance de certains quartiers près de l'Hudson. Au fond de la ruelle qui semblait sans issue, derrière un container à ordures, se dissimulait une porte crasseuse, sans couleur identifiée. L'informaticien appliqua sa main sur un endroit légèrement plus propre que le reste et fixa une cellule au-dessus. De la lumière surgit depuis une fente presque invisible et l'on entendit distinctement les multiples serrures de la porte se déverrouiller.

Riccardo se faufila à l'intérieur en refermant immédiatement derrière lui. Ce n'était pas une cave comme les autres. L'endroit, glauque au possible, empestait le tabac froid, mais c'était chez lui, sa tanière. Les murs bas et sombres s'apparentaient à un cauchemar de claustrophobe. Un canapé en velours rapé n'incitait guère au farniente. Le coin cuisine regorgeait de vaisselle sale et d'emballages divers et variés. Crasseux au possible, l'évier provoquerait sans doute des angoisses à une famille de cafards. Mais c'était au fond de la pièce que les choses devenaient intéressantes. Un long bureau bricolé avec deux tréteaux et une épaisse planche de bois trônait contre le mur. Dessus, on y dénombrait pas moins de huit écrans sur lesquels flottait un zigzag pâlot.

L'économiseur d'écran constituait la seule source de lumière de la pièce. Ni fenêtre ni soupirail pour rappeler qu'il y avait de la vie au-dehors. La porte blindée et son système d'empreinte palmaire constituaient le seul lien avec l'extérieur. Et pour en rajouter une couche, Riccardo disposait d'une reconnaissance faciale et oculaire. Gare à qui voudrait pénétrer sans invitation dans ce tombeau. Riccardo considérait ces mesures de sécurité comme totalement disproportionnées, mais son employeur avait insisté pour mettre tout cela en place, et ce n'était pas quelqu'un avec qui l'on négociait.

L'équipement informatique mis à la disposition de Riccardo représentait ce qui se faisait de mieux sur le marché. Du temps où il travaillait pour la CIA, il ne disposait pas d'un matériel aussi performant. Certains processeurs équipant ses ordinateurs n'étaient alors pas encore commercialisés. Il avait d'ailleurs exprimé sa surprise à la réception de tous ces bijoux informatiques. Mais le livreur s'était montré peu loquace. L'homme ressemblait plus à un catcheur qu'à un employé d'UPS, et certainement pas à un avenant démonstrateur dans un Apple Store.

Riccardo Malagacchi s'effondra sur sa chaise de travail et sortit de sa poche le précieux paquet de coke. D'abord le réconfort, ensuite l'effort de ces prochaines heures. Sur un petit miroir, il se prépara une généreuse ligne de poudre avec des gestes de vieil habitué. Un rituel en pilote automatique. Quand tout fut prêt, il s'abandonna dans une profonde inspiration et se laissa tomber en arrière pour savourer le moment. L'explosion de la drogue dans son système nerveux fut quasi immédiate. Le pied intégral. Grosse bouffée de chaleur et d'anesthésie, puis le jouissif sentiment d'invincibilité. La nuit s'annonçait fructueuse.

Pendant qu'à Hoboken la cocaïne faisait son office dans l'organisme de Riccardo, à cinquante kilomètres de là, Bill Callahan conduisait sa Dodge Charger devant le stade de Flushing Meadows avant de piquer sur la 495, en direction des Hamptons.

La maison de Jason Dalmore se situait à Westhampton Beach, un village niché le long des fameuses dunes des Hamptons. Pendant de nombreuses années, la région fut le théâtre d'ouragans dévastateurs. Le marché immobilier à la ramasse n'incitait guère à l'optimisme. Les habitants du coin avaient vécu dans des conditions difficiles jusqu'à la fin des années 1990, où de vastes travaux furent entrepris pour protéger la région des vents violents et des inondations qui allaient avec. Résultat, la zone était devenue le refuge d'été de nombreux nantis de Wall Street. Bernie Madoff, au temps de sa splendeur, occupait une maison pas très loin de Westhampton, en direction de Montauk.

Jason Dalmore avait décidé d'élire définitivement domicile dans la région pendant la crise du COVID. Rester terré chez soi et éviter de frayer avec la foule de Manhattan présentaient bien des avantages, tant qu'on avait les moyens financiers de ses ambitions. Le télétravail ne manquait pas de charme dans une demeure de mille trois cents mètres carrés, avec une douzaine de chambres, une piscine intérieure avec toboggan pour amuser les enfants des éventuels invités – Dalmore n'avait pas d'enfants et ne les appréciait guère, mais le toboggan était livré avec la maison. En y réfléchissant, Bill Callahan ne connaissait pas d'ami à son patron.

Le fait d'approcher des Hamptons ne calma pas ses spéculations ni ses angoisses. Elles tournaient en boucle dans son cerveau, au bord de l'implosion. Il tenta de penser à autre chose. L'image de la chambre à coucher du patron, aussi grande que la surface totale de sa maison, ne l'aida guère. Son GPS lui annonça encore une heure de route, la tentation d'accélérer fut forte. Connaissant l'amabilité et la douceur des flics de l'autoroute, Bill préféra ne pas prendre de risques inconsidérés. Et il ne se voyait pas débarquer avec quinze minutes d'avance. Peu probable que Dalmore le laisse entrer plus tôt pour abréger ses souffrances. Bill essayait donc de se concentrer sur la radio qui passait une musique country déprimante. Décidément, ce n'était pas son jour.

À Hoboken, l'informaticien en plein trip affichait une motivation d'enfer. Ses mains couraient sur le clavier à la vitesse de la lumière. On lui avait demandé de pénétrer le serveur d'une société et d'y glisser un fichier pour déclencher une attaque aussi violente que destructrice sur toutes les données et les *back-up* possibles. Pour Riccardo, cela s'apparentait à une stratégie informatique de la terre brûlée. Dans les décombres de ce que seraient bientôt les serveurs de cette entreprise, on ne devait surtout pas pouvoir remonter jusqu'à lui. Son employeur s'était montré extrêmement clair en la matière. Il visait le crime parfait, sans corps, sans coupable, sans chaîne de responsabilité.

Ce n'était pas la première fois que Riccardo se lançait dans ce genre d'opération. Il n'avait jamais connu l'échec, raison pour laquelle son employeur le rémunérait généreusement. Et en lâchant ce gros tas de dollars, l'homme de l'ombre n'envisageait pas la moindre déception. Riccardo se demandait parfois comment ses clients réagiraient en cas d'échec. Il ne recevrait sans doute pas de lettre de licenciement en bonne et due forme, avec une montre en cadeau pour les services rendus. Pour le moment, ses objectifs restaient parfaitement dans ses cordes, même si la complexité des tâches allait crescendo. Il avait encore de la marge.

Ce soir, la coke déferlait avec bonheur dans son système nerveux. Hank l'avait sans doute moins coupée que d'ordinaire. Riccardo se surprit lui-même mais attention à l'autosatisfaction. Il s'introduisit dans les serveurs de Narragan Biosciences avec une facilité déconcertante. Il n'avait jamais entendu parler de cette société avant de recevoir ses instructions par courrier, douze heures auparavant. Règle numéro un : pas de traces numériques pour ces opérations. Une chose était certaine, la société Narragan allait passer un sale quart d'heure.

Mais pourquoi tant de haine contre cette entreprise ? Riccardo restait un soldat obéissant, mais parfois, il aurait bien creusé un peu pour savoir le pourquoi du comment. Une curiosité malsaine. Peut-être qu'un jour, il aurait les explications dans la presse. Appelons ça l'expérience : de trop longues années passées dans les sous-sols de Langley lui avaient appris à cloisonner, à rester sagement à sa place.

Bill Callahan passa devant la ferme solaire de Long Island. Il se jura de penser à étudier la thématique des énergies alternatives le lendemain matin au bureau. Le vieux loup quitta la 495 avec une certaine joie, le bruit de son V8 étant tout bonnement assourdissant. Au bout de quatre-ving-dix minutes d'autoroute, il se surprit même à envisager de vendre sa Dodge pour acheter une de ces voitures électriques à la mode. Investir dans les énergies alternatives, acheter une voiture électrique ? Bill se demanda s'il ne couvait pas une tumeur au cerveau pour envisager des choses pareilles, lui qui avait grandi dans l'arrière-cour d'un garage, qui aimait cette odeur de cambouis si particulière associée au travail de son père. Il sourit à cette réflexion en mettant son clignotant pour sortir de l'autoroute et partir en direction du sud par Manorville. C'était peut-être bien la première fois de la journée qu'il souriait. Probablement la dernière.

Riccardo Malagacchi se sentait dans la peau d'un personnage de jeu vidéo. Il se retrouva face à un fichier mystère qu'il était censé décoder et lancer à l'intérieur des serveurs de la société de biotechnologie. Une fois ce programme opérationnel, il détruirait tout sur son passage. Le moindre gigaoctet de mémoire serait nettoyé et rendu à l'état de poussière. Tous les *back-up* seraient pulvérisés, traqués dans les moindres recoins. À moins que de gentils salariés aient tout photocopié et stocké des tonnes de papiers dans des cartons. Adieu leurs données de recherches accumulées sur des années. Quant aux expérimentations en cours, elles deviendraient un vaste chantier anarchique. Même s'ils avaient sauvegardé des petits bouts de données dans des PC personnels, il leur faudrait des années pour reconstituer cet immense puzzle. On ne demandait pas à Riccardo de détruire la société, juste de lui faire faire un bond colossal dans le passé – ce qui serait le cas dans quelques minutes, lorsqu'il aurait extrait le fichier nommé « cleanup. dat ».

La beauté de tout le processus résidait dans le fait qu'un providentiel fichier attendait sagement Riccardo dans les serveurs de l'entreprise. Comment était-il arrivé jusque-là ? Mystère... Le cloisonnement et l'opacité constituaient des constantes dans les opérations clandestines auxquelles se livrait l'informaticien. Lui se contentait de monnayer ses compétences, la coke faisant le reste.

Le patron du *trading* de Brodman & Zimmermann circulait maintenant à allure réduite pour ne pas rater l'entrée de la résidence de Jason Dalmore, troisième du nom. Étant donné la configuration de la rue, il aurait pu accélérer. Il y avait bien entre trois et cinq cents mètres d'un portail à l'autre. Les propriétés étaient entourées de hauts murs qui laissaient çà et là apparaître une végétation luxuriante. Bill se demanda à partir de quand on parlait de « propriété » et plus de « maison ». La demeure du patron s'apparentait plus à un château qu'à une maison individuelle. Au bureau, les bruits de couloirs laissaient entendre que sa valeur avoisinait les cent millions de dollars. Bill n'avait d'ailleurs aucune peine à le croire. Lors de la dernière Christmas Party, il s'était perdu entre la cuisine et le salon tant les corridors étaient nombreux et se ressemblaient tous. Ce qui l'amenait aujourd'hui à la question : pourquoi habiter seul dans une propriété aussi gigantesque ? Dalmore était connu pour ses multiples conquêtes, tout autant que pour la brièveté de ses relations. Bill Callahan bossait pour lui depuis un peu plus de quatre ans et il avait vu passer plus de filles dans le lit du boss que d'échéances d'options. En plus d'un compte en banque bien garni, le nanti disposait d'un physique agréable. La quarantaine flamboyante, grand, une crinière blonde impeccablement entretenue, des traits fins surmontés de profonds yeux bleus : il ne passait pas inaperçu.

Finalement, un immense portail se dressa devant Bill Callahan. On aurait pu parler plutôt de pont-levis. Vingt mètres avant l'entrée proprement dite, une espèce de pilier sortait de terre. Bill s'approcha lentement de ce truc qui devait receler de l'hypertechnologie dont Dalmore raffolait. Une fois la voiture positionnée devant, Callahan plissa les yeux dans la pénombre et essaya de dompter le clavier sans chausser ses lunettes. Instinctivement, il pressa le bouton qui se rapprochait le plus d'une sonnette d'entrée. Il y en avait cinq autres ressemblant davantage à des touches tactiles.

Donnant raison à Bill, une voix surgit d'un invisible haut-parleur :

– Résidence Dalmore, c'est à quel sujet ? résonna une voix avec un soupçon d'accent britannique.

– Euh Je suis Bill Callahan, je suis attendu par M. Dalmore.

– Très bien, monsieur Callahan. Veuillez poser votre main gauche sur le pad avec les touches tactiles devant vous. Si c'est bien vous, je vous ouvrirai

Callahan s'exécuta et tendit la main fébrilement, comme si la sécurité robotisée allait avaler sa main et son Omega Seamasters – la même que James Bond, avait dit son fils quand il se l'était offerte quelques années auparavant. Dalmore semblait posséder une foule d'informations sur lui, dont ses empreintes. Callahan n'était pas un adorateur du tout-digital. La vie privée n'en avait plus que le nom. Il avait d'ailleurs récemment clôturé tous ses comptes sur les réseaux sociaux, un pur coup de tête poussé par une rébellion antisystème un peu tardive.

La voix aux tonalités britanniques résonna de nouveau :

– C'est bon, je vous ouvre la porte, monsieur Callahan. Veuillez vous garer sur la droite devant la maison, il y a un parking visiteurs. La partie gauche est réservée aux véhicules de M. Dalmore.

La gigantesque porte s'ouvrit lentement et Callahan appuya avec délicatesse sur l'accélérateur, faisant vibrer le V8 sur ses *silent blocs*. Il avança au pas et se trouva face à un second portail qui constituait une sorte de sas. Le conducteur s'arrêta devant, et la porte se referma derrière lui. Une fois celle-ci verrouillée, le second portail le laissa enfin pénétrer sur une route goudronnée qui aurait fait pâlir de jalousie l'entrée de la Maison-Blanche. Le message était clair : « On n'entre pas ici par hasard ni par envie, il faut y être invité. » Une bonne centaine de mètres plus loin, après avoir traversé une dense végétation, la maison-château s'offrit enfin au regard de Bill. Les projecteurs enterrés diffusaient des lumières quelque peu fantomatiques tout autour de la bâtisse. Les grandes façades, sans doute blanches, viraient au jaune gris dans la pénombre accentuée par le ciel couvert. La partie du bas s'ouvrait sur une immense terrasse qui surplombait la zone d'arrivée des invités. Le deuxième étage se garnissait de fenêtres arrondies et d'une baie vitrée démesurée. Pour accentuer encore un peu plus l'opulence des lieux, les lumières étaient allumées dans toutes les pièces. Comme si le propriétaire tenait absolument à ce que l'on perçoive le gigantisme de sa demeure, même au cœur de la nuit la plus sombre. Le règne de l'ostentatoire. On sentait que le propriétaire avait des origines californiennes. Même si les Hamptons étaient plutôt sympas l'été, en hiver, ça n'avait rien à voir avec la Californie On devinait la piscine intérieure au travers de la baie vitrée de la véranda. S'il avait fait grand jour, Bill aurait pu distinguer les caméras de surveillance autour de la maison, toutes fixées sur lui. Comme s'il était le centre d'intérêt de cette nuit glaciale de novembre.

Alors que Callahan sortait de sa Dodge, à cent cinquante kilomètres de là, Malagacchi finissait de déployer son attaque dans les serveurs de Narragan Biosciences. Ses doigts virevoltaient sur le clavier, comme ceux d'un concertiste, la tenue de soirée en moins. Dans la pénombre de son repaire, son clavier rétroéclairé Logitech G915 scintillait. Les chiffres composant le code défilaient sur l'écran central à une vitesse ahurissante. D'autres fenêtres clignotaient comme des guirlandes de Noël jusqu'à l'apparition d'un message devant ses yeux : LANCEMENT DU PROGRAMME FURTIF – RELANCEZ LE SYSTÈME.

Il souleva les mains du clavier comme si quelqu'un face à lui le menaçait avec une arme. Puis il prit appui sur le bord du bureau pour donner une forte poussée qui fit reculer sa chaise ergonomique. Il se tint la tête à deux mains pendant quelques instants. Il se leva soudain puis se rapprocha de son clavier, pointant son index droit vers le ciel d'un geste théâtral. Il mima un avion qui tombait en vrille pour finalement écraser violemment son doigt sur la touche *Enter*.

Pendant un bref instant, il ne se passa rien. Puis les écrans devant Riccardo passèrent au noir total. Quelques instants d'éternité numérique interrompus soudain par une barre horizontale vert fluorescent qui apparut sur l'écran central avec un énorme 0 % à côté. Pendant ces quelques fragments de seconde seulement, on put penser que Narragan Biosciences allait se sauver du désastre…

Le pourcentage commença son ascension, lente au début. Cinq pour cent, puis dix, avant qu'une brusque accélération amène au cent pour cent fatidique. L'ancien agent de la CIA savoura véritablement son œuvre quand le message « *Programme Running* » barra l'écran central. La destinée de Narragan Biosciences venait d'adopter une trajectoire imprévue et bien difficile à corriger.

Intimidé comme un étudiant venu passer son grand oral, Bill Callahan pénétra dans le hall de la demeure de son patron. Il ne se considérait pas « malheureux » au niveau immobilier.

Sa maison au nord de New York, dans la petite commune de Tarrytown, avoisinait tout de même les deux millions de dollars. Rien à voir avec ce qu'il avait sous les yeux. Il ne jouait pas dans la même ligue que son patron, et de loin. Si la taille du hall d'entrée était un signe extérieur de réussite, Bill pouvait tout à fait imaginer avoir raté sa carrière professionnelle.

Le majordome à l'accent britannique et à la bedaine prononcée se déplaçait dans des gestes précieux. Callahan se demanda s'il ne s'appelait pas Higgins tant il lui faisait penser au personnage de la série *Magnum*…

– Monsieur va vous recevoir dans son bureau d'ici quelques instants. Il vous prie de bien vouloir patienter ici même.

Ici même, c'était un salon de réception capable d'accueillir la totalité de l'équipe des Yankees de New York, avec le staff qui l'accompagne à chaque match.

Le majordome poursuivit d'une voix sophistiquée :

– Désirez-vous une boisson quelconque afin de patienter ?

Après un bref échange avec lui-même – échange basé sur le fait de savoir s'il était bien raisonnable de boire de l'alcool avant un tel rendez-vous –, Callahan se dit qu'il n'avait finalement rien à perdre. S'il devait se faire virer pour un whisky, c'est qu'il avait fait son temps. Autant se décontracter avec un bon single malt. Il lâcha donc un bref :

– Si vous avez du whisky, volontiers. Avec de la glace.

Le majordome toisa Bill le menton légèrement vers le haut, l'air de dire : *Espèce d'idiot, dans une maison pareille, nous disposons d'une douzaine de whiskys que tu ne pourrais pas te payer avec ton misérable salaire.* Mais Callahan détourna la tête en marmonnant un « merci ».

Quelques minutes plus tard, Higgins revint avec un plateau sur lequel trônait un seul verre. Il le lui déposa sur l'énorme table de salon qui donnait l'impression d'avoir été taillée directement dans un séquoia. Callahan s'empara du verre, comme un fumeur allumerait une cigarette pour se donner une contenance.

Il n'en oublia pas de remercier le majordome qui avait déjà tourné les talons. La première gorgée s'apparenta à une bouffée d'antidépresseurs.

Une table basse en partie recouverte d'une peau de tigre attira son attention. Connaissant la passion pour la chasse du propriétaire de Brodman & Zimmermann, il ne devait pas s'agir de fourrure synthétique. Bill s'en approcha, intrigué. Le socle de la table était constitué d'un bloc de résine transparente dans lequel on avait coulé un moteur. Et pas n'importe quel moteur. Un V8, si l'on en croyait la plaquette fixée sur un des coins. Le mythique V8 qui équipait les premières Ford Mustang GT500 Shelby. Un monstrueux moteur affiché à trois cent cinquante-cinq chevaux, mais que les puristes estimaient à plus de quatre cents. En 1967, ce monstre de puissance offrait une cylindrée de près de sept litres qui ferait défaillir un écologiste de 2021. Callahan écarta la peau de tigre de quelques centimètres pour caresser la table. En bon passionné d'automobile, il se recueillit. Il n'entendit pas les pas dans son dos.

– J'ai acheté le modèle 5 sur la chaîne de production des Ford GT500 de 67. Je l'ai déniché dans une vieille grange du Tennessee, mais il y avait trop de travaux de rénovation. J'ai préféré au moins garder le moteur, tout le reste était trop pourri. Je crois que vous êtes mon premier visiteur à vraiment comprendre ce que signifie ce moteur.

Callahan se retourna pour faire face à Jason Dalmore. Son patron était nettement plus grand que lui, et Callahan se résigna à lever les yeux dans sa direction. Il avait l'air d'une gravure de mode. Pas qu'il fût exceptionnellement beau, mais l'homme était tellement soigné que l'on peinait à lui trouver le moindre défaut. Son costume sur mesure devait coûter le mois de salaire d'un honnête fonctionnaire. Bill le regarda dans les yeux et lui répondit avec un demi-sourire :

– J'aurais préféré le voir installé dans la voiture, mais l'approcher une fois dans ma vie, ça me fait quelque chose.

Dalmore sourit à son tour en tendant la main à son chef du *trading*. Une poignée de main ferme et volontaire.

– Prenez votre verre et suivez-moi, Bill. J'ai vu que vous aviez une Dodge Charger. C'est quoi ? Une 70 ?

– 1969. Je l'ai héritée de mon père et je l'ai rénovée en partant de pas grand-chose, répondit Bill, agréablement surpris de savoir que son boss appréciait les *muscle cars* américains. Connaissant un peu le personnage, il aurait plutôt parié qu'il roulait dans des allemandes ou des italiennes hors de prix.

– J'adore… Quand j'ai commencé à collectionner, j'ai hésité entre Dodge et Ford. Mais Ford m'a paru plus mythique à l'époque. Je suis donc resté fidèle. Si vous avez le temps après notre discussion, je vous emmènerai dans mon garage, lâcha-t-il comme un gamin.

– Si vous me prenez par les sentiments, on n'a pas fini. Après la finance, les vieilles caisses américaines, c'est ma raison de vivre, mais ne le dites pas à ma femme.

Dalmore éclata de rire, ce qui eut le don de briser la glace.

Bill Callahan, soudainement un peu plus détendu par le tour de la conversation, suivit son patron dans un dédale de couloirs qui les menèrent à une magnifique porte en bois sculpté. Une œuvre d'art aux multiples détails géométriques.

– Je vois que vous observez la porte. Elle vient d'Arabie saoudite, je suis tombé dessus dans un village paumé au milieu du désert et je l'ai rapportée ici. Ça m'a coûté une fortune de la faire adapter, mais ça en valait la peine !

– Je dois dire que c'est un bel objet. J'aimerais bien avoir ça chez moi, mais je devrais rehausser les plafonds et ça me paraît compliqué.

Dalmore s'esclaffa une nouvelle fois, bon public. Puis il s'effaça pour que Callahan pénètre dans son bureau.

Une nouvelle pièce aux proportions généreuses s'ouvrit devant lui. Au premier plan se trouvaient deux énormes canapés qui devaient représenter, cette fois, six mois de salaire pour

Bill. Leurs tonalités beige sable donnaient un aspect assez cosy à la pièce. Enfin, jusqu'à ce que l'on voie les deux majestueuses défenses d'éléphant qui cernaient un monumental bureau au fond de la pièce. La table de travail faisait bien évidemment face à une large baie vitrée qui donnait sur le jardin et sans doute sur l'océan. On se serait cru dans l'antre d'un archéologue avec une foule d'objets et de tableaux anciens. Ou un cabinet de curiosités. Le regard de Bill Calllahan ne savait pas trop sur quoi se porter. Il en avait presque oublié de stresser et de s'interroger sur le but du tête-à-tête à venir avec son milliardaire de patron.

CHAPITRE 4

27 novembre 2021 – 19 h 00 – Les Hamptons, New York – USA

Callahan et Dalmore se faisaient face, un peu perdus dans les énormes canapés. Le chef des traders faisait tourner son whisky dans son verre en attendant que son patron se cale correctement. Il se tortillait comme si une douleur dans le dos l'importunait. Dalmore finit par attraper un coussin en fourrure et le coinça dans le creux du canapé, juste au-dessus des fesses.

– Mes lombaires, marmonna-t-il en haussant les épaules.

Callahan hocha la tête dans une vague attitude de compassion. C'était en tout cas l'émotion qu'il souhaitait véhiculer, mais il brûlait surtout d'en finir, d'en venir au fait. Soudain, Dalmore sembla capter la réflexion intérieure de son employé et lâcha une phrase sortie de nulle part :

– Callahan, êtes-vous sûr de tous vos traders ?

L'Américano-Irlandais eut l'impression que son cœur ratait un battement. Il peina à trouver ses mots pour articuler une réponse. Il parvint à balbutier un vague :

– Je, je vous demande pardon ?

Dalmore fit un grand geste de la main comme pour faire oublier sa question – et pour mettre en évidence sa Rolex introuvable sur le marché – et reprit :

– Bill, vous imaginez bien que je ne vous ai pas fait venir jusqu'ici pour parler voitures, n'est-ce pas ?

Callahan bafouilla un « oui » incertain, puis son boss enchaîna :

– Si je vous ai demandé de venir, c'est pour m'entretenir à propos de la division *trading* et essayer de comprendre ce qui se passe.

Bill l'observa avec étonnement. Pas un mot ne lui vint spontanément. Une foule d'idées lui encombrait l'esprit. La première d'entre toutes : *Que peut-il bien se passer ? Avant de venir, j'ai tout vérifié, tout avait l'air en ordre.*

La surprise qui s'affichait sur le visage de Callahan n'échappa pas à Dalmore qui poursuivit :

– Si je vous dis ça, c'est que j'ai eu vent de transactions récentes qui ont connu de gros succès, auxquels nous ne semblons pas avoir participé.

– Jamais ? siffla Bill entre ses dents.

Mais de quelles transactions parle-t-il ? Bill avait comme l'impression de regarder un film en commençant par le milieu : il lui manquait des informations. Il reprit, toujours un peu plus sur la défensive :

– Écoutez, monsieur Dalmore, je ne sais pas de quoi vous parlez quand vous mentionnez ces mystérieuses transactions à succès. Ce que je sais, c'est que nous sommes parfaitement en ligne avec les objectifs de l'année fixés par vous-même en janvier. Je n'ai pas encore les chiffres de novembre, mais en vérifiant les tableaux de bord ce matin, il n'y avait rien à signaler. Tout est sous contrôle.

Dalmore hocha la tête et lui présenta la paume de ses mains de façon tout à fait pacifique.

– Vous ne m'avez pas compris, Bill. Je n'ai rien à vous reprocher. Ça n'a rien à voir avec votre travail ou celui de vos équipes. Je crois que je n'ai pas été clair. Je vais vous expliquer par le menu ce qui m'est arrivé récemment et vous me direz ce que vous en pensez.

Dalmore se cala un peu plus confortablement dans son fauteuil et entama son récit. Un inconnu l'aurait récemment abordé à son club de golf. Le type en question avait laissé entendre qu'il pouvait lui fournir des informations privilégiées. Et bien entendu, tout cela lui permettrait de réaliser de substantiels profits, sans le moindre risque. Dans un premier temps, Dalmore avait cru à une plaisanterie, mais visiblement, l'homme n'était pas du genre comique, et le lui avait clairement fait comprendre.

Pour Callahan, l'histoire commençait à ressembler à un mauvais roman. Qui se fait interpeller dans un club de golf pour se voir proposer des informations sans risques ? Il interrompit Dalmore plus sèchement qu'il n'aurait voulu :

– En échange de quoi ?

– De rien, *a priori*. C'est justement ça que j'ai trouvé surprenant. Et pour me prouver sa bonne foi, il m'a cité des exemples de transactions effectuées par le passé.

Bill Callahan ne savait plus trop quelle posture adopter mais Dalmore continua sa petite histoire :

– Je pense humblement ne pas être complètement idiot. Je me suis montré dubitatif. Je lui ai dit qu'il aurait tout à fait pu bidouiller ses données. Il a été piqué au vif. Et là, nous sommes passés à la vitesse supérieure. Le type m'a donné toutes les infos sur un coup qui n'a pas encore eu lieu.

– Et ? relança Callahan.

– J'ai vérifié toutes les transactions qu'il m'a mentionnées. Elles ont bel et bien eu lieu et furent effectivement des coups en or.

– Après coup, c'est toujours facile de se vanter d'avoir réalisé le deal, intervint Callahan.

– Tout à fait d'accord, mais une chose semble certaine : ces deals étaient presque trop beaux pour être honnêtes.

– Hem... d'accord, et la société en question ? Celle du coup à venir ?

– Narragan Biosciences, il faut être *short* avant la clôture d'aujourd'hui.

Ce qui sous-entendait que la boîte en question allait passer un mauvais quart d'heure à Wall Street et qu'il faudrait avoir agi avant la clôture du 27 novembre. Le marché étant fermé depuis plus de trois heures, on connaîtrait la validité de l'info à l'ouverture du lendemain. Si le tuyau de l'homme mystère était correct, on serait donc rapidement fixés. Mais ce que ne comprenait toujours pas le chef du *trading*, c'était le deal. Que se cachait-il derrière un cadeau pareil ?

Dalmore ajouta que le type lui avait dit d'observer, mais de ne rien faire. Tout cela devenait de plus en plus mystérieux.

Callahan pouvait bien comprendre que le gars possédait des infos de première main, mais de là à ce qu'il les fournisse sur un plateau, gratuitement… Ça faisait longtemps qu'il avait arrêté de croire aux contes de fées.

– Vous ne pouvez pas réellement envisager qu'il n'attende rien en retour ! Parce que le coup du bon Samaritain, dans ce milieu, je peine à y croire.

– Vous avez raison, Bill… Je pense qu'il attend que je sois mouillé pour revenir vers moi.

William « Bill » Callahan plissa les yeux. Brodman & Zimmermann n'était pas cotée, il s'agissait encore d'une boîte privée, mais elle n'en était pas moins soumise au gendarme de la Bourse, la redoutable SEC. Ce qui revenait à dire que n'importe quel deal basé sur des informations susceptibles d'être qualifiées d'informations d'initiés pouvait leur attirer d'énormes ennuis.

Alors que son cerveau tournait à deux cents à l'heure, Callahan se souvint soudainement que son patron avait un terminal Bloomberg dans son bureau – probablement pour se faire mousser devant ses amis ou se prendre pour Michael Douglas dans le film *Wall Street*. Bill pensait que son patron était bien incapable de trouver la moindre info sur son terminal sans demander de l'aide à l'un de ses employés.

Bill se leva pour faire face à son patron et lui demander avec une certaine autorité :

– Je peux accéder à votre Bloomberg ?

– Faites, répondit Dalmore en indiquant la direction du bureau.

Son « Bloom » n'était rien d'autre qu'un *software* installé sur le PC du maître des lieux, alors qu'il y a bien longtemps, les Bloomberg étaient des terminaux dédiés. Bill secoua la tête pour sortir son esprit de ses pensées vintage et se connecta machinalement avec ses identifiants. Puis il entra le nom de la société dans le moteur de recherche, ce qui donnait *Equity TK Narragan*, Bloomberg possédant son propre langage. Avec tous ces codes et ces raccourcis, les traders pouvaient parfois penser qu'ils constituaient une caste à part.

Une série de lignes apparut devant les yeux de Bill, mais la seule qui l'intéressait était Narragan Biosciences – Ticker NABI. Il ouvrit la fenêtre de description qui présentait la boîte en question comme une société de biotechnologie – le domaine le plus spéculatif que l'on puisse trouver en bourse de nos jours – basée à Narragansett, un bled pas loin de Providence dans l'État de Rhode Island. Il se souvenait être passé là-bas lors d'un week-end avec sa femme dans la région, mais là n'était pas la question.

La société valait plus ou moins soixante-dix-neuf milliards de capitalisation boursière. L'action avait terminé la séance à cent quarante-neuf dollars vingt-huit cents quelques heures auparavant. En hausse de quarante *cents*. Rien qui ne laissait supposer que le titre allait se faire exploser dans les prochaines heures. En tout cas, sur le marché hors bourse[2], calme pour le moment, rien ne semblait se tramer entre traders. Dans le cas de Narragan, rien non plus. Pas un souffle d'air. Le calme plat. Le récit de son patron faisait de moins en moins sens et Bill commença à se demander s'il ne le menait pas en bateau.

---

2. Le marché hors bourse est un marché virtuel où l'on peut traiter les mêmes actions que sur les marchés classiques, mais en dehors des heures d'ouverture. Les volumes sont moindres et la volatilité plus grande, ce qui permet aux traders d'intervenir sur des actions lorsque des informations sont sorties dans les médias en dehors des heures de *trading* réglementaires.

– Vous trouvez quelque chose ? lui demanda Dalmore.

– S'il y avait effectivement des gens bien informés là dehors, cela devrait se voir sur le graphique. La pression vendeuse sur plusieurs jours a souvent tendance à se faire remarquer.

Il appela alors le graphique des douze derniers mois et une succession de bougies bleues et rouges apparut sur l'écran. Les bougies bleues indiquaient une journée de hausse et les rouges, une journée de baisse. Mais la tendance haussière paraissait claire, légère mais évidente.

Bill réfléchit un instant, immobile, puis il contourna l'énorme bureau en bois précieux pour se diriger vers le canapé. Il se rendit alors compte que Dalmore l'observait comme s'il était possédé.

– Narragan a terminé légèrement en hausse sur la séance d'aujourd'hui et n'a pas bougé depuis la clôture. Tout ça ne veut strictement rien dire. Que vous a dit d'autre votre ami ?

Dalmore ne releva pas la pique et lui répondit :

– Il m'a demandé d'observer ce qui allait se passer, de ne surtout rien faire et qu'il me contacterait. Mais cette histoire pue, et je n'ai aucune intention d'entraîner ma boîte dans la moindre action illégale.

– Je comprends bien. Je ne suis ni flic ni membre de la *task force* de la SEC, mais c'est vrai que ça n'augure rien de bon. J'espère que vous n'avez effectivement rien fait ?

– Non, bien sûr ! C'est pour ça que je vous en parle. Je n'ai pas le dixième de votre expérience et aucune envie de me faire griller par la SEC, et encore moins par ces types.

– Ces types ? sursauta Callahan. Ils étaient plusieurs ?

– Non, non, fit Dalmore en changeant légèrement de couleur de peau. Mais je me doute bien qu'il n'est pas tout seul dans ce genre d'opération.

Soudainement, Callahan fut pris d'une bouffée de chaleur : et si par hasard un de ses traders était *short* sur Narragan ? Qu'allait-il se passer ? Il garda son stress pour lui et prit note de vérifier tout cela lorsqu'il serait seul, en espérant que Dalmore n'ait pas remarqué sa sueur froide.

– Est-ce que votre contact vous a dit ce qui se passerait si vous refusiez de jouer leur jeu ?

– Non… Il m'a juste dit qu'il me recontacterait. Je ne sais même pas son nom, je ne sais pas où le joindre. Mais pour être franc, il ne donnait pas l'impression de me laisser le choix. Je crois qu'il faut qu'on se résigne à observer cette société biotech. On verra pour la suite à donner.

– Je suis d'accord avec vous, monsieur Dalmore. Le seul truc qui me chiffonne, c'est de ne pas savoir comment ils se protègent des contrôles de la SEC. Depuis ces quinze dernières années et l'avènement de l'informatique, les *super compliance officers* sont capables de trouver une aiguille dans une botte de foin. Si vous avez le malheur d'acheter trop de titres d'une boîte qui fait une annonce un tant soit peu positive dans les trois semaines suivantes, ils vous tombent dessus comme une meute de loups tombe sur un troupeau de moutons en montagne.

Callahan prit une profonde respiration et continua :

– Ce qui me fait dire que ça doit être une sacrée organisation, là derrière. Ou alors ils ont la SEC dans la poche… conclut-il en regardant par la baie vitrée.

Ce qui paraissait tout bonnement impossible.

Les deux hommes restèrent silencieux quelques secondes. Jason Dalmore semblait légèrement sur les nerfs – qui ne l'aurait pas été à sa place. L'homme n'avait jamais vraiment dû travailler dans sa vie. Son père avait fait fortune en Californie en spoliant des fermiers de leurs terres, puis en installant des derricks pour extraire de l'or noir. Le fils avait plus ou moins passé sa jeunesse dorée à organiser des soirées dans les palaces de Beverly Hills, entre grosses voitures et putes de luxe. Le décès de son père avait été un réveil brutal, et il s'était investi dans ce projet de finance. Probablement parce que c'était le seul truc qui l'avait un peu excité durant ses brèves études universitaires.

Il n'avait pas trop souffert pour construire son empire financier personnel. Callahan se dit soudain que cette rencontre étrange à son club de golf constituait sans doute le premier véritable problème de sa vie.

Callahan ne savait pas trop comment prendre cette histoire, mais il voulait être sûr que ses traders ne mettent pas les pieds dans ce marécage qui puait l'embrouille à trois cents mètres. Il allait devoir agir dès ce soir, mais il fallait d'abord qu'il sorte d'ici.

La voix de Dalmore le tira de sa réflexion :

– Qu'en pensez-vous ? Je vous laisse regarder ce qui se passe sur Narragan, s'il se passe quelque chose, et on voit au fur et à mesure ?

Bill hocha la tête sans rien dire puis, après quelques secondes intenses, demanda :

– Vous croyez que l'on doit avertir les flics ?

Le boss bondit de son siège et, tentant de reprendre son calme, lâcha :

– Surtout pas ! Tant qu'on n'en sait pas plus, il ne faut pas réveiller ces gars. Sinon, ils vont fourrer leur nez un peu partout dans nos affaires et on n'a vraiment pas besoin de ça. Si jamais le gars du golf me recontacte, on avisera.

– Oui, je suis d'accord, aucune raison de paniquer pour l'instant. Nous avons la conscience tranquille.

Même s'il percevait une certaine menace, Callahan se sentait presque en position de force soudainement. Lui qui était venu la peur au ventre se retrouvait presque à devoir soutenir son patron et à le rassurer face à un danger extérieur, comme si les contrôleurs des impôts lui avaient signifié leur visite pour le lendemain matin à la première heure. Il fallait bien avouer que les agents de l'IRS, le fisc américain, n'étaient pas du genre à plaisanter, ils avaient le don pour mettre à sac votre bureau comme personne. Dalmore semblait vraiment tendu. Il avait perdu de sa superbe.

Callahan se leva en disant :

– Bien, monsieur, je vais vous laisser, j'ai de la route à faire. Vu ce dont on vient de discuter, je crois que je vais repasser par le bureau pour vérifier deux ou trois choses.

– Parfait, Bill, je vous remercie de vous être déplacé. Vous comprenez maintenant pourquoi je ne voulais pas en parler au téléphone.

– Pas de souci. Je comprends. Vous avez bien fait de m'en parler.

Bill ramassa la feuille sur laquelle il avait griffonné les noms des autres sociétés mises en avant par le mystérieux contact de Dalmore et la fourra dans sa poche.

Le patron de Brodman & Zimmermann le raccompagna jusqu'à la porte de son bureau, mais pas plus loin. Bill avait l'impression qu'il voulait tout à coup se retrouver seul au plus vite et qu'il n'avait pas très envie de lui serrer la main. Un nuage de COVID passa dans la pièce et Bill se rappela que la fin de la pandémie était encore trop proche pour espérer retrouver les effusions du passé. Il inclina la tête en souhaitant une bonne soirée à son patron qui gardait les mains résolument enfoncées dans ses poches.

– Mon majordome va vous raccompagner à votre voiture, dit-il tout en sortant enfin les mains de son pantalon pour se resservir un whisky. La notion de boire pour oublier prenait tout son sens ce soir.

Le chef des traders descendit les escaliers en passant à côté d'un buste en bronze sans doute aussi cher qu'il était laid. En bas des marches en marbre se tenait son ami « Higgins » qui l'attendait patiemment. Il se demanda si le majordome dormait avec deux dobermans et s'il avait fait partie des services secrets britanniques. Bill esquissa un sourire rien qu'à cette idée.

L'Anglais le raccompagna à sa voiture. Quelques minutes plus tard, il laissait Westhampton Beach et se dirigeait vers l'autoroute en direction de Eastport, un trou perdu qui devait compter quarante habitants et une station-service. Il s'y arrêta pour faire le plein et acheter des cigarettes. Il ne fumait plus officiellement, mais quand il avait besoin de réfléchir – allez savoir pourquoi –, ça lui éclaircissait les idées.

Il ouvrit son coffre et en sortit la mallette qui contenait son ordinateur portable. Il posa le tout sur le capot de son impressionnante voiture. Il connecta son MacBook à son smartphone et ouvrit l'application qui lui permettait de se connecter aux *positions trading* de Brodman & Zimmerman. Alors que l'écran affichait un tigre stylisé (le logo de la compagnie), il ouvrit une session grâce à ses empreintes digitales, puis laissa tourner le système quelques secondes en allumant une cigarette. Il se redressa un bref instant et prit une profonde bouffée de nicotine, salvatrice.

Bill Callahan se trouvait sur un parking au milieu de nulle part, son visage fatigué éclairé par la lumière de l'écran. D'un geste sûr, il entra les symboles des titres qui l'intéressaient. Quelques secondes plus tard, une liste d'opérations apparut, avec des lettres à côté de chaque deal : le code du trader qui avait géré la position. Il s'attarda quelques instants pour observer plus en détail certaines lignes, soupira et se redressa pour soulager ses lombaires.

Callahan claqua l'écran du Mac, observa le ciel un bref instant pour tenter de canaliser sa colère. En pure perte. À peine s'il se vit taper du poing sur le coffre de la Dodge. Geste qu'il regretta instantanément. Il vérifia qu'il n'ait pas laissé de trace, rangea l'ordinateur, s'assit au volant et déverrouilla son iPhone.

Après avoir trouvé le contact qu'il souhaitait, il appuya sur le bouton vert d'appel et attendit.

Une voix légèrement métallique répondit au loin :

– Allô…

– C'est moi. Tu es chez toi ?

– Oui

– Je suis dans les Hamptons, je serai là dans une heure et demie à peu près.

– Tout va bien ?

– Il faut qu'on parle…

CHAPITRE 5

27 novembre 2021 – 23 h 50 – Brooklyn, New York – USA

Alors qu'il roulait sur l'autoroute en direction de « Big Apple », Callahan réfléchissait en tentant de rester concentré sur sa conduite. Que voulait cet inconnu, qui était-il, qu'y avait-il derrière cette stratégie et surtout, d'où tenait-il ses informations ? Une efficacité pareille n'augurait rien de bon ni de licite. Le vieux trader pratiquait le métier depuis plus de trente ans. Il savait bien que la finance n'était pas une science exacte, autrement, il aurait acheté un chalet dans le Montana depuis longtemps, histoire de pouvoir passer ses journées à pêcher loin de tout. Alors pourquoi bossait-il encore ?

Si ce type disposait d'informations exclusives, peut-être travaillait-il avec un de ces groupes de partage. Callahan en avait entendu parler voilà une dizaine d'années. Ce principe d'échange de données confidentielles avait été mis en place par des *hedge funds*, ces fameux fonds que l'on qualifiait souvent d'ultra-spéculatifs. Les instigateurs de ces projets vous proposaient de rentrer dans un groupe et de partager des infos, pour autant que chacun ramène sa part. Celui qui ne livrait pas assez de « matériel » aux autres s'en trouvait automatiquement viré. La sélection naturelle jouait à plein selon un principe implacable : le plus influent et le plus riche ne partageait qu'avec d'autres « plus influents et plus riches ».

Au moment de l'apparition de ces groupes de partage, le FBI et la SEC s'étaient associés pour leur mettre la main dessus, et certaines vedettes du monde des *hedge funds* en avaient pris pour leur grade : suspension de l'industrie pour des durées de dix ans, peines de prison avec sursis et amendes gargantuesques. Callahan croyait se souvenir que tout en haut de la pyramide, certains avaient fini dans des cellules de Rikers Island, pas pour longtemps mais suffisamment pour leur ôter l'envie de recommencer.

L'éternel problème des délits d'initiés : les autorités éprouvaient toujours autant de difficultés à prouver leur véracité. À moins de tomber sur des témoins providentiels ou des écoutes téléphoniques accablantes, il était quasiment impossible de sanctionner les contrevenants, souvent représentés par la crème de la crème des avocats.

Mais dans le cas présent, l'instinct de Callahan le guidait dans une autre direction. Les prises de participation, les approches au bord d'un golf, l'affaire semblait sortir des sentiers battus de la délinquance boursière classique. Bill se sentait prêt à libérer son imagination pour tenter de comprendre, mais une variable dans l'équation lui manquait.

Il était 21 h 45 lorsque Callahan approcha de l'aéroport JFK, où la circulation devint plus dense. Après la crise du COVID, les banlieusards paraissaient pris d'une frénésie de shopping, de sorties à New York, comme si leur vie en dépendait. Pour certains privilégiés, la privation de consommation dans la mégapole américaine avait été, semble-t-il, une torture bien plus grave que la crise économique. Autour de l'aéroport, les bus qui assuraient la liaison pour Manhattan se remplissaient et donnaient presque à Bill des envies de voyage. Ces derniers mois n'avaient pas été faciles pour lui, entre la folie au bureau en pleine crise sanitaire, des marchés boostés par les multiples stimulus générant des volumes insensés, mais aussi des stress majeurs à l'idée de ne pas être suffisamment investi alors que tout montait à une vitesse grand V. Puis la baisse fulgurante des bourses mondiales dans la foulée de l'assassinat sordide de deux membres de la réserve fédérale, puis la destitution du Président des États-Unis à la suite d'une maladie dégénérative, puis…

La volatilité et l'anxiété avaient été au top. Sans compter que sa femme lui pourrissait la vie depuis un bon moment. Et maintenant cette histoire de chantage probable et de délit d'initié ! Les choses ne semblaient pas vouloir s'arranger. Alors la perspective de prendre le premier avion à JFK pour partir très loin, disparaître, s'installer à l'autre bout du monde et recommencer à zéro…

Tentant… mais cela resterait un doux fantasme. Se retrouver sur une plage de Bali ou d'ailleurs, à ne rien faire d'autre que boire de la bière locale : il savait qu'il ne supporterait pas ce traitement plus de trois semaines.

Callahan poussa un interminable soupir de lassitude, tout en faisant attention de ne pas rater la bifurcation de Belt Parkway pour Brooklyn. En entrant dans l'échangeur, il ne remarqua pas le gros Cadillac Escalade qui se cala dans son sillage à bonne distance.

Debout face à la baie vitrée de son appartement, Tom Kelcey observait l'océan. Au loin, il pouvait deviner le phare de Sandy Hook. Juste au-dessus clignotaient les feux de position d'un avion de ligne en approche finale sur JFK. Il avait toujours aimé regarder les atterrissages. Une habitude qui le projetait chaque fois dans son rêve d'enfant : voler. Un jour peut-être, il se lancerait, mais pour le moment, il avait d'autres préoccupations en tête. *Pourquoi mon patron veut-il me voir à une heure pareille ? Et en plus chez moi. Qu'est-ce qui ne peut pas attendre demain ?*

Au fond de lui, une petite voix criait « Narragan Biosciences »… Il était convaincu que cette histoire allait lui revenir en boomerang d'une manière ou d'une autre. Depuis le temps qu'il bossait pour Callahan, Tom avait appris à le connaître. La manière dont il lui avait parlé au téléphone ne laissait aucune place à la négociation. C'est d'ailleurs pour cela qu'il n'avait pas posé de question : il savait qu'il n'aurait pas de réponse avant de le voir. Après avoir raccroché, son cerveau était passé sur le mode *overdrive.* Il aurait beau se taper la tête contre les murs, il ne voyait vraiment pas d'autre raison à ce rendez-vous nocturne que Narragan Biosciences.

Son téléphone vibra dans sa poche. Il jeta un œil sur l'écran, fit demi-tour et traversa le salon pour prendre sa veste. Alors qu'il passait devant la porte de la salle de bains, sa compagne Rebecca le vit traverser et lui hurla :

– Tu vas où ? Tu sors ?

Le ton employé était un doux mélange entre inquisition et exaspération. Le ton qu'elle adoptait à peu près tous les soirs où elle avait trop bu. Tom n'avait pas envie d'argumenter :

– Je vais chez l'Indien du bout de la rue. Je reviens dans vingt minutes…

Et il claqua la porte derrière lui alors qu'il croyait entendre quelque chose comme : « Tu vas chercher quoi ? » Il n'arrivait pas à se concentrer sur autre chose que ce que son boss allait lui annoncer dans cinq minutes.

Callahan sortit de l'autoroute à la hauteur de Plumb Beach et plongea sur Emmons Avenue. Il venait d'envoyer un message à Tom pour lui annoncer son arrivée prochaine. Tom lui avait fourni sa localisation *via* messagerie. Le GPS lui indiquait trois minutes.

Tom Kelcey se tenait contre une barrière du Tatiana Café, une sympathique terrasse de bord de mer pendant l'été, mais qui, en ce jour de novembre, était aussi fréquentée que le stade de Meadow Land en pleine pandémie. Le Tatiana fermé, ce lundi soir offrait une ambiance fantomatique. On entendait distinctement les vagues s'écraser sur la plage. Tom patientait depuis un peu plus de trois minutes quand il aperçut la silhouette massive d'un homme engoncé dans une parka bleue marine. Il fumait. De loin, Tom devinait la cigarette rougeoyant. Il ne pouvait en revanche imaginer le visage de son porteur, mais sa démarche ne laissait aucun doute sur son identité.

En s'approchant de Tom Kelcey, Bill Callahan commença à grommeler, comme toujours :

– Je ne suis pas certain que venir te voir ici, en plein milieu de la nuit ait été une bonne idée. J'ai connu des vacances d'hiver au Canada qui étaient bien plus agréables que ça, niveau température.

– Il fallait t'installer à Palm Beach et y gérer un *hedge fund*, si tu ne supportes pas une brise vivifiante, rétorqua son jeune employé.

– Tom, tu me ressors encore une fois l'histoire de ton entraînement militaire qui t'a permis de résister à des températures polaires, je crois que je te frappe.

Les deux hommes sourirent de concert, mais ils n'étaient pas là pour un concours de vannes nocturne sur la plage de Brighton. Même si leurs habitudes de coriaces traders avaient la vie dure.

À trois cents mètres, le Cadillac Escalade s'était garé entre deux camions, s'offrant ainsi une discrétion maximale. L'homme au volant jouait sur son smartphone tandis que le passager à l'arrière réglait son DAN.338, un fusil à lunette *high tech*. Depuis la fenêtre entrouverte du véhicule, il voyait les deux hommes discuter sur la terrasse déserte du Tatiana Café.

Dans son oreille gauche, il entendit une voix nasillarde lui dire :

– Spotter[3] en position ? Répondez…

3. Observateur.

– Spotter a les cibles en vue. Attend vos instructions, répondit le tireur d'une voix calme et inquiétante.

L'homme tenait la vie de deux personnes dans sa lunette et semblait ne pas être concerné par l'enjeu. Il aimait ça, la chasse, l'attente, la patience, le droit de vie ou de mort sur ses cibles.

– Spotter, nous attendons confirmation de l'audio et vous confirmerons vos instructions.

Le message était clair. Selon ce qui allait se dire dans quelques instants, à trois cents mètres de lui et du canon de son fusil, les deux traders rentreraient ou ne rentreraient pas chez eux ce soir. La possibilité de les rater à cette distance n'était pas même venue à l'esprit du tireur. Le DAN.338, fabriqué par les Israéliens de chez IWI, permettait des tirs à longue distance d'une précision chirurgicale. Alors, à trois cents mètres, même ivre mort, il n'y avait aucune question à se poser. L'homme posa délicatement le canon du fusil dans l'interstice entre le montant de la porte et de la fenêtre, puis il cala la crosse dans le creux de son épaule, expira lentement et attendit.

Sur la jetée, les deux confrères s'étaient éloignés de la lumière, comme s'ils avaient besoin de discrétion. Mais il n'y avait pas âme qui vive aux alentours. Callahan enfonça les mains dans ses poches et commença à expliquer ce qu'il avait appris chez Dalmore. Au fur et à mesure qu'il avançait dans son récit, le regard de Tom devenait plus sombre. Une fois qu'il eut fini, il regarda son subordonné dans les yeux puis demanda :

– Alors ? Tu en penses quoi ? Tu as déjà entendu parler de quelque chose comme ça ? Parce que là, tout de suite, j'ai l'impression que c'est du lourd… Ces mecs, ce n'est pas du menu fretin qui joue pour dix mille dollars. S'ils se sont lancés dans du délit d'initié à grande échelle, on peut supposer que ce ne sont pas des amateurs.

Tom détourna la tête pour regarder l'horizon un bref instant. Il soupira profondément avant d'entamer sa réponse :

– Pour être franc, je ne suis pas surpris d'entendre un truc comme ça. Et je pense qu'on sait tous les deux pourquoi tu m'en parles.

Callahan fixa Tom avec de grands yeux et augmenta sensiblement le ton de sa voix pour lui répondre :

– Ah bon ? Et tu veux bien m'expliquer pourquoi ?

– J'imagine que tu as déjà vérifié mon compte trader chez B&Z et que tu sais parfaitement quelles sont mes positions…

Il observa Bill Callahan, les yeux rivés sur ses propres chaussures comme si elles allaient lui apporter une indication. Mais le sexagénaire ne pipa mot, aussi Tom poursuivit-il :

– Ça fait plusieurs semaines que j'ai identifié des *trades* étranges sur des *mid-caps*[4]. Ça commence en général par des volumes plus importants que d'habitude, à la hausse pour la plupart. Le titre grimpe dans des volumes de plus en plus importants, un peu comme si on voulait entraîner les acheteurs en leur faisant flairer un gros coup…

Kelcey reprit son souffle en dévisageant son patron, lequel semblait au bord de l'AVC. Après quoi il enchaîna :

– Ensuite, quand le titre a atteint un objectif – que j'imagine prédéterminé –, des quantités énormes de *puts*[5] sont achetées en masse, sur plusieurs échéances et plusieurs prix d'exercice. Et puis c'est le calme plat pendant quelques jours. Après cette courte pause, les vendeurs arrivent en masse, mais juste assez pour que le titre ne baisse pas trop. Je suppose qu'ils sont en train de monter des positions *shorts*. En plus des options qui jouent la baisse, ils vendent les titres à découvert.

Bill n'en pouvait plus d'attendre et s'emporta :

– À quel moment tu comptais me parler de ta découverte ? Je pensais qu'on avait décidé de travailler sur la base de la confiance, toi et moi ?

4. Entreprise à capitalisation moyenne.

5. Options pour jouer la baisse du titre.

Tom leva les mains en signe de défense, mais surtout pour essayer d'apaiser son patron.

– Du calme, boss ! lança-t-il. Je ne voulais rien dire tant que je n'étais pas certain qu'il se passait vraiment quelque chose... Sans compter que, pour être franc, je ne pensais pas à un complot. J'y ai seulement vu un bon moyen de faire du fric pour la boîte. C'est un peu mon job d'ailleurs, non ?

– Mais bordel, depuis combien de temps tu es là-dessus, Tom ?

– Environ trois mois. J'ai surtout remarqué ce manège sur certaines *mid-caps*, mais jamais rien sur les grosses capitalisations. C'est évidemment trop dur à manipuler.

– Tu as observé une méthodologie quelconque une fois qu'ils ont acheté les *puts* ? demanda Bill.

– Tout à fait. Comme je te l'ai dit, ils achètent d'abord des *puts*. Ensuite, ils vendent les actions à découvert. Tout cela tient sur dix jours maximum. Puis il y a généralement une mauvaise nouvelle, et le titre se fait démonter. Mais une chose est sûre : les mauvaises nouvelles sont souvent des choses assez lourdes.

– Comment ça, lourdes ?

– Eh bien... je ne sais pas depuis quand ça dure, mais la première fois que j'ai repéré un truc bizarre, le CEO de la boîte concernée est mort dans un accident de voiture qui ressemblait à un suicide. Le rapport de police n'était pas très clair, ça donnait l'impression d'un travail bâclé ou d'un flic qui n'avait pas trop envie de chercher. Ensuite, il y a eu un incendie qui a détruit le siège de la compagnie.

Callahan était abasourdi. Il s'alluma une nouvelle cigarette avant de demander :

– Et tu as repéré quelque chose ces derniers jours ?

– Oui, un truc a lieu actuellement. J'ai shorté quelques titres pour voir ce que ça donnait, juste histoire d'être dedans. D'ailleurs ça n'a pas été simple d'emprunter les titres. C'est...

Bill Callahan lui fit signe de se taire en mettant sa main devant sa bouche :

– Laisse-moi deviner : Narragan Biosciences ?

Au moment où Bill Callahan finit de prononcer le nom de la biotech, l'oreillette du sniper grésilla :

– Spotter, *go* !

Sur la terrasse, tout se passa en un éclair. Tom n'était qu'à moitié surpris que Callahan connaisse l'existence de Narragan. Il était certain que son patron était allé vérifier ses positions et… Bien que dans ses pensées, ses réflexes militaires prirent le dessus lorsqu'il aperçut la lumière rouge d'une visée laser sur la parka de Bill. Il lui plongea dessus tel un pilier défensif de la NFL, la ligue de football américain. Callahan n'était pas un poids plume, mais il tomba sans résistance comme la balle sortie du DAN.338 s'écrasait contre le pilier, rongé par la brise marine, qui soutenait le toit de la terrasse du Tatiana Café. À quelques millièmes de seconde près, le crâne de Callahan n'existait plus. Des éclats de bois volèrent dans tous les sens tandis que l'écho du coup de feu leur parvenait avec un infime décalage.

Tom plaqua son patron au sol de tout son poids en lui intimant :

– Ne bouge pas, reste au sol, on nous tire dessus !

– Mais bordel, qu'est-ce qui se passe ? éructa Bill.

– Je n'en sais rien. Il fait trop nuit pour voir où se planque le tireur, mais il ne peut pas nous atteindre si on reste derrière le muret de la terrasse.

– Nom de Dieu, j'ai pas signé pour ça, moi ! ronchonna Bill.

Dans la Cadillac, l'homme en noir était fou de rage. Il cherchait un nouvel angle de tir. Dans son oreillette, son contact s'excitait :

– Négatif Spotter, vous l'avez raté, vous l'avez raté !

Le tireur expira et tenta de se calmer, mais il ne voyait plus rien dans sa lunette. Une de ses cibles était visiblement rompue à ce genre de situation et n'avait pas perdu de temps en questions inutiles.

– Ici Spotter, je n'ai plus de visuel. Demande instructions.

L'oreillette répliqua sèchement :

– Dégagez, dégagez, on abandonne pour le moment ; on ne va pas attendre que les flics s'en mêlent.

Le chauffeur de la Cadillac, lui aussi branché sur oreillette, ne demanda pas son reste, et l'énorme SUV démarra en trombe.

Sur la terrasse, Tom et Bill n'osaient plus bouger, mais la situation semblait revenue à la normale. Les crissements de pneus se firent de plus en plus lointains. Mis à part l'impact de balle dans le pilier, il ne paraissait plus rien de la tentative de meurtre.

Tom roula sur le dos et fixa le ciel avant de lâcher :

– Visiblement, on dirait qu'on a mis le doigt sur quelque chose…

CHAPITRE 6

28 novembre 2021 – 0 h 15 – Brooklyn, New York – USA

Bill Callahan et Tom Kelcey décidèrent de faire profil bas pendant les heures qui suivirent la tentative de meurtre. Ils s'en étaient sortis sans égratignures, mais tous deux eurent du mal à digérer la chose. Ce n'était pas la première fois que Tom se faisait tirer dessus, il appréciait tout de même modérément qu'on lui rappelle son séjour en Afghanistan de cette manière. Pour Callahan, la digestion fut nettement plus difficile. Il faisait partie de cette génération bénie qui avait vécu l'après-Vietnam et l'avant-Irak, jamais vraiment concernée par le combat armé. Pour lui, la vraie violence, c'était celle de Rambo et des héros de cinéma survitaminés. Qui plus est, se faire shooter à quelques kilomètres de là où il venait encore à la plage avec ses enfants quelques années auparavant, voilà qui avait du mal à passer. D'autant plus qu'il avait pris conscience que sa vie n'avait tenu qu'au réflexe militaire de Tom Kelcey. Le tireur n'avait pas joué de la gâchette pour intimider, mais bien pour l'éliminer, lui comme son subordonné.

Quelques instants après le coup de feu, Tom avait entraîné Callahan au plus près du muret qui leur offrait un minimum de protection. Ils avaient pris le temps de reprendre leur souffle et de laisser leur rythme cardiaque se stabiliser. L'angoisse soudainement montée à son paroxysme avait distillé dans leur organisme une sacrée dose d'adrénaline. En état de choc, il ne leur avait pas fallu longtemps pour comprendre qu'ils avaient mis involontairement les pieds dans quelque chose qui les dépassait.

Après quelques minutes de répit, Tom commença à observer les environs, pas vraiment convaincu de discerner quelque chose dans la nuit d'encre de Brighton Beach. Ils ne devaient pas rester exposés trop longtemps. Les gyrophares de la police qui passait sur l'autoroute au nord le rassuraient, mais il n'était pas question de parler aux flics de Brooklyn. Au moins, leur présence laissait penser que leurs agresseurs ne reviendraient pas finir le boulot. Après quelques minutes de tergiversations, Tom décida de bouger. Hagard, Bill ne semblait pas encore capable de prendre l'initiative. Le trader tira son patron par la manche et lui intima l'ordre de marcher accroupi pour offrir le moins de surface de tir à un éventuel sniper embusqué. Ils atteignirent la Dodge de Callahan en moins d'une minute. Ils firent une pause, assis contre le véhicule et Tom demanda :

– Ça va aller, tu peux conduire ?

– Hmmm, ouais, je crois…

La voix n'était pas bien assurée. Les deux hommes se fixèrent quelques instants, sans doute à jamais liés par ce qu'ils venaient de vivre. Il n'y eut aucune effusion. Les silences en dirent long. Puis ils se donnèrent rendez-vous dès 6 h au bureau, avant que le gros de l'équipe n'arrive dans la salle de *trading*. Il n'y avait visiblement plus rien à faire ici ce soir. Ils allaient devoir trouver un plan de bataille et rester les plus discrets possible. Pour l'heure, il était prématuré d'impliquer les autorités. Tom ayant shorté un titre qui serait sans doute prochainement sous les feux des médias, il ne serait pas simple de prouver son innocence. Connaissant certains membres de la SEC, Callahan pensait qu'ils seraient plus intéressés par le cas de Tom qu'ils avaient sous la main, plutôt que de courir après d'hypothétiques criminels dont on ne savait absolument rien. Profil bas jusqu'à l'aurore, donc.

Bill remonta dans sa Dodge avec les jambes encore en coton. Il rentra chez lui à Tarrytown, non sans vérifier deux cents fois si on le suivait. Sa lucidité lui revenait : des hommes suffisamment organisés pour le débusquer en bas de chez Tom et lui tirer dessus devaient connaître son adresse et le menu de ses petits déjeuners. Il était probablement à leur merci.

Quant à Tom, il rentra pour se faire incendier par sa petite amie. Il n'avait pas rapporté de l'épicerie indienne un produit qu'elle lui avait prétendument demandé. Ce faisant, il ne jugea pas nécessaire de lui raconter par le menu son escapade nocturne. Elle aurait sans doute compliqué les choses en prévenant les flics. Pour son bien, mieux valait la maintenir à distance. Par conséquent, il s'était couché rapidement en lui tournant ostensiblement le dos. Demain promettait d'être une longue journée.

Jason Dalmore encaissa le coup de poing en plein ventre en étouffant un râle de douleur. L'homme en noir continua à le frapper de plus belle. Il était surpris que le millionnaire soit aussi résistant. D'habitude, ces gars bourrés de thunes se montraient beaucoup moins coriaces, prêts à tout pour que le calvaire cesse au plus vite. Mais sa victime du jour serrait les dents et ne bronchait pas.

Les portes de l'impressionnante résidence s'étaient révélées bien moins robustes : le bourreau de Dalmore s'y était introduit avec une facilité déconcertante. Encore un de ces systèmes de sécurité censément « inviolables » ! Une fois dans la demeure, il n'avait eu qu'à trouver la chambre à coucher de sa cible et éliminer froidement la *call-girl* qui l'y accompagnait d'une balle en pleine tête. Une belle brune longiligne qui n'avait pas encore eu le temps de s'effeuiller totalement. Son commanditaire lui avait bien précisé : « Je veux savoir ce que ce Dalmore sait. Ensuite, vous me le ramenez, en une seule pièce ! Et ne laissez aucun témoin, évidemment. »

L'homme en noir empoigna sa victime par la gorge et la souleva du sol rien qu'à la force de son bras droit. Il s'approcha de son visage, le fixa droit dans les yeux et lui demanda :

– Qu'est-ce que tu sais sur Narragan ? À qui en as-tu parlé ?

Et il laissa retomber Dalmore au sol comme un sac de vieux chiffons.

Entre deux claques, il eut le temps de jeter un œil à la caméra de surveillance dans l'angle de la pièce. Elle filmait.

Dalmore reprit son souffle et articula péniblement un nom que la brute ne comprit pas tout de suite. Il lui balança une immense gifle en pleine figure et lui intima :

– Articule ! On ne comprend rien.

– CALLAHAN ! cria Dalmore, du sang plein la bouche.

L'homme se redressa, saisit son smartphone et appuya sur une touche préprogrammée :

– Allô ? fit une voix à l'autre bout du fil.

– C'est Spotter, annonça-t-il.

– Alors ? Ça dit quoi ?

– Ça fait une heure que je le le soumets à un traitement de choc, et il n'a rien dit de plus que ce que l'on savait déjà. Vu la mauviette que c'est, je doute qu'il soit capable de conserver la moindre bribe d'information. Ou alors il faut que je change de métier. Mais comme vous l'avez demandé, on l'a gardé en bon état.

– OK. Parfait. Vous nettoyez tout, vous ne laissez aucune trace et vous me le ramenez comme prévu.

– Que fait-on des corps de la fille et de son majordome ? demanda le tueur en jetant un coup d'œil sur l'Anglais qui semblait assoupi dans un coin de la pièce.

– J'ai été clair : pas de traces derrière vous, répondit la voix sur un ton qui ne laissait aucune place à la discussion.

CHAPITRE 7

28 novembre 2021 – 4 h 00 – Brooklyn, New York – USA

Tom Kelcey se leva en sursaut à 4 h, interrompant un mauvais rêve qui mêlait de façon incompréhensible souvenirs de guerre et *trading*. Il sauta dans un jean, enfila un tee-shirt et un pull noir à col roulé. Il avala un café en quelques secondes contre le bar de la cuisine qui donnait sur le salon, les yeux dans le vague en direction de la jetée où ils venaient de se faire tirer dessus. Depuis son retour d'Afghanistan, il y avait un peu plus de deux ans, Tom avait réappris à se sentir en sécurité dans cette ville qui était devenue la sienne. Parfois, il entendait des coups de feu au loin, mais avec le temps, il gérait la chose. Depuis un moment, mis à part ses cauchemars qui le ramenaient à Mossoul presque toutes les nuits, sont état psychique s'était amélioré. Finies les crises d'angoisses qui déboulaient sans crier gare. Il devait avouer que New York et sa banlieue lui inspiraient confiance, jusqu'ici. Une confiance qui venait de voler en éclats, et dont il se demandait si elle pourrait se reconstruire. Là dehors, des gens étaient prêts à lui coller une balle dans le crâne pour une histoire de *short-trading*… Impensable quelques heures auparavant.

Après une petite marche jusqu'à la station de métro située à quelques encablures de son appartement, il sauta dans la ligne B jusqu'à Atlantic Barclays Center, puis la 3 pour Wall Street Station. Il effectua les derniers mètres à une cadence soutenue jusqu'au 185 Pearl Street où trônait les bureaux de Brodman & Zimmermann. En arrivant au quarante-troisième étage, Tom aperçut Bill Callahan déjà dans son aquarium. La tête entre les mains, il donnait l'impression de se faire une inhalation avec son café. Il n'avait pas dû dormir très longtemps, lui non plus.

– Salut, claironna-t-il en ouvrant la porte du bureau de Bill, sans frapper comme d'habitude. Son patron sursauta, signe d'une tension extrême.

– Salut, Tom, souffla-t-il.

– J'imagine que la nuit n'a pas dû être très facile, je me trompe ? demanda Tom dans un demi-sourire.

– Figure-toi que je n'ai pas l'habitude de me faire tirer dessus avant d'aller me coucher. J'imagine que vous, les Marines, vous connaissez bien ce genre de désagrément et que vous prenez ça comme je mange du bacon au petit déjeuner. Mais moi, je suis un gamin de la banlieue de New York. La seule zone de guerre où je suis allé, c'est dans le Bronx, quand j'avais besoin de pièces de rechange pour ma Dodge !

L'ancien militaire faillit éclater de rire.

– Au moins je vois que ton sens de l'humour reste intact, c'est une bonne nouvelle.

Tom saisit la chaise en face de son supérieur et se laissa tomber dessus :

– Bon, boss… qu'est-ce qu'on fait ?

Callahan se jeta en arrière dans son fauteuil. L'articulation du meuble grinça de douleur sous son poids. Il soupira et glissa sur le ton du complot :

– Étant donné que je n'ai pas dormi des masses, tu peux imaginer que j'ai eu le temps de réfléchir…

Il marqua une pause quasi théâtrale et passa la main dans les cheveux qui lui restaient.

– J'ai l'impression que l'on joue contre plus fort que nous, et ce quelqu'un a un, voire plusieurs coups d'avance.

Tom hocha la tête et Bill enchaîna :

– *A priori*, les seules personnes au courant de mon rendez-vous avec Dalmore hier soir étaient son assistant et toi. En repartant de chez lui, je n'ai parlé à personne, sauf à toi. Comme tu t'es fait tirer dessus en même temps que moi et que tu as failli y laisser ta peau, je doute que tu sois l'esprit machiavélique à l'origine de cette agression. Ce qui signifie que j'ai été suivi, vraisemblablement par quelqu'un de très bien informé… Ou que l'assistant est derrière tout ça, mais lui est incapable de faire la différence entre une action et une obligation, donc j'ai des doutes. À la limite, on pourrait même imaginer que le majordome était également au courant. Qu'est-ce que tu en penses ?

– Il y a lui aussi, répondit Tom en désignant l'étage du dessus.

– Comment ça *lui aussi* ? l'interrompit Bill avec un regard chargé d'incompréhension.

– Dalmore aussi était au courant.

Callahan fixa Kelcey avec des yeux vides.

– C'est évident, mais vu ce qu'il m'a raconté, je l'exclus d'office.

– Les types qui ont abordé le big boss pour lui mettre ce marché en mains sont clairement bien renseignés et très organisés. Ils ont les moyens de se payer un tireur et font assez peu cas de la vie humaine. Mais pourquoi ont-ils voulu nous descendre ? Toi, tu n'étais au courant de rien il y a encore douze heures, et moi, je n'avais que des soupçons (qui sont devenus des convictions depuis hier soir). Fondamentalement, on ne sait rien. Si on met bout à bout les infos que t'a données Dalmore et mes suppositions, ça ne pèse pas lourd. Je ne suis ni flic ni procureur, mais il n'y a strictement pas de quoi appeler le SWAT[6] !

– Je sais bien, marmonna Bill Callahan. Mais j'ai l'impression que c'est lorsqu'on a prononcé le mot « Narragan » que le gars a tiré.

– J'ai le même sentiment. En venant, dans le métro, j'ai essayé de me renseigner à son propos sur le Net. Mis à part le fait qu'elle est dans la recherche, que c'est une biotech et qu'elle

6. Unité de police d'élite aux États-Unis.

serait sur le point de trouver une solution pour la repousse de la moelle épinière, il n'y a rien de neuf depuis des mois. D'accord, Scoumoune est convaincu comme jamais de la hausse du titre, mais rien ne justifie vraiment d'aller *short*.

Bill sourit en pensant à l'indicateur inversé qu'était Scoumoune, et il se rendit compte que c'était la première fois qu'il se relâchait depuis un moment.

Tom poursuivit son monologue :

– Les dernières publications trimestrielles datent d'il y a six semaines. C'était plutôt bon par rapport aux attentes de ces clowns d'analystes, et les prochaines annonces viendront début janvier. Pourtant, au niveau des volumes d'opérations, ce sont exactement les mêmes mouvements que sur les autres titres que j'ai repérés ces derniers mois.

Un grand silence s'installa dans la pièce. Les deux hommes avaient suffisamment d'expérience pour débusquer des anomalies. Cependant, ils ne comprenaient pas cette spirale qui les avait menés aussi rapidement au bord du précipice.

Tom développa son analyse :

– Tu sais, d'après ce que j'ai observé sur les autres titres, c'est aujourd'hui qu'il doit se passer quelque chose. C'est pour ça que j'ai initié la position hier soir.

– Mais t'avais pas peur que la SEC te tombe dessus ? s'emporta Bill. Tu ne crois pas qu'ils vont se faire un plaisir de te déchiqueter comme des hyènes affamées ?

Kelcey ramena ses mains sous son menton comme s'il allait lui dévoiler quelque chose d'important…

– Bill, j'ai étudié tous les cas suspects que j'ai trouvés ces dernières semaines : les volumes, le nombre de titres échangés, les *upgrades* et *downgrades*[7] qui ont été faits durant les trois semaines

7. Les *upgrades* et les *downgrades* sont des recommandations d'achat ou de vente faites par les analystes financiers. Lorsqu'un analyste annonce une nouvelle recommandation, le titre subit (en général) des pressions à l'achat (*upgrade*) ou à la vente (*downgrade*).

précédentes, depuis que les volumes étranges sont apparus. J'ai aussi étudié toutes les nouvelles qui tournaient autour de la société avant, pendant et après.

Tom reprit son souffle en regardant le graphique accroché au mur derrière Bill et enfonça le clou :

– Et jamais, je dis bien *jamais*, il n'y a eu la moindre mention d'implication de la SEC. Pourtant, c'est évident qu'il y a eu de l'*insider trading* – que des gens mieux informés que les autres étaient carrément dans le délit d'initié ! Mais les autorités ne se sont jamais mêlées de ces histoires, comme si quelqu'un leur disait de rester couchées à la niche. Même un chimpanzé bien dressé pourrait identifier les *trades* comme suspectes, alors un fonctionnaire qui bosse dans la supervision des marchés devrait y arriver aussi.

Alors que Tom observait Bill d'un air satisfait, il remarqua que son patron était soudain devenu livide. Il fixait on ne sait trop quoi par-dessus l'épaule de son trader.

– Bill ? Ça va ?

Callahan répondit d'une voix tremblante en désignant de son index un point invisible, loin de l'autre côté de la vitre du bocal :

– Regarde CNBC !

D'un coup de talon, Tom fit pivoter sa chaise à cent quatre-vingts degrés.

Sur l'immense écran de télévision au-dessus de la dernière rangée de traders, au fond de la salle, il vit un homme au regard fatigué qui parlait à une journaliste.

Le crâne dégarni, avec une barbe poivre et sel impeccablement taillée, l'homme avait dû être séduisant quelques années auparavant. Mais aujourd'hui, il avait l'air vidé de toute substance, de toute énergie. La dépression se lisait dans ses yeux.

En bas de l'écran, on pouvait lire son nom : Martin Lawrenson, CEO de Narragan Biosciences. À côté, la raison de son interview s'affichait en lettres capitales dans un bandeau tournant : « NARRAGAN BIOSCIENCES ANNONCE

LA DESTRUCTION TOTALE DE TOUTES SES DONNÉES DE RECHERCHE ACCUMULÉES SUR PLUS DE QUINZE ANS. TOUTES LES AVANCÉES SUR LE RÉTABLISSEMENT DE LA MOELLE ÉPINIÈRE SONT DÉFINITIVEMENT PERDUES. »

Tom Kelcey et Bill Callahan observaient l'image sans le son. Ils virent la journaliste réapparaître en gros plan. Inutile d'entendre sa voix pour deviner ce qu'elle disait. Les caractères rouge foncé au-dessous de son visage ne laissaient aucun doute : Narragan Biosciences était indiquée en baisse de soixante-dix pour cent à l'ouverture.

– Si on voulait couvrir notre *short* en évitant d'être impliqués dans l'histoire, je crois que c'est trop tard, affirma Tom posément.

Le jeune trader venait de digérer l'information qui passait en boucle sur CNBC. S'ils avaient eu encore besoin de preuves, cette fois, la situation semblait tout à fait claire. Un dramatique coup du sort pour Narragan Biosciences. Et des gens avaient su à l'avance ce qui allait se produire. Callahan paraissait complètement assommé.

– Je crois que tu ne te rends pas compte, Tom. Si la SEC met son nez là-dedans, on en a pour des mois… Et en ce qui me concerne, je ne peux pas me permettre d'être impliqué dans un truc pareil. Dois-je te rappeler mon CV ?

Peu de gens étaient au parfum, mais Bill Callahan avait été impliqué dans une histoire de délit d'initié voilà quelque temps. Callahan avait écopé d'une vilaine condamnation : une amende salée qu'il avait mis des années à rembourser jusqu'au dernier *cent*. Laissé en liberté, la menace d'un sursis pesait au-dessus de sa tête. Et depuis ses mésaventures, la manière de fonctionner des hommes de la SEC s'était visiblement rapprochée des méthodes de la Gestapo au meilleur de l'Allemagne nazie.

– Bill, sois tranquille ! Personne ne sait ce que je sais. Et Dalmore n'est pas au courant que j'étais *short*. En tout cas, je te couvrirai. Mais surtout, n'oublie pas ce que je t'ai dit : lors des opérations précédentes, les autorités ne s'en sont jamais mêlées. Ça m'étonnerait qu'elles s'en mêlent cette fois-ci.

Callahan souffla un « merci » à peine audible et cacha ses yeux dans les paumes de ses mains, comme si ce geste allait faire disparaître ses problèmes lorsqu'il retrouverait la lumière.

Tom était certain à cent pour cent que la SEC ne poserait pas de problèmes. En revanche, ce qui l'inquiétait, c'était la motivation des gens qui avaient recruté un tueur pour leur régler leur compte. Assis sur sa chaise, il tournait le dos au gigantesque écran de télévision où l'interview du CEO de Narragan Biosciences s'était achevée. Le présentateur du matin égrenait maintenant la liste des nouvelles de la journée et l'agenda des prochaines heures.

Son collègue et ami Lamar Loggins avait les yeux rivés sur le bocal, imperméable au brouhaha des employés qui hurlaient autour de lui. Le responsable du *trading* de la biotechnologie était soudainement devenu le centre d'attraction. Tout le monde voulait traiter de Narragan Biosciences : l'homme croulait sous les demandes de prix et criait des niveaux d'achats ou de ventes à qui voulait l'entendre. Lamar se fichait pas mal de ce cirque. Il était captivé par la discussion inaudible qui se déroulait dans le bureau de Bill Callahan.

Le patron semblait complètement abattu et son collègue Kelcey essayait visiblement de le rassurer. Sans grand succès, de prime abord. Mais que se passait-il ? Lamar n'avait pas eu l'occasion de parler à Tom ce matin, puisque ce dernier était arrivé bien avant lui. Ce qui était tout à fait inhabituel, vu que Lamar vivait sur Manhattan et ne prenait pas le métro, contrairement à son collègue.

Soudainement, Tom se leva et jeta un œil dans sa direction. Lamar croisa son regard et il n'aima pas du tout ce qu'il y vit.

Tom venait de comprendre qu'il devait prendre les choses en main. Il s'en sortirait sans l'aide de son supérieur, tétanisé et impuissant. Se faire tirer dessus pour la première fois laissait des traces, et il lui faudrait du temps pour s'en remettre. De son côté, Tom disposait d'une digestion plus rapide. En revanche, la présence d'un sniper armé en plein Brooklyn était des plus inquiétantes. Il en était convaincu, les choses n'allaient pas en rester là.

Le trader sortit de la pièce en lançant à Callahan :

– Je vais voir ce que je peux faire avant l'ouverture. Éventuellement clôturer la position et me renseigner davantage sur Narragan.

Au fond de la salle, il croisa le regard interrogatif de Lamar. Il allait aussi devoir gérer ça sans que son ami ne fasse un arrêt cardiaque.

À deux cents kilomètres des bureaux de Brodman & Zimmermann, un homme sombrait lentement mais sûrement dans la dépression. L'hypothèse du suicide s'imposait dangereusement. Martin Lawrenson, CEO et fondateur de Narragan Biosciences, venait de voir partir en fumée quinze années de travail acharné, d'espoir et d'avancées scientifiques sur la repousse des nerfs. Quinze années à imaginer qu'un jour, son fils puisse remarcher, se lever du fauteuil roulant dans lequel il était cloué depuis qu'un chauffard l'avait percuté sur un passage piéton. Le directeur observait la photo de son enfant posée sur son bureau. Il avait fêté ses vingt-deux ans la semaine dernière, charriant derrière lui une jeunesse totalement gâchée. Aujourd'hui, la disparition de toutes ces données scientifiques ne laissait rien présager de bon pour son futur. La perspective de soigner et redonner espoir à des milliers de personnes à travers le monde semblait totalement compromise.

Dans une colère noire, impuissant, Martin Lawrenson allait devoir s'expliquer face à ses actionnaires et ses investisseurs. Il se demandait bien comment trouver les ressources nécessaires pour comprendre l'incompréhensible. Son responsable informatique se tenait devant lui. Un grand type sans âge, peut-être jamais sorti de son bureau depuis qu'il avait mis la main sur un Commodore 64, quarante ans auparavant. Il s'appelait Michelson. Martin Lawrenson ne se souvenait pas de son prénom, mais pour le moment, ce n'était pas sa préoccupation première. Sans réponse cohérente de sa part, le CEO ne pensait qu'à une chose : le tuer et faire disparaître son corps sous des tonnes de béton. Sa rage était mêlée à un désespoir qui lui déchirait les entrailles, sans compter une culpabilité abyssale.

– Mais bon Dieu de merde, Michelson ! Comment est-ce possible ? Nous avons dépensé des montagnes de fric dans l'informatique, on a installé des *back-up* et des *back-up* de *back-up* ! On est passés au cent pour cent numérique, « parce que c'est l'avenir », selon vos propres paroles, et ce matin, il n'y a pas plus de datas dans ces serveurs que dans ma calculatrice quand j'étais à l'école primaire !

Malgré ses deux mètres de haut, l'informaticien donnait l'impression de disparaître chaque seconde un peu plus sous le plancher.

– Je ne sais pas quoi vous dire, monsieur, marmonna-t-il en baissant la tête.

– Retournez dans votre bureau de geek et retrouvez-moi ces putains de données ! On est en 2021, vous n'allez quand même pas me dire que quinze années de recherches numérisées ne sont pas planquées quelque part sur le Web ou dans le *cloud*, bordel !

Le poing de Lawrenson s'écrasa sur le bureau, faisant sursauter le technicien au bord des larmes.

Le patron se redressa et, dans un tic nerveux, desserra sa cravate pour la douzième fois de la matinée. Il se sentait impuissant comme jamais. L'interphone de son bureau se mit à clignoter, et sa secrétaire prit la parole de façon autoritaire :

– Monsieur, le *Wall Street Journal* voudrait vous parler. Je leur dis quoi ?

– Qu'ils aillent se faire foutre !

Et il coupa la ligne en lançant l'interphone contre le mur, décrochant du même coup une reproduction de Monnet que sa femme lui avait offerte pour ses cinquante ans.

– Alors quoi ? Vous êtes encore là ? Il vous faut une invitation pour retrouver mes putains de données ? cria-t-il à son chef de l'IT.

– Mais, monsieur… balbutia Michelson. Je veux bien retourner dans mon bureau, mais il n'y a plus de trace de nos données nulle part ! J'ai déjà vérifié plusieurs fois et partout !

Le fondateur de Narragan Biosciences le fixa avec un regard qui, s'il avait eu le pouvoir de tuer, aurait déjà réduit son employé à l'état de poussière.

Michelson reprit la parole d'une voix chevrotante :

– Depuis que je suis arrivé à 6 h ce matin et que je me suis rendu compte du problème, j'ai lancé tous les diagnostics possibles et imaginables, et il n'y a rien. Nulle part. Tous les serveurs et tous les *back-up* mis en place et audités par la sécurité ont été vidés, nettoyés, remis à zéro comme par enchantement.

– Mais comment est-ce possible ? hurla le CEO.

– Je n'en sais rien ! C'est à n'y rien comprendre. Je n'ai jamais vu ça de ma vie. Ce n'est pas un virus, et il n'y a aucune trace d'un quelconque programme étranger. Je ne sais pas qui a fait ça, mais ça doit être un génie qui dépasse largement mes compétences… ou alors ça vient de l'intérieur.

– Vous vous foutez de moi ? De l'intérieur ? Ces bureaux sont aussi sécurisés que ceux de la CIA et vous tentez me faire croire qu'un type serait venu nous hacker de l'intérieur ? Ne mettez pas votre incompétence sur le dos des autres ! Foutez-moi le camp, vous êtes viré, je ne veux plus vous voir, disparaissez de mon bureau !

L'informaticien battit en retraite et disparut en fermant prudemment la porte derrière lui. Lawrenson s'effondra dans son fauteuil avec la sensation de ne plus rien maîtriser. D'ailleurs, il ne maîtrisait plus rien. Son téléphone portable se mit à vibrer, affichant un numéro masqué. Il ne répondait jamais à ce genre d'appel, mais ce 28 novembre n'était pas une journée ordinaire. Il fit glisser son pouce sur l'écran tactile tout en sachant au fond de lui qui l'appelait. La culpabilité s'immisçait toujours un peu plus dans son esprit.

En retrouvant son poste de travail, Tom dut affronter le regard inquisiteur de Lamar. L'inquiétude se lisait sur le visage de son ami. L'ancien footballeur américain s'approcha de Tom et murmura sur un ton complotiste :

– T'es soudainement devenu un intime du patron… Tu peux m'expliquer ce qui se trame entre vous ? Callahan n'a pas l'air dans son assiette. Toi non plus d'ailleurs. Il y a du Narragan là-dessous.

Tom se recula et lâcha d'une façon plus sèche qu'il n'aurait voulu :

– C'est pas le moment, Lamar. J'ai du boulot !

Et il se mit illico à taper frénétiquement sur son clavier en tournant le dos à Lamar. En quelques minutes, il fit un large tour d'horizon sur l'affaire Narragan : CNBC, *Wall Street Journal*, Barron's, Bloomberg et à peu près tous les sites d'actualités disponibles sur le Net. La moisson fut maigre. Rien de plus que des détails sur cette perte de données suspecte. Il regarda pensivement son écran, les caractères de toutes les couleurs devenant flous.

Il essaya de se résumer les options qui se présentaient à lui.

Pour commencer, il devrait couvrir son *short* en Narragan et prendre les profits. Puis attendre de voir si la SEC lui tombait dessus. Il savait d'expérience qu'au moindre doute, dans les quarante-huit heures, les « bœufs-carottes » des marchés débarqueraient. Mais comme il l'avait expliqué à Callahan, il était plus que probable que rien ne se produirait. C'était donc une équation à deux inconnues : pourquoi cette omerta des instances de contrôle, et pourquoi avait-on tenté de les assassiner ?

A priori, l'instigateur de ce plan était en train d'institutionnaliser le délit d'initié, de se diluer dans la masse. Il comptait faire partager les profits à d'autres. En racontant son histoire à Callahan, Jason Dalmore avait visiblement déclenché une réaction en chaîne. Comment stopper la machine mise en route la veille au soir ? En admettant que cela soit encore possible.

Tom Kelcey fut saisi d'une illumination. Il se leva brusquement, manquant de faire valdinguer sa chaise. Il se précipita à grandes enjambées vers le bocal, sous les regards étonnés de Lamar et des traders qui attendaient le son de la cloche, prêts à en découdre sur les marchés. Tom entra en coup de vent dans le bureau de Callahan et lui demanda, essoufflé :

– Au fait, tu as eu des nouvelles du big boss depuis hier ?

– Tom, il est 8 h 15. On s'est fait tirer dessus hier soir et on est ensemble depuis six heures… Tu crois que si j'avais parlé à Dalmore, je ne t'aurais rien dit ? Et toi ? Tu en est où avec ton *short* sur Narragan ?

– Je n'en suis nulle part, je vais devoir me couvrir à l'ouverture. Pour l'instant, les prix indiqués sont complètement débiles, et les écarts entre l'offre et la demande ne veulent rien dire. J'ai placé des ordres d'achat au mieux pour une partie de la position, je ne vais pas hésiter pour racheter les titres. Surtout au vu de la situation.

– Tu gagnes combien sur la transaction ?

À peine avait-il lâché cette question que Bill la regretta. Le problème n'était absolument pas là, mais Tom lui répondit :

– J'ai shorté pour cinq millions. Le titre devrait ouvrir en baisse de soixante-dix pour cent. Je dirais donc 3,5 millions de profit. Mon bonus annuel devrait être correct. Pour autant que je ne me fasse pas tirer dessus tous les soirs en rentrant à la maison, dit-il dans un sourire nerveux.

Callahan esquissa lui aussi un sourire forcé et reprit :

– Tu pensais à quoi par rapport à Dalmore ?

– Je me disais que s'ils ont essayé de te descendre, ou plutôt de *nous* descendre hier, c'est qu'ils ne voulaient pas que le bruit circule. Selon ce que tu m'as dit, son contact au golf a explicitement demandé au patron de la fermer. C'est juste ?

Bill réfléchit quelques instants, se remémorant la discussion de la veille, puis il hocha la tête en marmonnant un borborygme qui ressemblait à un acquiescement.

Tom poursuivit :

– Je pense qu'il faudrait le mettre au courant de ce qui s'est passé hier. Histoire qu'il ne laisse pas rentrer n'importe qui chez lui. Il est même peut-être en danger…

– Tu as raison. Je vais l'appeler.

– Euh, non, mauvaise idée, rétorqua Tom en s'avançant pour l'empêcher d'attraper le combiné. Tu crois réellement que des types qui te suivent avec un fusil à lunette n'ont pas pris soin de surveiller Dalmore… et de mettre son téléphone sur écoute ? Il va falloir que l'on aille chez le patron…

– Tu veux aller là-bas ?

– Oui, et le plus vite sera le mieux.

Bill Callahan scruta Tom Kelcey quelques secondes.

– Comment fais-tu pour être si calme, alors que l'on a clairement mis les pieds dans un panier de crabes qui nous dépasse ?

– Disons qu'à force de te faire tirer dessus et de ne compter que sur toi-même pour t'en sortir, tu t'habitues et tu relativises. Je te propose donc de couvrir les positions en Narragan, et ensuite on monte tous les deux chez Dalmore. Et on avisera, ça te va ?

– D'accord, Tom. Mais tu ne crois pas qu'on se jette dans la gueule du loup en allant à West Hampton Beach ? Tu l'as dit toi-même : s'ils surveillent Dalmore, ils nous auront tous en même temps, au même endroit. Tu ne crois pas que l'on devrait appeler les flics et tout leur balancer ?

Le cerveau de Tom carburait à cent vingt à l'heure. Bill n'avait pas tort pour les risques encourus, mais les flics poseraient des questions sur la tentative de meurtre. Ils voudraient comprendre pourquoi Bill et Tom ne les avaient pas prévenus. Dans ce genre d'affaire, on pouvait rapidement passer du statut de victime à celui de suspect. Autant éviter que la police ne s'intéresse au *trade* sur Narragan et que la SEC ne mette les pieds dans le plat. Laisser les forces de l'ordre à bonne distance. Pour le moment en tous les cas.

Une fois qu'il eut exposé tout cela à son responsable, Tom conclut la discussion :

– Le marché va ouvrir. Je vais couvrir ma position *short* et on fait le point après.

– OK, vas-y.

Tom lui tourna le dos et repartit à son desk pour encaisser le profit du *trade* de sa vie. *Une transaction qui pourrait bien être la dernière de ma vie par la même occasion*, pensa-t-il en son for intérieur.

CHAPITRE 8

28 novembre 2021 – 8 h 32 – Hoboken, New Jersey, – USA

Riccardo Malagacchi venait de se réveiller. Enfin, si on pouvait considérer comme du sommeil ces dernières heures. Il cuvait encore son trip de la veille et se sentait complètement vidé par l'excès de coke. Ce genre de matin où il se disait qu'il faudrait tout arrêter au plus vite, se mettre au sport et reprendre une vie saine et normale. Mais sa dépendance était bien trop profonde. La coke lui avait ôté tout libre arbitre. Et l'appel du produit se faisait déjà sentir… Un rail de poudre pour se remettre d'aplomb et entamer la journée ?

En y repensant, Malagacchi n'avait rien au programme pour aujourd'hui. Son job de la veille achevé, il était dans l'attente d'un prochain contrat. Rien d'autre à faire qu'occuper son oisiveté et dépenser les cent mille dollars cash qu'il venait de toucher. Il s'arracha du canapé et décida de prendre une douche avant d'aller se ravitailler en coke. Il reviendrait ensuite s'enterrer dans sa « cave », et hackerait, pourquoi pas, un site porno, histoire de passer le temps. Au fond de lui, il se dégoûtait, mais comment revenir en arrière. Il ne pouvait que finir dans un mur. C'est sur cette dernière pensée pseudo philosophique qu'il se dirigea vers la salle de bains.

Si Riccardo avait eu tous ses sens en éveil, il aurait remarqué la porte d'entrée déverrouillée. Il était en train de se demander s'il avait bien effacé tous ses historiques de navigation de la nuit. C'est en tirant le rideau de douche qu'il sentit la lame pénétrer sous son omoplate gauche, déchirer les chairs de son muscle dorsal et envoyer un éclat de douleur foudroyant à son cerveau. Un cri désespéré voulut s'échapper de sa bouche, mais une main gantée sortie de nulle part empêcha le hurlement de passer la frontière de ses lèvres. La lame continua son exploration en direction de son cœur, le sectionnant littéralement en deux. L'arrêt brutal de son système circulatoire lui fit perdre connaissance avant de toucher le sol.

Froid et méthodique, son assassin mettait les pieds dans la « cave » de Riccardo Malagacchi pour la seconde fois. Il avait livré le matériel informatique *high tech* quelques jours auparavant. Trop négligé, l'informaticien ne lui avait pas laissé une bonne impression. Il éprouvait une profonde aversion pour les drogués. Exécuter Malagacchi fut donc un plaisir. Un être humain inutile qui avait eu son heure de gloire en servant un projet d'une grande importance.

Avant de sortir de ce qu'il considérait comme un trou à rats, l'homme décrocha les deux cylindres attachés à sa ceinture. Il dévissa les goupilles sur le dessus de chacune et les fit rouler sous le bureau où trônaient les écrans, tout contre l'énorme disque dur posé au sol. Isolées derrière la porte blindée, les grenades thermites explosèrent presque instantanément, déclenchant un incendie qui allait tout réduire en cendres en l'espace de quelques minutes. Le tueur pensa au médecin légiste qui aurait Malagacchi sur sa table dans quelques heures : le casse-tête ne serait pas simple à résoudre. Il se glissa dans la ruelle et rejoignit le gros 4×4 qui l'attendait à quelques dizaines de mètres. À cette heure-là, les seules personnes que l'on croisait dans le quartier se remettaient péniblement des excès de la veille. Elles se souvenaient à peine de leur prénom ; autant dire que le risque que l'on se souvienne de lui était quasiment nul.

Lamar faisait la gueule. Kelcey affrontait son mur d'écrans de *trading*. Les mains jointes sous son menton, il ne savait plus quoi penser. Il venait d'encaisser 3,7 millions de dollars en shortant Narragan Biosciences. Il ne s'était jamais senti aussi bien dans son métier que lors de cette dernière année écoulée. Et maintenant, il se retrouvait embarqué dans cette sale histoire. Il essayait de réfléchir rationnellement. Lui revenait à l'esprit son entraînement militaire au cours duquel il avait appris à affronter l'adversité, à ne pas se laisser encercler par l'ennemi. Sauf que dans le cas présent, il ne savait pas qui était l'ennemi, ni comment il comptait l'encercler.

Son téléphone portable vibra sur son bureau, déplaçant dangereusement son café froid. Un numéro masqué. Il rejeta l'appel par réflexe. Dans la seconde, le téléphone sonna de nouveau. Tom rejeta une nouvelle fois la communication, mais il commença à gamberger. Au vu de la situation, il répondit à la troisième tentative :

– Allô ?

– Tom Kelcey ? demanda une voix d'homme tout ce qu'il y a de plus banale.

– Qui le demande ?

– Vous êtes bien Tom Kelcey ?

– Vous êtes sourd ?

– Pardon ?! répondit la voix inconnue.

– Je vous demande « qui le demande » et vous ne vous présentez pas. Donc, êtes-vous sourd ? J'admets que ça ne ferait pas de sens de m'appeler au téléphone si vous êtes sourd, mais…

– La ferme, aboya la voix. Si vous êtes Tom Kelcey, vous allez écouter attentivement ce que je vais vous dire. D'après nos calculs, vous avez shorté pour l'équivalent de cinq millions de dollars d'actions Narragan et les avez rachetées il y a quelques minutes pour un profit de 3,7 millions de dollars.

Le sang de Tom se glaça instantanément dans ses veines. *Ils* étaient au courant de ses moindres faits et gestes. *Mais qui sont ces types ?* Il répondit d'un ton qui se voulait décontracté, sans trop faire illusion :

– Je suis soumis au secret professionnel et je ne peux...

Son interlocuteur le coupa brutalement :

– Écoute-moi bien, espèce de connard ! Tu vas arrêter de jouer au clown et écouter comme un bon garçon. Si tu ne fais pas exactement ce que je te dis, je vais raccrocher et tu n'auras pas envie de connaître la suite... À moins que tu ne tiennes pas à ta petite amie, ou à la femme et aux gosses de ton patron...

Tom fut incapable d'articuler le moindre mot. Il prenait soudainement toute la mesure de ce qui était en train de se passer.

– Bien, je vois que tu as une grande gueule, mais qu'il n'y a personne derrière. Un bon banquier standard. Alors écoute bien, petit merdeux ! Tu viens de créditer ton compte *trading* de 3,7 millions. Je te donne le numéro si tu as un doute : c'est le 812 914 B.

Tom était tétanisé. Si son correspondant connaissait les numéros de comptes internes, c'est qu'il avait des complices dans la banque. Comme un animal pris au piège, Tom scruta les environs pour voir si quelqu'un l'observait. Mais il ne remarqua rien de spécial. Rien d'autre qu'une salle en pleine ébullition, des traders qui criaient avec deux téléphones à la main, du bruit, des claviers qui cliquetaient et l'imprimante à côté de lui qui crachait des tonnes de papier avec le plus grand mépris pour la déforestation. Personne ne le regardait, personne ne prenait la mesure de ce qu'il était en train de vivre, à part peut-être Lamar qui écoutait la discussion, l'air de rien.

– Je prends ton silence pour un acquiescement. Ça marche mieux quand tu ne fais pas le malin, reprit son interlocuteur. Tu vas donc transférer cette somme de ton compte *trading* au compte numérique que je t'ai envoyé par mail à l'instant. Et...

Dans un dernier sursaut d'orgueil, Kelcey articula :

– Je ne suis pas autorisé à transférer de l'argent à l'externe, je...

– Ne me prends pas pour une bille, tu es autorisé à le faire si ton boss signe le transfert. Et je suppose qu'une fois qu'il saura que sa femme est à trois mètres de moi et au souvenir du coup de feu d'hier soir, il acceptera. Tu as trente minutes pour faire le nécessaire.

Puis plus rien. Le maître chanteur avait raccroché.

Les mains de Tom tremblaient. Finie l'apparente désinvolture affichée au début de l'appel. Son cerveau fut victime d'une défaillance de quelques secondes. Impossible de réfléchir à quoi que ce soit. Puis il remonta à la surface. Il bidouilla pendant quelques secondes son clavier, s'y reprenant à plusieurs reprises pour envoyer un mail à Callahan. Ensuite, il se leva tel un zombie et se dirigea vers le bocal. Et ce qu'il y trouva ne fut pas de nature à le rassurer.

Bill Callahan, livide, tenait son smartphone dans une main et balbutiait :

– Ou-oui… c'est entendu. Ne lui faites pas de mal.

Tom comprit qu'il était en communication FaceTime. Callahan posa son téléphone et implora son subordonné d'un air désespéré. Ses traits avaient pris dix ans en quelques secondes.

– Ils ont Mary…

On n'était plus dans le domaine du bluff. Une coulée glacée de transpiration parcourut la colonne vertébrale de Tom Kelcey. Il pensa brièvement à Rebecca et tenta de retenir la vague de panique qui montait. Il récupéra son portable dans sa poche arrière de jean et déroula sa liste de favoris pour l'appeler.

Sonnerie dans le vide et boîte vocale.

– Beckie, c'est moi, rappelle-moi au plus vite, c'est urgentissime.

Puis il se tourna vers Bill Callahan.

– Qu'est-ce qu'on fait ? Il faut appeler les flics, c'est trop pour nous. On est des financiers, pas des mafieux !

– Déjà, on leur verse les trois millions et des poussières qu'ils réclament ! Et après, on avise. Je refuse de prendre le moindre risque avec Mary en mêlant la police à cette histoire.

– Le transfert est fait, tu dois juste le valider. Je viens de t'envoyer un mail. Mais bon sang, qui sont ces mecs… ?

Callahan n'arrivait plus à retrouver son calme. Il afficha tant bien que mal le mail de validation et finalisa le transfert en deux ou trois clics fébriles. Puis il prit plusieurs respirations pour essayer de s'apaiser et remettre de l'ordre dans ses pensées.

– Écoute, Tom, on ne sait pas qui ils sont mais ce qui est certain, c'est qu'ils ont des méthodes de gangsters. Ils n'ont pas l'habitude qu'on leur dise non. Personnellement, je n'ai aucune intention de me retrouver dans une vendetta entre mafieux en cols blancs. Ils semblent prêts à tout pour ne laisser aucune trace sur une opération de délit d'initié de grande envergure. Donc, on leur paie ce qu'ils veulent, j'expliquerai à Dalmore le pourquoi du comment. Et s'il n'est pas content, il pourra me foutre dehors, je m'en cogne.

Tom tenta d'interrompre son supérieur, mais ce dernier lui fit un grand geste du bras pour signifier qu'il n'avait pas fini.

– Là, ils s'en prennent à ma famille et peut-être à la tienne. On n'est pas des cadors, alors ça suffit !

– Tu penses qu'une fois qu'ils auront obtenu ce qu'ils veulent, ils nous laisseront tranquilles ?

– Ils veulent du fric, et peut-être virer Dalmore de son poste. Ils peuvent faire ce qu'ils veulent, je n'ai pas l'intention de morfler !

– D'ailleurs, pour Dalmore, on fait quoi ?

– On ne fait rien ! Maintenant que le transfert est effectué, je rentre chez moi et je vais récupérer ma femme… et essayer d'oublier tout ça.

– Mais, Bill, j'ai du mal à croire qu'ils vont en rester là. Il faut peut-être creuser un peu pour savoir qui est derrière tout ça, non ?

Bill Callahan s'était levé, il avait saisi sa veste et marchait en direction de la porte de son bureau comme possédé. Tom ne tenta pas de le retenir.

Rebecca McCaskill allait sortir de chez elle. Une femme mince et sportive, plus proche de la vingtaine que de la trentaine. Son physique ne laissait pas les hommes indifférents. Le seul qui paraissait un peu moins attiré en ce moment, c'était son compagnon. Tous les matins, elle partait vers 9 h de l'appartement qu'elle occupait avec Tom Kelcey. Elle prenait ensuite le taxi jusqu'au nord de Prospect Park et, ensuite, c'était métro pour Manhattan. Sauf que ce matin, son patron était censé la récupérer à la maison pour l'emmener passer une journée à l'extérieur. Elle se doutait bien de ce qui se cachait derrière cette escapade et ne savait pas encore quelle attitude adopter s'il devenait trop insistant. Sa relation avec Tom se dégradait de jour en jour, elle avait besoin d'autre chose. Les regards insistants de son employeur l'émoustillaient depuis quelque temps. Ce matin, elle avait d'ailleurs apporté un soin particulier à sa tenue et à son maquillage.

Rebecca n'était pas le genre de femme à se laisser séduire facilement, *a fortiori* lorsqu'elle était en couple. Mais après avoir vu sa mère dépérir devant le manque d'attention de son époux, elle se refusait à passer le reste de sa vie avec un trader obnubilé par Wall Street. Elle avait besoin d'attention et d'effervescence. Rencontrer des gens intéressants, sortir, manger dans de bons restaurants, danser… Tom Kelcey semblait bien incapable de lui proposer tout cela. Surtout qu'il était complètement sourd à ses reproches.

Le carillon de la porte résonna dans la pièce, et elle se précipita pour ouvrir. Elle jeta machinalement un œil à travers le judas et en reconnaissant le visage de son patron, elle ouvrit grand la porte.

– Frank, je suis contente de vous voir, lança-t-elle.

Dans un étrange abandon, le visiteur s'affala sur la poitrine de Rebecca. La jeune femme essaya en vain de le retenir. Le pauvre était sûrement en train de faire un malaise. C'est alors qu'elle aperçut un homme surgir derrière son patron pour lui asséner un violent coup au visage. Avant de perdre connaissance, elle eut juste le temps de se rendre compte qu'elle était couverte du sang de Frank.

Tom s'acharnait sur son smartphone. Rebecca ne répondait toujours pas à ses appels. Après le kidnapping de Mary, la tension et l'inquiétude le gagnaient. Tom ne pouvait pas accepter l'idée qu'on fasse du mal à Rebecca. Il essaya encore une fois et laissa un cinquième message :

– Becky, c'est moi. J'ai vraiment besoin de te parler. Est-ce que tu peux me rappeler, s'il te plaît… ?

Rebecca reprit connaissance à même le sol d'une camionnette rouillée et en fin de vie. Elle mit d'interminables secondes pour comprendre la situation. Ce qui dégoulinait sur son front n'était pas de la sueur mais du sang. La panique l'empêchait presque de respirer, sans parler du bâillon à l'odeur infecte enfoncé dans sa bouche. En se contorsionnant, elle parvint à apercevoir deux hommes de dos. L'un des deux était au téléphone, et elle crut comprendre le mot « Tarrytown » à la fin de la conversation.

Elle ne fit même pas mine de tenter de se redresser, tant les liens étaient serrés. Son angoisse monta d'un cran lorsqu'elle vit le passager du véhicule se diriger vers elle en enjambant le siège avant. Il s'accroupit, la saisit sans ménagement par les cheveux pour voir si elle était consciente et se retourna vers son comparse pour lui lancer :

– La demoiselle est à nouveau parmi nous !

– Rendors-la, lui répondit le chauffeur.

Rebecca vit la main de l'homme se lever, et elle perdit conscience quasiment au moment de l'impact.

Le lieutenant Maverick Jenrette descendit de sa voiture et regarda machinalement sa Breitling, cadeau de sa femme pour leurs vingt-cinq ans de mariage. Onze heures du matin et déjà sur une scène de crime. Une espèce de cave transformée en appartement dans les sous-quartiers d'Hoboken avait totalement cramé. Selon les pompiers, le gros morceau de charbon recroquevillé dans la salle de bains avait été autrefois un être humain. Avec un peu d'imagination.

Maverick Jenrette se dirigea vers le capitaine des pompiers, un grand blond aux allures de Viking. Lui qui ressemblait à Joe Pesci, en plus petit, se sentait légèrement complexé. Le colosse blond se retourna vers lui en le surplombant de toute sa hauteur. Le flic lui tendit la main en se présentant :

– Lieutenant Maverick Jenrette, Hoboken Police Department…

Le pompier le dévisagea en souriant et lui posa la question qu'il avait entendue des centaines de fois dans sa vie :

– Maverick ? Comme dans *Top Gun*… ?

– Tout à fait, comme dans *Top Gun*. À cause de mon physique, les producteurs n'ont pas voulu de moi, je n'ai gardé que le prénom. Rassurez-vous, j'ai assassiné mes parents depuis longtemps pour m'avoir appelé comme ça.

Le géant blond le regarda avec surprise…

– Je plaisante, capitaine, mais au bout de la dix-neuf millième fois qu'on me demande « comme dans *Top Gun* », j'ai pris l'habitude de trouver des réponses un peu divertissantes. J'en ai même tout un calepin dans ma voiture, vous voulez le voir ?

Le capitaine des pompiers se demanda si Jenrette disposait de tous ses moyens intellectuels, mais le flic poursuivit sur sa lancée :

– Bon, alors, qu'est-ce qu'on a ?

– Incendie criminel. L'incendiaire a voulu tout détruire, notamment la zone où se trouvaient ce que je suppose être des ordinateurs. Mais vu le merdier que devait être ce cloaque, tout a cramé, y compris le type dans la salle de bains, dit-il en désignant un bout de plastique fondu à côté duquel se trouvait un tas noirâtre aux faux airs de macchabée.

Maverick fit brièvement le tour de la pièce, où presque tout était carbonisé ou réduit à l'état de cendres. Au milieu trônait l'armature métallique d'un canapé. Quelques feuilles de papier noircies avaient étrangement échappé à la destruction pure et simple. Sur le coin de l'une d'elles, on devinait une espèce de logo. Le flic ramassa le bout de papier et le glissa dans une pochette en plastique. L'équipe du labo pourrait peut-être mettre un nom sur ce logo. Le début d'une piste ? Il se redressa et se dirigea vers l'immense pompier en train de donner des instructions à ses hommes.

– Dites-moi, capitaine, vous m'avez parlé d'une origine criminelle ? Vous pouvez m'en dire plus ?

– Vu les traces et le niveau de chaleur dégagé, à moins que le type qui habitait ici ait eu pour passion de fumer à côté de sa collection de grenades thermites… J'imagine qu'on a dû l'aider. Je vous transmets mon rapport dans les vingt-quatre heures. Le légiste pourra sûrement vous dire si notre ami par terre est mort avant ou pendant le feu d'artifice.

– OK, merci, capitaine, j'attends votre rapport.

Le lieutenant de police se dirigea vers les deux brancardiers qui inséraient le cadavre dans un épais sac gris.

– Prévenez le légiste que je passerai dans l'après-midi…

Il sortit de la pièce : l'odeur de plastique brûlé et de chair carbonisée commençait à lui provoquer des nausées. Enfin à l'air libre, après quelques respirations à pleins poumons, il se découvrit une petite faim. Il connaissait un restaurant vers la gare, à deux pâtés de maisons de l'hôpital où son macchabée allait finir. Autant manger un bout avant d'y aller. On lui avait appris à ne jamais assister à une autopsie le ventre vide. Aussi surprenant que cela puisse paraître, le truc fonctionnait bien. Il tourna la clé de contact de sa Ford de fonction et se dirigea vers le sud, se disant que cette affaire n'allait certainement terminer nulle part.

Trop peu d'indices. Pas de traces d'effraction sur la porte blindée. Soit le tueur connaissait le code, soit la victime connaissait le tueur, ce qui réduisait la liste des suspects aux dix millions de personnes qui naviguent entre New York et le New Jersey tous les jours.

Chez Brodman & Zimmermann, Tom commençait à paniquer, ignorant sa formation militaire. Scotché sur sa chaise, il ne voyait plus les graphiques ni les cotations défiler devant ses yeux. Tous les matins, il analysait une centaine de graphiques pour tenter de débusquer la bonne affaire et la position gagnante. Pour le moment, ses yeux s'agitaient dans le vide. Degré zéro de la pensée et de la réflexion.

– Lieutenant, ça va ? demanda Lamar, de plus en plus fébrile lui aussi.

– Hein, quoi ?

– Ça fait une heure que je te parle et que tu es prostré face au graphique NABI. Tu avais des positions en Narragan ? Tu t'es fait démonter et tu cicatrises ?

Le langage fleuri des salles de *trading*. Tom n'y était pas insensible. Après deux années sous l'uniforme, à dormir avec vingt soldats dans la même tente, il pensait avoir tout vu et tout entendu. Mais en arrivant dans ce monde, à dix mille kilomètres de Kaboul, il s'était rendu compte que les gentils banquiers, avec leurs costumes sur mesure et leurs jolies cravates, pouvaient se montrer aussi vulgaires qu'un peloton de Marines sevrés de femmes et de bières depuis des mois.

– Désolé, Lamar. Non, je n'avais pas de position en Narragan, j'étais *short*. Et tu le sais bien, je ne me suis pas fait démonter, bien au contraire.

– Ah, ben joli, parce qu'il fallait oser. Pis, t'as aussi eu un peu de bol que les gars de chez Narragan aient fait joujou avec leurs serveurs et qu'un abruti ait effacé toute la *data*.

– Pourquoi tu dis ça ?

– Eh bien, j'ai vu une interview du CEO de Narragan tout à l'heure. Il disait que, durant la nuit, toutes leurs données de recherche avaient été supprimées. Il avait vraiment l'air de ne pas comprendre ce qui s'était passé. Apparemment, tous leurs systèmes de *back-up* ont vrillé, tout a été perdu.

Tom savait bien que cet événement n'était pas fortuit, qu'une main hostile avait provoqué ce désastre numérique. Peut-être fallait-il remonter la piste en commençant par là, avant de savoir qui était derrière tout cela.

– Lamar, tu sais quoi ?

– Non, aucune idée, tu vas m'offrir à manger ?

– Non, je vais t'éviter de prendre du poids. Je vais prendre mon après-midi.

– Mais non, j'ai la dalle, moi... Et je dis quoi si on me demande où tu es ?

– Personne ne va te demander où je suis. On est des dizaines dans cette salle, je suis là depuis deux ans, je connais à peine le prénom du mec assis à ta droite et quand je le croise en ville, il m'évite. En plus, Bill Callahan vient de partir. Je vais donc me barrer et, si on me demande, tu diras que je suis reparti en Afghanistan pour récupérer une cargaison d'opium.

– Mais Bill est là, tu étais avec lui dans son bureau il y a dix minutes, fit Lamar en se retournant pour constater que le bocal était vide.

Tom avait déjà récupéré sa veste en cuir sur le dos de sa chaise. Il marchait en direction de l'ascenseur, laissant Lamar dépité. Il ne se retourna même pas en entrant dans la cabine. S'il l'avait fait, il aurait vu deux individus en costume gris, cravate grise, avançant vers Lamar Loggins.

Hébêtée, Mary Callahan n'esquissait pas le moindre geste, ligotée sur une chaise de sa salle à manger. Deux hommes masqués la surveillaient depuis la cuisine. L'épouse de Bill Callahan était une femme frêle à l'allure fatiguée. Jamais elle n'aurait imaginé se retrouver dans une situation pareille. Elle s'était contentée d'ouvrir la porte d'entrée après avoir entendu le carillon, en pensant que c'était un livreur Amazon ou quelque chose du genre. Elle s'était retrouvée face à deux hommes armés qui lui avaient intimé l'ordre de se taire et de reculer. Elle fut bien incapable d'articuler un mot. Et encore moins d'agir, d'ailleurs qu'aurait-elle bien pu faire face à deux molosses deux fois plus volumineux qu'elle ?

Le cerveau en ébullition, elle se demandait bien ce que ces brutes lui voulaient. Ils n'avaient pas décroché un mot depuis plusieurs minutes. Soudain, l'un d'eux se leva pour sortir accueillir deux hommes vêtus de noir et tout aussi cagoulés. L'un des deux portait une femme sur l'épaule, tout comme elle, ligotée et bâillonnée. Couverte de sang, la malheureuse aurait tout aussi bien pu être morte que vive. Le niveau de terreur de Mary Callahan grimpa d'un cran, et tout cela sans avoir la moindre idée de ce qui se tramait chez elle. L'homme déposa Rebecca McCaskill sur la chaise à côté de Mary. Il dégageait une odeur écœurante de parfum bon marché. Elle ne voyait que ses yeux au milieu de la cagoule, et, rien qu'en les regardant, elle sut que pour cet homme, elle n'était que de la viande.

CHAPITRE 9

28 novembre 2021 – 15 h 00 – Brighton Beach, New York – USA

Rebecca ne répondait toujours pas au téléphone, Bill Callahan non plus. L'angoisse montait d'un nouveau cran. En appelant le bureau de sa compagne, Tom s'entendit dire que Rebecca avait pris une journée de congé. Une simple trahison de couple ou la situation qui dégénérait de partout ?

Tom tournait en rond sur le quai de la ligne B, dans l'attente du métro qui le ramènerait chez lui. Il entendit la mélodie de *Take Me Home, Country Roads* et mit quelques secondes pour réagir. C'était bien la sonnerie de son propre téléphone. Il avait prévu de la changer pour quelque chose de plus dynamique, vu qu'il ratait un appel sur deux.

Le nom de Lamar s'afficha sur l'écran de son smartphone et Tom décrocha sans conviction. Son ami ne se perdit pas en formules de politesse :

– Tom, deux types sont venus te demander, souffla-t-il.

– Et donc ? Explique !

– Tu venais à peine de partir que deux gars ont déboulé à ton bureau et m'ont demandé où tu étais.

– Deux gars comment ?

– Ben, on aurait dit qu'ils étaient sortis d'une imprimante 3D. Même costard, même cravate, même dégaine. Pendant un moment, je ne savais même plus qui était qui. Spontanément, j'ai pensé à la SEC. Mais ils n'ont pas voulu me dire qui ils étaient et d'où ils venaient. Ils m'ont simplement prévenu que c'était mieux pour tout le monde que je réponde à leurs questions.

– Et tu as répondu quoi ?

Dans la station de métro, la réception était assez aléatoire. La voix de Lamar devenait dangereusement métallique et nasillarde, quand elle n'était pas coupée pendant quelques millisecondes. Tom se déplaçait dans tous les sens en scrutant les barres de réseau. Lamar poursuivit :

– J'ai répondu que tu étais parti faire une course et que tu reviendrais dans trente minutes. Ils t'ont attendu. Quand ils ont vu que tu ne revenais pas, ils ont fini par déguerpir. Pas sûr qu'ils m'invitent à leur Christmas Party cette année. Mais fais gaffe, ils te cherchent et ils n'ont pas l'air nets. Parkas bleues, costumes gris foncé et coupe des années quatre-vingts chez le même coiffeur.

– Lamar ?

– Oui ?

– Merci de m'avoir couvert et de m'avoir fait gagner un peu de temps. Je t'en dois une. Je te rappelle vite.

– Quand tu voudras, lieutenant. Tu as des prob…

Tom raccrocha avant même la fin de la question. Les menaces au téléphone, le kidnapping de la femme de Callahan, Rebecca qui ne répondait pas, des types louches qui demandaient après lui, tout cela commençait à faire beaucoup. Il devait se planquer pour réfléchir et faire retomber la pression. Soudain, l'idée de rentrer chez lui ne lui sembla pas très opportune…

Rebecca ouvrit les yeux, submergée par des nausées, mais le bâillon qui entravait sa bouche la força à ravaler sa bile dans un effort inhumain. Son corps entièrement ankylosé lui interdisait le moindre mouvement. Au travers des larmes qui obstruaient son regard, elle entraperçut l'intérieur d'une maison cossue qu'elle ne connaissait pas. À côté d'elle se trouvait également une autre femme ligotée, prostrée, avec qui il semblait impossible d'entrer en communication. Encore moins échafauder un plan de fuite. Dans son esprit embrumé et face à un terrible mal de crâne, Rebecca ne parvenait pas à se concentrer, à rationnaliser, au bord d'une panique destructrice. Son univers s'était effondré en quelques heures. Son séduisant patron assassiné, elle kidnappée avec une inconnue. Et si le cauchemar ne faisait que commencer ?

Le lieutenant Jenrette regagna son bureau après un séjour chez le médecin légiste. Son rapport ne laissait place à aucun doute. L'homme n'était pas mort rôti au fond de sa salle de bains. Il avait été poignardé au préalable. L'affaire prenait une tournure intéressante pour Maverick. Une cave d'un quartier mal famé truffée de matériel informatique, une porte blindée ouverte un peu trop facilement, un type poignardé, des grenades incendiaires. Tous les ingrédients étaient réunis pour une enquête qui le changerait de sa routine.

Le flic se remémora le papier carbonisé retrouvé au milieu de la mousse du canapé. Le labo pourrait sans doute en tirer quelque chose. Maverick se rendit au quatrième étage, l'antre de la brigade scientifique.

Arrivé sur place, il se dirigea vers un technicien qu'il appréciait.

– Salut, Paul, tu peux m'aider sur un truc ?

Petit et mince, mal rasé, l'homme portait un col roulé qui accentuait encore sa maigreur. Mais il se dégageait de lui une belle convivialité. Il pivota sur sa chaise en entendant son nom et n'eut pas l'air surpris en découvrant l'inspecteur Jenrette.

– Maverick ! Que me vaut l'immense honneur de ta visite ?

Le flic lui tendit le sachet en plastique contenant la feuille à moitié brûlée. Il pointa le logo de son index gauche :

– Fais-moi de la magie avec ton ordinateur. Je veux tout savoir sur ce logo.

– Je ne suis pas non plus Harry Potter, répondit Paul avec un regard pétillant.

Il s'empara du sachet et se dirigea vers l'immense photocopieuse en forme de tour qui trônait dans le coin du bureau. Il ouvrit le capot de la machine et positionna la pièce à conviction avec délicatesse. Il pianota ensuite sur le clavier pendant quelques secondes. Maverick l'observait sans très bien comprendre ce qu'il faisait. Une fois les instructions données à la machine, Paul revint à son poste de travail et ouvrit une application sur le réseau. Il importa le fichier de l'imprimante, cliqua sur *OK* et, un millième de seconde plus tard, apparut une ribambelle de photos représentant le même logo. Il cliqua sur la première et se retourna en annonçant :

– C'est le logo d'une société de biotechnologie. Narragan Biosciences. Elle est basée près de Boston.

La rame de métro arriva enfin dans un vacarme assourdissant. Des usagers commencèrent à jouer des coudes pour être les premiers à monter, au cas où elle repartirait sans eux. Pendant les quelques secondes qui suivirent l'ouverture des portes, le quai ressemblait à une fourmilière totalement désorganisée. Dans cette mêlée, à une vingtaine de mètres, Tom distingua deux types en costume gris qui bousculaient tout sur leur passage. Et ils se dirigeaient dangereusement vers lui. Tom fit instantanément le rapprochement avec la description de Lamar : ils semblaient bien sortis de la même imprimante 3D et ne respiraient pas la joie de vivre.

Ils n'appartenaient certainement pas à la SEC. Tom préférait ne pas faire leur connaissance et taper la causette. Au moment où le signal annonçant la fermeture des portes retentit, il fit mine de rentrer dans la rame, puis se lança en un sprint effréné sur le côté gauche du quai. Il slaloma entre quelques usagers en direction du tunnel d'où venait le métro. Les deux costumes gris furent surpris et ne réagirent pas au quart de tour. Ils perdirent ainsi de précieuses millisecondes avant de se mettre en branle. Tom sauta sur le côté des rails et poursuivit sa course sur le ballast, qui ne lui facilitait pas la tâche. Il avait de l'avance et la pénombre du tunnel jouait en sa faveur. Tant que le métro suivant ne venait pas le percuter de plein fouet… Par bonheur, après une centaine de mètres de course, une porte métallique se présenta dans la paroi. Sans doute une voie d'accès pour les techniciens de maintenance. Il se retourna, entendit vaguement une course lointaine mais ne distingua pas les deux costumes. Il ouvrit la porte en tremblant. Il quitta une pénombre pour une autre peut-être un peu moins dense. Il devina des marches qui descendaient vers ce qui ressemblait à un quai et une ligne désaffectée. L'humidité lui tomba sur les épaules. Il fut saisi de frissons. Il s'accroupit pour reprendre son souffle. Ses chaussures de toile furent submergées par une flaque d'eau croupie. Il se concentra sur sa respiration pour oublier la désagréable sensation sur ses chaussettes et ses orteils. Des flash-backs lui revinrent de ses missions en Afghanistan. *Respire, respire et fonds-toi dans le décor. Disparais.*

Dans un interstice entre deux briques, il pouvait apercevoir un couloir. Quelques secondes plus tard, il vit un des deux hommes qui passait lentement à quelques mètres de lui, dans une autre portion de tunnel. Il retint sa respiration en voyant le Sig Sauer P365 XL ROMEOZERO que le gars tenait dans son poing. Il n'avait pas affaire à des amateurs, l'arme démontrait clairement qu'ils n'étaient pas de la SEC. Tom n'avait pas survécu deux ans entre Kaboul et Kandahar pour mourir au fond d'un tunnel de métro à dix kilomètres de chez lui et de la plage de Brighton.

Au bout d'un moment, le type s'immobilisa derrière le mur. Tom pouvait entendre le moindre de ses faits et gestes. Il sortit un talkie-walkie de la poche de sa veste pour, probablement, contacter son clone. La voix grésilla :

– Tu me reçois ?

– Cinq sur cinq.

– Tu l'as trouvé ?

– Non. On se replie et on va chez lui. De toute façon, dès que son téléphone se connectera à une antenne relais, on le localisera.

Plus aucun doute sur leur méthode de filature. Le smartphone de Tom était un vilain mouchard. Il patienta encore cinq minutes et sortit son iPhone de sa poche : aucune barre de réseau. Il observa avec dégoût ce traître électronique. Tom éteignit l'appareil maudit et observa longuement le tunnel afin d'être certain que ses poursuivants étaient partis. Il n'y avait plus de bruits de pas sur le gravier du tunnel, plus de grésillement d'échanges radio. Il décida qu'il pouvait prendre le risque de se relever. Tom pataugea quelques instants sur le sol du tunnel avant de retrouver des escaliers plus accueillants.

Retourner chez lui était exclu, mais il devait absolument prévenir Rebecca, même si elle semblait se la couler douce en congé.

Il réfléchit froidement à sa situation. Avec ces types à ses basques, il était devenu un fugitif dont la vie ne pesait pas bien lourd. Une cavale coûte cher. Il allait devoir sortir un maximum de cash, se trouver un véhicule et partir à la recherche de Rebecca, avant de mettre la main sur Bill Callahan – dont la vie ne devait pas peser beaucoup plus lourd que la sienne. Restait à trouver la sortie du labyrinthe du métro sans tomber nez à nez avec les costumes gris.

CHAPITRE 10

28 novembre 2021 – 16 h 12 – Narragansett, Rhode Island – USA

La capitaine Vanessa Hartmann était aux commandes de son HH60-Jayhawk des gardes-côtes. Le Jayhawk, version civile du Blackhawk utilisé habituellement par les Marines mais avec ses couleurs orange et blanc, typique de la flotte des gardes-côtes, n'était pas l'hélicoptère le plus *furtif* de la région. Là n'était pas le but. Les gardes-côtes se doivent d'être remarqués pour les opérations de sauvetage en mer, même si cela peut leur porter parfois préjudice dans la lutte antidrogue. On ne peut pas tout avoir.

Vanessa Hartmann assurait une garde sur la base de Cape Cod quand l'alarme avait retenti. Un navire à la dérive venait d'être signalé en plein milieu des routes maritimes au sud de Newport. Sans afficher les dimensions d'un paquebot, le voilier en difficulté pouvait tout de même causer des dégâts en cas de collision avec un porte-conteneurs, ces monstres des mers qui transitaient dans la région avant de contourner la péninsule de Cape Cod et de remonter vers leur destination finale : Boston.

Les gardes-côtes avaient dépêché un remorqueur pour prendre en charge le voilier à la dérive, mais il ne serait pas sur zone avant la nuit. Et si quelqu'un avait eu un malaise à bord, on ne devait pas traîner. La jeune pilote de vingt-neuf ans avait donc décollé avec son copilote et navigateur, Juan Pablo Gisbert, un Américano-Hispanique qu'elle connaissait depuis sa formation, et un des plongeurs de sauvetage de garde. Ryan *quelque chose*, un jeune con arrogant qu'elle appréciait modérément. Et elle se faisait un malin plaisir à ne pas retenir son nom de famille. Mais il fallait le reconnaître, c'était un pro hyper compétent – ou complètement cinglé, selon l'angle de vue. Il lui en avait déjà fait voir des vertes et des pas mûres lors de leurs dernières interventions communes. Le type flirtait avec le danger comme d'autres avec des jolies filles dans les bars.

Le voilier en perdition avait été signalé par un porte-conteneur chilien trente-cinq minutes auparavant. Cependant, entre vents et courants, sa position avait pu évoluer dans un rayon de plus ou moins vingt-cinq miles nautiques. En mer, cela faisait beaucoup.

Si elle en croyait ses instruments, Vanessa ne devait plus être très loin. Elle pressa l'interrupteur de son *intercom* et lança à son équipage :

– Messieurs, on arrive sur site. Notre cible est quelque part par là. Ouvrez grand vos yeux. La nuit va tomber dans quarante-cinq minutes et ensuite, ça sera compliqué. Je ne vais pas vous apprendre votre métier. Alors, au boulot !

Elle vérifia encore une fois ses paramètres de vol et ajouta :

– Le premier qui me trouve ce voilier, je lui paie une bière au mess ce soir.

– Capitaine, les bières sont gratuites au mess, lui répondit Gisbert.

– C'est justement pour ça, sourit-elle. Ça me coûtera moins cher.

Dans son dos, le plongeur esquissa un sourire et ouvrit la porte coulissante pour s'offrir une meilleure vue sur l'Atlantique s'étirant à perte de vue. Sans être démontée, la mer moutonnait et l'on pouvait observer des creux de moins de deux mètres. Ces pros du sauvetage en mer en avaient vu d'autres.

Respectant la procédure de recherche, la jeune femme gagna un peu d'altitude pour disposer d'une vue d'ensemble, puis entama une descente lente et progressive en cercles concentriques. Pendant quelques minutes, on n'entendit plus que le bruit des pales qui augmentaient leur incidence pour freiner la chute naturelle du monstre de dix tonnes. Dans leurs casques, les trois occupants de l'appareil profitaient des grésillements de la radio entrecoupés des conversations sur la fréquence de secours.

Vanessa attendit un temps mort entre deux phrases et annonça :

– Hélicoptère 6-0-6-2, gardes-côtes US à douze minutes sud de Newport. Entame une descente d'observation entre six mille pieds et niveau mer. Descente en cercle.

Personne ne lui répondit. Une procédure normale puisqu'elle annonçait simplement ses déplacements dans une zone où elle n'était pas supposée rencontrer d'autre aéronef. Soudain, elle entendit Ryan dans son casque :

– Capitaine ?

– Oui, sergent ?

– La bière, je peux choisir entre bouteille et pression ? Le voilier est à huit heures. Si vous inclinez un peu la machine, vous devriez tomber dessus. Je verrouille ma combinaison. Prêt pour l'hélitreuillage dans quinze secondes, c'est vous qui me donnerez le top.

Vanessa était impressionnée, quand le gamin se mettait au travail, il respirait la maîtrise et la sobriété de geste. À l'idée de descendre pendue à un câble pour aller caresser les eaux glaciales de l'Atlantique Nord, la capitaine Hartmann était au bord l'évanouissement. Un métier qui demandait une sacrée dose de courage, et peut-être parfois d'inconscience.

La pilote pressa l'*intercom* :

– Bien reçu, cible repérée ! J'entame la descente sur zone.

Tel un oiseau de proie qui ajuste le coup fatal, le Jayhawk bascula dans la direction du voilier en perdition. Une manœuvre maintes fois répétée lors des sorties d'entraînement.

Le sergent-plongeur Ryan Griffith observait le voilier d'une douzaine de mètres où on ne distinguait pas âme qui vive sur le pont. Ballotée par les vagues, l'embarcation constituait une bien mince piste d'atterrissage, mais il en avait vu d'autres. Il allait remettre sa vie entre les mains de la jeune pilote qui annonça :

– Plongeur, treuil latéral gauche opérationnel

– Bien reçu, je prends. Les voiles sont affalées, et je peux descendre en me sécurisant contre le mât. Le vent est modéré.

Lors de ce genre de manœuvre, les voiles représentaient un réel danger. L'homme hélitreuillé pouvait s'empêtrer dedans et plomber l'hélicoptère comme victime d'un mortel fil à la patte. Il y a quelques années, un équipage de la base s'était abîmé en mer dans pareilles circonstances. Bilan : deux morts et un disparu. Aujourd'hui cependant, tout se présentait pour le mieux : voiles affalées, vent raisonnable de dix nœuds et houle modérée.

Après une phase d'observation d'environ une minute, la jeune pilote ramena doucement sa machine à l'exacte verticale de l'embarcation et se positionna, immobile, une vingtaine de mètres au-dessus du voilier. Puis elle fit descendre le plongeur délicatement avec son treuil, mètre après mètre, jusque sur le pont. Avec le mouvement erratique du voilier sans pilote, les derniers centimètres furent les plus délicats, mais Ryan ne se laissa pas chahuter. Il confirma par radio qu'il était bien en place, laissa filer l'élingue et disparut dans la cabine…

Une poignée de minutes plus tard, il réapparut et leva les yeux en direction de l'hélicoptère, comme s'il avait besoin d'un contact visuel pour mieux communiquer :

– On a un mort par balle dans la cabine, ça ressemble à un suicide.

– Bien reçu, sergent. Le moteur du bateau fonctionne ?

– Peut-être, mais la jauge d'essence est à zéro.

– Je vous envoie le sac pour emballer le corps et le remonter, ou on laisse tout sur place pour le remorqueur ?

– Je le sors et vous m'envoyez le sac. On le ramène avec nous.

Il ne fallut pas plus de dix minutes pour mener à bien l'opération. Le plus difficile fut sans doute de hisser le cadavre de la cabine sur le pont à travers l'étroit escalier. Ryan s'entraînait cependant tous les jours pour ce genre de cas de figure. Ensuite, la manœuvre ne posa aucun problème. Le plongeur fut remonté par le filin lesté de son funèbre colis, emballé dans un sac noir destiné au coroner.

Une fois le cadavre et le plongeur à bord, la porte coulissante fermée, le Jayhawk reprit de l'altitude. Ryan eut à peine le temps de sécuriser le sac mortuaire à l'arrière de l'appareil. Soudain, l'hélicoptère fut secoué par une énorme explosion et dangereusement déporté de sa trajectoire, comme soumis à un trou d'air. Une cinquantaine de mètres au-dessous, le voilier vola en éclats avec une violence inouïe. Des débris furent projetés dans toutes les directions. Seul un éclat fendilla la vitre côté passager, l'hélicoptère s'en tira à bon compte. Sous le choc, les trois équipiers se regardèrent dans un silence de mort. À quelques minutes près, ils rentraient à deux… voire pire.

Au même moment, Tom Kelcey refit surface. Il avait fini par s'extirper des méandres des tunnels du métro. Mis à part des rats gros comme des chiens, il n'avait croisé personne. Trop pressés de lui préparer une embuscade chez lui, les deux costumes gris avaient déserté la zone. Son périple de spéléologue mena Tom, un peu par hasard, sur la 6e Avenue, en face du *Barclay's Center*. Il en profita pour s'acheter une casquette des Nets moche au possible. Il ne supportait pas cette équipe de NBA qui ne gagnerait certainement jamais rien, mais au moins, leur casquette dissimulerait son visage. Il prit aussi le temps de s'acheter une parka verte avec une grosse capuche en fausse fourrure pour cent dollars. Il opta pour une taille XXL, afin de pouvoir l'enfiler pardessus son blouson de cuir et paraître bien plus gros qu'il n'était. Avec ce changement de silhouette, le camouflage devrait faire illusion quelque temps.

Ainsi équipé, il s'engouffra dans le premier magasin d'électronique venu et s'acheta trois téléphones jetables et un smartphone avec un nouveau numéro, là aussi avec une carte prépayée. Au vu des moyens technologiques de ses poursuivants, il valait mieux ne pas tenter le diable. Le vendeur, un gamin d'origine asiatique d'une vingtaine d'années, tiqua un instant face à la demande de ce client suspect. On achète rarement autant de téléphones jetables pour communiquer paisiblement avec sa grand-mère. Mais après tout, c'était du chiffre d'affaires.

Tom Kelcey entra ensuite dans un café qui puait l'huile de friture, commanda un burger, des frites et un Coca. Il lui fallait un minimum d'énergie pour essayer d'y voir plus clair. Un truc appris à l'armée : ne jamais négliger l'alimentation, tu ne sais jamais quand sera ton prochain repas. Lorsque la serveuse lui apporta sa commande, Tom était déjà perdu dans ses réflexions, installé à une discrète table au fond de la salle, à la recherche d'un détail qui lui permettrait de prendre l'initiative.

Pendant que les quatre hommes tenaient conciliabule sur la terrasse, Rebecca tirait sur ses liens dans tous les sens. À force de persévérance, la corde qui enserrait sa main droite semblait perdre de sa pression. La jeune femme reprit un peu d'espoir et s'acharna, quitte à entailler sa peau. Et soudain, sa main se libéra ! Elle la remua dans tous les sens pour faire disparaître la colonie de fourmis qui en avait pris possession. Elle tenta de respirer calmement, de ne pas céder à l'euphorie pour ne pas alerter ses ravisseurs. Que pouvait-elle faire ? Du regard, elle parcourut la pièce et aperçut une statuette en métal exposée sur la table du salon. Si elle pouvait s'en emparer et assommer un des hommes pour lui subtiliser son arme… Des chances de réussite bien minces.

Rebecca lança un regard à sa compagne d'infortune, comme pour la rassurer, mais dans les yeux de cette femme qui aurait pu être sa mère, elle ne vit qu'une supplique : ne bougez pas, ne prenez aucun risque. La compagne de Tom Kelcey observa patiemment les quatre hommes et profita de leur éloignement tout relatif pour se détacher les pieds. Après une vingtaine de minutes, deux des intrus s'éloignèrent dans le jardin : l'opportunité à saisir. Rebecca McCaskill se leva le plus silencieusement possible de sa chaise, se faufila en direction de la statuette et au moment où elle mit la main dessus, entendit une voix qui intimait :

– Pose ça immédiatement ou je te descends !

Son sang se figea, mais c'était trop tard. Elle se retourna en levant les mains en signe de reddition et dans le même mouvement, son corps pivota et elle lança la statue de toutes ses forces en direction de l'homme armé.

Le médecin légiste patientait depuis une dizaine de minutes quand la capitaine Vanessa Hartmann posa son hélicoptère sur la base de Cape Cod. Les roues de la machine touchèrent délicatement le sol et la pilote bascula le cyclique vers l'avant pour gagner sa place d'héliport. Elle coupa les moteurs pendant que son copilote et le plongeur s'affairaient déjà autour du sac mortuaire. Ryan lui remit la lettre laissée par le mort pour expliquer son geste, ainsi qu'un dossier à sangle bleu d'environ cinq centimètres d'épaisseur, retrouvé à bord du bateau. Elle glissa le tout dans le vide-poche de la porte droite de l'appareil. Vanessa se désangla puis s'extirpa de son siège. Elle retira son casque et l'accrocha au-dessus de son dossier pour ensuite entamer son rituel de vérification après-vol. Elle recoiffa à la va-vite ses épais cheveux bruns coupés court, à la garçonne. Il émanait d'elle une étrange féminité. Les traits fins de son visage et ses yeux gris perçants surplombaient des épaules larges, mais sa combinaison ne laissait rien apparaître de ses formes féminines.

Au travers du pare-brise de la machine, elle aperçut Ryan qui paraissait s'embrouiller avec un type en se dirigeant vers le mess des officiers. Son plongeur, assez énervé, faisait de grands gestes pour exprimer son mécontentement, ce qui n'impressionnait pas outre mesure son interlocuteur. Dans un geste d'apaisement sorti de nulle part, Ryan finit par désigner l'hélicoptère de l'index.

Alors que la capitaine fixait les protections aux extrémités des pales du Jayhawk, l'homme, vêtu d'une veste en mouton retourné haut de gamme, s'approcha d'elle. Grand, la quarantaine bien entamée, il ne passait pas inaperçu avec ses yeux verts. Oubliant salutations et cordialité, il demanda abruptement à Vanessa :

– Vous avez récupéré quelque chose sur le bateau ?

– Bonjour à vous aussi, répondit-elle. Qui êtes-vous ?

– Je travaille pour les autorités fédérales, et le client que vous avez récupéré en mer nous intéresse.

– Vous avez des papiers qui prouvent ce que vous dites ou je dois vous croire sur parole ?

En la méprisant ouvertement, l'homme brandit une carte semblable à celle des agents du FBI, mais Vanessa n'était pas experte en la matière. Agacée par la morgue de l'agent, la pilote se lança dans un mensonge, elle ordinairement si à cheval sur le règlement :

– Non, on a juste eu le temps de sortir le cadavre du bateau. J'avais à peine remonté mon plongeur que tout a explosé !

– Vous êtes sûre ?

– Je suis la capitaine Vanessa Hartmann des gardes-côtes américains et j'ai prêté serment. Puis-je vous demander encore une fois votre nom et votre numéro de matricule du FBI ? Je n'ai pas tout saisi en lisant votre carte en un millième de seconde.

Son interlocuteur lui lança un regard laissant entendre qu'il l'aurait zappée *illico* sur Tinder, puis il tourna les talons sans rien dire en direction d'un SUV garé devant le portail de la base.

– Qu'est-ce que vous cherchez exactement ? cria Vanessa, espérant en savoir un peu plus. Mais en vain. L'homme monta dans la voiture sans même se retourner et démarra.

Décidément, on n'apprenait pas les bonnes manières au FBI.

Il y avait quelque chose de louche dans l'attitude de ce grand gaillard. Elle n'avait eu que très peu d'interactions avec le FBI au cours de sa carrière – uniquement pour des opérations de recherche –, mais instinctivement, elle avait l'impression que cet homme ne collait pas au personnage. C'est sûrement pour ça qu'elle avait été incapable de lui parler des documents que Ryan lui avait remis.

La pilote continua la mise au sol de son appareil, sa garde étant terminée. Avant de verrouiller la machine, elle récupéra la liasse de papiers provenant du bateau et la glissa discrètement dans sa sacoche de vol. Son esprit tournait à deux cents à l'heure. Presque comme si une voix intérieure la poussait à conserver et protéger ces documents. Elle ne se reconnaissait pas, mais elle avait réagi par intuition. L'avenir lui dirait si elle avait bien fait.

Non loin de l'hélicoptère, le médecin légiste examinait le contenu du sac mortuaire posé au sol. Son assistant l'aida ensuite à enfourner le paquet dans son van déprimant estampillé « coroner ». Direction la salle d'autopsie. Pendant qu'elle regardait le véhicule s'éloigner, son copilote, Juan Pablo Gisbert l'interpella :

– Notre cadavre s'appelait Martin Lawrenson. Ça te dit quelque chose, capitaine ?

– Euh, non, ça devrait ?

– Aucune idée, mais comme je sais que tu t'intéresses à ces clowns de Wall Street... Ce pauvre gars gérait une boîte qui s'est cassé la gueule en Bourse. Je l'ai vu ce matin, il était interviewé à la télévision.

Vanessa haussa les épaules et se dirigea vers le mess. Elle ne s'intéressait guère à Wall Street et à ses turpitudes, mais plus jeune, il fut un temps où elle avait songé y travailler. Sûrement un soir de doute quant à ses capacités à devenir pilote. Quand elle fut engagée parmi les gardes-côtes, son intérêt pour les actions et les obligations disparut presque instantanément. Il y a des dettes qui s'honorent plus que les autres. En tous les cas, ce soir elle se sentait dans la peau d'une survivante ; et que dire du plongeur Ryan ? Il avait bien mérité sa bière, en bouteille ou en pression. Et Ryan avait peut-être des révélations à lui faire sur cette rencontre aigre-douce.

Tom Kelcey gambergeait dans son café non loin de la 6e Avenue. Il devait entrer en contact avec Bill le plus tôt possible, et surtout retrouver Rebecca pour la protéger. Il serait ensuite temps de mettre en pratique ce qu'il avait appris lors de sa formation militaire et sur le terrain, même s'il ne se sentait pas l'âme d'un justicier. Vu qu'on était venu le chercher, il n'allait pas se laisser faire.

Il composa le numéro de son patron aves son téléphone qu'il espérait intraçable. Bill ne décrocha qu'à la troisième tentative.

– Bill ? C'est Tom…

Callahan reconnut la voix de son trader, mais aucun son ne pouvait sortir de sa gorge.

– Bill ? Tu vas bien ?

– … T… Tom…

– Qu'est-ce qui se passe ? Parle-moi !

– C'est… la… merde…

– Qu'est-ce qui s'est passé ?

– J'ai fait… une connerie… j'n'avais pas le choix.

– Dis-moi, Bill…

Bill Callahan semblait en état de choc. Que s'était-il passé entre le moment où son patron avait quitté le bureau et cette fin d'après-midi maudite ? Mais il savait que ça n'était pas bon.

– … J'suis… dans la merde

Tom se dit que les gars à leur recherche pourraient sans doute les localiser grâce à cet appel. Pourraient-ils remonter du téléphone de Bill au sien ? Il n'en savait foutrement rien. Pas le temps de se lancer dans une enquête sur Google. Il ne fallait pas traîner.

– Bill, tu es où ? demanda Tom, regrettant presque l'époque des téléphones fixes qui évitaient de poser ce genre de questions stupides.

Grand silence interrompu par un murmure de Bill :

– Chez… moi…

– Et où est Mary ?

– … Tuée… Ils l'ont tuée. Tom. Elle et une autre femme…

Tom eut du mal à déglutir à ces dernières paroles, et tout ce qui sortit de sa bouche fut :

– Quoi ? Mais nous leur avons fait ce putain de virement !

– Ils les ont tuées, répéta Bill d'une voix vide. Mais ils ne recommenceront plus…

Le lieutenant Tom Kelcey tentait de disparaître, couché dans le sable au milieu des montagnes afghanes. Ça tirait dans tous les coins. Son peloton était décimé. Il avait perdu quatre hommes sur douze. Les renforts aériens n'arrivaient pas, un de ses soldats se vidait de son sang à côté de lui. Il gardait les mains sur sa blessure en lui hurlant de tenir le coup. Les talibans en face n'en finissaient plus de tirer. Sa tête allait exploser, toute cette merde ne s'arrêterait jamais…

– Monsieur ?

La voix du chauffeur de taxi tira Tom de ses souvenirs, et il mit instinctivement la main à son portefeuille.

– On est arrivés, monsieur.

Il paya son dû pour les cinq kilomètres entre le café où il avait mangé son burger et son garage. Quelques minutes de trajet qui avaient suffi à le transporter dans un passé qu'il aurait préféré oublier.

Impossible de rentrer chez lui après ce que venait de lui raconter Bill. Il tentait de garder la tête froide et de respecter ses priorités. D'abord le véhicule. Il disposait justement de ce qu'il fallait dans le garage qu'il sous-louait. Il ouvrit la porte coulissante dans un méchant grincement. Cela faisait des mois qu'il bossait sur cette voiture. Maintenant qu'il en avait cruellement besoin, le boulot payait.

Ce n'était pas la voiture la plus discrète, mais il y avait urgence. Et gros avantage : elle n'était pas enregistrée à son nom.

Il monta à bord et s'accorda quelques secondes de répit. Il se sentait oppressé, il imaginait mal ne plus jamais la voir… Même si leur relation n'était pas au beau fixe, il avait toujours des sentiments pour Rebecca. Cependant, au fond de lui, il était certain que ce n'était pas la femme de sa vie. Il démarra le Ford Raptor avec ses sept cents chevaux sous le capot. La machine explosa de joie à l'idée de pouvoir enfin servir. Tom engagea un rapport et sortit doucement du garage avant de s'élancer sur la route.

Kelcey avait donné rendez-vous à Bill au nord de Tarrytown, dans un parc au bord de l'Hudson River. Même si son patron avait mis du temps à réagir, il avait fini par comprendre que son téléphone pouvait être sur écoute. Tom lui avait intimé l'ordre de s'en débarrasser dans la rivière ou les égouts. Leurs poursuivants pourraient ensuite s'amuser à le pister.

Alors qu'il arrivait à proximité du domicile de Bill, à quelques centaines de mètres du parc, Tom Kelcey aperçut deux camionnettes de livraison garées devant chez Callahan. Il passa le plus près possible en baissant soigneusement la visière de sa casquette. Il reconnut un des deux compagnons en costume gris. Tom ne s'attendait pas à les voir ici, mais plutôt devant son appartement. Avaient-ils eu le temps de passer chez lui avant de se rendre chez Bill ? Son cerveau tournait à plein régime, avec toujours les mêmes questions. Ne restait plus qu'à espérer que Callahan ait eu le temps de fuir, sinon Tom se retrouverait livré à lui-même face à un ennemi invisible.

CHAPITRE 11

28 novembre 2021 – 17 h 42 – Tarrytown, New York – USA

Bill Callahan patientait sur un banc au fond de Pierson Park, à moins de deux kilomètres de son domicile. Là où ils avaient élevé leurs enfants avec Mary, où toute sa vie s'était construite. Là où il ne reviendrait probablement jamais après ce qui venait de se passer. Du coin de l'œil, il avisa une silhouette engoncée dans une parka verte avec capuche et casquette. Nouvelle bouffée d'angoisse. Ses pulsations cardiaques grimpèrent. L'avaient-ils déjà retrouvé ? Puis il lui sembla reconnaître la démarche de Tom Kelcey et il pensa de nouveau à inspirer et expirer.

Tom s'approcha sans mot dire, le regard rivé sur le sol. Il s'assit à côté de son boss dans un silence impressionnant. Il ne voulait surtout pas le brusquer en le harcelant de questions. Bill venait tout de même de perdre son épouse dans des circonstances encore à éclaircir. Il se doutait obscurément que l'autre femme mentionnée par Callahan ne pouvait être que Rebecca. Bill ne l'avait jamais rencontrée, il n'avait donc pu identifier son cadavre. Mais en toute logique, les hommes à leur poursuite avaient fait coup double en éliminant les compagnes des deux traders. Peut-être auraient-elles dû servir de monnaie d'échange, mais l'opération avait visiblement mal tourné.

Comme au combat, autrefois en Afghanistan, Tom Kelcey ne devait pas baisser les bras, craquer en se laissant submerger par les émotions et la douleur. Il devait se battre, trouver et châtier les coupables. Viendrait ensuite la période du deuil.

Son boss tenta désespérément de trouver les yeux de Tom pour y puiser du réconfort. Les mots n'arrivaient pas à sortir. Il avait l'air à l'affût, prêt à recevoir la foudre à tout instant. Ses yeux cherchaient des ennemis invisibles partout dans le parc. Puis, soudain les vannes s'ouvrirent, et il raconta sa descente aux enfers depuis son départ du bocal :

– En partant du bureau, j'ai essayé de joindre Mary, mais elle ne répondait pas… J'étais paniqué, je conduisais un peu n'importe comment. J'ai failli emplafonner un camion. En approchant de chez moi, j'ai décidé de me garer à distance, de faire les derniers cent mètres à pied. Et j'ai vu cette voiture stationnée dans mon allée. J'ai donc décidé de traverser le jardin des voisins et d'entrer chez moi par la porte de derrière. J'ai essayé d'être le plus discret possible, mais je tremblais de partout. En entrant dans la cuisine, j'ai entendu deux hommes qui discutaient dans le salon. C'est là que j'ai vu un pied… puis deux… puis le corps de Mary… Elle gisait dans le couloir, les yeux grands ouverts. À côté d'elle, il y avait une jeune femme qui se vidait de son sang sur le sol du salon. Une horreur ! Mary regardait le plafond. Elle avait un gros trou rouge sur le front. Elle ne saignait pas beaucoup. J'ai eu envie de hurler, mais rien n'est sorti… J'avais pourtant la rage, la haine… L'un des deux types parlait au téléphone : « On nous a dit que son portable s'était connecté à une antenne au bout de la rue, il y a trois minutes. Il ne devrait plus tarder. On fait le nécessaire. Vous pouvez déjà envoyer le nettoyage pour emporter les macchabées. »

Bill Callahan ravala ses sanglots, puis reprit sa description de la scène :

– Le gars au téléphone a ensuite ajouté : « Oui, les deux femmes sont mortes. La jeune a réussi à se libérer et a lancé une statuette sur un de nos gars. Il l'a reçue en pleine tête et on a dû tirer. La vieille a pris une balle au passage. Désolé, boss. »

Ensuite, il a encore parlé du fait qu'il fallait faire le ménage. Mais c'est quand il a dit « la vieille » que j'ai pété les plombs.

Tom ne put s'empêcher de saisir son responsable par l'avant-bras dans une tentative de réconfort bien vaine. La voix de Bill chevrotait. Il avait du mal à raconter ce qui ressemblait à sa mort programmée. Mais il eut un sursaut et poursuivit son ignoble récit :

– Je suis resté quelques instants sans rien faire. Ça m'a paru une éternité. Puis je suis allé dans le garage qui communique avec l'arrière de la cuisine. J'ai un fusil à pompe que je n'ai pratiquement jamais utilisé. Je le gardais sous clé. Un ami me l'a vendu et on a juste tiré sur quelques bouteilles il y a des années. Mais il est en bon état, et j'ai des cartouches. J'ai eu du mal à le sortir de son coffre et à le charger. Je n'arrêtais pas de trembler. Puis – c'est un cauchemar – je suis devenu fou. Je suis retourné dans la cuisine, et là…

À ce moment, Bill marqua une pause. Tom imaginait l'horreur qui consumait son patron. Le trader commençait à s'inquiéter pour leur sécurité. Ils ne pouvaient pas rester là, à découvert, dans ce parc, même si en cette fin de mois de novembre, on ne pouvait pas dire qu'il y avait foule.

Bill se prit la tête entre les mains et soupira profondément entre deux sanglots. Les détails macabres de sa vendetta ne parvenaient pas à sortir. Les deux tueurs avaient eu leur compte, c'était bien l'essentiel. Il était surtout temps de bouger d'ici, de se mettre à l'abri.

– Bill, il faut qu'on se planque en attendant d'y voir plus clair. Viens… !

Callahan se leva du banc et suivit mécaniquement son coéquipier en direction du Ford Raptor. Pendant qu'il mettait le contact, Tom pensa une nouvelle fois à Rebecca. Son portable coupé, ce mystérieux jour de congé. La boule au ventre, Tom ne savait plus quoi penser… Sa compagne était-elle l'« autre femme » évoquée par Bill ? Il ne pouvait pas le savoir avec certitude ; il allait devoir composer avec le doute pour le moment. Il se voyait mal entrer sur les lieux d'un multiple homicide pour vérifier les papiers d'identité des victimes. Son cerveau bouillonnait, il ne savait plus à quel saint se vouer.

– On va où ? demanda Callahan, plus par réflexe que par réel intérêt.

Tom détourna le regard de la route un bref instant et répondit sur un ton que son patron ne lui connaissait pas :

– Là où ils ne nous trouveront pas.

Pendant quelques instant, Bill eut l'impression d'observer la métamorphose de son trader, prêt au combat.

Alors que le Ford Raptor s'éloignait de Tarrytown, Tom se demanda ce qui avait bien pu advenir de Dalmore. La meute à leurs trousses n'avait certainement pas épargné le propriétaire de Brodman, Zimmerman & Sons. Qu'avait-il bien pu lui arriver ? Mais dans cette ambiance de sauve-qui-peut, le jeune trader devait penser à lui et à Callahan en priorité. Ils étaient en première ligne dans ce conflit d'un autre âge. Il serait toujours temps de se préoccuper du milliardaire une fois leur sécurité assurée.

Les deux fugitifs s'arrêtèrent à une station-service. Bill s'était assoupi, bizarrement tordu sur le siège passager. La jauge d'essence du Raptor commençait sérieusement à donner des signes de fatigue. Ils roulaient depuis deux heures et il leur restait encore une cinquantaine de kilomètres avant d'atteindre leur destination, où les sources d'approvisionnement ne seraient pas légion.

Tom immobilisa son véhicule devant la pompe. Son compagnon ronflait par à-coups et semblait ne plus vouloir jamais se réveiller. Le contrecoup du choc, sans aucun doute. Une fois le plein achevé, il se rendit à la caisse et tenta une fois de plus de joindre Rebecca dans un fol et vain espoir. Avant de payer, il fit un bref tour du magasin, vérifiant qu'il n'avait rien oublié. En arrivant devant le comptoir, son regard fut attiré par les infos à la télévision ; son sang se glaça instantanément. Les images montraient des voitures de police devant la maison de Bill, le fourgon d'un coroner, plusieurs sacs mortuaires qui ne laissaient aucun doute sur leur contenu. Un multiple homicide... La caméra de la chaîne d'actualités était fixée sur l'allée d'une demeure sans doute paisible par le passé.

Il devait savoir... même si dans son esprit trop rationnel, le pire ne faisait plus aucun doute. Tom paya l'essence dans un état second et se précipita à la voiture. Il sortit d'un sac plastique l'un des téléphones jetables qu'il venait d'acheter. Il s'y reprit à trois fois pour taper le code de la carte SIM dans ce qui ressemblait à un vieux Nokia 6210 modernisé, puis il composa le numéro de la maison de Tarrytown qu'il avait mémorisé avant de jeter son iPhone, celui qui l'avait vraisemblablement trahi dans les sous-sols du métro. Une voix lui répondit quasi instantanément.

– Allô ?

– Est-ce que je peux parler à Mary, s'il vous plaît ? demanda-t-il d'une voix qui se voulait la plus désinvolte possible.

– Qui la demande ?

– Désolé, mais qui êtes-vous, monsieur ?

– Inspecteur Dickinson, de la police de New York. Et vous, qui êtes-vous ?

– Son beau-fils, mentit-il. Elle va bien ? Elle ne me répond pas, je suis inquiet.

– Je suis navré, monsieur, mais elle vient d'être assassinée, ainsi qu'une jeune femme d'une trentaine d'années. Pouvez-vous me décrire votre femme et me donner votre nom ?

Tom lâcha machinalement :

– McCaskill.

À l'autre bout du fil, le flic resta silencieux quelques secondes, puis articula lentement :

– Je suis désolé, monsieur McCaskill...

Le cœur de Tom connut un inquiétant soubresaut. Il raccrocha en silence. Après quoi, il arracha la carte SIM, jeta l'appareil au sol et l'écrasa d'un coup de talon rageur.

La descente aux enfers ne semblait jamais s'arrêter.

Il était rentré d'Afghanistan pour retrouver paix et sérénité. C'était presque pire que là-bas. Au fond de lui, il savait que sa relation avec Rebecca touchait à sa fin ces derniers temps, il n'avait pas fait grand-chose pour que ça s'arrange d'ailleurs. Mais il se sentait entièrement responsable de sa mort, même s'il n'avait pas appuyé sur la détente. Tout cela pour une misérable opération boursière, pour 3,7 millions de dollars qu'il avait qui plus est transférés à ses bourreaux.

Il remonta dans son véhicule. À cet instant précis, Tom Kelcey passa du besoin de comprendre à celui, irrépressible, de châtier les responsables de cette boucherie. Il démarra sans provoquer le moindre mouvement chez Bill Callahan. Et il roula dans la nuit pour rejoindre un endroit où il pourrait réfléchir, où ils seraient momentanément en sécurité, où personne ne viendrait les débusquer.

À Brooklyn, l'inspecteur Dickinson reposa le téléphone et fit encore le tour de la scène de crime. Son équipier s'approcha de lui :

– C'était qui… ?

– Personne, marmonna Dickinson. Un proche qui voulait lui parler, fit-il en pointant un des sacs avec son menton.

– Tu penses que c'était son mec ?

– J'en sais rien ! De toute façon, on ne sait pas si c'est lui qui a fait ça, lâcha-t-il en haussant les épaules.

Et il s'éloigna en direction de la terrasse de l'appartement. Alors qu'il ouvrait la baie vitrée, son smartphone chinois se mit à sonner. Il répondit immédiatement en voyant le nom du correspondant.

– Alors ? Vous avez quelque chose ?

– Je pense qu'il vient d'appeler, répondit Dickinson. Il faudrait tracer le numéro qui vient de contacter la ligne fixe, mais je crains que ce soit un *burner*[8].

8. Téléphone jetable avec carte prépayée.

– OK, répondit la voix. On va le tracer. Pour le reste, je compte sur vous pour couvrir toutes les pistes.

Dickinson n'eut pas le temps de répondre. Son interlocuteur lui avait raccroché brutalement au nez.

Accoudée au bar du mess des officiers, la capitaine Vanessa Hartmann étudiait les documents récupérés sur le voilier. Outre la lettre d'adieu de la main du mort, qui laissait peu de doutes sur l'origine de son décès, il y avait un dossier truffé de chiffres qui puaient la magouille financière, même pour elle qui ne comprenait pas grand-chose à ces histoires boursières. Elle hésitait. Devait-elle transmettre tout cela aux autorités ? Le type imbuvable croisé sur le tarmac ne lui inspirait pas confiance. Pour autant qu'il ait bien fait partie des forces de l'ordre une fois dans sa vie.

Ryan ne lui avait rien appris de plus, expliquant seulement que l'homme à la veste en cuir lui avait parlé comme à un chien, d'où son énervement visible à trois cents mètres. Il avait exigé de savoir où se trouvait Vanessa. Le plongeur avait d'ailleurs jugé étrange que le fonctionnaire connaisse le nom et le grade de l'officière.

En finissant sa bière, elle se demanda qui solliciter pour décrypter ces documents. Elle connaissait des pilotes, des mécanos, des soldats, des marins, mais n'avait pas Gordon Gekko dans ses relations. En faisant défiler le répertoire de son smartphone, elle tomba sur un nom : Jimmy Patton.

Elle l'avait rencontré lors de sa formation de pilote dans la région de Seattle. Patton était un type un peu bizarre, mais qui semblait toujours très bien informé sur tout le monde dans les milieux d'affaires de Manhattan. Il était enquêteur pour des cabinets d'avocats. Il traînait sans doute dans des histoires pas très nettes, à la frontière de la légalité. À l'époque, basée dans la région de Spokane, Vanessa préparait ses qualifications à l'élingue et ils étaient resté quelque temps ensemble. Ils avaient été un peu plus qu'amis, mais au moment de passer à l'étape suivante, Vanessa avait rué devant l'obstacle. Quelque chose qui ne lui revenait pas chez cet homme au carnet d'adresses bien fourni. Patton était ensuite parti à New York pour rejoindre des amis à lui.

La capitaine avait toutes les peines du monde à décider de la marche à suivre. D'un côté, sa discipline militaire lui intimait de contacter les flics, de balancer ce dossier brûlant et de retourner à ses hélicoptères. De l'autre, cet événement sentait le soufre, au sens propre comme au figuré, tout comme l'explosion du voilier. Elle n'appréciait guère qu'on mette son équipage en danger. Du coup, elle avait très envie de connaître le fin mot de l'histoire. L'indécision et l'inaction la rendaient dingue. Elle commença à se frotter la fine cicatrice en bas de sa colonne vertébrale, vestige d'une chute à vélo d'enfance au fond d'un ruisseau. Depuis, dès qu'elle devait prendre une décision, de façon quasi mécanique, elle frottait cette cicatrice.

Bill Callahan se réveilla en sursaut dans la Ford qui filait au milieu de la nuit.

– Où sommes-nous ? demanda-t-il, par réflexe.

– On est presque arrivés, marmonna Tom.

L'habitacle de la voiture retomba dans un silence qui n'était brisé que par le couinement de certaines pièces en plastique. Le Ford Raptor n'était pas tout à fait une Bentley en termes de finitions.

Les deux hommes roulaient en direction de l'est d'après la boussole qui oscillait sur le tableau de bord. Un panneau indiqua « Bennington – 15 miles ». Ensuite ils s'enfonceraient dans la montagne. Tom soupira : ça faisait un moment qu'il se demandait comment annoncer les choses à Bill, mais il n'y avait pas d'autre façon de faire.

– Rebecca aussi a été assassinée cet après-midi.

Bill se retourna vers Tom, hagard :

– C'est pas possible… ! On leur a obéi. J'ai viré les 3,7 millions de dollars. Que veulent-ils de plus ?

– Se débarrasser de nous. Définitivement. Et ils ne s'arrêteront pas tant que ça ne sera pas fait.

– Mais on est des financiers, Tom, pas des Navy SEALs ! Et je n'ai pas bossé pour la CIA, moi ! Que veux-tu qu'on fasse ?

– Ce que je sais, c'est que ces mecs ont toujours un coup d'avance sur nous. Ce n'est pas en balançant tout à la police que l'on va s'en sortir. Ils ont sans doute le bras extrêmement long. On va déjà aller se poser quelque part où on sera tranquilles. Et ensuite, on commencera à chercher une solution.

– Mais quelle solution ? Tu veux aller acheter des armes au marché noir et partir en vendetta ? Personnellement, j'ai abattu deux types dans mon salon, je ferais mieux de me rendre.

– Les deux cadavres de ton salon ont tué ta femme, je crois que ça devrait t'aider à déculpabiliser. On va se poser calmement, réfléchir et dénouer le mystère ensemble.

– Mais…

Tom le coupa :

– Bill, on arrive dans cinq minutes. Je t'explique ensuite ce que j'ai en tête. Si tu n'es pas d'accord, je te dépose à Bennington demain matin et tu pourras prendre le bus pour te rendre aux flics de New York. Mais je suis persuadé que si on met nos connaissances et nos expériences en commun, on peut s'en sortir ! On ne va pas se laisser faire, merde !

Callahan se renfonça dans son siège. Les rôles avaient clairement changé. Il n'était plus le patron, dans cette histoire.

Le Ford Raptor sortit de Bennington et, après une dizaine de miles, s'engagea à droite pour s'enfoncer dans la forêt. La densité des arbres, toujours un peu plus proches les uns des autres, provoquait un sentiment d'enfermement. Le chemin était de plus en plus défoncé. Après une centaine de mètres, les deux hommes se trouvèrent face à une barrière qui empêchait l'accès. Tom descendit de la voiture et déverrouilla l'obstacle avec une clé qui figurait dans le trousseau du Raptor. À le voir faire, ce n'était pas sa première fois. Ils se firent encore secouer sur un chemin caillouteux pendant cinq bonnes minutes dans un silence de cathédrale végétale. Puis ils atteignirent une clairière plus accueillante. Tom stoppa le pick-up devant un grand chalet tout en rondins, construit sur deux niveaux. Il offrait une large terrasse légèrement surélevée sur laquelle venait se poser une immense baie vitrée qui devait laisser pénétrer un maximum de lumière dans la pièce centrale. Sur le côté, un garage en ciment pouvait accueillir deux véhicules de bonne taille. La porte automatique s'ouvrait déjà.

Le chalet faisait face à une forêt touffue de pins, de laquelle on s'attendait à voir surgir une meute de loups d'un instant à l'autre.

Bill se retourna sur son siège et fixa son compagnon avec un regard d'incompréhension. Tom fit un grand geste théâtral en clamant :

– Bienvenue dans la retraite des Kelcey.

Un geste qui aurait pu avoir l'air comique si la situation n'avait pas été aussi désespérée.

Vanessa avait pris sa décision ; elle allait envoyer un message à Patton pour lui demander de l'aide. Et s'il ne pouvait pas l'aider, elle abandonnerait et livrerait les documents à la police en racontant le plus gros mensonge qui lui viendrait à l'esprit.

Elle rédigea immédiatement un message sur son téléphone, un message destiné à Jimmy Patton, puis quitta le bar pour rentrer se coucher. La journée avait été longue et son cerveau restait en ébullition. Difficile de savoir si elle parviendrait à trouver le sommeil.

CHAPITRE 12

28 novembre 2021 – 23 h 45 – Cape Cod, Massachusetts – USA

Le smartphone de Vanessa vibra sur sa table de nuit. Il clignota deux fois et s'éteignit avant qu'elle n'ait le temps de se retourner dans son lit. Elle ne dormait pas. Elle attrapa l'appareil et débloqua l'écran.

Un message de Patton, laconique :

« Appelle. »

Deux ans qu'ils ne s'étaient pas vus et la seule chose qu'il trouvait à dire tenait en un mot. Ils n'avaient pas vraiment eu de liaison à l'époque, mais quand même… La jeune femme ne se perdit pas en réflexions mal placées et composa le numéro. Patton décrocha immédiatement.

– Salut, commandant. Toujours dans les airs ?

– Jimmy, je te rappelle que je suis capitaine. Et oui, toujours dans les airs ; où d'autre voudrais-tu que je sois ?

– Mes excuses, capitaine. Si j'étais en face de toi, je me mettrais au garde-à-vous, mais je profite de la distance pour ne pas le faire. Je n'ai jamais été trop fan des règlements.

– T'as pas besoin, t'es un civil. Et on n'adresse pas trop la parole aux civils, en général.

Une fois les politesses d'usage passées, ils firent un rapide tour de vue de leurs situations respectives. Patton n'avait pas changé et il se montrait toujours aussi discret, voire mystérieux quant à ses activités. Mais visiblement, il pouvait mettre en relation Vanessa avec quelqu'un susceptible de l'aider.

– C'est un gars de Spokane aussi. Je ne crois pas que tu l'aies rencontré à l'époque, parce qu'il était chez les Afghans pour donner un coup de main à l'oncle Sam. En revenant, il a bossé dans une boîte de *trading* à Manhattan.

– L'Afghanistan puis les cols blancs de Wall Street, c'est une sacrée promotion !

– Ça dépend ; pour toi, je crois que ça serait une punition. Passer tes journées devant des écrans, tes ventilateurs te manqueraient trop.

Elle soupira en imaginant ce que pourrait être sa vie sans les hélicos :

– Je crois que tu as raison, Jimmy.

– Envoie-moi tes documents par mail. Je le contacte demain. Je te tiens au courant dès qu'il me donnera un feed-back.

Vanessa n'avait pas vu les choses comme ça. Elle répondit sur un ton prudent et gêné :

– Écoute, Jimmy, ne le prends pas mal, mais je préfère traiter en direct. Je ne suis pas censée être en possession de ces documents, je préfère ne pas les laisser se balader dans la nature. Donne-moi les coordonnées du gars et je traiterai avec lui en disant que j'appelle de ta part.

Un bref instant de silence, puis Patton reprit :

– OK, pas de problème. C'est toi qui vois. Je t'envoie son téléphone fixe au bureau. Il pointe vers 7 h tous les matins.

– Eh ben, tu es super bien renseigné. C'est un ami ou un amant ? demanda-t-elle sur le ton de la plaisanterie.

– Je suis toujours bien renseigné, tu le sais parfaitement... Mais Tom Kelcey, c'est différent. On a plus ou moins grandi ensemble. Il était le beau gosse et j'étais le moins beau gosse. J'ai perdu mes parents assez tôt, et comme je vivais chez ma grand-mère, ce sont les siens qui sont devenus mes vieux de substitution. Quand sa mère est morte, ça l'a brisé et il s'est engagé dans l'armée. Son père à disparu juste derrière. Mais Tom a toujours été un type en or pour moi. Lorsqu'il est revenu d'Afghanistan, ce n'était plus le même. Mais il n'avait qu'une envie : devenir trader. Et ce que Tom veut, Tom l'obtient.

Vanessa l'écoutait raconter son enfance en se disant que jamais elle n'avait entendu Patton parler autant de quelqu'un. Ce Kelcey devait être un type à part. Pendant que son interlocuteur poursuivait son monologue, elle commença à interroger Google sur Tom Kelcey. Pour relancer la machine, elle demanda à Jimmy ce qu'était devenu le père de Tom. Quelle était cette histoire de disparition ? C'est à ce moment précis qu'il se tut.

– Impossible de t'en dire plus. Il était là un jour, puis on ne l'a plus revu. Évaporé

La réponse était claire, mais la température baissa de quelques degrés dans la voix de Patton. Apparemment, certaines choses avec lui ne pouvaient pas se traiter sur le ton de l'humour. Elle décida de couper court à la conversation.

– Bon, Jimmy, merci pour tes renseignements. Je vais appeler ton gars demain à la première heure.

– Pas de souci. Bye, Vanessa.

Quelques secondes après, un message arriva sur son iPhone *via* l'application Telegram. Elle reconnut bien l'extrême prudence du personnage. À l'époque de leur brève amitié, Jimmy avait toujours gardé un morceau de Post-it collé sur son téléphone pour que personne ne puisse l'espionner à distance, disait-il. Son message consistait en un simple contact :

Tom Kelcey – 212 – 555 7899

Très bien, se dit-elle, *alors à demain, monsieur Kelcey*. Et elle coupa son mobile en le basculant en mode avion.

Bill Callahan restait planté derrière l'immense baie vitrée de leur refuge. Ses yeux se perdaient dans le vague. Il n'aurait su dire ce qu'il regardait, tant la nuit était noire. Difficile d'oublier ce qu'il avait vécu ces dernières heures. La mort, le fait d'être dorénavant un meurtrier, quelles qu'en soient les justifications. Les images des cadavres de sa femme et de Rebecca tournaient en boucle dans sa tête. Bill venait de prendre une douche chaude, mais l'odeur tenace de la poudre lui collait à la peau. Insupportable.

Sa femme, qui avait été son âme sœur durant ces trente dernières années, n'était plus. Depuis que leurs enfants avaient quitté la maison, ce n'était plus pareil, évidemment. Ils ne se parlaient plus vraiment, se comprenaient à travers les non-dits. Par moments, il la soupçonnait même de mener une vie parallèle. Comment lui en vouloir ? Il n'était jamais là. Il partait à 6 h et revenait souvent après 20 h. Ça limitait les échanges. Depuis que leur fils avait quitté la région pour s'installer en Californie, les sujets de conversation se faisaient rares. Mais il sentait déjà un vide immense en lui. Une vie saccagée en quelques heures. Plus aucune perspective. Hier encore, il se souvenait avoir pensé vouloir changer de vie et ce soir, plus rien n'avait de sens.

Il sursauta en entendant Tom rentrer par la porte principale avec un énorme panier rempli de bois. Il se dirigea vers l'imposant âtre de la cheminée qui trônait au milieu du salon. Le jeune trader commença à préparer le feu. Le chalet ne devait pas afficher une douzaine de degrés, sans compter l'humidité qui vous glaçait de l'intérieur.

Bill secoua la tête en essayant de se départir de ses idées sombres :

– Tu me racontes pour cette maison ?

– Il n'y a rien de bien original, répondit Tom en craquant une allumette. Pendant une certaine période de sa vie, mon père a eu des occupations que je qualifierais de mystérieuses. Pour être franc, je ne sais même pas ce qu'il faisait, si c'était légal ou pas. Toujours est-il qu'il avait besoin d'une base arrière, d'un endroit à lui où personne ne pourrait le trouver.

L'ancien Marine marqua une pause et Bill vit passer comme un voile de nostalgie dans ses yeux sombres. Puis il continua :

– Il a donc acheté ce chalet *via* une série de sociétés-écrans basées dans différents paradis fiscaux. C'est l'une d'elles qui est propriétaire de cet endroit. À la disparition de notre père, mon frère et moi sommes devenus actionnaires de la société à cinquante-cinquante.

Callahan tenta de compléter l'histoire :

– Et donc cette cabane en forêt est devenue votre base de repli quand vous ne voulez pas qu'on vous trouve, c'est ça ?

– C'est devenu *ma* base de repli. Mon frère est décédé l'an dernier.

– Merde, désolé, je ne savais pas. T'en as jamais parlé.

– Pas de raison. Il a eu un accident de la route juste après la disparition de notre père. Il a fini dans le coma pendant trois ans, avant de mourir. Pour moi, il est mort il y a quatre ans. J'ai récupéré sa part de la cabane et sa caisse : le Ford Raptor.

– Je suis vraiment désolé. Tu as encore ta mère ?

– Non. Cancer foudroyant il y a dix ans. Elle a tenu deux mois.

– J'suis désolé, Tom.

– Arrête d'être désolé. Ce sont de vieilles histoires, j'ai fait mon deuil. Et voyons le positif ! Les gars qui nous courent après pour Narragan Biosciences ont l'air plutôt adroits pour nous pister. Mais ils ne trouveront pas la voiture, et encore moins la maison. Le Raptor est encore enregistré au nom de mon frère.

Bill acquiesça silencieusement et Tom l'invita à s'asseoir près du feu de bois naissant. Épuisés et déprimés l'un comme l'autre, ils n'avaient toutefois pas le loisir de sombrer dans le sommeil. Il fallait maintenant mettre au point une stratégie. Tom ne se voyait pas rester toute sa vie planqué en forêt avec un Irlandais au caractère difficile.

Lamar Loggins venait d'arriver au quarante-troisième étage, chez Brodman, Zimmerman & Sons. Il s'assit à son bureau et la chaise couina sous son poids, comme de coutume. Elle lui rappelait sans cesse de se bouger, de se remettre au sport, de courir. Et tous les soirs, il oubliait.

Il régnait une tension inhabituelle. Lamar sentait qu'il allait se passer quelque chose. Mort d'inquiétude, il avait passé sa soirée à essayer de joindre Tom ou leur boss, Bill. Un trader l'avait prévenu hier soir de la série de meurtres. La femme de Bill Callahan avait été retrouvée morte dans l'après-midi, accompagnée de deux inconnus criblés de balles. Rebecca, la copine de Tom, avait subi le même sort tôt dans la journée, ainsi que son patron. Pour couronner le tout, Bill et Tom ne répondaient plus au téléphone. Ni l'un ni l'autre. Dans ses moments de doute les plus intenses, Lamar en venait à les soupçonner. Après tout, Tom Kelcey en connaissait un rayon question maniement d'armes.

Mais Lamar ne voulait pas y croire, même si hier, le comportement de son pote avait été plutôt suspect. Sans parler de Bill Callahan qui avait déserté son bocal précipitamment, ce qui ne lui arrivait jamais. Malgré l'heure matinale, Lamar sentait qu'on ne discutait que de ça parmi les traders déjà sur place. Le boss et un des traders les plus en vue impliqués dans une série de meurtres… Il y avait de quoi en perdre son latin, ou plutôt ses chiffres. La séance de ce matin ne s'annonçait pas sous les meilleurs auspices. Jusqu'à lui-même qui n'avait rien pu avaler à son petit déjeuner.

Son téléphone fixe sonna. D'après l'indicatif, on l'appelait du Vermont. Il ne connaissait personne dans cet État. Mais pourquoi devenait-il aussi parano ? Lamar tendit la main et décrocha la ligne.

– Allô ?

– Lamar, c'est moi.

– Putain, Tom ! T'es où ? Qu'est-ce que tu fous dans le…

Tom lui coupa la parole.

– Écoute-moi et ne dis pas un mot : je ne peux pas tout t'expliquer pour le moment, surtout pas au téléphone. Je suis dans une cabine et je ne vais pas traîner. Tu vas recevoir un fichier *via* Dropbox. Tu le lis, tu fais ce qui est indiqué dessus et tu effaces tout immédiatement après. J'attends que tu me rappelles.

Et il raccrocha sans autre forme de congé.

Lamar était pétrifié, le téléphone contre l'oreille. Le temps qu'il reprenne ses esprits, il avait une alerte mail de Dropbox sur son ordinateur. Il cliqua machinalement dessus.

Une fois le fichier téléchargé, une simple feuille Word apparut avec un numéro et des instructions :

1. Achète un téléphone jetable ;

2. Crée une adresse mail sur Gmail ;

3. Appelle-moi à ce numéro et ne le donne à personne. Si on me cherche, tu demandes le contact et je rappellerai ;

4. Bill est avec moi et on va bien.

Estomaqué, Lamar fut tout de même rassuré par la teneur de ce message. Son pote Kelcey ne se comportait pas en vulgaire assassin. Il se savait traqué et prenait toutes les précautions nécessaires. Il savait pouvoir compter sur Lamar. Ce dernier se leva pour aller acheter un téléphone jetable chez l'Indien, en bas de l'immeuble. Alors qu'il enfilait sa veste, la ligne directe de Tom sonna. Il hésita un bref instant avant de répondre.

– Bureau de Tom Kelcey, j'écoute.

Une voix féminine lui répondit.

– Bonjour, je m'appelle Vanessa Hartmann et je voudrais parler à Tom Kelcey, s'il vous plaît. De la part de Jimmy Patton, crut-elle bon d'ajouter.

– Je suis désolé, Tom n'est pas là et il ne reviendra pas aujourd'hui.

Lamar voulut interrompre la conversation et approcha son index de la plateforme Etrali qui gérait les appels, mais la jeune femme insista :

– Vous savez si je peux le joindre ailleurs ? C'est important.

– Puis-je vous demander de quoi il s'agit ?

– Je préférerais lui en parler personnellement, si vous n'y voyez pas d'inconvénient. Je suis la capitaine Vanessa Hartmann du corps des gardes-côtes.

Parfois, son grade et sa fonction faisaient effet.

Lamar ne savait que faire. Il vacilla et se rassit sur sa chaise. D'un naturel confiant, surtout avec les femmes, il était à deux doigts de donner le numéro de Tom à cette Vanessa qui lui paraissait fort agréable. Il ouvrit la bouche pour commencer à articuler les premiers chiffres et s'arrêta soudain, pris d'une illumination :

– Si vous me donnez votre numéro, il vous rappellera dans quinze minutes. Dites-moi de quoi il s'agit et ça pourrait même aller plus vite.

– Vous avez des méthodes bien mystérieuses dans votre société.

– Je ne fais qu'obéir aux instructions, madame, répondit Lamar.

Son interlocutrice capitula, donna sa ligne directe et épela son nom. Elle expliqua qui lui avait communiqué les coordonnées de Kelcey. Lamar nota le nom de Patton, même s'il n'en n'avait jamais entendu parler. Et pour terminer, elle lui révéla la raison de son appel du bout des lèvres : Narragan Biosciences.

Il se liquéfia en entendant le nom de la société qui faisait la une des journaux. Ce matin même on avait retrouvé le patron, Martin Lawrenson, mort dans son voilier au large des côtes du Rhode Island. Et pour rajouter du mystère, le voilier avait ensuite explosé sous les yeux des gardes-côtes. *Fox News* en faisait son titre principal. Et cette femme des gardes-côtes qui voulait parler à Tom. Enfin, si elle disait la vérité…

Il coupa court et regarda au-dessus de ses écrans, comme si toute la salle avait suivi mot après mot sa conversation. Mais il n'observa qu'un désintérêt le plus total ; dans son champ de vision, tout était normal. Les immenses télévisions diffusaient CNBC en boucle, l'énorme écran central affichait les ordres passés par les clients ; les opérations se déroulaient à toute vitesse. Le trader en charge de Narragan semblait au bord de la crise de nerfs. Il ne pouvait manifestement plus gérer tous les appels qui arrivaient sur sa centrale téléphonique. Personne n'avait remarqué que Lamar Loggins avait pratiquement changé de couleur depuis l'appel de la capitaine Hartmann, et pour un Afro-Américain, ce n'était rien de le dire.

Après quelques profondes respirations, Loggins se leva et partit en direction de l'ascenseur, en essayant de ne pas éveiller les soupçons de ses collègues. Il devait absolument parler à Tom.

À l'autre bout du fil, Vanessa observa son téléphone avec étonnement. L'appel s'était brutalement terminé. Son interlocuteur avait raccroché dès qu'elle avait prononcé le nom de Narragan. Elle espérait que Kelcey serait tenu au courant, cette histoire commençait à la troubler au plus haut point et le besoin de comprendre ce qui se passait devenait pressant.

Elle posa son smartphone à côté de son lit et le fixa pendant de longues secondes, comme s'il allait lui livrer les réponses qu'elle attendait.

L'inspecteur Dickinson n'avait pas perdu une miette de la discussion entre Vanessa Hartmann et Lamar Loggins. Il avait obtenu un mandat d'écoute téléphonique pour la ligne professionnelle de Tom Kelcey. Le trader étant fortement soupçonné d'être impliqué dans le massacre de Tarrytow, le fait qu'il ait disparu de la surface de la planète en même temps que Callahan ne plaidait pas en sa faveur. Débordé par plusieurs dossiers à gérer de front, le juge n'avait pas posé trop de questions.

Avec cette écoute, Dickinson venait de marquer des points. Il composa immédiatement le numéro de son contact qui décrocha à la première sonnerie.

– Que se passe-t-il, Dickinson ? répondit la voix grave à l'autre bout du fil. Une voix qui avait le don d'angoisser l'inspecteur. Ce type lui foutait des frissons dans le dos.

– Je suis tombé sur quelque chose en écoutant la ligne de Kelcey. Enfin, je crois, balbutia-t-il.

– Quoi donc ? rétorqua la voix.

– Vous m'avez parlé hier d'une fille qui bosse pour les gardes-côtes, c'est juste ?

– Oui…

Dickinson sentit une pointe d'agacement dans la voix de son correspondant. Un agacement qui voulait dire : *va droit au but, imbécile !* Dickinson se préserva tout de même un temps mort pour faire son petit effet. Il reprit dans un souffle théâtral :

– Elle vient d'appeler Tom Kelcey.

Trois minutes plus tard, Lamar Loggins ressortait de chez le commerçant indien avec un téléphone datant de sa naissance et une carte prépayée gentiment installée par le vendeur. Un vent automnal cinglant l'incita à se mettre à l'abri dans le hall d'entrée de Brodman & Zimmermann. L'endroit était suffisamment vaste pour que Lamar se trouve un espace à l'écart. Un brin parano, le trader observa dans tous les sens à la recherche d'hypothétiques poursuivants. Ensuite, il composa fébrilement le numéro d'urgence que Tom lui avait indiqué :

– Lamar ?

– Nom de Dieu, Tom, qu'est-ce qui se passe ? Est-ce que ça va ? Je suis désolé pour Rebecca. Comment va Bill ?

Une rafale de questions un peu désordonnée, mais l'ancien footballeur américain frisait la panique.

– Merci, mon ami. Bill va bien, mais je ne peux pas tout t'expliquer. Moins tu en sauras, mieux ce sera. Si on te demande où nous sommes, tu ne sais rien. Et si on te demande si tu nous as parlé…

– Je dis que je ne sais rien et que je ne vous ai pas parlé, le coupa Lamar.

– Non, justement. Tu dis que tu m'as parlé et que je paraissais totalement incohérent dans mes propos.

– D'accord, répondit Lamar. La curiosité qui le tiraillait lui hurlait de demander « Pourquoi ? ». Mais son instinct lui disait que ça n'était pas le moment.

Ensuite, Tom Kelcey passa dix minutes à donner des instructions, à lui expliquer ce qu'il devait faire sur son Bloomberg pour l'aider dans son enquête. Sentant Lamar un peu trop nerveux, Tom lui répéta ce qu'il attendait de lui de façon très pédagogique.

– Parfait, maintenant tu vas jeter ce téléphone en virant la carte SIM. Tu vas en racheter un autre ailleurs. Dès que tu l'as, tu m'envoies un message avec le compte mail que tu auras créé en indiquant le numéro sur lequel je pourrai t'atteindre ces prochains jours. Dis-toi bien que ces types ont des moyens informatiques et technologiques dont on n'a pas idée. Méfie-toi de tout et de tout le monde, ils sont extrêmement dangereux.

Tom accentua le mot « dangereux » pour que son collègue comprenne bien que l'on n'était pas dans un feuilleton à l'eau de rose.

– Oui, chef, répondit Lamar dans une vague tentative d'humour qu'il regretta instantanément en entendant le rire forcé de Tom, puis il ajouta :

– Il faut encore que je te dise un truc.

– Je t'écoute.

Et Lamar Loggins lui raconta l'appel de la capitaine Hartmann.

Tom Kelcey raccrocha et se retourna vers Bill en train d'écumer le Web pour trouver des informations utiles pour la suite. Les deux financiers essayaient de comprendre le *modus operandi* de leur invisible ennemi. Dans *L'art de la guerre*, le vieil ouvrage de stratégie militaire chinois, il est écrit qu'il faut connaître et comprendre son ennemi pour le vaincre. Pour l'heure, les deux hommes se débattaient dans le flou le plus total… ou presque.

– Quelqu'un a cherché à me joindre au bureau à propos de Narragan Biosciences. C'est Lamar qui l'a eue en ligne. Une certaine Vanessa Hartmann. Ça te dit quelque chose ?

– Absolument rien. Elle voulait quoi ?

– Elle aurait des documents à propos de Narragan.

– Et tu en penses quoi ?

– Soit les mecs qui ont tué Mary et Rebecca nous tendent un piège, soit c'est une opportunité tombée du ciel. Il y a une bonne nouvelle toutefois. C'est un de mes potes d'enfance de Spokane qui lui a filé mes coordonnées. Je n'ai jamais été un grand fan de Jimmy. Il a toujours traîné dans des milieux un peu louches, mais ce n'est pas un tueur et on a grandi ensemble. Je vais essayer de l'appeler, on verra bien. De toute façon, il faut qu'on commence à bouger nos pions, sinon l'inactivité va nous bouffer et ces ordures vont finir par nous retrouver. Va savoir si ça n'est pas déjà fait !

– Tu as raison, j'ai checké sur le Net les huit opérations sur titres suspectes dont tu m'as parlé. Ces opérations du type Narragan n'ont eu pratiquement aucun écho. Dans la plupart des cas, il y a effectivement une augmentation des volumes avant une annonce officielle qui déclenche la baisse du titre. Il est vrai que si tu décortiques la liste des *trades* durant la journée, il y a une volonté de faire croire que tout est normal… Mais les tailles des opérations se répètent d'une manière presque cyclique, comme si on empilait des transactions à un rythme régulier pour atteindre un montant particulier.

– Oui, c'est ce qui avait attiré mon attention au début. J'aurais tendance à dire qu'ils ont utilisé plusieurs comptes pour générer les opérations, ce qui semble évident. Mais ce que je ne comprends pas, c'est le désintérêt total de la SEC face à ces transactions qui ont l'air éminemment suspectes.

Le gendarme boursier américain était en effet connu pour se montrer extrêmement pointilleux et pour réagir à chaque événement suspect qui pourrait laisser supposer un délit d'initié. Et là, rien. Pas d'enquête, pas un mot dans les journaux. Comme si l'affaire avait été étouffée avec brio. Selon les recherches effectuées par Tom, il y avait eu huit cas similaires à Narragan Biosciences et jamais la SEC n'avait levé le moindre sourcil. Difficile de ne pas en conclure qu'elle était impliquée. Et au plus haut niveau.

Restait maintenant à découvrir qui était passé du côté obscur au sein de l'administration américaine qui se vantait si souvent d'être incorruptible.

CHAPITRE 13

29 novembre 2021 – 8 h 30 – Cataumet, Massachusetts – USA

La capitaine Vanessa Hartmann se prélassait, confortablement installée dans un Adirondack, un vieux fauteuil en bois rongé par l'eau salée. Elle savourait ces périodes de repos où elle prenait tout son temps pour petit déjeuner dans son coin préféré. Le *Chart Room* représentait bien plus qu'un café avec sa confortable terrasse en pleine marina. Et cette vue imprenable sur l'océan ! L'été, très prisé par la jeunesse de la région, l'endroit affichait complet tous les jours ou presque. En cette fin de novembre, avec les huit degrés cruellement affichés et une couverture nuageuse tenace, pas de problème de surpopulation. La terrasse pour elle seule, Vanessa appréciait cet air vivifiant. Emmitouflée dans sa veste de pilote – un vieux cuir marron avec des patchs qui dataient d'il y a près de trente ans et qui avait appartenu à son père, elle se sentait à l'abri de tout, loin des tracas du quotidien. On aurait dit qu'elle était perdue dans cette veste trop grande de deux tailles. Le vêtement datait sans doute d'avant sa naissance et elle y tenait plus que tout.

En resserrant le col en fourrure contre son menton, elle se remémora son dernier souvenir avec son père, cette veste sur le dos. Comme si c'était hier. *Devant sa voiture de patrouille, Sam Hartmann allait partir travailler, il neigeait en cette fin d'automne. Derrière la baie vitrée du salon, Vanessa lui faisait signe de la main. Son père lui répondit de même.* La dernière fois qu'elle avait vu son père vivant. Les heures qui suivirent furent sans doute les plus pénibles de sa vie. La jeune femme secoua la tête pour faire disparaître les larmes qui venaient d'apparaître dans ses yeux clairs à la pensée de ces moments douloureux.

La serveuse du *Chart Room*, une gentille rousse avenante d'une trentaine d'années, apparut sur le pas de la porte. Elle ne paraissait pas aussi séduite que Vanessa par la météo tonique.

– Salut, capitaine, comme d'habitude ? Toujours certaine de ne pas vouloir rentrer ? Tu sais, les prix à l'intérieur sont les mêmes… Et ça m'évite de me les geler pour te servir…

– Oui, Maddy, comme d'habitude, répondit Vanessa. Et non, désolée, je reste dehors, comme d'habitude aussi.

Maddy Tucker n'était pas encore ce qu'on pourrait appeler une amie de Vanessa, mais elle pourrait le devenir. Les deux femmes s'entendaient plutôt bien. Une forme de pudeur les dissuadait encore de se lancer dans des confidences trop intimes. Mais elles se montraient assez complices pour plaisanter de tout et de rien quand le service n'était pas trop chargé ou que les derniers clients avaient déserté l'endroit. Depuis qu'elle était basée à Cape Cod, la garde-côte avait passé beaucoup de temps dans ce café, son repaire. Pour une femme pilote, célibataire, logée sur une base militaire, les distractions se faisaient rares. Alors elle venait souvent se poser pour bouquiner et, à l'occasion, elle discutait avec Maddy.

Cette dernière sortit en coup de vent sur la terrasse avec une tasse de café fumante et brûlante. Elle ne souhaitait pas s'éterniser dehors. Le smartphone de Vanessa se mit alors à vibrer. Son rythme cardiaque s'accéléra imperceptiblement à la vue du numéro inconnu. Elle se redressa pour saisir l'appareil posé sur la table et s'empressa de répondre :

– Vanessa Hartmann…

La seule réponse qu'elle obtint fut un silence appuyé. Elle tenta sa chance :

– Vous êtes Tom Kelcey ?

– On m'a dit que vous me cherchiez. Que savez-vous sur Narragan ?

– Eh bien, j'ai connu des entrées en matière plus agréables, même en appelant mon centre des impôts, rétorqua-t-elle.

– Écoutez, madame, excusez-moi si je n'y mets pas les formes, mais je suis assez pressé. Jimmy dit que vous avez besoin d'aide sur des documents financiers. Si ce n'est pas le cas, je ne vais pas vous embêter plus longtemps.

– Tout doux… Je vais vous expliquer mon problème et vous jugerez si ça vous intéresse ou pas.

Vanessa détestait les gens arrogants et stressés. Et Tom Kelcey ne semblait pas vraiment bien dans ses baskets. Ne pas juger et condamner sur une première impression négative. Par bonheur, le ton du trader se fit d'un coup plus conciliant et chaleureux :

– OK, désolé, je suis pas mal sous pression depuis deux jours, et un peu sur les nerfs. Expliquez-moi ce qu'il en est, je vous dirai si je peux vous aider.

En quelques mots choisis, Vanessa Hartmann lui raconta alors la découverte du cadavre de Martin Lawrenson et l'explosion de son voilier. Tom Kelcey n'en perdit pas une miette, sans être réellement surpris. Il fut encore plus intéressé lorsqu'elle évoqua la lettre d'adieu et le dossier financier qui l'accompagnait. Cette manne de renseignements potentiels qui tombait littéralement du ciel incita cependant le jeune homme à la prudence. Depuis quelques heures, il avait effectué une formation accélérée à la paranoïa. Cette Vanessa Hartmann pouvait très bien être de mèche avec l'organisation qui voulait sa mort et celle de Bill Callahan.

Son interlocutrice avait une voix plutôt jeune et assurée, ses idées semblaient claires. Tom Kelcey avait instinctivement envie de lui faire confiance. Si ces documents existaient bel et bien, ils représenteraient peut-être la clé de voûte de toute l'affaire. D'autant que l'organisation derrière cette mécanique diabolique pourrait penser que ces documents étaient partis en fumée dans l'explosion. S'il mettait la main sur ce dossier bleu bondé de chiffres, Tom aurait peut-être pour la première fois une longueur d'avance sur ses poursuivants. Une bouffée d'optimisme le gagna.

– Écoutez, madame…

La jeune femme l'interrompit :

– Vanessa.

– Pardon ?

– Vanessa, c'est mon prénom. Et ne me servez pas du « madame », je n'ai pas quarante-cinq ans, je ne suis pas une vieille fille.

Ça avait le mérite d'être clair.

– OK… Vanessa… Il faudrait que je puisse consulter ces documents pour me faire une idée. Pouvez-vous me scanner tout ça et me l'envoyer par mail ?

Comme avec Jimmy Patton, Vanessa se montra réticente à l'idée d'expédier les documents dans la nature. Sans savoir ce qu'ils contenaient véritablement, elle présumait de leur dangerosité.

– Je suis assez mal à l'aise étant donné la provenance de ces documents. Je préférerais vous les remettre en mains propres. Nous pourrions nous voir pour en parler ? Où êtes-vous ?

Tom Kelcey resta silencieux d'interminables secondes.

– Je ne vous fais pas du rentre-dedans, se crut-elle obligée de rajouter.

– Non, j'ai bien compris. C'est juste que je ne suis pas très… disponible en ce moment…

– Monsieur Kelcey, je suis garde-côte, pas de la police. J'imagine qu'il y a un truc pas très clair dans ces documents. Il y a vingt-quatre heures, un type soi-disant du FBI m'attendait à la descente de mon hélico alors que nous avions à peine débarqué le cadavre de Martin Lawrenson. Je me demande encore comment il a obtenu aussi vite l'info. Et il m'a posé des questions un peu trop intrusives sur d'éventuels documents que j'aurais en ma possession.

Tom sentit son pouls s'accélérer : décidément, ces types étaient partout. Vanessa ajouta :

– Si ce type était du FBI, je suis danseuse étoile. C'est pour ça que je cherche à comprendre.

Tom Kelcey l'interrompit sans y mettre trop les formes :

– Avez-vous parlé de ces documents à quelqu'un d'autre que Jimmy ?

– Non, mis à part le plongeur de mon équipage qui les a récupérés sur le voilier. Je le connais, c'est un type sûr, il n'y a pas de raison de…

– Écoutez, vous allez vous mettre à l'abri dans un endroit tranquille et je vais venir vous voir, je crois que ce sera plus simple.

– Vous êtes en train de me dire que je suis en danger… ?

– Capitaine, je suis désolé de vous le dire, mais ces papiers semblent vitaux pour des gens aux méthodes plus que brutales. Ils n'hésitent pas à supprimer tous ceux qui se mettent en travers de leur chemin. S'ils savent qu'ils sont en votre possession, je vais être franc, vous risquez votre vie…

Elle sentit comme un nœud qui prenait forme dans son estomac. L'anxiété de Tom semblait contagieuse et il ne plaisantait pas.

– Où êtes-vous ? demanda Tom.

– Je suis basée à Cape Cod.

Le trader fit un rapide calcul dans sa tête.

– Je peux être là dans trois heures. Vous vous mettez à l'abri et je vous appelle dès que je suis dans les parages. Je pars dès maintenant.

– Mais vous partez d'où ?

Son interlocuteur avait déjà raccroché. Elle n'avait plus qu'à attendre et faire ce que cet inconnu venait de lui conseiller : se mettre à l'abri.

Bill Callahan se livrait à quelques exercices d'assouplissement sur la terrasse du chalet. La fraîcheur de ce matin de novembre lui redonnait un semblant d'énergie. Légèrement essoufflé, il s'accouda à la rambarde et essaya de se concentrer. L'image de Mary étendue au sol, toujours et encore… Il s'interdit une nouvelle fois de prévenir son fils de la terrible nouvelle. Son ordinateur portable bipa dans le salon. Il rentra dans la pièce et vérifia le message : Tom lui annonçait brièvement qu'il partait récupérer les documents de Narragan et qu'il le contacterait plus tard.

Bill se demanda si le jeune trader ne se jetait pas tête baissée dans un nouveau traquenard. Perdus pour perdus, les deux fugitifs se devaient de tenter quelque chose. Depuis hier, Tom s'était révélé sous un jour nouveau : celui du militaire froid et déterminé. Lors de son premier entretien d'embauche, difficile d'imaginer le passé guerrier du jeune homme. Avenant, l'œil vif et pétillant, la voix posée, il avait séduit Bill. Sans le décevoir par la suite. Dans les mois qui avaient suivi son embauche, Kelcey s'était révélé être un excellent trader, avec un instinct assez sûr. Peu de personnes dans ce métier sont capables d'absorber la psychologie des marchés. Tom en faisait partie, en osmose avec les flux et les tendances de la Bourse. Sauf que depuis hier, il donnait l'impression d'avoir renfilé son treillis de guerrier. Bill s'interrogea. *Tom serait-il capable de tuer froidement un homme ?* La réponse lui faisait peur.

Le jeune trader était toujours resté très évasif sur son passé. Bill Callahan savait juste que Tom avait appartenu pendant deux ans à une unité de Marines régulièrement engagée dans des missions d'infiltration, en Afghanistan. Depuis quelques heures inconsciemment, Bill se reposait sur son subordonné et son expérience. Une petite voix lui ordonnait de faire confiance à l'assurance et à la bienveillance de ce garçon. Lui serait peut-être capable de les sortir de ce bourbier, comme il avait sauvé sa peau en mission. Si Tom n'était pas venu le chercher à côté de chez lui, Bill se serait certainement rendu à la police. Et Dieu seul sait où il en serait actuellement. Probablement mort ou en prison.

Vingt-quatre heures auparavant, dans un tout autre monde, Bill s'inquiétait de ce que Jason Dalmore allait lui annoncer, s'il devait accepter la proposition de son majordome de prendre un whisky ou non. Et ce matin, il s'était réveillé dans la peau d'un tueur. Où en était Dalmore ? Que pensait-il de tout cela ? Avait-il rencontré son mystérieux contact du club de golf ? En apprenant la disparition de Tom et de Bill, ainsi que les cinq meurtres qui allaient avec, le milliardaire avait certainement regretté son investissement dans la société Brodman, Zimmerman & Sons. Bill Callahan se surprit à sourire à cette idée. Son employeur survivrait certainement à ce revers de fortune dans sa maison à cent millions de dollars.

Tom Kelcey avait roulé aussi vite que le Ford Raptor lui permettait, en évitant de se faire flasher par les flics ; ça n'était pas le moment. La fuite meurtrière de ses poursuivants l'obnubilait. Il espérait vraiment que Vanessa Hartmann l'avait pris au sérieux, qu'elle s'était mise à l'abri le temps qu'il arrive. Une nouvelle mort sur la conscience était la dernière chose dont il avait besoin. La douleur de l'assassinat de Rebecca encore trop fraîche, il ne parvenait pas à se faire à l'idée. Le corps de sa compagne criblé de balles. La peur et la souffrance qu'elle avait dû ressentir... *Pourvu qu'elle soit morte sur le coup.* L'effondrement de sa famille, eux qui étaient si unis.

Inlassablement, la pluie s'abattait sur le pare-brise depuis le contournement de Boston. Son GPS lui indiquait encore quarante-cinq minutes de trajet avant d'atteindre Cape Cod. La jeune pilote avait envoyé un SMS pour lui indiquer le restaurant où elle patientait, le *Chart Room*. L'analogie avec son métier le fit sourire[9]. Il pianota du pouce sur son smartphone tout en gardant un œil sur la route. Il déclencha le micro et envoya un message vocal à Vanessa Hartmann :

9. Un trader passe ses journées à analyser des graphiques, *charts* en anglais.

Je viens de passer Middleborough. Je suis censé être là dans quarante-cinq minutes. Tout va bien de votre côté ? Quasi instantanément, il reçut un émoji de pouce levé. Une bonne nouvelle, la jeune femme était passée inaperçue, mais tant qu'il ne serait pas en sa présence, il ne s'estimerait pas complètement rassuré. Le regard fixé sur l'autoroute, bercé par le ronron rauque du V8, il laissa à nouveau vagabonder son esprit qui revenait inlassablement à Rebecca.

Sagement installée au mess des gardes-côtes, à l'abri dans l'enceinte de la base, Vanessa ne se sentait pas en danger. Cependant, le ton alarmant de Tom Kelcey l'incitait à prendre la pleine mesure de la menace. Avait-elle échappé de peu à la mort la veille ? Elle regarda machinalement son poignet et sa Jaeger-Lecoultre Master Compressor offerte par son père. Bientôt midi, son estomac commençait déjà à gargouiller. Elle fit un rapide calcul : il lui fallait un petit quart d'heure pour aller au *Chart Room*. Le temps de récupérer les documents dans le coffre de sa chambre et de rejoindre sa vieille Honda sur le parking de la base ; elle pouvait déjà commencer à y aller. Son estomac pourrait patienter. Maddy lui servirait bien un petit quelque chose pendant qu'elle attendrait Kelcey.

Au milieu de la forêt, Bill Callahan épluchait les opérations réalisées sur les huit sociétés déclarées suspectes par Tom, en plus de Narragan. Lamar Loggins lui avait envoyé toutes les *Time and Sales*[10] des trois dernières semaines, des listings de chiffres assez indigestes, avec le volume de chaque transaction, le prix payé et son horaire. Un non-initié ne s'y serait pas retrouvé, mais Callahan, lui, savait lire entre les lignes. Il étudiait minutieusement les périodes précédant les krachs des huit entreprises, celles où les vendeurs avaient dû agir. Le contact

10. Récapitulation de toutes les transactions journalières sur un titre.

de Dalmore au club-house avait cité en exemple ces entreprises comme gage du sérieux de ses informations. Callahan observait des transactions vendeuses à découvert qui semblaient se répéter cycliquement, de façon extrêmement rigoureuse. Aux États-Unis, les transactions *shorts*, le fait de vendre avant d'avoir acheté le titre, devaient être scrupuleusement signalées et apparaissaient sur le *Time and Sales*.

Bill avait acquis une certitude : ces ventes à découvert étaient programmées à l'avance et les ordres émanaient d'un ordinateur. Sur chaque société, les *trades* identifiés étaient les mêmes, avaient lieu au même moment de la journée, pour des montants qui ne représentaient jamais des chiffres ronds. Tout cela avait été programmé en amont, et le compte concerné derrière chaque transaction devait probablement être unique, en dépit du fait que les opérations provenaient de banques ou de plateformes d'exécution différentes.

Callahan se leva pour s'étirer et se frotta les yeux afin de retrouver une vision normale. Il fit les cent pas dans le salon et alluma la télévision pour se changer les idées. Il commença à zapper sur les chaînes d'infos et la télécommande faillit lui tomber des mains.

Sur l'écran d'origine coréenne, le visage de Tom s'affichait aux côtés de celui de Bill. Sans doute un cliché fourni par les autorités militaires. Le sien provenait de son badge d'accès à Brodman, Zimmerman & Sons. Deux fugitifs lambda pas vraiment sympathiques et surtout très dangereux selon le bandeau déroulant : les deux hommes avaient assassiné leurs compagnes et dérobé des millions de dollars à leur employeur. Un numéro d'appel figurait en haut à droite de l'écran pour fournir tout renseignement utile dans la chasse à l'homme engagée.

Recherché pour meurtre… Un meurtre qu'il n'avait pas commis… Et ses deux enfants qui s'étaient sans doute réveillés en Californie au son de cette effroyable nouvelle… Bill Callahan ne voyait plus qu'une issue : se rendre au premier poste de police venu… Il ferma les yeux de longues secondes, comme pour reformater son cerveau submergé par l'émotion. Puis une lueur de réflexion apparut dans le chaos de son esprit. Comment Tom et lui pouvaient-ils être accusés de vol ? Le meurtre, cela pouvait se comprendre, leur disparition les rendaient plus que suspects… Mais le vol ? Moins de vingt-quatre heures après avoir obéi aux exigences des maîtres chanteurs et effectué le virement ? Les flics n'auraient jamais pu comprendre aussi vite et éplucher des centaines de transactions. Comment les journalistes pouvaient-ils déjà être au courant ? La réponse s'imposa à Bill : une complicité interne à l'entreprise. Et si Jason Dalmore l'avait manipulé depuis le début ?

Au volant de sa voiture, Tom tentait de rester calme. Les dernières infos fournies par Bill ne laissaient rien présager de bon. Il commençait à se demander s'ils n'étaient pas des boucs émissaires providentiels pour cacher une opération d'une ampleur inédite. Mais il fallait garder la tête froide et procéder dans l'ordre. D'abord les documents. Tom approchait du lieu de rendez-vous et selon Google Maps, un parking faisait face à l'établissement. La paranoïa aidant, le trader décida de se garer de l'autre côté de la jetée. Il coupa le contact et entendit les cris stridents des mouettes. Il régnait une ambiance de curée dans un coin de la marina. Des volatiles se chamaillaient autour d'une vieille carcasse de poisson. Tom enfonça sa casquette des Nets sur la tête et partit au petit trot en direction du café qu'il devinait au loin, dans la pluie fine de ce début d'après-midi.

La rusticité du *Chart Room* était à des années-lumière des bars branchés et tape-à-l'œil fréquentés par les traders du sud de Manhattan. L'établissement ressemblait à une ancienne cabane de pêcheurs rénovée il y a déjà bien longtemps. Le bois de la façade mangé par les embruns s'ouvrait sur de grandes fenêtres entourées de mastic blanc, et les bouées posées à même le sol lui donnaient un charme désuet et foutraque.

Tom poussa la porte et tomba sur une salle sombre et vide de tout client. Vanessa Hartmann lui aurait-elle joué un mauvais tour ? Un désagréable sentiment s'empara de tout son être. Ses yeux s'accoutumèrent à la faible luminosité et confirmèrent l'absence de la pilote. Il fit marche arrière dans un mouvement réflexe pour se retrouver sur la terrasse. Il se blottit dos à la façade. Déjà ça de pris. L'ennemi ne pourrait pas l'attaquer par derrière. Il balaya les alentours du *Chart Room* une poignée de secondes, mais ne nota rien de suspect à l'horizon. Il relâcha quelque peu sa vigilance. Après tout, Vanessa pouvait être en retard de quelques minutes. Il décida de rentrer à nouveau dans le restaurant. Il se dirigea lentement vers le bar et s'assit sur un tabouret bancal. Il consulta nerveusement son téléphone. Soudain, une silhouette vive surgit de derrière le comptoir :

– Bonjour, je suis Maddy ! Qu'est-ce que je vous sers ?

Tom sursauta, son cœur fut propulsé de quelques centimètres dans sa cage thoracique.

– Euh… Je veux bien une Bud Light… Merci…

– Vous attendez quelqu'un ? demanda Maddy.

– Je suis censé rencontrer Vanessa Hartmann, vous connaissez ?

– Oui, bien sûr. Mais elle vient de partir avec un type avec qui elle avait rendez-vous.

Le sang de Tom se glaça instantanément.

– Par où sont-ils allés ? Ça fait combien de temps ? demanda-t-il en se levant brusquement du tabouret qui s'écrasa au sol.

– Deux minutes, pas plus. Vous les avez ratés d'un rien. Pourquoi ?

La serveuse était devenue livide en voyant la violence de sa réaction.

– Parce que c'est avec moi qu'elle avait rendez-vous !

Elle lui désigna la gauche du bâtiment d'une main tremblante :

– Ils sont partis en direction des hangars à bateaux juste derrière !

Tom sprinta vers la porte et l'arracha presque de ses gonds.

CHAPITRE 14

29 novembre 2021 – 12 h 45 – Cataumet, Massachusetts – USA

Vanessa avait compris trop tard sa méprise. Ce colosse aux cheveux rasés n'était pas Tom Kelcey. Elle s'en voulait de s'être laissé berner comme une bleue. Pourtant, tout laissait croire que ce type n'y connaissait rien en *trading*, à commencer par ses yeux de fauve. Pourquoi avait-elle suivi cet homme qui ressemblait plus à un tueur qu'autre chose, alors qu'elle aurait pu rester tranquillement dans le café, sous la surveillance de Maddy et des employés ?

En sortant du *Chart Room*, la brute l'avait tout de suite saisie par le bras dans un silence pesant. Vanessa avait bien tenté de se libérer plusieurs fois de son étreinte, mais sa main d'acier resta inflexible. Le niveau de panique commençant à monter, elle avait tenté de hurler et une seconde pince d'acier s'était abattue sur sa bouche. Ils parcoururent ainsi deux cents mètres sans croiser personne.

L'homme ouvrit la porte d'un vieux hangar à bateaux désaffecté. À l'intérieur, il faisait sombre, ça sentait la rouille, l'humidité et la pourriture. Des herbes folles poussaient au travers des lattes de bois placées au sol. De façon désespérée, Vanessa accrocha son regard sur le moindre détail, espérant trouver un moyen de se défendre. À côté d'un vieux bidon d'huile pendait une espèce de barre de fer oxydée. Vanessa se laissa tomber de tout son poids, éventrant ainsi son jean et s'écorchant le genou. Le colosse, un peu surpris, lâcha sa proie qui se jeta sur la barre de fer. Le bidon d'huile se retrouva un mètre plus loin, laissant échapper son visqueux contenu. La jeune femme parvint à saisir la barre tel un bâton d'aïkido. Elle se releva, mais ses jambes chancelantes n'offraient pas de garanties. Reconstituant toute son énergie, elle se projeta sur le colosse pour le frapper au visage avec plus de conviction que d'efficacité. De l'avant-bras, il para facilement le coup, comme s'il avait affaire à une enfant turbulente. Il contre-attaqua avec un coup de poing d'une violence inouïe dans son estomac. Le souffle coupé, Vanessa s'effondra et se recroquevilla sur le sol. Entre ses larmes de douleur, elle voyait le sourire de satisfaction de son bourreau. Elle sentit la haine et l'impuissance monter en elle.

– Où sont ces documents, capitaine ?

Les lèvres serrées, elle le défia du regard, tout en soupesant ses maigres options. Vu du sol, son kidnappeur semblait immense. Son visage rectangulaire, comme taillé dans le marbre, ne laissait paraître aucune expression d'humanité. Sa bouche dessinée à la serpe s'agita de nouveau :

– Écoutez-moi bien, capitaine…

Sans se mettre au garde-à-vous, l'homme paraissait respecter un tant soit peu son grade. Cela ne lui servirait certainement pas éternellement de bouclier. Il pouvait la tuer en une pichenette, comme on se débarrasse d'un insecte. Ce type avait certainement fait partie de l'armée, avant de bifurquer dans le côté obscur. On lui avait inculqué le respect de la hiérarchie. Et il avait l'air d'obéir à des ordres avec détermination :

– Vous avez le choix… Me les donner sans discuter et profiter d'une mort rapide. Si vous refusez, ce sera long et douloureux, mais vous finirez par me donner ces documents.

Encore groggy, Vanessa ne parvenait pas à se concentrer, encore moins à prendre l'initiative, elle qui faisait la moitié de la taille de son adversaire. De plus, il venait de sortir une arme de sa grande vareuse. Un revolver muni d'un long silencieux vissé sur le canon. Si près, il ne pouvait manquer sa cible.

Une bouffée d'espoir... Du coin de l'œil, Vanessa distingua une lueur, loin en arrière-plan. Puis une autre, tout aussi furtive. À l'instinct, elle voulut gagner du temps. Ce seraient toujours quelques secondes de plus à vivre sur cette Terre.

– Ils sont... dans le coffre... de mon appartement... sur la base... Je peux vous y accompagner. Les bases des gardes-côtes... sont des... vraies... passoires.

– Pas besoin de toi ! Juste besoin de savoir où sont ces papiers, répondit-il en brandissant une carte officielle du FBI. Avec ça, je vais où je veux sur les bases fédérales. Tu sais ce que je vais faire ? Je vais te tirer une balle dans chaque genou, pour être sûr que tu ne vas pas t'enfuir... Je reviendrai peut-être t'achever quand j'aurai bien récupéré ce dossier !

Mauvaise pioche, Vanessa n'avait pas pensé à pareille éventualité. Elle leva ses mains tremblotantes et les agita dans le vide, comme si cela allait la protéger. Entre deux sanglots, elle hurla dans un dernier soubresaut de vie :

– NON ! NON, attendez !!!

Le colosse pointa son arme dans la direction de Vanessa et fit durer le plaisir. Elle ferma les yeux, résignée. *C'est donc comme ça que ça se termine.*

Aucune douleur, mais un simple un choc, sourd. Quand elle osa rouvrir les yeux, elle distingua une masse informe à terre : le faux agent du FBI. Un type engoncé dans une énorme parka verte l'observait sous sa casquette des Nets. Il tenait un énorme tuyau en métal dans la main droite. Sans doute un vieil axe de transmission de bateau au vu des coquillages encore fossilisés dessus. De la tête de son ravisseur à terre coulait un généreux filet de sang. L'homme ne bougeait plus. Elle se fichait d'ailleurs pas mal de son état de santé.

Son sauveur lui tendit la main en ramenant le tube contre sa poitrine.

– Mon nom est Kelcey, Tom Kelcey, un vieil ami de Jimmy. Je ne sais pas s'il va se réveiller, mais il faudrait vite se barrer d'ici. Vous pouvez marcher ?

– Oui, vaguement… je pense… J'ai juste perdu cinquante pour cent de ma capacité pulmonaire pour quelques heures, mais je peux vous suivre.

– Parfait, alors on y va. On doit disparaître le temps d'y voir plus clair.

– On n'appelle pas la police ? Ça serait peut-être mieux, non ?

– Dans un monde normal, c'est ce que je ferais ! Sauf que depuis quarante-huit heures, je ne vis plus dans un monde normal, je n'ai plus confiance en personne. Surtout pas en la police. Et là, tout de suite, j'ai une mauvaise nouvelle pour vous.

– Ah… Plus mauvaise que le fait d'avoir failli mourir il y a deux minutes ?

– Oui… Vous venez de pénétrer dans mon monde, et je peux vous garantir que ceux qui ont essayé de vous assassiner vont recommencer.

Une fois à l'air libre, Tom sortit un de ses *burners* et composa le 911. En bon citoyen, il expliqua à son interlocutrice avoir aperçu un homme armé pénétrer dans un hangar à Cataumet. Il décrivit rapidement le hangar et raccrocha au moment où on lui demandait son identité. Avec un peu de chance, les flics du coin garderaient quelque temps au chaud le ravisseur de Vanessa. Ils l'interrogeraient sur l'arme qu'il trimbalait, même si Tom était certain du permis de port d'arme en bonne et due forme de l'homme de main. Quelques précieuses heures de gagnées.

Puis il s'adressa à la pilote d'hélicoptère encore recroquevillée sur elle-même, à la recherche de son souffle :

– Excusez-moi de vous poser la même question que l'autre brute, mais où sont les documents ?

– Dans le coffre de la vieille Honda rouge, à cent mètres sur votre gauche.

– OK, vous allez me conduire à la voiture. Ensuite, on ira se mettre au vert pour étudier tout ça.

– Je vois que le rentre-dedans continue, glissa la jolie brune.

– Belles facultés de résilience ! Après être passée à deux doigts de la mort, vous n'avez pas perdu le sens de l'humour.

– Ce n'est pas tous les jours que l'on rencontre deux Tom Kelcey à trente minutes d'intervalle. J'en profite au maximum. J'espère d'ailleurs que vous êtes le bon Kelcey…

Tom resta muet quelques secondes puis lâcha un sourire en coin. Il n'était pas spécialement habitué à sauver des demoiselles en détresse, mais celle-là lui semblait être un sacré numéro.

La capitaine Hartmann continua de parler tout en essayant de marcher au même rythme que lui.

– Au fait, merci, Tom Kelcey !

– Pour quoi ?

– M'avoir sauvée, monsieur le chevalier blanc… D'avoir explosé la tête de l'autre enfoiré… Vous connaissiez ce gars ? demanda-t-elle.

– Non. Jamais vu. Par contre, quand vous verrez dans quoi je vous embarque, je ne suis pas certain que vous me remercierez.

Vanessa déverrouilla la Honda et Tom s'assit sagement côté passager. La voiture sentait le vieux désodorisant automobile. Les narines de Tom furent légèrement importunées. Heureusement que le trajet serait bref. La jeune femme démarra en lançant :

– Vous me guidez ?

– De l'autre côté de la jetée à cinq cents mètres. Un pick-up Ford bleu, vous le reconnaîtrez facilement.

– Moi qui suis incapable de faire la différence entre une Jeep et une Tesla…

– Vous me vexez, répondit-il en souriant. Le Raptor est une voiture mythique.

Ils stationnèrent la frêle Honda à côté du massif Ford Raptor. Au moment où Vanessa tirait sur le frein à main, Tom se racla la gorge avant de rompre le silence.

– Bon… il faudrait peut-être que vous nous sortiez ce fameux dossier de sa cachette.

– La confiance, ça se mérite ! Après ce que vous avez fait à mon ravisseur, je pense pouvoir vous l'accorder, monsieur Kelcey.

Sans transition, la jeune femme sortit du véhicule et se précipita vers le coffre. Un coup de clé et le hayon couina dans d'horribles souffrances, signe que l'entretien de la Honda laissait à désirer. Tom était prêt à passer l'éponge. Il avait suivi la jeune femme qui farfouillait déjà sous la moquette épaisse du coffre. Dans le logement de la roue de secours apparut le dossier bleu à sangle de Martin Lawrenson.

Tom Kelcey n'osa pas tendre la main pour le récupérer. Il ne voulait pas paraître trop avide et réveiller la méfiance de Vanessa. Cet objet brûlant contenait certainement de quoi démêler une partie de l'énigme. Il impliquerait peut-être des figures de la haute finance new-yorkaise. Il avait surtout failli coûter la vie à une jeune femme pleine de charme.

Vanessa, dans une spontanéité désarmante, s'en saisit avant de le lancer en direction des mains de Tom. Ce dernier se recula d'un pas, jongla maladroitement deux fois avant de le laisser tomber. N'est pas *quarterback* qui veut. Par bonheur, retenus par la sangle, les précieux papiers ne terminèrent pas leur course sur le macadam détrempé.

– Pas beaucoup de réflexes, monsieur le trader.

– Mouais, se contenta de répliquer Tom, piqué au vif. On ferait mieux de ne pas trop traîner dans le secteur. Les flics vont rappliquer, sans compter les complices de votre ami dans le hangar…

Ils prirent la route en direction du nord. Encore sous le choc des derniers événements, la jeune femme s'abandonna dans une réflexion silencieuse, le front contre la vitre passager. Tom sentait qu'il devait respecter ce sas de décompression. Lui laisser comprendre que sa vie venait de basculer dangereusement. Soudain, après une quinzaine de minutes, Vanessa remonta à la surface et demanda :

– Vous savez où on va ?

– Pour être honnête, il faudrait qu'on s'arrête dans un restaurant. J'ai besoin de faire un break. Je dois vous expliquer toutes les horreurs qui me sont tombées dessus depuis deux jours. J'aimerais aussi jeter un premier coup d'œil au dossier…

Elle acquiesça en hochant la tête. Tom s'immobilisa un instant en la fixant dans les yeux, puis reprit la fin de sa phrase :

– Et puis, je vous propose que l'on passe au tutoiement, je crois sincèrement que cela va faciliter nos relations. Mon instinct me dit qu'on va passer pas mal de temps ensemble, conclut-il en esquissant un sourire.

– Quand je pense que l'on parlait de rentre-dedans il y a quelques heures, vous n'avez pas perdu de temps à ce que je vois, rétorqua-t-elle en minaudant. Va pour le « tu », alors !

L'immense bâtisse surplombait Aspen, la station de ski branchée du Colorado. Une maison en brique rouge et ocre récemment construite par le maître des lieux, justement assis à son bureau. L'heureux propriétaire faisait face au fabuleux panorama de montagnes. Les premières neiges venaient de tomber, recouvrant le paysage d'une fine pellicule blanche. L'incertain soleil de midi faisait tout de même briller la neige sur des pans entiers de pistes. Il ne se lassait pas du spectacle.

Agé d'une soixantaine d'années, l'homme affichait une belle santé. Ses cheveux blancs impeccablement ramenés en arrière surmontaient un front haut et des yeux gris comme l'acier. Le succès l'avait rendu quelque peu rigide, voire inflexible, envers son entourage. Il savait bien qu'on le disait sans cœur, mais il n'en avait cure. On n'atteint pas les sommets avec des bons sentiments et du bénévolat. Pour lui, la gentillesse était l'apanage des faibles.

Trois écrans étaient intégrés avec goût dans son bureau en acajou. La console téléphonique équipée de deux combinés prenait place harmonieusement dans la continuité du plan de travail. Une télécommande dernier cri permettait de diriger un mur d'écrans dissimulé dans la cloison en pierre au fond de la pièce.

Son passé dans le monde des *hedge funds* l'avait rendu dépendant à l'adrénaline. Pas une journée sans décisions et arbitrages de haut vol, sans les incessants clignotements sur ses moniteurs pour lui rappeler que chaque seconde se convertissait en millions de dollars. Aujourd'hui il ne traitait plus directement des transactions, mais aurait pu reprendre la main à tout instant. Cette potentialité l'excitait au plus haut point.

Alors qu'il était encore perdu dans la contemplation du paysage, son bras droit, Andrew, pénétra dans la pièce un iPad à la main. Légèrement voûté, le pas incertain, son langage corporel n'indiquait rien de bon. Le boss abandonna à regret ses montagnes enneigées pour fixer son subordonné de façon glaciale, les mains ramenées en position de prière sous le menton :

– Qu'y a-t-il ? demanda-t-il d'une voix grave.

– Notre homme à Cape Cod a subi un contretemps.

– Un contretemps… ?

– Oui, il s'est fait surprendre alors qu'il allait récupérer les documents. Salement assommé… Il a été arrêté par la police à la suite d'un appel anonyme. Une petite inculpation pour port d'arme. Nos avocats viennent de le faire sortir, mais Kelcey et la fille se sont volatilisés.

– Un type formé dans les troupes d'élite… ? Humilié par une gamine et un trader ! Je suis entouré de tocards et d'incompétents !

– Monsieur… balbutia Andrew.

– Je me fous de savoir ce que vous avez à me dire. Je veux ces documents sur mon bureau dans les vingt-quatre heures. Démerdez-vous ! Foutez-moi le camp de ce bureau !

De rage, le boss saisit un combiné téléphonique et le fracassa sur l'angle de son bureau. Il en avait encore une douzaine en stock. C'était à peu près le seul truc qui le calmait lors de ses phases de contrariété.

Ce plan était bien trop énorme. Ses associés ne comprendraient pas que tout s'effondre à cause d'un trader débutant et d'une pilote d'hélicoptère. Il avait des comptes à rendre. Il allait devoir prendre les choses en main. Pour ça, il devait quitter son havre d'Aspen. Il contacta sa secrétaire à l'autre bout du pays avec le combiné rescapé :

– Bonjour, monsieur, que puis-je pour vous ?

Une repartie graveleuse lui vint en tête, mais la distance et la pression du hashtag Metoo la retinrent dans sa bouche.

– Réunissez le Conseil demain, dans le Connecticut. J'ai des communications importantes à faire. Prévenez également mon pilote que l'on décollera tôt d'Aspen demain.

Il ne s'embarrassa pas de formules de politesse et raccrocha au nez de sa secrétaire. Et pour faire bonne mesure, il fracassa le second combiné et s'acharna sur la chose à coups de talon.

Vanessa et Tom avaient porté leur choix sur un pub irlandais dans le centre de Worcester. Personne n'aurait pensé à les y débusquer, même si la ville faisait sa promo avec le slogan « WORCESTER, LA VILLE DE TAILLE MOYENNE LA PLUS VIVANTE ET LA PLUS AGRÉABLE À VIVRE DU PAYS ».

À l'écart dans un box au fond du restaurant, ils disposaient d'une vue imprenable sur le comptoir et l'entrée pour éviter les mauvaises surprises. Mais à moins de leur avoir greffé des puces sous la peau, leurs poursuivants ne pourraient jamais les trouver ici.

Alors qu'elle commandait deux burgers assortis d'autant de Coca Zéro, Tom commença à feuilleter la liasse de documents.

– Ça vous parle ? demanda la pilote. Nous n'avons pas pris tous ces risques pour rien ?

– Un peu tôt pour le dire… Mais de prime abord, le macchabée que vous avez ramassé semble avoir été plus une victime qu'un dangereux comploteur.

Il retourna à ses papiers. La lettre du directeur de Narragan Biosciences ressemblait plus à une confession qu'à autre chose. Assez brouillon dans son écriture et dans ses propos, Lawrenson donnait l'impression d'avoir permis l'accès à ses bases de données à quelqu'un qu'il appelait « IL », en majuscules. Sans jamais préciser de nom. Il expliquait avoir pris cette décision en ne voyant pas le bout de ses recherches. Il doutait de leur aboutissement.

IL avait proposé un deal à Lawrenson. En échange de l'accès aux serveurs, le patron de Narragan avait touché une coquette somme d'argent : vingt-cinq millions de dollars. Le pactole figurait sur un relevé de compte offshore dans le dossier. Le versement provenait d'une banque des îles Vierges. Kelcey savait déjà qu'il serait impossible de retracer le cheminement de l'argent. Cependant, une idée commençait à germer dans son esprit…

Lawrenson avait collaboré avec le cerveau de cette affaire. Il avait touché sa commission, en forme de baiser de la mort. La transaction avait mis sa société à terre. Quand il s'était rendu compte de son énorme erreur, Lawrenson avait voulu fuir. Et tout cela s'était terminé dramatiquement sur un voilier au large de Rhode Island.

Tom analysa les copies de mails entre Lawrenson et cette mystérieuse personne – ou organisation. L'adresse probablement bidon ne mènerait nulle part. Le seul nom mentionné dans les échanges était celui d'un dénommé Malagacchi. Ce dernier et Lawrenson avaient échangé des considérations techniques au sujet des serveurs. Cet homme, aux origines certainement italiennes, représentait une piste à étudier sérieusement. Les Malagacchi ne devaient pas courir les rues.

Tom remit les feuillets en place pour s'attaquer à son burger. La manipulation autour de Narragan semblait s'éclaircir, mais il manquait encore trop de pièces au puzzle…

Vanessa Hartmann observait Tom. Une foule de questions lui venaient aux lèvres.

– Ton burger est déjà froid ? lui demanda-t-elle.

– Je n'ai rien avalé depuis hier midi et je n'ai toujours pas faim…

– Le stress, sans doute…

– Il est temps que je te raconte ce qui m'est arrivé ces dernières heures, histoire que tu comprennes dans quoi tu es en train de mettre les pieds.

– De toute façon, c'est un peu tard pour faire machine arrière. Tu n'as pas l'impression ?

– Attends, Vanessa, je ne te force pas la main ! Mais quand tu sauras tout, si tu veux partir, c'est encore possible. La seule chose que je te demanderai, c'est de me laisser un peu d'avance avant d'appeler la police et l'armée, lâcha-t-il dans un sourire.

Elle lui rendit un sourire mutin. Une sensation agréable et chaleureuse les gagna l'un comme l'autre. Tout cela était bon à prendre après l'intensité de ces dernières heures.

– Tu sais, j'adore mon boulot, je n'ai pas envie de tout perdre. J'ai encore moins envie de perdre la vie. Alors, raconte-moi tout et après on verra bien ce que je décide. Et si nous devons fuir quelque part, j'espère que tu pourras m'offrir un hélicoptère. Je n'imagine pas trop ma vie sans voler.

Tom éclata de rire en fixant la jolie brune.

– J'ai passé pas mal de temps dans des hélicoptères ces dernières années. Je peine à comprendre que ça puisse manquer à quelqu'un. Mais je respecte le concept.

– Tu es aussi pilote ?

– Non, malheureusent ! Je n'étais qu'un simple soldat à qui on a fait visiter l'Afghanistan en long et en large dans une de ces bétaillères avec les portes ouvertes en permanence. J'ai bouffé plus de sable que Tom Cruise dans *Protocole fantôme*.

– Hmmm, j'aime bien tes références cinématographiques… Tu étais quel genre de soldat ?

Tom la fixa un peu plus intensément et prit le temps de réfléchir à sa réponse.

– Un simple soldat à qui on a demandé de gérer une équipe. J'ai appris sur le tas. Rien d'exceptionnel. Je n'ai aucun talent particulier qui aurait fait de moi un soldat d'élite. Désolé de te décevoir, je ne suis pas un Navy SEALs ! Je suis incapable de tuer un bataillon ennemi avec un couteau suisse… D'ailleurs, je ne suis doté d'aucune grande qualité… enfin, mis à part celle de t'avoir sauvé la vie ! Bon, je te raconte tout ou tu veux commander un dessert ?

– Je ne mange jamais de sucre. Par contre, je suis tout ouïe.

Pendant les quinze minutes qui suivirent, Tom décrivit l'engrenage infernal en tentant de n'oublier aucun détail, sauf la localisation exacte de son chalet en forêt. Au fur et à mesure, il se rendait compte de l'énormité de sa situation. Pourtant, la jeune femme resta calme, son visage se fermant un bref instant lorsqu'il aborda les assassinats de Mary et Rebecca.

– Désolée, murmura-t-elle

Tom secoua la tête comme pour chasser des images ou des pensées qu'il ne voulait pas voir.

– La souffrance est quelque chose d'étrange. La douleur est omniprésente, mais elle se dilue parfois dans l'action. Je ne veux pas non plus jouer au type insensible, mais notre couple avec Rebecca battait de l'aile. Nous avions un peu de mal à nous supporter, et maintenant, elle n'est plus là. Notre histoire s'est achevée sur des malentendus, des non-dits, des frustrations…

La voix chevrotante, Tom marqua une pause. Il tenta ensuite maladroitement de clore le sujet :

– Bon, en même temps, tu n'es pas ma psy. Je reprends la suite de l'histoire Narragan.

Le trader entra dans le dur. Avec Bill Callahan, ils étaient considérés par le FBI comme de dangereux fugitifs. Si Vanessa le suivait, elle passerait pour complice de deux meurtriers. Il y aurait certainement du sang et de la sueur au programme pour prouver leur innocence. Mais Vanessa avait-elle le choix ? Son sort était intimement lié à celui de Tom. Sa tête semblait mise à prix comme celle du trader.

– Alors ? conclut Tom. Je te dépose à la gare routière ou est-ce que je te fais visiter le repaire des fugitifs ?

Vanessa le fixa pendant quelques secondes, oscillant entre la carte de l'humour et le sérieux. Elle pencha pour l'ironie :

– En fait, ça dépendra du niveau de qualité de votre repaire…

Tom écarquilla les yeux de surprise.

– Pardon ?

– Oui, vous êtes bien notés sur Airbnb ? Comprends-moi bien ! Je ne vais pas laisser mon appartement de fonction minable pour me retrouver dans un hôtel de passe dans la banlieue de Worcester.

Il éclata d'un rire sincère, alors que dans son dos, l'écran géant du pub déroulait son avis de recherche en boucle. La casquette des Nets faisait visiblement son office jusque-là, puisque personne n'avait noté la ressemblance entre le fugitif de la télévision et le type fatigué assis juste au-dessous. Il devrait peut-être aussi se laisser pousser la barbe s'il avait l'intention se déplacer à sa guise les prochains jours.

CHAPITRE 15

30 novembre 2021 – 9 h 45 – Seattle, Washington – USA

Darrell Cameron, DC 2.0 pour les intimes, venait de se réveiller après une longue nuit à jouer en ligne à *Call of Duty*. Malgré la guerre bien réelle qu'il avait vécue en Afghanistan, il n'arrivait pas à décrocher des armes et de la violence, du bruit et de la fureur. La version *on-line* ayant un gros avantage : on ne risquait pas sa peau à tous les coins de rue.

Darrell se retourna dans son lit et tâtonna à l'aveugle pour récupérer son smartphone sur la table de nuit encombrée. L'appareil affichait une liste d'appels en absence longue comme le bras, ainsi qu'un message vocal. Il cliqua sur l'icône et entendit : « Salut DC, c'est ton lieutenant, j'ai besoin de toi. »

La voix familière le replongea dans l'enfer des combats, dans la souffrance la plus extrême. Sans le lieutenant Kelcey, il ne serait jamais rentré au pays. Et qu'importe s'il lui manquait une partie du corps. Sa prothèse de jambe gauche au pied du lit était devenue sa fidèle compagne. Tom l'avait sorti d'une sale situation, le traînant à bout de force jusqu'à une zone protégée. Et il avait ensuite défendu la place jusqu'à que les A10 Thunderbolt de l'Air Force, les redoutables avions d'appui rapproché, viennent nettoyer les positions talibanes qui les arrosaient au lance-roquettes. Le reste, il ne s'en souvenait plus : trou noir et coma de plusieurs jours. Il apprit bien plus tard que Tom avait procédé à son évacuation par hélicoptère, alors que son état était jugé désespéré. À son réveil dans l'hôpital de Ramstein en Allemagne, il n'avait plus de jambe gauche, mais il respirait encore.

En résumé, si le lieutenant Tom Kelcey sollicitait son aide aujourd'hui, la question n'était pas de savoir pourquoi, mais plutôt où, quand et comment, voire « qui faut-il tuer pour lui rendre service ».

Darrell s'assit dans son lit sans jeter un coup d'œil à la vue plongeante sur le lac Washington et ses eaux grisonnantes. Seattle n'était pas vraiment réputé pour son ensoleillement en novembre. Dépressifs s'abstenir. Il fixa soigneusement la prothèse sur le moignon de sa cuisse et se leva d'un bond, autant pour éprouver la solidité de l'attache que pour se remettre les idées en place. S'il se morfondait sur sa situation ou écoutait un peu trop ses vieilles douleurs, autant ne pas se lever. Direction la machine à café. Une fois à la table de sa cuisine, il composa le numéro qui l'avait appelé à plusieurs reprises…

De l'autre côté des États-Unis, Tom Kelcey sourit en voyant le numéro de DC s'afficher. Arrivés en fin de journée au chalet, Vanessa avait pris ses quartiers dans une chambre du haut. Elle dormait encore, sans doute assommée par les émotions de la veille. En revanche, lui et Bill avaient veillé pour échafauder leur plan de contre-attaque. Pas d'alternative, attendre n'était plus une option et leurs adversaires avaient montré qu'ils ne faisaient pas dans le détail.

– Salut, 2.0. Alors ? Tu as gagné le marathon de Seattle récemment ?

– Salut, lieutenant, tu sais qu'avec le hashtag Metoo, je pourrais te poursuivre en justice pour discrimination et moqueries contre un handicapé et un blessé de guerre.

Les deux hommes rirent de concert, mais Darrell entra rapidement dans le vif du sujet :

– Il paraît que tu as besoin de moi ?

– Si tu es toujours aussi doué avec les ordinateurs, oui.

– Tu peux compter sur moi, je me suis encore amélioré.

DC 2.0 était un surdoué de l'informatique. Après sa blessure et son retour en tant que vétéran, Microsoft l'avait repéré. Entré dans la firme de Redmond en tant que codeur, il avait grimpé les échelons à toute vitesse. Pratiquement aucun langage informatique n'avait de secret pour lui. La société fondée par Bill Gates avait entrepris de polir ce joyau que représentait Darrell mais s'était heurtée à un problème de taille. Lors de chaque session de formation, l'ancien Marine s'émancipait après quelques heures et pouvait assurer lui-même les cours à la place des enseignants. Mieux valait donc le laisser suivre ses instincts, malgré un style et un look un peu « inhabituels ». Le garçon ne quittait jamais son pantalon de treillis kaki et disposait d'une collection de tee-shirts à la gloire des plus grands groupes de metal américain. Quant à ses cheveux, ils lui tombaient sur les épaules, vaguement domestiqués par des dreadlocks. On ne lui donnait pas plus de vingt-deux ans alors qu'il venait de fêter ses trente-deux printemps. Et malgré une légère claudication, difficile de déceler qu'il était unijambiste. Il ne se plaignait jamais.

Aujourd'hui, il planchait pour Microsoft sur les systèmes de sécurité informatique des plus grosses entreprises américaines. Il testait et donc renforçait leurs pare-feux. Il était capable de pénétrer dans à peu près n'importe quel serveur, chez n'importe qui. La CIA et la NSA l'avaient dans le collimateur. Son employeur se gardait bien de trop communiquer à son sujet.

– Que veux-tu que je fasse, Tom ?

L'ex-lieutenant Tom Kelcey lui expliqua rapidement la situation, sans trop s'étendre sur les détails. Compartimenter : moins il en savait, mieux ce serait pour sa sécurité. Le trader décrivit les ventes à découvert sur Narragan et les autres sociétés, les cycles répétitifs mis à jour par Bill, l'intelligence artificielle nécessaire pour faire le boulot. Puis il s'interrogea à haute voix sur les pistes à suivre :

– En vendant à découvert, on doit forcément emprunter les titres quelque part et pour des volumes pareils, ça ne peut pas passer inaperçu…

Pour finir, Tom décrivit une partie des documents trouvés sur le bateau de Lawrenson, le patron corrompu de Narragan, ainsi que le seul nom qui apparaissait dans les documents : Malagacchi.

Darrell se lança dans une synthèse avec ses propres mots :

– Si j'ai bien compris, tu veux que je connecte les points de ton casse-tête et que je trouve s'il y a quelque part une trace informatique de ces magouilles *made in Wall Street* ?

– Tu as tout compris. Par contre, reste invisible et ne prends aucun risque. Ces types ne plaisantent pas. S'ils mettent la main sur quelqu'un qui fouille dans leurs affaires, ils ne vont pas s'abaisser à appeler les flics.

– T'inquiète pas, ils peuvent toujours me tirer une balle dans le genou gauche, je ne parlerai pas, rétorqua Darrell en faisant référence à sa prothèse.

Puis il reprit après quelques secondes :

– Je m'y mets immédiatement… Je reviens vers toi dans la journée. À moins qu'ils soient de la NSA, dès que j'ai le nom des banques qui ont traité les opérations, je devrais pouvoir remonter la piste. Tu peux m'envoyer les documents que tu as ?

– Ils sont déjà sur ton mail.

– Tu ne perds pas de temps, toujours aussi efficace !

– Hé, DC ?

– Oui, lieutenant ?

– Sois prudent, d'accord ? Ne va pas jouer les héros !

– Pas de souci, chef. Sans toi, je serais toujours dans un trou en Afghanistan. J'avais toujours dans un coin de ma tête l'idée de te rendre la pareille et de remettre les compteurs à zéro.

Tom raccrocha en souriant, réconforté par ce bel élan de solidarité.

Lamar Loggins se tortillait sur son siège, face à ses écrans de *trading*, un sandwich au poulet à moitié entamé posé devant lui. Il fixait les marchés, les colonnes de chiffres et de symboles qui auraient donné des migraines à un non-initié. Mais aujourd'hui, sur les nerfs, il ne parvenait pas à y donner le moindre sens. Encore moins à faire gagner de l'argent à sa société. Les meurtres de Rebecca et Mary, son boss et son ami suspects n° 1 et 2, sans compter le suicide du patron de Narragan, tout cela faisait beaucoup. Il ne doutait pas une seconde de l'innocence de Tom, mais la machination faisait trembler les fondations de son petit univers.

Autour de lui, les traders ne parlaient que de ça. Pas vraiment une surprise : si vous voulez faire circuler une rumeur ou nuire à quelqu'un, une salle de *trading* représente l'endroit idéal, après la salle de rédaction d'un tabloïd. Chacun y allait de son opinion personnelle, et il valait mieux ne pas prendre les choses trop à cœur. Certains ne faisaient pas dans la nuance : Tom souffrait d'un syndrome de stress post-traumatique, il avait pété les plombs. Bill, sûrement alcoolique depuis le temps qu'il faisait ce métier, ne valait pas mieux. Lamar se faisait violence pour ne pas s'en mêler.

Sa ligne directe sonna. Étonnant, il n'avait jamais donné ce numéro à qui que ce soit. Même sa mère ne l'appelait pas sur cette ligne. Il extirpa le combiné de sa plateforme Etrali, le coinça entre son oreille et son épaule avec une belle dextérité et appuya sur le bouton qui clignotait.

– Lamar Loggins, j'écoute…

Beaucoup de bruits parasites. Probablement un cellulaire dans un véhicule qui avait de la peine à se connecter. Le trader, intrigué, se contenta d'un vague borborygme :

– Mmh… ?

– Monsieur Loggins, je suis l'inspecteur Dickinson, en charge de l'enquête sur la mort de Mary Callahan et Rebecca McCaskill Selon nos sources, vous êtes proche de Kelcey et de Callahan, nous aimerions vous parler.

Lamar sentit des perles de transpiration glaciale courir le long de sa colonne vertébrale. Il avait déjà eu affaire à la police par le passé et il préférait s'en tenir à distance. Pas un bon feeling avec ces gens-là…

– Euh… oui… Bien sûr. Quand voulez-vous ? demanda-t-il le plus calmement possible.

– Que pensez-vous de maintenant, monsieur Loggins ? Nous sommes en bas de votre bureau. Vous pourriez nous suivre dans nos locaux du centre-ville et formaliser votre audition.

– Mais je suis au travail ! protesta Lamar.

– Je suis certain que votre patron comprendra votre absence. D'autant plus que, selon mes informations, il n'est pas au bureau aujourd'hui, répondit Dickinson d'une voix mielleuse. Nous vous attendons en bas. Nous sommes dans un SUV noir avec des feux bleus sur le pare-brise.

– Très bien, j'arrive, capitula Lamar.

Il se leva de sa chaise et massa son genou droit qui le faisait toujours souffrir par temps humide et froid ou en cas de contrariété, souvenir des camps de sélection de la NFL. Il enfila son manteau et se dirigea vers les ascenseurs en traînant les pieds.

En bas, Dickinson chercha un numéro dans son répertoire et le composa.

– Vous l'avez ? répondit instantanément une voix grave.

L'inspecteur laissa passer quelques secondes avant de répondre. Il essayait de ne pas trop se laisser déstabiliser par son interlocuteur :

– Oui, on a fait comme vous aviez demandé. Il sera avec nous dans quelques minutes. Il est en train de descendre, dit-il d'un ton satisfait.

– Vous me l'amenez au plus vite, on va le faire chanter…

Puis un clic de fin de communication pas vraiment respectueux.

L'inspecteur Dickinson observa son smartphone comme s'il était responsable. Encore une fois, il se sentait ridicule face à ce type et ça le rendait fou. Heureusement qu'on le payait grassement. Au fond de lui, il rêvait de coller son flingue sur la tempe de ce grand emmerdeur et de lui montrer sa vraie personnalité.

Trois minutes plus tard, Lamar cherchait du regard un gros SUV noir. À cinquante mètres sur sa gauche, un bonhomme trapu, avec des cheveux filasse qui avaient dû être noirs autrefois, accoudé à un Dodge Durango SRT8, lui fit signe de la main. Lamar pensa machinalement que la police new-yorkaise était montée en gamme niveau voitures. Il s'approcha lentement du véhicule. Il se demanda l'espace d'un bref instant s'il devait serrer la main à Dickinson. Sans aucun protocole, ce dernier ouvrit la portière arrière et lui désigna le siège :

– Merci de vous être rendu disponible aussi rapidement, Lamar.

Le trader, contrarié, nota dans un coin de son esprit qu'il n'y avait déjà plus de « monsieur Loggins » qui tenait. Il s'installa dans le véhicule en même temps que Dickinson le contournait pour prendre place de l'autre côté.

– Vous ne m'avez pas vraiment laissé le choix. Je suis un bon citoyen, après tout. Je me dispose à rendre service à la police de ma ville, glissa-t-il d'un ton grinçant.

– Bien, bien… Je suis content de voir que vous êtes prêt à collaborer.

– Collaborer à quoi, au juste ?

– Nous comptons sur vous pour mettre la main sur vos collègues au plus vite. Vous savez qu'ils ont tout intérêt à se rendre ?

– J'imagine. Surtout que ça vous faciliterait le travail. Mais qu'attendez-vous de moi ?

– Que vous commenciez par nous dire où ils sont, répondit sèchement le flic.

Lamar eut un mouvement de recul.

– Inspecteur, je n'en ai aucune idée… Peut-être serait-il plus raisonnable que nous attendions d'être au poste pour que j'appelle mon avocat.

– Vous pensez avoir besoin d'un avocat, monsieur Lamar ?

– Je ne sais pas où sont Tom Kelcey et Bill Callahan. Rien d'autre à vous dire ! Je ne sais pas ce que vous attendez de moi, mais il me semble que la présence de mon avocat ne serait pas un luxe, vu le ton de votre voix.

Sur cet échange aigre-doux, le chauffeur du SUV démarra dans un crissement de pneus. La confusion… Lamar qui part en arrière contre l'appuie-tête. L'inspecteur Dickinson qui lui plante son flingue dans les côtes et change de ton :

– Écoute-moi, connard ! On sait parfaitement que tu as parlé à ton pote au téléphone hier. Nous avons le numéro d'une cabine dans le Vermont qui t'a appelé. L'appel a duré moins de quinze secondes. Ensuite, tu t'es levé et tu as quitté le bureau. Ton relevé de carte de crédit me dit que tu as acheté des téléphones jetables chez l'Indien en face de ton bureau. Et ne me prends pas pour un con, je sors de chez lui. Il m'a tout confirmé ! Tu vas donc me balancer ce que tu sais ou on va retrouver ton corps au fond de la rivière… On dira que tu t'es fait agresser dans une ruelle en sortant de chez une pute de luxe spécialisée dans les gars de Wall Street comme toi !

Lamar esquissa des gestes de dénégation mais Dickinson le frappa au visage avec son arme. Le véhicule, toute sirène hurlante, accéléra. Le trader, sonné, se plia en deux contre le siège du conducteur. Il haleta quelques secondes, puis passa sa main sur son front par réflexe. Il saignait abondamment de l'arcade droite.

Ces gars étaient peut-être bien des flics, mais en ce moment ils ne travaillaient pas pour la ville de New York. Des ripoux, Lamar en aurait mis sa main pleine de sang à couper.

Alors que Dickinson continuait à vociférer à côté de lui, Lamar tenta de se concentrer sur la conduite à tenir. S'il ne sortait pas de ce véhicule rapidement, il ferait grossir les statistiques des Blacks abattus par la police « par erreur ». Une seule solution : faire stopper la Dodge. Comme il était assis derrière le conducteur, il devait saisir sa chance mais il n'aurait droit qu'à une tentative. Point positif, le chauffeur s'était dispensé de ceinture de sécurité.

L'ancien défenseur des Fighting Irish de Notre Dame qui avait presque fini en NFL prit son élan en s'appuyant contre le dossier de la banquette arrière. Moins d'une seconde pour ce geste désespéré qui surprit Dickinson. Il balança un immense coup d'épaule contre le siège conducteur. Sous le choc, son occupant écrasa la pédale de frein et se fracassa les poumons sur le volant. La tête suivit dans un second temps contre le pare-brise, faisant exploser son nez. Il perdit le contrôle de la voiture qui alla empaler un taxi new-yorkais déchargeant une dame et son bichon havanais au bord de Houston Street.

Dickinson fit valdinguer son flingue en même temps qu'il s'encastrait entre les deux sièges avant. Lamar lui écrasa la main au sol avec le pied et remonta son genou droit en pleine face, avec toute la force disponible. Le flic ripou eut juste le temps de penser que ce Loggins était étonnement agile pour un type de cent vingt kilos. Puis le genou en titane de Lamar s'écrasa sur sa mâchoire, faisant exploser deux dents de devant. De douleur, Dickinson perdit connaissance.

À cet instant précis, Lamar Loggins se demanda s'il n'aurait pas mieux fait de réclamer l'assistance d'un avocat avant de monter dans la voiture. Le débat intérieur fut bref. Il s'éjecta de la Dodge alors que le chauffeur du taxi vociférait contre le collègue de Dickinson dans une langue incompréhensible.

Le genou en vrac, Lamar trottina péniblement sur cinquante mètres, s'engouffra dans la première rue à droite et partit en direction de Bowery et d'Astor Place. Là, il pourrait attraper un métro et quitter Manhattan. Sans être un expert en traque policière, il savait que son passé agité ne jouerait pas en sa faveur. Mieux valait prendre ses distances. Il se dissimula à l'abri d'un porche. Il fouilla la poche de sa veste pour récupérer un de ses portables jetables. Il composa le numéro de Tom tout en se demandant si c'était une bonne idée, mais il n'avait pas le choix.

Tom était en train d'acheter des fringues dans un centre commercial de Bennington. Il allait bien falloir se changer de temps en temps. Devant une vendeuse volubile, il saisit l'appareil et répondit à Lamar :

– Je te rappelle dans deux secondes !

– NON ! Pas le temps

Tom s'éloigna de la jeune femme en lui faisant signe de patienter. Une fois à bonne distance, il donna le feu vert à Lamar :

– Vas-y, je t'écoute.

– Je viens de me faire pratiquement kidnapper par deux flics new-yorkais qui avaient visiblement oublié avoir prêté serment.

– Et tu vas bien ?

– Disons que je vais mieux que leur nez et leur mâchoire respectives. Ça fait longtemps que je ne m'étais plus battu, mais ça fait du bien ! Par contre, là, tout de suite, retourner au boulot me paraît compromis. Tu me diras, mon boss et mon collègue ne sont pas là, je n'ai donc pas vraiment de raison d'y être.

Tom sourit en pensant à son collègue qui avait écumé un temps les tapis de MMA. Il avait dû se faire un immense plaisir à massacrer deux flics ripoux.

– OK, mon ami, tu es où et tu vas où ?

– J'arrive à Astor Place, je vais prendre le métro pour me tirer de Manhattan. J'ai des potes à White Plains, je pense pouvoir me planquer un ou deux jours, mais la question est de savoir si les flics vont me coller un avis de recherche sur le dos ou pas. Si leur mission était officielle, ils n'auront pas le choix. Mais je parierais que leur hiérarchie n'était pas au courant de mon interrogatoire.

Tom réfléchissait à une solution de repli pour Lamar et lui dit :

– Va chez tes amis, disparais des écrans radar pendant les prochaines heures et je m'occupe du reste.

– Bien compris. Je vais faire comme ça. Par contre, je peux te poser une question ?

– Oui, bien sûr…

– Tu n'es pas passé du côté obscur de la Force, on est bien d'accord ?

Tom éclata de rire, bien qu'il puisse comprendre les doutes de son ami.

– Oui, Lamar. Je suis avec les gentils. Je n'ai rien à me reprocher.

– Non, parce que tu sais, un gentil Black qui se met avec un méchant Blanc, ce n'est jamais bon pour sa carrière à Wall Street !

– Prends ce métro au plus vite, monte à White Plains, je te contacte dès que possible

Tom paya son stock de fringues et sortit du magasin. Il retrouva Vanessa qui avait aussi fait des emplettes, avec un volume de sacs similaire au sien. Au moment où ils allaient traverser pour retrouver le Raptor, une voiture de police s'approcha dangereusement d'eux. Les deux agents à l'affût observaient le parking dans tous les sens. L'un d'eux fixa la jeune femme d'une façon appuyée. Après tout, Tom et Vanessa représentaient le couple idéal de consommateurs américains. Le véhicule passa son chemin à la recherche de suspects dignes de ce nom.

– Relax, lieutenant, ils voulaient juste me payer un verre. Il y a pas mal d'hommes qui fantasment sur les femmes pilotes.

– Ce n'est pourtant pas écrit sur ton visage que tu pilotes des hélicos !

– Oui, mais ça se sent, c'est une question d'attitude.

– Je vois…, fit-il en souriant à son humour. En parlant de pilotage, je crois que je vais avoir besoin de tes services.

Vanessa observa Tom d'un air interrogatif. Ce dernier lui expliqua brièvement la situation de Lamar et ce qu'il avait en tête.

– On ne s'ennuie jamais avec toi, lieutenant. Tu as pensé à écrire un bouquin sur votre vie ?

CHAPITRE 16

30 novembre 2021 – 13 h 40 – William H. Morse State Airport, Vermont – USA

– Quand tu m'as demandé si j'avais des contacts dans l'aéronautique, je pensais que tu voulais faire un vol touristique ou livrer du bois dans ta cabane pour l'hiver. Pas traverser deux États en hélicoptère, lâcha Vanessa dans la radio du Bell 212[11] qui avait connu des heures plus glorieuses.

Tom regrettait déjà son idée d'emprunter un hélicoptère pour récupérer Lamar. Les nombreux points de rouille dans la cabine de la machine ne lui disaient rien qui vaille. Cependant, Vanessa l'avait impressionné en dénichant un hélicoptère en moins de deux heures, et ce sans laisser de traces dans ces satanés registres de l'aviation civile.

– Capitaine Hartmann, je dois dire que tu m'as bluffé. Il faudra que tu m'expliques comment tu es capable de faire ça.

– Faire quoi ?

– Ben, nous sommes recherchés par toutes les polices du pays et tu arrives à nous trouver un hélico au milieu de nulle part.

– *Tu* es recherché. Moi, je suis juste en disponibilité et je reste pilote des gardes-côtes américains. C'est un vieil ami qui m'a fourni l'appareil. Marty, un ancien instructeur qui m'a formée

11. Hélicoptère bi-turbine dont le premier vol remonte à 1968.

aux hélicos à turbine il y a quelques années. C'est presque mon second père. Pour le reste, on doit juste à un coup de bol qu'il se soit installé dans la région pour sa retraite.

– Un petit coup de pouce du destin de temps en temps…, répondit Tom en souriant sous sa casquette, tout en priant pour que ce tas de rouille ne finisse pas au sol prématurément.

Vanessa semblait lire dans les pensées de son compagnon de cavale :

– Et ne t'inquiète pas, cette machine est increvable.

– Je ne m'inquiète pas.

– Oh que si ! T'es mort de trouille, moi qui croyais que tu étais un soldat rompu à ce genre d'exercice, je tombe de haut.

– Je ne suis plus soldat, et en Afghanistan, on ne volait pas dans des machines plus vieilles que nous, cria-t-il dans le micro. Et je t'avais prévenue que je n'étais pas un soldat d'élite !

Vanessa tourna ostensiblement la tête et fit mine d'être vexée. Elle essayait de détendre l'atmosphère, mais ça n'était pas simple.

Tom scrolla sur un GPS pour dénicher un point de rendez-vous où poser la machine sans se faire canarder par la police locale. La région de White Plains ne proposait que peu d'endroits dégagés hormis un terrain de golf. Un atterrissage entre le dix-septième et le dix-huitième trou du Fenway Golf Club ne serait pas un modèle de discrétion. Finalement, il opta pour un champ près d'un bâtiment à moitié démoli, cinq cents mètres au sud du cimetière de Kensico. Là, ils ne dérangeraient personne, mis à part une ou deux veuves éplorées. Tom désigna la zone à sa pilote qui s'empressa de programmer le GPS de bord. L'appareil indiqua « EAT 14 h 30 », heure d'arrivée dans quarante-cinq minutes.

Tom Kelcey connecta ensuite son téléphone au casque de l'hélico, comme lui avait expliqué le fameux Marty, pour composer le numéro de Lamar, qui répondit dans le millième de seconde.

– Sors-moi de là et vite, Tom. Y a des mecs louches qui tournent autour de l'appartement où je suis planqué. Même s'ils ne ressemblent pas aux frères jumeaux à qui tu as eu affaire, je parie qu'ils ont de l'ADN en commun.

– Merde, tu ne peux pas sortir de ta planque ?

– Bah, je ne préfèrerais pas. En tout cas, pas tant que tu n'es pas là.

Tom Kelcey réfléchit quelques instants.

– Tu es loin du cimetière de Kensico ?

– Euh… à vol d'oiseau… peut-être deux kilomètres, largement assez pour me faire descendre si l'envie leur en prend.

– OK. On va oublier alors. Donne-moi ton adresse.

Lamar s'exécuta et Tom commença à chercher sur son GPS. Une fois qu'il eut repéré l'endroit, il se pencha vers Vanessa au-dessus de la console centrale du Bell. Il lui montra un point sur la carte et lui hurla une question pour tenter de couvrir le vacarme. Elle leva le pouce avec assurance.

– Lamar, tu peux monter sur le toit de l'immeuble ?

– Oui, je peux, mais c'est quoi le plan ?

– Monte sur le toit dans…

Tom marqua un temps d'arrêt en observant le GPS, puis reprit :

– … dans vingt minutes très précisément.

– Bien reçu. J'attends de tes nouvelles.

Tom coupa la ligne et essaya de se détendre malgré le bruit assourdissant. D'immenses étendues de forêts défilaient sous les patins de l'hélico. Tout cela lui donnait un sacré sentiment de puissance, même s'il ne pilotait pas. Une bouffée d'optimisme après les déboires des derniers jours. Malgré l'état lamentable de l'appareil, il se sentait entre de bonnes mains avec Vanessa, même s'il ne la connaissait que depuis quelques heures. Et immense avantage par rapport à son expérience de l'hélico en Afghanistan, il ne risquait pas de se faire tirer dessus ! Encore que… Les individus malintentionnés semblaient se multiplier ces derniers temps.

Tom se tourna vers son pilote et lui hurla le plan pour les prochaines minutes.

La jeune femme l'écouta sagement, puis le dévisagea comme s'il avait perdu la raison.

Puis la voix de Vanessa crachota dans son casque :

– Tom, lorsque tu veux me parler, il te suffit d'appuyer sur le bouton *Intercom*, ça t'évitera de te flinguer les cordes vocales pour me demander si je peux hélitreuiller ton pote de cent vingt kilos.

Tom ramena sa main droite devant ses yeux pour faire le salut militaire et lui signifier qu'il avait compris.

Quelques minutes plus tard, Vanessa lui demanda de passer derrière pour s'occuper du treuil. Quand il découvrit l'espèce d'escargot rouillé enroulé contre le flanc du Bell 212, il s'abandonna dans une prière intérieure. De toute façon, il n'y avait pas de plan B. Il se sangla avec le harnais prévu à cet effet avant d'ouvrir la porte coulissante. Il eut besoin de quelques secondes pour repérer dans le monde réel le point qu'il avait fixé sur le GPS, pour ensuite apercevoir la silhouette sur le toit. Puis il contacta Lamar.

– Je suis en approche, Lamar ! Je te vois.

– Tu me vois ? Mais t'es où pour me voir ?

– À ta droite, quatre cents mètres au-dessus du sol.

L'ancien footballeur se tourna dans sa direction et leva la tête. Tom imagina sa surprise et son visage en état de décomposition.

– Non, non, non !! éructa Lamar avec des moulinets de bras de négation.

En plus d'être sujet au vertige, Lamar souffrait d'une peur panique de l'avion. Il n'avait d'ailleurs jamais quitté la côte Est à cause de ça. Mais aujourd'hui, plus question de peur, place à la survie.

– On va te jeter un câble avec une espèce de bouée au bout, tu passes les bras dedans et je m'occupe du reste.

– Tom, noooonnn…

Son ami fit semblant de ne pas entendre ses supplications et se concentra sur sa mission.

– Les mecs qui te suivent, ils sont toujours là ?

– Oui, j'imagine, mais…

– Alors, fais ce que je te dis !!!

– Mais qui pilote ce truc ?

– Mets tes bras dans la bouée et tu verras par toi-même. Je peux juste te dire que ce n'est pas Bill !

Il bascula sur l'*intercom* pour s'adresser à Vanessa.

– J'ai oublié de te dire : il a le vertige et il déteste tout ce qui vole.

– Sous le siège arrière, tu trouveras de quoi l'assommer quand il arrivera à bord… si jamais…

Tom distingua une batte de baseball en métal et la fusilla du regard, mais elle ne pouvait pas le voir. Il se pencha à l'extérieur de l'hélico. Les turbulences sous le rotor étaient infernales. La pilote s'approchait délicatement du toit de l'immeuble. Les énormes pales battaient l'air, redoublant d'attention pour stabiliser la machine tout en finessse.

Le trader scruta la rue qui longeait l'immeuble d'habitation de quatre étages où s'était réfugié Lamar. Il aperçut deux hommes qui sortaient de leur voiture, sans doute attirés par le bruit du Bell 212. C'est du moins ce qu'il crut dans les premières secondes, avant que l'un des deux individus se saisisse de son téléphone tandis que l'autre portait sa main à l'intérieur de sa veste.

Il appuya sur l'*intercom* et prévint :

– Attention, Vanessa, ça pourrait secouer. Il y a des types en bas qui ont l'air moyennement contents de notre intervention.

Vanessa inclina légèrement la machine pour s'offrir une vue plongeante sur la rue :

– Je vais passer par l'autre côté de l'immeuble. Nous serons moins à découvert, au cas où ils voudraient nous tirer dessus.

L'idée de servir de cible constituait une dangereuse analogie avec l'Afghanistan. Cette épave volante n'avait rien en commun avec les machines des US Marines et leur solide blindage. Tiendrait-elle le choc sous une pluie de balles ?

Un des deux hommes venait de sortir son arme au milieu de la rue et visait tranquillement l'hélicoptère, un genou à terre pour gagner en stabilité. Tom entendit un « bang » assourdi par le flap-flap du rotor.

Vanessa Hartmann bascula brusquement le Bell sur le côté et entama un virage serré en réduisant son altitude. Elle hurla dans l'*intercom* :

– Tiens-toi prêt à descendre l'élingue ! On ne va pas avoir des masses de temps pour récupérer le colis.

Dans la manœuvre, Tom s'écrasa douloureusement sur le siège. Son genou subit une vilaine torsion. Il s'accrocha à tout ce qu'il pouvait.

Lamar était maintenant à une quinzaine de mètres au-dessous de lui. Il retrouva ses esprits en deux ou trois secondes, le temps que Vanessa stabilise l'hélico.

– *Go* pour le treuil ! cria Vanessa.

Tom s'exécuta. La bouée commença son chemin, interminable, vers Lamar. Ce dernier n'avait soudainement plus de phobie aérienne. Le coup de feu qui venait de retentir ne lui laissait que peu d'options : la fuite aérienne ou le cercueil. Il fixait attentivement le balancement de l'espèce de brassière censée lui inspirer confiance, et surtout lui sauver la vie. Bercée par le déplacement d'air de l'hélico, la boucle tournoya deux ou trois fois au-dessus de sa tête. Les bras tendus, il ne parvint pas à s'en saisir tout de suite. Un nouveau projectile siffla au-dessus de son crâne. Puis ce fut la délivrance.

Alors que Vanessa stabilisait son stationnaire au plus bas, essayant ainsi de se dissimuler dans l'angle mort de l'immeuble pour éviter les balles, Tom descendit légèrement le treuil afin que Lamar puisse passer les bras dans la brassière en caoutchouc rembourré. Il éprouva quelques difficultés à y insérer ses épaules de déménageur, mais força pour glisser la bouée sous ses aisselles. Il leva le pouce et Tom tendit l'élingue en hurlant à Vanessa que leur chargement était sécurisé.

La pilote tira le collectif pour gagner en altitude tout en remontant le treuil, histoire de dégager son passager des antennes et autres cheminées de la zone. Elle poussa ensuite le cyclique en avant dans la direction opposée aux deux tueurs. Sous la carlingue, Lamar hurlait de peur, les paupières comme soudées sur ses yeux. Il fallut bien une minute pour le hisser dans la cabine puis l'installer sur le siège central de la banquette arrière, le plus loin possible du vide. Une fois la porte refermée, il brailla dans les oreilles de Tom :

– Je te déteste !

Tom souffla un énorme « ouf » de soulagement lorsqu'il vit la silhouette de l'immeuble disparaître au loin. Il s'interrogea cependant sur la capacité de leurs poursuivants à se trouver toujours étonnamment proches de leur sillage. Il était surtout impatient de se mettre à l'abri à Bennington et voir si Darrell avait pu découvrir quelque chose d'exploitable, un fil pour remonter jusqu'aux forces du mal.

Aux commandes, Vanessa Hartmann checkait ses paramètres de vol sans cesse pour s'assurer que le vieux Bell 212 n'avait pas encaissé un mauvais coup durant ses récentes acrobaties. Tout semblait en ordre, mais jusqu'à quand… ? Ils survolèrent la ville de Brewster, selon le GPS, puis elle mit le cap sur Pittsfield. En vol, elle s'émerveillait toujours de la beauté de la Terre vue du ciel. Quelque peu perdue dans ses rêveries de pilote, elle aperçut une ombre qui volait légèrement en retrait, en parallèle de sa trajectoire. Prise d'un gros doute, elle ralentit et l'appareil dans son dos fit de même. Il était peut-être dans son rotor de queue depuis un moment ; sans cette grande étendue plate, elle ne l'aurait jamais repéré.

– Tom ? Nous avons un problème !

– Nous n'avons que des problèmes…

– On a un hélico qui nous suit à six heures. Ça te dérange de jeter un œil ?

– Merde, c'est quoi encore, ça ?

Tom remit son harnais de vol, rouvrit la porte coulissante et se pencha à l'extérieur. Effectivement, un hélicoptère volait dans leur sillage, un Hughes MD500 dernier cri équipé du système NOTAR sans rotor de queue. Kelcey distingua nettement le pilote derrière ses lunettes de soleil. Les poursuivants de Lamar semblaient mieux équipés qu'ils l'avaient pensé. Leur hélicoptère devait les attendre à proximité. La machine ennemie descendit et s'aligna sur le leur. Tom cria à Vanessa :

– Je n'aime pas ça du tout, essaie de te dégager de sa trajectoire !

Au même moment, la porte arrière du Hughes MD500 s'ouvrit pour laisser apparaître le canon d'un fusil-mitrailleur israélien Ritter & Shark SX1 de toute dernière génération. Rater un Bell 212 avec un engin de cette précision relèverait de l'exploit.

– Il va tirer !!!

À peine l'information arrivait aux tympans de Vanessa que celle-ci poussa le collectif vers le bas et tira sur le manche, ce qui fit tomber l'appareil comme une pierre. Manifestement, cette manœuvre déstabilisa complètement le pilote du Hughes qui continua sur sa trajectoire linéaire quelques centaines de mètres avant d'entamer un large virage. Plus rapide et plus maniable que le Bell, il avait cependant perdu l'avantage de la surprise.

Cent mètres plus bas, Vanessa reprit le contrôle et relança le moteur à pleine puissance pour remonter comme un bouchon en direction du MD-500 qui venait dans sa direction. La manœuvre audacieuse de la garde-côte déboussola le pilote aux lunettes de soleil, qui plongea sur le côté gauche du Bell 212 alors qu'il reprenait de l'altitude. Au moment où elle le vit passer, Vanessa rebascula sa machine du côté gauche et prit son assaillant en chasse.

Le pilote du MD-500 semblait sombrer dans la panique. Il ne savait comment se débarrasser de cet hélico d'un autre âge et de son tenace pilote. Son cerveau carburait pour trouver une solution. Après quelques virages très serrés, il obtint la confirmation que Tom n'était pas armé. Il entama alors un virage sous forme de grand cercle pour essayer de prendre le gros hélicoptère à revers et lui faire une démonstration de maniabilité. Il pourrait se remettre ainsi dans le sillage du Bell 212 et changer la donne à nouveau. Passer de chassé à chasseur.

Vanessa suivit le mouvement du MD-500, mais effectivement, les deux véhicules ne jouaient pas dans la même ligue. Au moment où il disposa d'un angle et d'une distance favorables, le tireur sortit à nouveau son arme et fit feu sans perdre une seconde. Une balle frappa la queue du Bell 212, sans visiblement toucher de pièce majeure. Vanessa ouvrit la radio :

– Je ne vais pas tenir longtemps ! Si quelqu'un a une idée, je suis preneuse. Leur coucou est trop maniable, je ne peux pas rivaliser.

Tom regarda autour de lui en réfléchissant de façon désespérée :

– Vanessa, tu peux trouver un moyen de monter au-dessus de lui comme tout à l'heure !

– L'effet de surprise est passé. Il ne doit pas être complètement idiot. Accrochez-vous, je vais tenter quelque chose d'interdit dans toutes les écoles de pilotage !

– Un simple passage au-dessus de lui me suffira ! aboya Tom sous forme d'encouragement.

– Qu'est-ce qu'elle a dit ? s'égosilla Lamar entre terreur et envie de vomir.

– Elle a dit qu'on allait faire du carrousel.

Lamar esquissa le geste de se lever avant de se souvenir qu'il était saucissonné sur son siège. En désespoir de cause, il lâcha :

– Tom, je te jure que…

La fin de sa phrase s'abîma dans un immense hurlement animal.

Vanessa bascula violemment son hélicoptère comme si elle partait en tonneau barriqué et plongea en direction du sol. Elle ne devait pas redresser trop violemment, sinon son rotor à balancier risquait de déclencher un phénomène de *mast-bumping*, une mise en apesanteur qui pourrait faire basculer le rotor vers l'arrière et sectionner la queue de la machine. Autant dire précipiter le crash.

Elle pilota tout en finesse en observant son adversaire qui piquait vers elle pleins gaz. Elle lutta violemment avec son cyclique et entama un virage serré en donnant toute la puissance pour remonter le plus vite possible. Entraîné par son piqué, le MD-500 la croisa alors qu'elle remontait. La jeune femme bascula sa machine pour couper la tangente et essayer de repasser au-dessus de son poursuivant. Elle n'avait aucune idée des intentions de Tom.

– Dans quatre secondes, on le surplombera : un, deux, trois, quatre !!! cria-t-elle aussi fort que possible.

Au moment où elle passa au-dessus du rotor du MD-500, rien ne se produisit. Puis une fraction de seconde plus tard, il y eut un immense fracas. Vanessa reprit de l'altitude et observa sur le côté gauche le MD-500 tomber comme une pierre. Quelques secondes plus tard, à pleine vitesse, le Hughes 500 percuta le sol dans un spectaculaire panache de fumée noire, jaune et orangée.

Pleine d'incompréhension, la capitaine Hartmann se retourna en direction de Kelcey qui affichait un large sourire de satisfaction.

– Je dois une boîte à outils et une batte de baseball à votre ami Marty. Le tout est malencontreusement tombé par la porte ouverte.

Trente kilos de métal largués dans un rotor tournant à mille huit cents tours minute, les ingrédients pour désintégrer les pales de l'hélico. L'attraction terrestre avait fait le reste.

Vanessa reprit son altitude de croisière et son cap en direction de Pittsfield, puis Bennington. Niveau discrétion, on avait connu mieux. Elle espérait qu'il n'y avait pas eu trop de témoins au sol de leur combat aérien. Tout cela s'était joué au-dessus de terrains agricoles. Elle avait bon espoir de ne pas voir débarquer l'US Air Force dans son sillage.

CHAPITRE 17

30 novembre 2021 – 16 h 25 – New Haven, Connecticut – USA

L'homme d'affaires atterrit au Roberston Airport dans la banlieue d'Hartford, la capitale du Connecticut. Son Gulfstream G700 disposait de tout le confort d'un jet moderne. Son voyage depuis Aspen avait été parfait. Cependant, l'appareil ne pouvait pas approcher plus près de New Haven, faute d'aéroport adéquat. C'est donc en hélicoptère, un H160 de chez Eurocopter, qu'il se rendit ensuite à son rendez-vous. Durant ce dernier saut de puce aérien, il apprit la contrariante nouvelle. Trois de ses hommes s'étaient crashés en essayant de récupérer le type de chez Brodman & Zimmermann qui lui échappait depuis presque trois jours. Il ne ressentait absolument rien pour ses hommes de main, de simples employés dont il ne connaissait même pas les noms. Des gars parfaitement interchangeables. En revanche, son incapacité à mettre hors d'état de nuire ce trader le rendait dingue. Et ce type n'avait aucune idée de ce qu'il avait dans les mains.

Il devait l'intercepter au plus vite, lui et toute sa clique, avant qu'ils ne mettent en danger ses projets et pire, sa précieuse personne. La rage transpirait dans son regard, les muscles de sa mâchoire carrée se contractaient en permanence. Il regrettait de ne rien avoir à massacrer sous la main. Sa collection de combinés téléphoniques lui manquait !

Tom, Vanessa et Lamar quittèrent l'aérodrome, non sans avoir remercié chaleureusement Marty qui leur avait répété au moins trente fois de ne pas s'inquiéter pour l'impact de balle dans la queue du Bell 212. Après vérification, le projectile n'avait fait que traverser la tôle, entraînant des dommages plus esthétiques que mécaniques. Marty faisait partie de ces vieux pilotes chevronnés que plus rien n'impressionne. Il couvait Vanessa comme un père : il se serait fait arracher les ongles un par un plutôt que de la dénoncer ou la mettre dans le moindre embarras. Alors que les trois fugitifs s'éloignaient du hangar, Marty agitait la main en leur criant de revenir quand ils voulaient. Au fond de lui, Tom espérait sincèrement que personne ne viendrait fouiller dans les affaires de Marty.

Décidément, Vanessa semblait encore avoir lu dans ses pensées.

– Ne t'inquiète pas pour Marty, lui confia-t-elle. Il en a vu d'autres.

Tom fut totalement pris au dépourvu, cette femme était pleine de surprises.

– Pardon ?

– Je te dis qu'il ne faut pas t'inquiéter pour Marty. Personne ne trouvera l'hélico.

– Mais je ne m'inquiète pas, protesta-t-il.

– Bien sûr que si ! Je commence à te connaître, Tom Kelcey. T'as le front tout plissé et à force, tu vas avoir de vilaines rides. Ton problème, c'est que tu te fais plus de soucis pour les autres que pour toi-même. Du coup, j'imagine que tu flippes qu'il arrive quelque chose à Marty. Ne t'inquiète pas. C'est le type le plus surprenant que je connaisse. Je te parie que le temps qu'on arrive au chalet, l'hélico sera réparé. Et il aura aussi changé de couleur. De toute façon, il n'est pas enregistré ici, on ne le retrouvera jamais. Il n'y a rien à craindre.

Tom la fixa avec autant d'amusement que de perplexité. Ce faisant, il ne savait plus trop quoi faire de son paternalisme.

Ils montèrent dans le Ford Raptor alors que Lamar commençait à peine à reprendre figure humaine. Depuis qu'il avait remis les pieds sur terre, il n'avait toujours pas prononcé le moindre mot, encore secoué par ce trop-plein d'émotions.

– Ça va, Lamar ? Tu récupères ? le questionna Tom en lui passant la main sur l'avant-bras.

– Mouais... Vanessa, je ne vous connais pas, mais sachez que je vous déteste cordialement, répondit-il sur un ton monocorde.

La jeune femme pouffa et lui répliqua le sourire aux lèvres :

– C'était une idée de Tom. Je n'étais que l'instrument de votre souffrance. Promis, la prochaine fois, je me laisserai gentiment descendre par l'ennemi pour éviter de trop vous chahuter avec mes manœuvres...

Le pick-up démarra dans une atmosphère un peu plus détendue, loin encore de l'euphorie. La menace planait, avec ces hommes de main qui sortaient de nulle part, à tout instant. Aux aguets, Kelcey prit la direction de chez lui à quelques kilomètres de là.

Bill Callahan rêvassait dans un des fauteuils Adirondack installés sur l'immense terrasse du chalet. Il s'était emmitouflé dans une épaisse couverture, la température commençant sérieusement à descendre en cette fin de journée. Il peinait à digérer le fait d'être devenu un tueur, d'avoir ôté la vie à deux individus même s'ils étaient de sinistres meurtriers qui avaient supprimé deux femmes de sang-froid. Tiraillé entre culpabilité et soif de vengeance. Il abattrait encore les deux hommes des centaines de fois s'il le fallait. Il liquiderait sans état d'âme le cerveau de cette horrible machination s'il se présentait devant lui. Plongé à son insu dans une spirale de violence, il semblait maintenant s'y complaire. Un meurtre en appelant d'autres. La loi du talion jusqu'à plus soif. Sa dernière nuit fut agitée. Les visages de ses victimes le narguaient entre rêves, cauchemars et réalité. Le visage de Mary jamais loin.

Bill inspira profondément la fumée, ses poumons largement offerts au goudron. Il essaya de penser à autre chose, d'accorder une pause à son esprit malmené. Le verre de whisky single malt posé sur l'accoudoir du fauteuil en bois l'y aiderait.

Bill avait passé l'après-midi à éplucher le cas des huit autres sociétés impliquées dans ce qui ressemblait de plus en plus à un complot. Il s'était concentré sur ce qui avait fait dévisser le cours de leurs actions. Dans le cas de Narragan, c'était une disparition de leurs données de recherches. Pour les huit autres, rien de tel. Les stratèges financiers derrière ce plan machiavélique avaient pris soin d'inventer un accident différent pour chaque société, sans que cela ne se remarque trop. Pas question de faire la une du *Wall Street Journal* avec un scénario un peu trop facilement identifiable.

Parmi les calamités qui s'étaient abattues sur les entreprises victimes de ce mystérieux ennemi invisible, on trouvait un incendie qui avait détruit le siège et les entrepôts d'une société de e-commerce en devenir, le patron d'une boîte de *consulting* légal impliqué dans une sombre histoire de viol, un accident de voiture étrange qui avait coûté la vie au responsable de la recherche d'une entreprise pharmaceutique. Ce à quoi l'on pouvait encore ajouter un suicide plus que douteux, une agression mortelle au couteau dans un quartier respectable, ainsi qu'un accident de plongée lors d'une de ces séances de *team-building* à la mode qui avait détruit une équipe d'informaticiens promettant de révolutionner le secteur des cryptomonnaies.

Beaucoup de coïncidences pour Bill. Il était persuadé que si l'on fouillait un peu, il n'y aurait pas besoin d'aller très loin pour trouver des dénominateurs communs à toutes ces affaires. Et en grattant sur le Net, Bill découvrit le premier cas de manipulation, une sorte de galop d'essai un peu bâclé. Basée à Akron au sud de Cleveland, dans l'Ohio, la société cobaye s'appelait SelfYou. Une petite entreprise qui démarrait très fort, avec un bel avenir devant elle. Elle produisait des semi-conducteurs destinés plus particulièrement aux voitures autonomes. Un marché d'avenir qui faisait saliver les investisseurs.

Bill avait sorti les graphiques boursiers de SelfYou et vérifié la performance avant l'« accident » et ce qui s'était passé après. Tout cela remontait à neuf mois, alors que la pandémie faisait encore rage, quelques semaines après la prise de pouvoir des démocrates à Washington. Le secteur des semi-conducteurs affichait alors une insolente santé, le titre de SelfYou avait connu une hausse de cent quarante pour cent sur les neuf derniers mois de 2020. Selon le *Time and Sales* et les déclarations des ventes à découvert, les *shorts*, le processus avait débuté le 3 février 2021. *Ils* avaient ensuite continué les ventes *short* dans un cycle et dans des volumes comparables à Narragan et aux sept autres entreprises. On observait sur le graphique que les volumes augmentaient pendant que le titre cessait sa progression, malgré de bons chiffres publiés mi-février 2020. Puis le 27 février, vingt-quatre jours après les premières ventes, l'usine de fabrication de SelfYou fut en grand partie détruite par un incendie qui ne laissait aucun doute sur son origine criminelle. Le début de la fin pour certains, les énormes profits pour d'autres...

Wall Street se fichant pas mal de la responsabilité de qui que ce soit, le titre chuta de soixante-dix-huit pour cent durant les trois jours qui suivirent le sinistre. Ensuite, la plupart des positions vendues durant le cycle des trois semaines précédentes furent couvertes pour un gain avoisinant le milliard de dollars. Extrêmement lucratif pour un peu moins d'un mois de boulot. Callahan ne s'était pas lancé dans le calcul du tarif horaire, sans doute indécent.

Un incendie maladroitement déclenché, un suspect arrêté et relâché dans les vingt-quatre heures grâce à un avocat trop cher compte tenu de son pedigree, des transactions douteuses autour de SelfYou... Comment la SEC avait-elle pu rester de marbre ? L'hypothèse de complicités au plus haut niveau ne faisait plus l'ombre d'un doute. Une évidence pour Bill et Tom, mais il fallait maintenant du concret. Si un beau jour, un tribunal devait mettre son nez dans ce dossier, il faudrait y joindre des preuves. Heureusement que la finance mondiale, suffisamment pointilleuse, conservait les traces de toutes les opérations, qu'elles soient légales ou non. Et cette accumulation de preuves permettrait à Bill et Tom de se sortir du pétrin. Les gens derrière tout cela avaient manœuvré habilement pour en faire de parfaits boucs émissaires : des escrocs de haut vol couplés à des meurtriers que tout le monde voudrait voir derrière des barreaux. Tandis que les véritables coupables profiteraient de leurs milliards on ne sait où…

Callahan s'extirpa du fauteuil pour se dégourdir les jambes, la couverture sur les épaules telle un poncho. Il crut apercevoir du mouvement dans la forêt. Un buisson épineux qui bougeait bizarrement. Un craquement de branche ou d'autre chose… Un bref sentiment de terreur lui parcourut l'échine. Puis il aperçut l'arrière-train d'une biche qui détalait à toute vitesse. Cette foutue nature aurait sûrement raison de son système cardio-respiratoire un de ces jours. En bon New-Yorkais, il s'était parfois aventuré au parc public de Tarrytown, guère plus loin, pour nourrir les écureuils avec son fils aîné alors haut comme trois pommes.

Il se rassit dans son fauteuil et poursuivit sa réflexion. En prenant des notes, il s'était aperçu de la similitude des cycles vendeurs et acheteurs. Les ventes débutaient vingt-quatre jours avant l'« accident » dans des volumes modestes, puis grossissaient de façon constante. Chose étrange, la dernière transaction était toujours deux fois plus importante que l'avant-dernière. Elle se faisait immanquablement la veille de l'événement funeste qui frappait l'entreprise. La couverture des *shorts* se faisait ensuite en trois jours.

Bill ne comprenait pas la nécessité d'une telle répétition de cycles : trop voyant, trop évident pour un regard un tant soit peu perspicace. Inévitablement, un beau jour, un type comme

Tom allait s'apercevoir du manège et tenter de l'utiliser à son profit ou de dénoncer la manœuvre aux autorités boursières. D'ailleurs, Tom n'avait pas manqué de jouer dans la même cour que ces escrocs avec un profit de 3,7 millions de dollars ! Cette répétition du mode opératoire, quasiment robotisée, offrait peut-être une chance à Tom et Bill d'affronter ces ordures sur leur propre terrain. Ce dernier était en train noter une idée sur son bloc-notes quand le bruit caractéristique du V8 du Raptor se fit entendre.

En sortant du véhicule, Lamar aperçut Bill avec son bonnet orange et sa couverture sur le dos. C'était la première fois en quatre ans qu'il voyait son boss dans un autre environnement qu'une salle de *trading*. Et surtout habillé autrement qu'avec un pantalon de costard et une chemise blanche. Il avait d'ailleurs fini par se demander s'il portait autre chose que des chemises blanches. La réponse se présentait maintenant devant lui : Bill Callahan était capable de s'habiller comme un chasseur à l'affût au milieu des bois ou un préretraité perclus de rhumatismes.

– Salut, boss, content de voir que tu vas bien ! La chasse a été bonne ?

Bill marqua un mouvement de recul et s'adressa à Tom de façon légèrement hautaine :

– Tu l'as trouvé où, celui-là ? Qui reste au bureau pour garder la baraque ? Je ne vous paie pas pour camper en forêt pendant que la boîte tourne toute seule !

Lamar baissa les bras, faisant mine d'être vexé :

– Moi aussi, j'suis content de te voir, lâcha-t-il en sifflant entre ses dents.

L'humour des salles de *trading*… Cette propension à envoyer des vannes à tout le monde jusqu'à ce que l'un des deux se vexe vraiment… Une constante que l'on retrouve partout dans le monde. Mettez deux traders au milieu d'une forêt en pleine chasse à l'homme face à une armée d'assassins et le naturel revient au galop malgré les circonstances.

Tom ouvrit la benne du Raptor et sortit les sacs de nourriture achetée au Walmart sur le chemin. Loin de tout, il fallait aussi gérer l'intendance.

– Si monsieur Loggins veut bien se donner la peine, articula Bill en mimant une révérence et en désignant l'escalier vers le chalet.

– Je vais l'accompagner dans sa chambre, dit Tom en lui tendant un sac de victuailles.

Bill entra dans la maison et tint la porte à ses deux employés. La télévision ronronnait en bruit de fond. Un reporter micro en main parlait en plein champ, devant un amas de ferraille fumant. Callahan nota le bref temps d'arrêt des deux hommes qui jetèrent un œil à l'écran.

– Vous n'allez pas encore me dire que c'est vous qui avez fait ça ?

Tom regarda Lamar d'un air surpris tout en se dirigeant vers la cuisine.

– Quelle question, Bill, ce n'est pas du tout notre style… C'est entièrement la faute de Vanessa.

Et il s'empressa de fuir pour poser ses courses sur l'îlot central de la cuisine. Vanessa, elle, se laissa tomber dans un canapé et déclara :

– C'est la faute de personne ! Une simple boîte à outils mal arrimée et une porte malencontreusement ouverte. C'est tout ce que pourra trouver la FAA[12] durant son enquête.

Bill hocha la tête :

– Je ne veux pas le savoir… Ah, au fait, Tom, Darrell a rappelé. Il attend ton coup de fil.

Tom ressortit de la cuisine avec quatre bières décapsulées, deux dans chaque main. Avec des gestes sûrs, il fit la distribution. Vanessa protesta quelques instants pour la forme. Elle aurait préféré une coupe de champagne. Lamar s'interrogea :

---

12. Federal Aviation Administration.

– Qu'est-ce qu'on est censés boire après avoir abattu un avion ennemi avec une batte de baseball… ?

– Quand il y a un gros ventilateur sur le toit, on appelle ça un hélicoptère, précisa Vanessa d'un ton faussement acide.

Tom observait la scène en souriant. Pour la première fois depuis l'Afghanistan, il sentait naître une forme de camaraderie autour de lui. L'adversité comme accélérateur d'amitié. Ses yeux s'embuèrent légèrement, mais il réservait ses larmes pour Rebecca…

Seul dans son appartement de Seattle, Darrell venait de vérifier une nouvelle fois les verrous sur sa porte d'entrée. Ce qu'il avait découvert ne lui disait rien de bon. Tom avait mis les pieds dans une machination aux ramifications qui le dépassaient… et de de très loin. L'informaticien avait fait de l'humilité une vertu essentielle de son métier. Il était pratiquement certain de n'avoir laissé aucune trace dans les méandres du cyberespace… Pratiquement… Il partait toujours du principe qu'il y avait inévitablement quelqu'un de plus fort que soi quelque part. On ne pouvait donc être sûr de rien quant à d'éventuelles traces. Dans la vie réelle comme dans le numérique. Avec tous ces gamins qui naissent un clavier entre les mains, il fallait s'attendre à tout.

Darell tournait en rond entre le balcon et la cuisine quand le téléphone fixe retentit. Il répondit à la première sonnerie.

– Tom, bordel, dans quel merdier tu t'es mis ?

– Euh… Pour être franc, je me doute que ce n'est pas joli-joli…

– Alors, écoute, c'est une conspiration dans laquelle un paquet de personnes semblent impliquées. Je ne peux pas te fournir une liste de noms. Tout le monde se cache derrière des pseudos, comme sur les forums Reddit. Je pense qu'il y a une sorte de conseil d'administration qui prend les décisions, mais le plus dur reste d'identifier la tête pensante. Quant à les prendre sur le fait, c'est un peu de la science-fiction.

– Je te mets sur haut-parleur, nous sommes maintenant quatre à être dans la même galère. Donne-nous les détails de ce que tu as déniché.

DC expliqua comment il avait remonté la piste en s'intéressant à la provenance des transactions. Il avait minutieusement suivi le chemin de chaque deal vendeur et trouvé la banque, le compte et la personne à qui avaient été empruntées les actions pour mettre en place les opérations *shorts*. Depuis la folie de janvier 2021 où des forums d'investisseurs avaient fait vaciller fortement des actions à Wall Street, les transactions que l'on qualifiait de « ventes à découvert » étaient extrêmement surveillées par les autorités, et donc par les spéculateurs. Le cerveau ou la structure derrière ces opérations connaissait par conséquent l'impératif de discrétion et ne pouvait se permettre aucune contrepartie. Autrement dit, un seul bénéficiaire. Une fois l'argent gagné, il devait repartir instantanément sur plusieurs comptes et se perdre dans les méandres des virements bancaires. Des compagnies « d'hommes de paille » devenaient nécessaires. Darrell était parvenu à identifier quatorze compagnies d'investissements différentes impliquées dans chaque opération. Que ce soit pour les huit premières, dont SelfYou, ou dans le cas de Narragan Biosciences, on retrouvait toujours les mêmes quatorze sociétés.

Darell s'était ensuite attaché à les identifier et les localiser. Un travail de fourmi sans grand résultat : même en pénétrant le serveur des banques par lesquelles les transactions avaient été initiées, il n'obtenait jamais grand-chose. Des coquilles vides sans rien derrière à creuser. Des bureaux fantômes dans des immeubles abandonnés. Des sociétés-écrans à l'autre bout du monde. Les noms des bénéficiaires finaux sur des listings déposés dans des coffres de paradis fiscaux. Il fallait peut-être se rendre sur place pour découvrir de vrais noms et de vraies sociétés au travers desquelles les flots de capitaux avaient été transférés avant de disparaître. La toile patiemment tissée ne laissait que peu de possibilités de remonter jusqu'au véritable donneur d'ordres. À celui qui avait déclenché les ventes de façon cyclique, comme l'avait découvert Bill.

Darell s'était employé à remonter la ou les adresses IP responsables de la passation des ordres. C'est là qu'il avait décelé une lueur d'espoir. Seules deux adresses étaient à l'origine de ces flux financiers faramineux. Une dans le Colorado et l'autre dans le Nevada. Un début de piste sans plus de précisions.

– Je suis stupéfait de ne pas pouvoir en savoir plus. Ils ont sans doute des pare-feux et des montages de haute volée pour balader le premier hacker venu, ce que je ne suis pas.

– Si je comprends bien, tu as plus ou moins ciblé le *modus operandi* et la structure qui va avec sans mettre de nom dessus ? demanda Bill.

– Exact, mais je ne me suis pas laissé démonter. J'ai balancé des centaines de requêtes avec des mots-clés dans les serveurs emails de tout le pays. Des sortes d'appâts pour voir s'il y avait quelque chose à remonter. Et bingo ! J'ai découvert des opérations sur Narragan Biosciences à partir d'une adresse physique à Hoboken. Il s'agissait d'une livraison de matériel high tech dans une cave de la ville natale de Frank Sinatra.

Tom, soudain captivé, interrompit son ancien compagnon d'armes :

– Et tu en tires quelle conclusion ?

Darrell soupira, puis marqua une imperceptible pause, histoire de ménager ses effets.

– C'est là que ça devient intéressant… On dirait que la livraison de matériel informatique à Hoboken aurait été passée par Narragan. Et si j'en crois ce que j'ai pêché sur le Darknet, la destruction des datas de Narragan a pour origine une adresse à Hoboken. Étrange coïncidence ! Cela revient à dire que la société Narragan aurait fourni le matériel informatique pour se faire bousiller ses propres datas, ce qui paraît tout bonnement irréaliste.

Dans un geste félin, Vanessa bondit du canapé sur ses pieds :

– Dans les documents que mon plongeur a récupérés sur le bateau du patron de Narragan, il était question d'échanges avec un type qui s'appelait Malagacchi. Il me semble qu'il y avait un lien avec Hoboken, non ?

– Tout à fait, répliqua Darrell. J'ai creusé sur ce dénommé Malagacchi. Ce type est un poème. Ex-hacker de la CIA, viré pour consommation de drogue, disparu pendant pas mal de temps et qui ressurgit soudainement à Hoboken. C'est une légende de l'informatique. Il a développé des protocoles qui permettent… devinez quoi ?

– D'effacer des données par contamination !

– Waouh… Qui a dit ça ? demanda Darrell.

Et tout le monde se retourna en direction de Lamar.

– Désolé, mais il m'arrive de lire de temps en temps. Je suis tombé sur un article alarmiste il y a un moment. Il y était question de *back-up*. Il suffisait de savoir où et comment déclencher la contamination, et la totalité des données sauvegardées par une entreprise ou une organisation située n'importe où sur la planète pouvaient disparaître.

– Exact, répondit Darrell. Ce Malagacchi a certainement été engagé pour effacer les données de Narragan. Et il était en contact avec le patron de la boîte juste avant, ce qui a dû lui faciliter la tâche. Sans vouloir minimiser le travail de ce collègue, conclut-il sur un ton cynique.

– Il faut retrouver ce gars et lui soutirer des informations sur ses employeurs, s'emballa Tom.

DC le coupa abruptement :

– Bonne idée, lieutenant, sauf que… Malagacchi a été retrouvé carbonisé et poignardé dans sa cave hier matin. Ou plutôt poignardé *et* carbonisé, si l'on veut respecter la chronologie. Tu trouveras le rapport préliminaire du médecin légiste d'Hoboken dans les fichiers que je t'ai envoyés par mail. Et pour la petite histoire, le flic qui s'occupe de l'enquête s'appelle Maverick.

– Et alors ? lança Callahan.

Vanessa éclata de rire. Et tout le monde toisa Bill.

– Attendez voir un instant, fit Darrell. On sonne à mon interphone en bas de l'immeuble.

– Ne réponds pas ! cria Tom.

– T'inquiète pas, lieutenant, je…

Et la ligne fut coupée.

CHAPITRE 18

30 novembre 2021 – 19 h 00 – Forêt de Bennington, Vermont – USA

Sur la terrasse du chalet, Tom tentait pour la huitième fois de joindre Darell. En vain. Angoisse et culpabilité commençaient à l'envahir. S'il arrivait quelque chose à DC, il ne se le pardonnerait jamais. Il composa le numéro encore une fois quand Vanessa sortit le rejoindre.

– Il faut que tu te calmes, on ne sait pas ce qui s'est passé. C'est peut-être juste un problème de réseau sur place. Il va finir par te rappeler.

– J'essaie de m'en convaincre, mais tu comprendras qu'avec ce qui se passe dans ma vie en ce moment, je peine à y croire.

– Arrête de te prendre la tête cinq minutes. Je sais que ça n'est pas simple, mais il connaît les risques, il veut te rendre service, c'est son choix et c'est un grand garçon. J'imagine qu'il sait se défendre.

– Évidemment, mais si je m'étais abstenu de l'appeler, il serait tranquillement dans son salon en train de jouer à *Call of Duty*.

– Il faudrait que tu commences à comprendre que nous sommes tous des adultes : les décisions que nous prenons sont les nôtres, nous devons les assumer. Tom Kelcey n'est pas responsable de toute la misère du monde !

Le trader absorba les paroles de Vanessa en hochant mollement la tête. Il se souvint de la vitesse à laquelle Darrell avait repris sa vie en main après son amputation. Encore étudiant, il avait décidé d'aller combattre pour son pays. Il venait de boucler un cursus de trois ans en informatique. Il avait rejoint l'armée plus ou moins contraint et forcé. En effet, son université avait vu d'un assez mauvais œil ses magouilles visant à améliorer les notes d'une de ses camarades en piratant le serveur du rectorat avec un vieux smartphone Samsung bricolé.

Dès les premiers jours de sa convalescence post-amputation à l'hôpital des anciens combattants de Ramstein, on lui avait fourni un PC portable. Et il avait remis le pied à l'étrier, sans se morfondre sur son sort. En un an, il avait obtenu son diplôme de fin d'études puis hacké le site des ressources humaines de Microsoft pour décrocher un entretien… L'homme ne manquait ni de capacités ni d'énergie.

Tom soupira. Il espérait que ses mauvais pressentiments n'étaient qu'un résultat du stress et de la paranoïa. En se raisonnant un peu, il pouvait imaginer Darell tranquille à Seattle, à l'autre bout du pays.

L'immeuble venait d'être plongé dans l'obscurité. Son interphone activé dix-huit étages plus bas, l'électricité qui se coupe dans la foulée, sans compter le brouillage de son réseau mobile : Darell ne croyait pas aux coïncidences. Inutile d'avoir lu *L'art de la guerre* de Sun-Tzu pour savoir que quelque chose se tramait. Après ses investigations menées tambour battant pour le compte de Tom Kelcey, l'ennemi, sans doute atteint à des zones sensibles, avançait ses pions.

En quatrième vitesse, il prépara un sac à dos avec quelques affaires et son kit de survie. Il avait de toute façon l'intention de partir en week-end sans demander son reste. Et un peu d'action ne lui ferait pas de mal. Le sac sur l'épaule, il abandonna son smartphone qui vibrait sur le bar de la cuisine. Le réseau mobile fonctionnait de nouveau. Il n'était cependant pas assez stupide pour utiliser ce téléphone qui pouvait devenir à tout instant une arme au service de ses ennemis sans visage. Il vit le nom de Tom affiché sur l'écran. Darell s'excusa mentalement : *Désolé, je te donnerai des nouvelles aussi vite que possible, mais là, y a des priorités.*

Il resta quelques secondes à scruter dans l'œilleton de sa porte d'entrée avant de se glisser dans le couloir désert. Pas question d'emprunter l'ascenseur. Il courut aussi vite que sa prothèse le lui permettait en direction de la cage d'escalier. Darell s'y engouffra en ouvrant la porte d'un grand coup d'épaule. Puis il s'immobilisa, à l'affût. Il calma sa respiration et se mit à guetter d'éventuels bruits suspects. Il entendit les pas de deux personnes qui montaient les escaliers. Bonne nouvelle, en arrivant au dix-huitième étage, ils seraient essouflés, voire lessivés. Mauvaise nouvelle, leur cadence rapide laissait deviner une condition physique de haut niveau. Les agresseurs n'étaient visiblement pas des amateurs.

Darell n'hésita pas et descendit dans leur direction avec pour objectif de gagner du temps. Chaque étage qu'il descendrait serait du bonus quand les intrus se rendraient compte de son absence au dix-huitième. Trois niveaux plus bas, il sortit de la cage d'escalier en attendant qu'ils les gravissent. Le hacker saisit un couteau de combat dans son sac et le serra fort dans son poing. S'il devait y passer, il ne serait pas le seul.

L'oreille collée à la porte, il n'entendait que son cœur menaçant de sortir de sa poitrine. À l'autre bout du couloir, une voisine sortit de son appartement pour la promenade de son teckel. Le couteau à la main, Darrell lui fit signe de rentrer de façon somme toute assez convaincante. La femme s'exécuta sans demander son reste. Il recolla de nouveau son oreille au moment où deux hommes passaient à son niveau, de l'autre côté de la porte, à quelques centimètres de sa lame de couteau. Il attendit une quinzaine de secondes avant de retourner dans la cage d'escalier et de descendre dans un difficile exercice de silence et de rapidité.

Dans le salon du chalet de Bennington, Vanessa, Bill, Tom et Lamar décidèrent de se remettre au boulot en attendant des nouvelles de Darell. Ce dernier avait eu le temps d'envoyer un paquet de fichiers par un site de transfert de données. Il y avait matière à réflexion et investigation. Tom proposa de démêler la pelote à partir de la société SelfYou :

– Apparemment, ils n'étaient pas encore rodés, ils ont commis des erreurs. Ensuite, il faudrait voir si ce flic d'Hoboken a trouvé des choses intéressantes dans la cave de Malagacchi. Tant que l'on n'a pas de nouvelles de Darrell, il va falloir passer par les canaux habituels ; appeler ce... Maverick et essayer de le faire parler.

– Je m'en occupe, proposa Vanessa, je vais jouer la carte du charme féminin.

– Moi, je vais creuser sur SelfYou, proposa Lamar.

– Parfait, lança Tom. Je vais essayer de voir si on peut obtenir des infos du côté des banques basées dans ces paradis fiscaux. Peut-être qu'elles sont corruptibles à distance, on peut toujours rêver. Sinon, on va devoir se servir nous-mêmes sur place, proposa-t-il avec une moue songeuse.

– Je pense à haute voix, mais tu ne crois pas qu'il serait temps de contacter Dalmore ? demanda Bill. Il a peut-être eu des nouvelles de son contact au golf. J'imagine qu'il doit flipper depuis notre disparition. Lamar, tu n'as pas eu de ses nouvelles par son abruti de bras droit avant de partir du bureau ?

– Non, depuis que vous avez mis les voiles, tout le monde a commencé à causer, mais rien sur Dalmore. Par contre, maintenant que tu en parles, j'ai vu son assistant Walsh qui courait dans tous les sens hier matin

– OK, je vais essayer de le contacter. En attendant, il faudrait peut-être penser à manger. Ce soir, je m'y colle, mais ne comptez pas sur moi tous les jours, ronchonna-t-il en se rendant dans la cuisine.

– Tu sais cuisiner, Bill ? lui demanda Lamar, sceptique.

L'Irlandais se retourna dans sa direction :

– Oui, très cher, mais seulement pour trois. Donc ce soir, ce sera salade sans sauce pour toi. Ça ne te fera pas de mal !

Pendant ce temps, Darrell avait rejoint le quatrième étage. Comme il ne savait pas si un comité d'accueil l'attendait dans le hall, il opta pour la prudence. Il pénétra dans les couloirs de l'étage et trotta jusqu'à la porte menant à l'escalier extérieur de secours. Ses poursuivants devaient déjà commencer leur descente après avoir trouvé porte close au dix-huitième.

Une fois devant la fenêtre au bout du couloir, Darrell força la serrure avec son couteau, puis sortit une corde et un harnais de son sac. Pas de temps à perdre. Lorsque la corde fut sécurisée, il enjamba le garde-corps et entama sa descente en rappel dans la nuit. Le froid mordant et l'humidité du lac Washington tout proche le transpercèrent immédiatement. Sans gants, son arrivée sur le plancher des vaches fut un petit calvaire. Une fois les quatre étages avalés, il prit soin d'enlever la corde de l'escalier de secours malgré ses doigts qui ne répondaient plus. Quelques secondes perdues, mais d'éventuels indices effacés pour ne pas faciliter la tâche de ses poursuivants. Puis il s'évanouit dans l'obscurité du parc en contrebas de son immeuble.

Sa fidèle prothèse le faisait souffrir par intermittence. Mieux ne valait pas trop forcer sur la course au risque d'irriter son moignon. Après cinq cents mètres de marche à un rythme soutenu, il se retrouva au bord du lac, dans une petite marina déserte. Darrell composa le code de la porte d'accès aux pontons et se dirigea vers le premier hors-bord sur la droite. Il le débâcha grossièrement et démarra le gros BSC 100 GT semi-rigide, le sourire aux lèvres à l'idée d'avoir semé si facilement l'équipe envoyée à ses trousses. Il récupéra une veste chaude dans le coffre du bateau et, après s'être suffisamment éloigné du rivage à vitesse réduite, mit les gaz à fond pour disparaître dans la nuit.

L'homme aux cheveux gris trônait au bout de la table du Conseil. Les doigts croisés sous le menton, il écoutait le rapport d'étape du projet *September01*. La performance affichée le satisfaisait pleinement. Malgré les approximations du premier *trade* sur SelfYou et les balbutiements du début qui l'avaient mis hors de lui, les huit autres transactions avaient fonctionné au-delà de ses plus belles espérances. Le gain par opération approchait le milliard de dollars, et les frais relativement élevés ne représenteraient qu'une goutte d'eau dans la mer de profits. Encore quelques efforts et ils pourraient institutionnaliser le projet, le transformer en quelque chose de plus grand, plus automatisé et réaliser le rêve de tout investisseur : gagner plus d'argent qu'il ne peut en dépenser en ne faisant strictement rien. Si tout se passait selon le plan établi… Au préalable, il faudrait définitivement régler le problème Kelcey, sans oublier ses complices. Ces fauteurs de troubles semblaient insaisissables. Jusqu'à l'arrivée de ce geek unijambiste qui venait de semer trois mercenaires recrutés à prix d'or. Il avait surtout été repéré en train de fouiller dans leurs comptes en banque. Difficile de savoir ce qu'il avait déniché de compromettant.

L'homme aux cheveux gris se leva calmement et frappa du plat de la main l'immense table de conférence. L'impact fit vibrer les verres d'eau disposés devant chaque participant. Lorsqu'il fut certain d'avoir bien capté l'attention de tous, il se lança dans un discours d'une voix glaciale et monocorde.

– Écoutez-moi bien, messieurs. Vous vous êtes lancés dans cette aventure, car vous êtes avides d'argent… L'argent comme unique motivation. Nous ne sommes pas une start-up en mal de financement pour sa machine à expresso à cinq cents dollars livrée avec un portrait en pied de George Clooney. Nous sommes une entreprise criminelle ! Vous avez compris le concept, j'imagine… ?

Dans un silence de monastère, il observa les regards se baisser, comme plombés par la honte. Des flics, des fonctionnaires fédéraux, un sénateur, un membre éminent de la SEC… Tout ce beau monde à sa merci. Il les avait tous choisis en raison de leur lourd passif, de leurs petits et gros secrets qui les mèneraient à la case prison s'ils étaient révélés. Tous vivaient dans l'angoisse du chantage. Les millions de bonus sur leurs comptes offshore leur mettaient du baume au cœur et n'en feraient certainement pas des ennemis de l'homme à la crinière grise qui poursuivit son monologue :

– Nous vous avons confié une mission, avec des moyens illimités. Et vous n'êtes pas foutus de faire cesser ces fuites ! hurla-t-il en fixant un type bedonnant au front dégarni, avec un vilain eczéma dans le cou. Je vous paie combien pour que la SEC passe l'éponge sur ces opérations ?

Le directeur adjoint Sam Patterson, numéro trois du gendarme boursier américain, rentra la tête dans les épaules, rouge de honte et d'humiliation. Un seul mot, indistinct, parvint à passer la frontière de ses lèvres :

– Euh...

Mais l'homme aux cheveux gris ne l'écoutait pas. Il continua de déverser sa colère en le pointant d'un doigt accusateur :

– J'ai tellement demandé à ces abrutis de fermer les yeux qu'ils sont maintenant incapables de repérer un *copycat* qui réplique nos transactions. Et je ne parle même pas des incompétents de la sécurité, éructa-t-il en fixant un grand type en costume foncé avec une cravate rouge et une coupe qui rappelait furieusement Ivan Drago dans *Rocky 4*. Vous, là ! Je vous ai demandé de me trouver des mercenaires surentraînés, des tueurs, des professionnels et vous m'avez déniché des types qui se font descendre en hélico par une gamine des gardes-côtes. Et votre star des opérations spéciales qui se fait défoncer à coups de barre de fer par un guignol de trader !

– Mais... entama le type à la coupe en brosse avant de se faire interrompre violemment.

– Je me fous de vos excuses. J'ai dû envoyer mes avocats pour sortir ce clown de cellule. Et en faisant ça, je me suis exposé, je nous ai tous exposés. Cette opération repose sur la discrétion. Imaginez les conséquences si l'un d'entre nous tombait dans les filets de la justice…

L'ensemble de l'assemblée fixait le sol, comme si la solution pour calmer l'homme en colère se trouvait dans la moquette.

Il poursuivit de plus belle :

– Alors, démerdez-vous pour me retrouver ces cons qui nous pourrissent l'existence ! Je les veux au fond de l'océan au plus vite !

Un homme leva le bras au milieu de la salle.

– Qu'y a-t-il, Walsh ? Vous vous croyez au jardin d'enfants ? Vous levez la main pour demander à aller aux toilettes ?

Malgré la peur, Walsh prit la parole :

– Que fait-on avec la prochaine opération prévue ? Le troisième cycle est censé commencer demain. Vu la situation, il serait peut-être mieux de suspendre, couvrir les *shorts* et remettre ça à plus tard.

L'homme aux cheveux gris devint blême.

– Bien sûr, quelle idée géniale ! Vous êtes prêt à vous asseoir sur un milliard de dollars ? Vous savez combien nous coûte cette petite entreprise… ? demanda-t-il en embrassant la salle du regard. Écoutez-moi bien. On maintient toutes les opérations et vous allez vous bouger pour régler les problèmes en cours. Assumez vos conneries. Sinon je vais être obligé de revoir vos contrats de travail et ça va faire très mal !

Et il se leva de sa chaise pour quitter la salle de conférence. Arrivé au niveau de la réception, Brandon Walsh le rattrapa au petit trot.

– Monsieur Sau…

Il se retourna le regard injecté de haine :

– Mais putain, Walsh ! J'ai dit que JAMAIS vous ne deviez prononcer mon nom ici ! Qu'est-ce que vous ne comprenez pas dans cette phrase ? Vous êtes aussi stupide que vos parents qui vous ont affublé d'un prénom ridicule ?

– Pardon, monsieur, dit Walsh en regardant ses mocassins à gland. Je voulais savoir si vous vouliez que je fasse quelque chose chez Brodman & Zimmermann, vu que M. Dalmore a disparu. Je ne voudrais pas que les gens se posent trop de questions.

– Je vous sonnerai quand j'aurai besoin que vous preniez des initiatives. Pour le moment, vous n'êtes qu'une taupe qui a trahi son patron, c'est à peu près toute la confiance que je vous accorde.

Sur ce, il lui jeta un regard dédaigneux, récupéra son manteau et quitta le hall en secouant la tête. Sonné et humilié, l'assistant de Dalmore resta planté devant la réception.

Tom bondit sur son téléphone en renversant sa bière au passage. Un numéro inconnu s'affichait sur l'écran :

– Allô ? dit-il en essayant de ne pas hurler dans le combiné.

– Eh oui, mon lieutenant, l'unijambiste est toujours vivant. Je vous ai fait peur, j'en suis sûr !

– Oh, putain, DC, t'as pas idée de mon niveau de panique depuis deux heures ! J'étais certain qu'ils t'avaient descendu.

– Tu sais, Tom, j'ai perdu ma jambe dans le désert afghan, pas ma tête.

Darrell lui expliqua sa fuite rocambolesque et termina son explication en avouant :

– Par contre, je ne sais pas trop où me planquer ! Les gars en question ont l'air sacrément balaises pour m'avoir trouvé aussi rapidement.

– Tu es où, là ?

– Euh, je préfèrerais ne pas te le dire dans l'immédiat, autant que je puisse souffler cinq minutes.

– Je comprends… Faut que je trouve un moyen de te rapatrier vers nous. Je te rappelle dans cinq minutes. OK ?

– Vendu, j'attends tes instructions.

Tom se retourna vers Vanessa qui le prit de vitesse :

– Non, lieutenant Kelcey, je ne peux pas récupérer vos amis aux quatre coins du pays avec un vieux Bell 212 spécialisé dans l'épandage. Sans compter que Seattle est à quatre mille six cents kilomètres d'ici. Si mes calculs sont exacts, il faudrait environ dix-huit heures de vol en hélicoptère pour s'y rendre, et autant pour en revenir, bien sûr.

– Vous ne pouvez pas aller plus vite en hélico ? Je me suis toujours demandé pourquoi ça n'allait pas plus vite, un hélico, marmonna très sérieusement Lamar.

– Mon cher Lamar, vous avez été un passager adorable lors de notre dernier vol. Je ne vais pas perdre mon temps à vous expliquer ce qu'est la vitesse tangentielle au bout d'une pale et pourquoi on sera toujours limité en termes de vitesse.

– Oui, mais dans *Supercopter*...

Elle se leva pour lui mettre le doigt sur la bouche en soufflant :

– Chutttt. On se tait. Je ne suis pas Stringfellow Hawke, même si je ne peux pas nier qu'une partie de ma vocation de pilote vient de là. Et Supercopter n'existe pas, à mon grand désespoir.

– On peut parler sérieusement deux minutes ? intervint Tom. Je sais bien qu'aller en hélicoptère à Seattle est impossible. Mais toi qui connais bien les réglementations aériennes, tu sais peut-être comment voyager sans se faire repérer au premier contrôle ?

– On ne peut pas. Ou alors, il faut prendre un avion privé depuis un aéroport moins contrôlé.

– Ça tombe bien, j'ai justement un jet qui doit traîner dans la remise là derrière, répliqua Tom d'un ton sarcastique.

– Tu n'as peut-être pas de jet à disposition. Mais je n'ai pas dit que je n'en avais pas un.

Lamar et Tom se retournèrent comme un bloc dans la direction de Vanessa Hartmann. Elle savait ménager ses effets.

CHAPITRE 19

1er décembre 2021 – 7 h 00 – 10 000 mètres au-dessus de Rapid City, Dakota du Sud – USA

Tom observait Vanessa, encore incrédule. Ils étaient confortablement installés dans la cabine arrière du Citation Longitude dernier modèle que son grand-père, actionnaire chez FlyUrJet, lui avait gentiment mis à disposition. Pour être franc, le grand-père n'était au courant de rien. Il avait juste offert une carte donnant accès à cent heures de vol dans un jet de la compagnie de location qu'il avait fondée voilà quarante ans. Son aïeul était un des créateurs du concept de *plane-sharing* qui avait fait sa fortune.

La jeune pilote des gardes-côtes ne faisait pas trop de publicité autour de cela. Elle avait toujours mis un point d'honneur à ne pas user et abuser de la fortune familiale. Mais dans le cas présent, l'urgence l'emportait. Et l'anonymat des passagers à bord des avions de FlyUrJet représentait un avantage non négligeable. Surtout pour Tom, ennemi public. Pour parfaire l'anonymat, la carte utilisée par Vanessa était au nom de la compagnie. Ni vu ni connu.

– Tom, laisse-toi un peu aller. Profite de l'instant présent.

– Je profite. Je profite. Je ne pensais pas vivre ça un jour. Tu es vraiment une personne pleine de ressources.

– Mon grand-père, surtout.

– Oui, mais quand même. En te sauvant la vie à coups d'axe de transmission, je ne pensais pas avoir droit à un vol en First Class. Je n'en demandais pas tant. Finalement, j'aurais peut-être dû achever ton agresseur.

– Disons que ça aurait fait de toi un tueur. Et je ne préfère pas…

Tom se ferma quelque peu et ne poursuivit pas la discussion. Bill, lui, était devenu un véritable tueur. La mort de Rebecca lui revint aussi en pleine face. Il tourna la tête pour observer les nuages à travers les hublots et se laissa bercer par les bruits des réacteurs en régime de croisière.

Darrell amarra son bateau à l'extrême nord de l'aéroport de Renton, au sud de Seattle. Il enroula une corde à une vieille souche d'arbre plantée dans le sable. Ici, pas de port ni de ponton, mais un littoral constitué d'herbes folles, de rochers et de zones sablonneuses. Personne pour venir l'accueillir. Le vent glacial dissuadait sans doute d'éventuels pêcheurs matinaux de se rendre sur le lac Washington. Tom avait estimé une heure d'arrivée à 9 h 30. Il était clairement en avance, puisque son Omega Speedmaster indiquait 8 h 15. Fondamentalement, il ne se sentait pas en état de repartir naviguer, mais vu la traque dont il était victime depuis la veille au soir, il aurait été plus en sécurité au large. Encore que… En bout de piste, il prit le parti d'attendre et d'humer le kérosène déchargé à chaque passage d'un avion. Ce n'était pas non plus l'aéroport international de Seattle, mais il y avait du trafic.

Selon les instructions de Tom, il devrait se tenir prêt en bout de piste lorsqu'il apercevrait un Cessna Longitude immatriculé N7599Z. L'appareil ferait demi-tour et redécollerait immédiatement. Darrell s'approcha de la piste pour juger s'il pouvait s'introduire au-delà des grillages, sans déclencher l'intervention de la garde nationale. C'était, semble-t-il, le cas. Surtout réservé aux vols cargo, l'aéroport de Renton constituait une véritable passoire.

On y avait lésiné de façon évidente sur la sécurité. Il envoya un message à Tom, en espérant que son avion disposait du wifi.

Accès facile, serai en bout de piste dès que tu me fais signe. En attendant, surveillance de la zone en bateau.

Il retourna à son embarcation et mit en marche son hors-bord, non sans oublier d'enfoncer son bonnet très bas sur le front. Il partit à petite vitesse le long de la côte, comme l'aurait fait un pêcheur à la recherche d'un coin poissonneux.

Dans le jet, Tom reçut bien évidemment le message et confirma leur arrivée à l'heure dite.

– Tout va bien ? demanda Vanessa.

Il n'avait plus dit un mot depuis la petite maladresse de la garde-côte. Elle ne savait comment relancer la conversation sans que ça paraisse artificiel. Cependant, Tom n'avait pas l'air plus traumatisé que cela. Rien dans son expression ne le laissait supposer.

– Oui, il vient d'aller checker la zone. Apparemment, il n'y a pas de problèmes pour accéder à la piste. On devrait pouvoir le récupérer sans difficulté. Il faudra juste que le pilote fasse un demi-tour en bout de piste et marque une mini pause, le temps de le faire monter à bord. Tu penses que c'est possible ?

– Le pilote est un ami de la famille. C'est un des pilotes habituels de mon grand-père. C'est aussi un ancien de l'Air Force, ça ne devrait pas poser d'inconvénient. Je vais aller lui parler.

Elle déboucla sa ceinture et partit en direction du poste de pilotage. En passant à côté de Tom, elle lui glissa la main sur l'épaule, comme pour s'excuser. Mais Kelcey était reparti dans ses pensées, donnant l'impression de ne pas pouvoir se détendre.

Sur son embarcation, le froid piquant saisissait Darrell jusqu'à l'os. Ce 1er décembre n'était décidément pas un jour pour la plaisance. Surtout dans la région de Seattle. D'autant que le BSC 100 GT était une embarcation très fun à naviguer, mais par beau temps. Bas sur l'eau, ses passagers prenaient leur lot d'embruns. En plein hiver, le petit pare-brise faisait office de dérisoire protection. Les deux gros boudins gonflables assuraient un maximum de flottabilité et de stabilité, mais il fallait oublier le confort. Enfin, il n'avait qu'à patrouiller le long des côtes à vitesse réduite en attendant l'arrivée de l'avion.

Darell observait la surface du lac d'un coin de l'œil. Personne à l'horizon. Pour passer le temps, il décida de se repasser mentalement le fruit de ses recherches, histoire de trouver une perspective différente qui lui permettrait peut-être d'y voir plus clair. La finalité de l'opération – faire un maximum de dollars, soit un milliard par opération – ne laissait plus aucun doute. En revanche, le pourquoi du comment de la stratégie lui échappait encore. Les coûts pour s'assurer les complicités à tous les niveaux devaient être astronomiques, ce n'était donc pas une opération sur le long terme. Sans parler des risques de terminer au mieux en prison, au pire dans le couloir de la mort selon les États où avaient eu lieu les meurtres.

À quelques miles nautiques de lui, DC repéra un bateau qui semblait venir dans sa direction. Encore un petit point blanc au loin. Sur l'eau, difficile de savoir quel cap suivait une embarcation. Encore moins à cette distance et dans l'état de stress qui habitait Darrell. Il était convaincu que le véhicule se dirigeait vers lui. Il accéléra légèrement et prit la direction opposée. Il jeta un œil à sa montre : 8 h 54. Le jet de Tom serait en bout de piste dans trente-six minutes. Si on lui cherchait des noises, il allait falloir gagner du temps…

En cuisine, Bill Callahan savourait un expresso réalisé avec une merveilleuse machine à capsules. Il se demandait s'il n'allait pas arrêter de boire cette lavasse de café américain. Pas étonnant que les Suisses amassent des fortunes avec leur système.

Lamar dormait encore alors que Vanessa et Tom étaient partis aux aurores pour récupérer le geek à Seattle. Finalement, vu les circonstances, il commençait à se sentir bien dans cette demeure immense. Le père de Tom n'avait pas fait les choses à moitié. Les imposants murs en rondins devaient avoir nécessité un travail de dingue. L'immense baie vitrée offrait une vue reposante sur la forêt. Sous la neige qui ne devrait plus tarder à tomber, le spectacle devait être magique. En pensant à Noël qui approchait, un voile de tristesse descendit sur ses yeux. Il se demanda de quoi serait fait l'avenir. Sans Mary, sans son fils qui devait voir en lui l'assassin de sa mère, les prochaines années risquaient d'être compliquées.

Il posa sa tasse et partit dans le salon chercher son téléphone jetable. Il composa de mémoire la ligne directe de Dalmore. Quatre sonneries dans le vide avant de basculer sur le répondeur. Dalmore qui ne répondait pas, une première. Surtout à cette heure matinale. Encore, la nuit il aurait pu comprendre. Mais à 9 h... Il raccrocha, des doutes plein la tête et composa le numéro de portable de son patron.

Un quart d'heure avant l'atterrissage, Tom envoya un message à Darrell pour confirmer leur arrivée. La minute d'attente pour obtenir la réponse lui parut une éternité :

Bateau suspect en approche. Serai plus à l'aise quand vous serez là.

Tom, les traits tirés, annonça à Vanessa :

– Un bateau s'approche de lui. Il faut qu'on se dépêche de descendre.

Les yeux de Tom faisaient des aller-retour entre l'écran de son téléphone et le hublot, comme s'il allait obtenir une indication rassurante d'un côté ou de l'autre.

– Tom, on ne peut pas aller plus vite que la musique, c'est un aéroport contrôlé. Il y a une procédure d'approche et une tour de contrôle qui gère tout ça. On est déjà dans la boucle. Le pilote fait au mieux. Ça ne servira à rien de paniquer.

– J'espère que l'on n'arrivera pas trop tard, répondit-il en serrant les poings.

– Ce sont peut-être juste des pêcheurs

– Mon capitaine, tu comprendras aisément que j'ai peine à croire aux rencontres fortuites depuis quelques jours…

Vanessa examina sa Jaeger Lecoultre : douze minutes avant l'atterrissage. Si ce n'était pas une rencontre fortuite, le timing allait être serré.

Plus aucun doute, une imposante vedette s'approchait avec hostilité et détermination. Darrell décida de les laisser approcher comme si de rien n'était, puis de remettre les gaz subitement pour bénéficier de l'effet de surprise. Son bateau, plus petit, devait être plus maniable et rapide. Il avait donc une bonne chance de les semer et de s'éjecter sur la terre ferme en direction du tarmac au dernier moment. Autre avantage : la vedette, avec son gros tirant d'eau, ne pourrait pas s'approcher du littoral au risque de s'échouer contre les rochers. Avec son bateau à fond plat, Darrell accosterait sans problème. Restait à espérer que l'embarcation ne soit pas dotée d'un arsenal destructeur. On pouvait en douter.

La vedette, un gros Mangusta 108, n'était pas de première jeunesse, mais elle avançait encore bon train. Darrell put l'identifier clairement à environ trois cents mètres. Il ne paniqua pas et fit mine de pêcher, comme s'il ne les voyait pas. Un homme surgit sur le pont du bateau. Pas besoin d'avoir un œil de faucon : il tenait une arme à la main.

DC appuya sur la manette d'accélération du hors-bord et la poussa à fond. La petite embarcation bondit en avant et surprit le capitaine du Mangusta qui l'alignait dans sa proue depuis plusieurs centaines de mètres. En donnant un brusque coup de barre à droite pour se mettre dans le sillage de Darrell, il déséquilibra l'homme armé sur le pont. Ce qui donna du répit à sa proie. Cette dernière se baissa machinalement contre son tableau de bord pour offrir le moins de surface possible à son poursuivant. Darell allait devoir la jouer fine s'il ne voulait pas finir avec un boudin crevé au milieu des eaux calmes du lac Washington. Quelques rares plaisanciers croisaient dans la zone. Une chance à saisir pour Darrell.

9 h 22. Dans huit minutes, il devrait se trouver en bout de piste et faire preuve d'une précision d'horloger pour semer ses poursuivants. Il lui faudrait aborder au dernier moment pour ne pas attendre le jet à découvert et se transformer ainsi en cible de ball-trap. Il mit le cap sur une grosse embarcation qui avait sorti ses cannes à pêche. Il lui fonça dessus. Pour ce qui était de la vitesse, il n'était pas beaucoup plus rapide que le Mangusta, mais plus maniable et doté d'une meilleure accélération. Restait à être plus malin aussi.

Il mit son téléphone sur haut-parleur, le coinça sur le tableau de bord et composa le numéro de son ami en approche dans le ciel. Tom décrocha instantanément :

– Darrell, ça va ?

– Comme disait le type qui tombe du trente-cinquième étage en passant devant le dix-septième : jusque-là, ça va !

– Ce qui veut dire ?

– Que le bateau est passé de suspect à agressif. J'ai un peu d'avance sur eux, cria-t-il pour couvrir le bruit du moteur, mais je vais devoir être très précis pour le débarquement. Tu me confirmes l'heure exacte de l'atterrissage ?

– Attends, je vois avec le pilote.

Alors qu'il franchissait les trente-cinq nœuds sur les eaux plates du lac Washington, il répondit le plus sérieusement du monde :

– Je ne bouge pas…

Tom revint en ligne en moins d'une quinzaine de secondes.

– On devrait toucher le sol à 9 h 31 précisément. Compte trois minutes de plus pour aller te récupérer en bout de piste.

– OK, alors, on dit 9 h 34, je…

Une vaguelette fit décoller le bateau et projeta le téléphone qui décrivit un arc de cercle. DC le suivit du regard comme dans un film au ralenti et le téléphone jetable termina sa course dans l'eau… Seul au monde ou presque… avec des poursuivants aux trousses.

– … serai à l'heure. Enfin j'espère, conclut Darrell, sachant qu'il n'y avait plus que lui pour entendre ses paroles.

Tom observa son téléphone qui émettait des bruits étranges. Pas besoin de cela pour faire monter encore d'un cran son angoisse.

Les embruns cinglaient le visage de DC. La température glaciale rajoutait du piquant à la situation. Il tentait de protéger ses doigts engourdis en les enfonçant sous ses manches. Il approchait pleins gaz du paisible bateau de pêcheurs. Darrell contourna son étrave et le frôla, provoquant l'ire de ce qui ressemblait à un capitaine au long cours, à voir sa casquette à la capitaine Haddock. Il compta trente secondes et exécuta un périlleux demi-tour à haute vitesse pour se retrouver face à ses poursuivants, surpris. Il manœuvra comme s'il voulait éperonner le Mangusta par l'avant. Le pilote d'en face mit la barre à fond à droite et Darrell en fit de même, sauf que son cap allait désormais en ligne droite vers l'aéroport. Ses poursuivants allaient devoir faire demi-tour, gênés par le bateau de pêcheurs, et perdre un temps précieux. À vue de nez, Darrell aborderait à 9 h 33, ce qui lui laisserait une minute pour rejoindre ses sauveurs. Restait à espérer que le pilote de Tom affectionne la précision.

Le Citation toucha le sol à 9 h 31, comme prévu. Il annonça à la tour de contrôle son intention de faire demi-tour en bout de piste, comme son plan de vol l'indiquait. Tom se tenait déjà entre les deux pilotes pour tenter d'apercevoir Darrell. Ce qu'ils virent les pétrifia.

Emporté par sa vitesse, un hors-bord équipé de deux boudins en caoutchouc et d'un mini cockpit sauta littéralement par-dessus le grillage de l'aéroport pour s'écraser miraculeusement à plat sur l'herbe. Il glissa encore sur quelques mètres avant de s'arrêter au milieu d'une nuée de débris. Où était DC ?

Tom repéra soudainement un mouvement dans le hors-bord. Une tête, puis deux épaules et finalement… une jambe. Alors que l'avion n'était plus qu'à cinquante mètres, Darrell se baissa dans les débris de son bateau pour ramasser sa prothèse qu'il brandit comme un trophée. Il s'extirpa comme il put et sautilla à cloche-pied pour se diriger vers le Citation Longitude qui faisait déjà demi-tour, porte ouverte pour l'accueillir. Quelques secondes après, Tom tendait la main à Darrell Cameron qui se hissa dans l'avion. Une fois son ami à bord, il hurla au pilote de repartir. Ce dernier obéit instantanément pendant que Vanessa verrouillait la porte. Le jet quitta le sol au moment où le Mangusta arrivait en bout de piste. Impuissant.

CHAPITRE 20

1er décembre 2021 – 11 h 15 – New Haven, Connecticut – USA

Après la réunion de la veille, l'homme aux cheveux gris avait rejoint sa maison de Greenwich. Il venait d'effectuer un jogging jusqu'à la marina proche de chez lui malgré le temps froid. Il appréciait par-dessus tout l'air marin sur les pontons en bois du petit port de la ville, tellement calme en cette saison. En été, c'était un enfer, avec des yachts appartenant à des gérants de *hedge funds* qui obstruaient les quais. C'était à qui avait le plus gros et le plus moderne.

Greenwich, anciennement un paisible village de pêcheurs, fut totalement déstabilisé par l'industrie des *hedge funds*. Allez savoir pourquoi, tous les gérants de ces fonds s'étaient installés dans la zone, la proximité de New York n'y étant sûrement pas étrangère. Depuis quelques années, on ne croisait dans la région que des gens qui travaillaient dans l'industrie financière, de près ou de loin. Ça ne remplissait pas spécialement de joie l'homme aux cheveux gris. Il avait suivi le rush immobilier, mais au vu de son passif, il préférait éviter de croiser trop de monde. En décembre, plus facile de rester discret.

En revenant au petit trot, il savoura chaque instant de solitude loin des affaires et du stress que lui causait sa nouvelle vie depuis son bannissement définitif des marchés financiers. Sa revanche se précisait. On allait bientôt solder les comptes.

Dans le jet qui revenait dans le Vermont, l'humeur était un peu plus détendue qu'à l'aller. Tom affichait son soulagement de retrouver son ami en un seul morceau – ou plutôt deux, comme le précisa DC. Le trader souriait volontiers aux plaisanteries de l'ancien Marine et de Vanessa. Il pouvait aussi réfléchir plus sereinement à la suite des événements. Objectif numéro un : identifier le chef du complot pour décimer l'organisation.

Tom avait bien conscience de se heurter à un mur infranchissable. Les banques offshore où partaient dormir les milliards indument gagnés ne collaboreraient jamais. Elles ne dénonceraient sous aucun prétexte les bénéficiaires finaux des transactions frauduleuses. Il en allait de leur crédibilité aux yeux de tous ceux qui, dans le monde entier, détournaient, corrompaient, trafiquaient, exploitaient. À moins qu'ils ne prennennt les établissements d'assaut. Et encore, il fallait être bien naïf pour croire que des listings traînaient dans leurs bureaux, comme des sortes de bottins mondains de la grande délinquance internationale.

– Darrell, penses-tu qu'on puisse remonter informatiquement à la racine pour savoir qui se cache derrière tout cela ? On passe notre temps à se faire tirer dessus. Je n'ai pas envie de les attendre et qu'ils finissent par nous descendre.

DC 2.0, avachi dans son siège, les yeux fixés sur le plafond du jet, donnait l'impression que son cerveau tournait à pleine vitesse.

– Je pense que la clé est Malagacchi, lâcha-t-il après un long blanc.

– Vu son état avancé de décomposition, je ne vois pas trop comment il pourrait nous aider. Peut-être que nous devrions parler avec ce flic, celui qui a un nom de pilote de chasse.

– C'est une option, mais figure-toi que dans le monde totalement névrosé de l'informatique, il y a des types encore plus névrosés que les autres. Malagacchi en faisait partie.

Vanessa s'immisça dans la conversation :

– Ce qui veut dire ? en langage d'être humain moins névrosé ?

– Malagacchi n'était pas un inconnu dans le milieu. C'était une pointure de l'industrie du hacking. Je ne pense pas qu'il ait accepté un contrat sans se renseigner sur ses employeurs.

– Tu veux dire qu'il aurait laissé des documents, des preuves ?

– Je n'en sais rien, mais connaissant un peu la réputation de l'oiseau, j'essaie de me mettre à sa place... Je pense que j'aurais un peu sécurisé mon contrat.

Kelcey réfléchissait en même temps qu'il parlait.

– Mais comment trouver quelque chose dans une cave carbonisée ?

– Tom, fais-moi confiance : s'il a laissé des documents, ce n'est pas dans un cahier avec une couverture plastifiée planqué sous son canapé. J'opterais plutôt pour le *cloud*... Donne-moi un PC qui tient la route avec une bonne connexion. On va voir ça.

L'optimisme de Darrell faisait du bien à Tom qui oscillait dans la même minute entre abattement, optimisme et désespoir. Toujours ce foutu sentiment de jouer avec un, voire deux coups de retard. Passer son temps à réagir plus qu'agir. Et contre qui, contre quoi ? La piste évoquée par Darrell offrait un objectif concret. Il se cala dans son fauteuil et ferma les yeux pour récupérer un peu avant l'atterrissage. Mais le sommeil ne venait pas. Une idée de riposte commença à germer dans son esprit. Après tout, la meilleure défense n'était-elle pas l'attaque ?

– Ça va, Tom ? demanda Vanessa.

Il se retourna en sursaut et perdit le fil de ses pensées. Ils venaient de sortir de l'avion sur un aéroport tout juste assez grand pour que le Citation Longitude puisse se poser, faire le plein et redécoller.

– Euh, oui, ça va. Pourquoi cette question ?

– Depuis tout à l'heure, je te vois en pleine réflexion avec un sourire en coin. Tu es à la limite d'être détendu. Tu me fais presque peur, ironisa-t-elle.

Tom rit pour la première fois depuis quelques heures :

– Oui, ça va. Je commence à voir le début d'un plan qui se dessine. Ça me fait du bien de ne plus nous voir en victimes. Nous allons passer à l'attaque.

– Euh, oui, mais on va attaquer qui ?

– J'y travaille. Donne-moi juste un peu de temps et je vous expliquerai. J'ai encore besoin de gamberger. Et puis si DC nous trouve une piste sur le *cloud*, ça serait le rêve. Mais ne t'inquiète pas, loin de moi l'envie de te tenir à l'écart, bien au contraire.

Elle sourit et l'informaticien attrapa la conversation au vol.

– Alors si le lieutenant Tom Kelcey a un plan, je n'aimerais pas être… euh… les méchants !

– Pourquoi dites-vous ça ? demanda Vanessa.

– Parce qu'en Afghanistan, à chaque fois que nous étions dans la merde, il nous a toujours sorti des plans délirants qui nous ont bien sauvé les fesses. Enfin, mis à part pour ma jambe, glissa-t-il avec un rictus ironique.

Vanessa saisit Darrell par le bras et le tira vers elle en parlant très fort :

– DC, si vous me racontiez comment était Tom en militaire. Je peine à imaginer la chose. Je pense que vous devriez pouvoir m'éclairer sur le sujet.

Tom fixa Darell dans les yeux et lui lança froidement :

– Si tu dis un mot, ça va te faire tout drôle !

Quelques minutes plus tard, ils se posaient et faisaient route pour leur base arrière de Bennington. Tom avait le pressentiment de tenir le bon bout pour la suite. On allait redistribuer les cartes.

Carson Saunders décrocha son téléphone dès qu'il vit apparaître le nom de son responsable des opérations spéciales. L'homme gérait actuellement leurs opérations sur la côte Ouest Il ne perdit pas une seconde en formules de politesse :

– Dites-moi que vous avez réussi à attraper cet informaticien à deux balles !

Il écouta son interlocuteur lui raconter par le menu la fuite de Darrell en essayant de se justifier.

Saunders sentit la colère monter en lui. Dès que son interlocuteur eut fini son monologue, il lança son smartphone contre le mur de toutes ses forces. Le concentré de technologie vola en éclats aux quatre coins de la pièce, l'écran se brisant en une pluie de verre pilé.

Callahan et Kelcey faisaient pourtant figure de boucs émissaires parfaits dans cette histoire. Et ces traders lambda étaient en train de lui pourrir son plan. Sans compter qu'ils avaient le don de se découvrir des complices tous les jours. Saunders allait devoir annoncer la mauvaise nouvelle à ses associés, lui qui détestait se justifier et s'expliquer.

L'ex-financier déchu appela sa secrétaire qui devait être quelque part dans la gigantesque maison et lui aboya :

– Apportez-moi un nouveau smartphone ! Immédiatement !

– Bien, monsieur, répondit-elle, sur un ton qui laissait deviner que la situation n'était pas une première pour elle.

Quelques heures plus tard, Vanessa, Tom et Darrell prenaient place dans le salon du chalet qui servait de salle de briefing. Bill et Lamar n'avaient pas chômé durant ces quelques heures. Tom avait attribué la dernière chambre disponible à Darrell. Il n'allait plus falloir impliquer personne dans cette sale affaire. Au fond de lui, Tom espérait que cette histoire allait trouver un dénouement rapidement. Que tout le monde retrouve une vie normale, que Bill et lui soient surtout disculpés de tous les meurtres que la police leur collait sur le dos. Il secoua la tête pour se replonger dans l'action.

Darrell, assis à la grande table du salon, fouinait toujours à la recherche d'éventuelles traces de Malagacchi sur le *cloud*. Vanessa était en train d'expliquer à Lamar la conclusion de la fuite en bateau de DC. Bill était au téléphone. Soudainement, ce dernier devint blême et posa son *burner*. Tom s'approcha de lui :

– Bill, il y a un problème ?

– C'est Dalmore…

– Comment ça, Dalmore ? Tu as fini par l'avoir ?

– J'essaye de le joindre depuis ce matin. Sur son portable, sur son fixe. Sans succès. J'ai fini par avoir son imbécile d'assistant.

– Brandon Walsh ? Mais tu le détestes, chaque fois que tu lui parles, tu as envie de le frapper.

– Je sais bien, mais tu voulais que je fasse quoi ? Que j'appelle les flics pour leur demander s'ils ont des nouvelles de mon patron, alors que je suis recherché pour meurtre, que je me cache dans la maison d'un type lui aussi recherché pour meurtre ? explosa-t-il.

Tom le dévisagea curieusement.

– Relax, Bill, je suis désolé, je ne voulais pas… Qu'est-ce qui se passe ?

– C'est moi, désolé, je suis un poil tendu aussi. Je pensais avoir passé l'âge limite pour jouer les fugitifs…

Il marqua une pause pour retrouver ses esprits. Puis, il reprit de façon plus apaisée :

– Quand j'ai demandé à Walsh s'il avait des nouvelles de Dalmore, il m'a dit que non. Mais il avait un ton tout à fait inhabituel, en tout cas avec moi. Tout mielleux… Il a insisté lourdement pour que je lui dise où j'étais. Si j'étais avec toi…

– Tu en tires quelle conclusion ?

– *A priori,* rien. Je dis juste que son attitude était étrange. Trop détendu, trop cool par rapport à la situation. Il donnait l'impression d'en avoir rien à foutre que son boss ne réponde pas au téléphone… Alors que d'habitude, c'est un lèche-bottes de première qui connaît la couleur de la chemise de Dalmore trois jours à l'avance.

– Effectivement, c'est étrange. Tu insinues qu'il aurait quelque chose à se reprocher… ou qu'il en sait plus sur Dalmore ?

– Pas sûr, mais ça ne sent pas très bon. On a évoqué la possibilité d'une taupe ou de complicités chez Brodman, Zimmerman & Sons.

– Tu ne lui as pas dit où nous étions, n'est-ce pas ?

Bill regarda Tom en reculant.

– Tu plaisantes ou quoi ? Tu me crois aussi stupide ! Alors que toutes les polices sont à nos trousses…

Tom leva les mains en signe de paix.

– Pardon, boss, ma question était complètement idiote. Mille excuses.

Puis il se retourna vers les autres qui suivaient leurs échanges avec intérêt. Penaud, il alla s'asseoir sur un fauteuil près de la cheminée avant de demander :

– Quelqu'un a quelque chose à dire ?

Lamar prit la parole pour détendre l'atmosphère :

– Je voudrais savoir s'il y a des activités prévues pour nous occuper. Piscine ou yoga ? Nous sommes tous un peu stressés. Perso, je ne me suis pas posé dans une forêt pour revenir en ville encore plus sur les nerfs.

Tout le monde éclata de rire, sauf Darrell obnubilé par son écran. Vanessa prit la parole, motivée et motivante comme la capitaine d'une équipe sportive :

– Le plus pénible, c'est d'être acculé à la réaction et pas à l'action. Il faut trouver un angle d'attaque pour titiller l'adversaire, dit-elle en se levant. Sauf que l'on ne sait pas qui est l'adversaire.

– Pour ma part, j'ai peut-être une idée pour le contrer, même si l'on ne sait pas qui il est ni où il se cache, affirma Callahan de façon décidée.

Tous les regards se tournèrent vers lui. Même Darrell leva la tête de son écran.

Brandon Walsh patientait dans une des pièces de la maison de Carson Saunders. Il se remémorait sa conversation téléphonique avec Bill Callahan. Pendant des années, ce type l'avait méprisé et humilié au bureau. Brandon avait toujours détesté la mentalité de ces traders qui vous ignorent si vous n'êtes pas des leurs. Là, il tenait sa revanche : Callahan et Kelcey, recherchés par la police et le FBI, ne finiraient pas dans les mains des autorités. L'organisation criminelle de Saunders se chargerait d'eux, et ce serait bien pire, pensa-t-il avec un rictus de joie.

Quant à lui, Brandon Walsh, il avait su retourner la situation à son avantage. Aujourd'hui, il appartenait au camp des vainqueurs. Dans quelques jours, par bonheur, il prendrait la tête de Brodman & Zimmermann. Il ne regrettait qu'une seule chose : ne pas avoir été capable de localiser Bill Callahan pour le servir sur un plateau à ses employeurs.

Il chassa cette idée de sa tête pour se concentrer sur l'essentiel. Les années de frustration dans l'ombre des décideurs allaient prendre fin. Si Saunders tenait ses promesses, il disposerait des coudées franches et du pouvoir sans limites au sommet de sa société.

CHAPITRE 21

1er décembre 2021 – 23 h 30 – Forêt de Bennington, Vermont – USA

Seul le léger cliquetis des doigts sur le clavier troublait le silence. DC s'activait toujours sur son PC tandis que les autres occupants du chalet avaient regagné leur chambre pour trouver le sommeil plus ou moins difficilement. Le bloc-notes de l'informaticien se noircissait de minute en minute. Il avait le sentiment de toucher au but, de valider ses intuitions.

Riccardo Malagacchi avait bien laissé une sorte de testament numérique, mais certainement pas accessible au premier venu. L'homme maîtrisait l'art de la dissimulation digitale, raison pour laquelle on faisait appel à lui aux quatre coins des États-Unis. Darrell comprenait un peu mieux ce qui l'avait guidé. Malagacchi ne voulait pas se livrer à un odieux chantage, seulement assurer ses arrières. Les événements lui avaient malheureusement donné tort. Il n'avait pas présumé de la dangerosité de ses derniers employeurs.

Darrell venait de découvrir un accès sécurisé pour pénétrer dans un serveur perdu quelque part dans le *cloud*. Quatre heures à tenter de casser la clé chiffrée qui lui donnerait accès aux précieuses infos de Malagacchi. Plus qu'une seule ligne de défense pour lui résister. Il jubilait à l'idée de la faire tomber, comme un général avant d'investir un point stratégique. Dans ces instants, il adorait son job. Une bien belle compensation depuis qu'il avait perdu sa jambe et la capacité d'intervenir sur le terrain.

DC vérifia rapidement l'état des recherches commandées par Bill. Le programme qu'il avait mis au point tournait toujours. Le nombre de suspects potentiels se réduisait de minute en minute. Encore un peu tôt pour tirer des conclusions. Il prit une profonde inspiration avant de s'offrir *sa* première victoire de la nuit.

L'index de DC 2.0 s'écrasa sur la touche *Enter* et il envoya les derniers kilooctets de données censées lui ouvrir la porte du coffre-fort virtuel de Riccardo Malagacchi. Dans quelques secondes, il saurait enfin ce que l'ancien hacker de la CIA cachait. La fièvre montait, comme si DC allait ouvrir un dossier révélant les responsables de l'assassinat de Kennedy.

Le site web patina quelques secondes, puis un dossier contenant deux fichiers apparut sur l'écran de l'ordinateur portable : le premier était un simple document Word et l'autre un programme indiquant une position en live *via* un tracker GPS. Darrell cliqua sur le fichier Word. Une seule phrase apparut :

Ne jamais faire confiance au Web, suivre la lumière il suffira.

– PUTAIN DE MERDE d'agent secret à la con !!! pesta Darrell en tapant sur la table.

Dans sa chambre, Tom, qui n'avait pas trouvé le sommeil, s'était relevé pour passer un coup de fil. En entendant le hurlement de Darrell, il sursauta comme si un bataillon de Marines venait de pénétrer dans le chalet. Il souffla quelques mots dans le combiné en guise d'au revoir et coupa la communication. Il se rendit dans le salon à grandes enjambées, tout en se massant la fesse gauche qui s'était ankylosée durant sa conversation téléphonique.

– Que se passe-t-il ?

– Cette enflure de barbouze a planqué son dossier dans un endroit physique. Même pas sur un serveur !

– Ce qui veut dire ?

– Ce qui veut dire que je ne peux pas y accéder. Ses documents sont cachés quelque part et en plus, ce quelque part... bouge.

Tom se frotta l'arrière du crâne.

– Tu veux dire qu'ils sont sans cesse en mouvement ?

Sans un mot, Darrell Cameron cliqua sur la balise GPS et un point clignotant apparut sur Google Maps. Il désigna le point avec son index :

– Ce sont les documents de Malagacchi, on voit clairement qu'ils bougent, non ?

– Supposons que notre type soit encore vivant. S'il voulait récupérer ce dossier, il faudrait bien que tout ça s'arrête de bouger !

– J'imagine que oui, mais il faudrait déjà comprendre comment ça se déplace.

– Où sont ces documents actuellement ?

DC observa le point lumineux en mouvement, il réfléchit un instant et lâcha entre ses dents :

– Putain

– Tu m'expliques ? demanda Kelcey, lassé d'obtenir les infos au compte-goutte.

– Je pense qu'ils sont sur un des ferrys faisant la liaison entre Hoboken et Manhattan, dit-il d'un air soulagé.

– Bah, il suffit de retourner à New York pour récupérer cette foutue paperasse. On commençait presque à s'ennuyer depuis quelques heures. Il faudra juste oublier que nous sommes recherchés par le NYPD.

Tom consulta sa montre : presque minuit. En partant maintenant, il serait à Hoboken dans trois heures. Optimiste, il se donnait une petite heure pour récupérer le dossier, pour autant qu'il n'ait pas besoin de démonter le ferry. Il pourrait être de retour avant le réveil de Vanessa, Lamar et Bill.

Il attrapa sa grosse parka et donna ses instructions à DC :

– Je t'appelle dès que je suis sur place, tu me guideras, OK ? J'espère que ton machin est assez précis pour que je n'aie pas à passer un bateau de trente mètres au peigne fin.

L'informaticien allait protester, pour la forme. Il savait que Tom ne se laisserait pas fléchir. Il avait pris sa décision, plus rien ne l'arrêterait.

– Le GPS a une précision de cinquante centimètres. En y collant le signal de ton téléphone, tu devrais pouvoir rétrécir le champ de recherche au plus serré…

Tom avait déjà claqué la porte et courait à sa voiture, impatient de passer à l'action !

Au moment où il démarrait le moteur, un nom apparut sur l'écran du PC de Darrell :

Lockenstone Pharmaceuticals – Symbole LKPH

La nuit avait plus que porté conseil. En suivant les instructions de Bill Callahan, DC 2.0 venait de trouver la prochaine cible de leurs adversaires.

Un crachin glacial et compact s'abattait sur la nuit. De loin, on distinguait vaguement les contours de l'énorme Cadillac Escalade. Carson Saunders, tout de noir vêtu, se tenait à côté du SUV, insensible à la pluie. Il attendait son homme de main qui finit par sortir de la pénombre d'un jardin public. L'imposante silhouette s'approcha du véhicule et de Saunders. Ce dernier lança sur un ton acide :

– Alors ? Comment va la tête ?

L'agresseur de Vanessa Hartmann marqua un bref arrêt alors qu'il s'apprêtait à tendre la main. Il fixa son employeur en plissant les yeux :

– J'ai connu pire. Le type du chantier naval aurait mieux fait de m'achever pendant que j'étais au sol.

– Pas faux. Les flics ne se doutent de rien ?

– Je ne pense pas. Votre avocat a fait son job. La police pense que j'ai été agressé par un voleur. Ma carte de détective privé a justifié l'arme que je portais… Même si je me suis pris une amende parce que le permis était périmé.

Ancien militaire qui connaissait tous les théâtres de guerre de la planète, l'homme de main de Carson Saunders en avait vu d'autres. Il avait côtoyé la mort une bonne dizaine de fois. La peur et la sensiblerie ne faisaient plus partie de son registre d'émotion. Cependant, son amour-propre en avait pris un coup. Sèchement, Saunders changea de sujet :

– Vous en êtes où sur l'affaire qui nous occupe ?

– On dirait qu'ils ont disparu de la surface de la Terre. Kelcey ne possède rien d'autre que son appartement de Brighton Beach et il n'a plus ses parents. Idem pour Callahan, qui a uniquement sa maison de Tarrytown. Quant aux autres, rien à signaler. Tout ce beau monde s'est volatilisé. On a mis sur écoute une bonne dizaine de lignes et les derniers appels ont été effectués avec autre chose que des *burners*. Mais là, depuis quelques heures, ils ont arrêté d'utiliser ces téléphones prépayés. Ils sont devenus prudents à l'extrême, ils passent leurs coups de fil depuis des cabines téléphoniques. Nous savons seulement qu'ils se trouvent sur la côte Est, au nord de New York.

– La zone de recherches est grande comme mon jardin, ironisa Saunders en tapant sur le capot de l'Escalade. Et l'hélico qui a descendu vos hommes ?

– Aucune trace, le numéro d'immatriculation mène à une société sans adresse et dont les administrateurs sont morts. Un cul-de-sac, mais on continue à chercher.

L'ancien *hedge fund manager* tentait de contenir encore une de ces rages dont il était coutumier. Il lui vint une idée qu'il exposa en quelques mots à son homme de main. Des ordres brefs. Le mercenaire hocha la tête avant de disparaître au pas de course par où il était arrivé. Pendant quelques secondes, Saunders l'observa avec un sourire carnassier. Il entrevoyait enfin la réussite de son plan. Malheur à qui s'interposerait entre lui et ses objectifs.

À Westhampton Beach, le pick-up de l'entreprise de sécurité Hampton Security & Control effectuait sa ronde habituelle.

Non loin de la retraite, le vigile au volant montrait des signes de fatigue. C'était son deuxième job et il avait bossé toute la nuit dans un entrepôt de Long Island à compter des cartons prêts à être expédiés à Taïwan. Son dos le faisait souffrir, sans parler de ses articulations maltraitées par un début d'arthrite. Le sommeil l'appelait dangereusement, ses paupières se refermaient parfois sans crier gare. Sa mission : assurer la veille autour des maisons des riches résidents de Westhampton Beach. Ceux de la plage. Les plus riches parmi les riches.

Le vigile roula jusqu'à l'entrée d'une impressionnante maison proche de l'océan. Il stoppa son véhicule pour sortir son carnet de patrouille. L'endroit était censé appartenir à une pointure de Wall Street. Un certain Dalmore. Il l'apercevait parfois et l'avait immédiatement qualifié de « sale con ».

Le garde tenta d'extraire sa carcasse endolorie du pick-up et s'approcha de l'interphone. Il appuya sur le bouton d'appel et attendit : aucune réponse. Selon son programme de patrouille, il devait avoir un contact impératif avec les occupants de la maison. L'absence de réponse constituait une anomalie. Pas forcément inquiétante, mais anormale. Depuis qu'il faisait ce job, le cas de figure ne s'était jamais présenté chez Jason Dalmore. La procédure stipulait qu'il vérifie le bon fonctionnement du système d'alarme. Il s'empressa de contacter son superviseur au chaud devant ses écrans. Ce dernier fut affirmatif : rien à signaler, pas de déclenchement d'alarme intempestif. Tous les visiteurs avaient été dûment identifiés. Le dernier sorti s'appelait Bill Callahan.

Le superviseur demanda au vigile épuisé de poursuivre sa tournée et de repasser contrôler sur place dans une heure. De son côté, il appellerait les numéros d'urgence de Jason Dalmore. À cet instant, aucune raison de contacter la police.

Pendant ce temps, Tom Kelcey circulait sur la 303 au nord d'Hoboken. La route lui offrait un point de vue sur la Skyline de Manhattan sous un angle original, loin des circuits touristiques.

Seul ou presque sur tout le trajet, il avait résisté à l'envie d'accélérer. Sa cavale ne pouvait pas s'achever sans gloire, sur un banal excès de vitesse. Pourquoi pas, lorsqu'il détiendrait les preuves de son innocence et de quoi envoyer en prison les auteurs de la machination, lâcher les chevaux du Raptor une fois pour toutes et oublier les lois ? Même si en ce moment, le respect des lois était un concept assez flou. Il se trouvait à quelques minutes de son objectif. Il devinait au loin les ferrys à quai, ces navires qui effectuaient plusieurs fois par jour la courte liaison entre la presqu'île de Manhattan et le lieu de naissance de Sinatra.

Il espérait que le bateau qu'il cherchait ne stationnait pas de l'autre côté de l'Hudson River. Auquel cas, perte de temps et contrariété assurées. Il composa le numéro de DC qui répondit avec son énergie habituelle :

– À vos ordres, lieutenant !

– Arrête avec tes grades ! Tu vois bouger quelque chose sur ton écran ?

– Oui, lieut'. Ça bouge de Manhattan vers Hoboken.

– OK, si je comprends bien, c'est le seul ferry en service de nuit. Ça sera plus simple. Tu peux me dire à quelle heure il est censé aborder à Hoboken ? Et à quelle heure il repart ? Je le vois au loin, mais je ne suis pas encore arrivé au ponton d'embarquement.

– Attends, deux secondes.

Darrell revint en moins de temps qu'il n'en faut pour le dire.

– La navette repart d'Hoboken à 3 h 45.

Tom jeta un œil à sa Timezoner IWC. Il était 3 h 12. Selon le GPS de sa voiture, il ne lui restait que trois kilomètres. Plus d'une demi-heure à sa disposition : les choses se présentaient bien.

– Ça va le faire, dit-il à Darrell. Je suppose que tu n'as pas une localisation plus précise où seraient planqués ces documents ?

– J'ai consulté les plans du ferry. Le bateau fait trente-quatre mètres de long, il y a une zone ouverte et une zone fermée.

J'ai pu zoomer, et ça m'a l'air d'être dans la seconde, à l'abri. Je suis convaincu que ça doit être du matos informatique type USB, ce genre de mecs ne savent même pas ce qu'est du papier.

– Bien reçu, j'arrive sur place, je vois le bateau en train d'accoster. Tu restes en ligne et tu me guides.

– Ça roule…

Tom gara le Ford Raptor à distance, à l'ombre d'un entrepôt, et partit en direction du ferry au pas de course. Sur le ponton, seuls quatre couche-tard débarquèrent. Vu leurs démarches, ils semblaient bien imbibés. Depuis que la pandémie de COVID avait relâché son étreinte, les gens avaient tendance à profiter de la vie et de ses excès.

Tom acheta un ticket à la machine devant l'entrée. Il le tendit sagement au préposé qui semblait dans une léthargie profonde. Tom serait monté avec un fusil-mitrailleur, le type ne l'aurait même pas remarqué. Une femme sans âge, emmitouflée pour les sports d'hiver, le suivit. Sans s'intéresser le moins du monde à Tom, elle se posa au fond de la salle et entreprit un petit somme, enfoncée dans sa capuche et sa doudoune.

Dans de gros grincements de friction avec le quai, le ferry appareilla pour un trajet d'une douzaine de minutes. Tom ne perdit pas un instant et fit une discrète inspection de la zone abritée du vent. Il entendit soudain la voix de Darrell dans ses Airpods :

– Tom ! Tu viens juste de passer à côté…

Il se figea : devant lui se trouvaient deux bancs de quatre personnes, un canot de sauvetage gonflable dans sa coque en plastique et un tableau électrique derrière une vitre verrouillée. Il s'en approcha et demanda à Darrell en enjambant le canot :

– Je chauffe ?

– Tu brûles.

L'ancien lieutenant des Marines sortit un petit couteau de sa poche et le déplia. Il commença ensuite à forcer la serrure du tableau électrique. Mais sans doute un peu grippée, elle lui résistait.

– On peut vous aider, monsieur ?

Dans un sursaut, Tom tourna la tête sur la droite. Devant lui se tenaient deux agents du HPD. Il se retourna complètement en balbutiant de pénibles explications. Mais rien de bien crédible. L'un des deux flics, un jeune fraîchement diplômé, la main déjà sur son arme de fonction, lui intima d'une voix ferme :

– Vous posez ce couteau et vous mettez les mains bien en évidence !

Le cerveau de Tom se mit à fonctionner à plein régime tandis que Darrell s'égosillait dans ses écouteurs.

Fait comme un rat… La fin de tout, la prison et l'accusation de meurtre qu'il ne pourrait pas contrer.

Il leva les mains en signe de reddition tout en laissant tomber son couteau. Le deuxième agent s'accroupit dans un geste maladroit pour le récupérer. Son collègue se saisissait déjà des menottes accrochées à sa ceinture. Tout cela ne respirait pas le professionnalisme et la grande motivation. Tom y décela sa chance…

Au moment où le jeune policier s'approchait pour le menotter, Tom se jeta sur lui, la tête en avant à la manière d'un bélier. L'effet de surprise joua à plein. L'agent fut propulsé trois mètres en arrière le souffle coupé. Dans sa chute, il entraîna son équipier à peine relevé, le couteau à la main. Les deux hommes au sol, Tom ne réfléchit pas. Il se précipita sur eux et leur asséna à chacun un méchant coup de pied au visage. Le nez du jeune homme explosa dans une gerbe de sang et il s'effondra comme un sac de linge sale. L'autre fut touché à la pointe du menton dans une sorte d'uppercut. Sans doute épuisés par leur nuit de patrouille, les deux hommes ne se relevèrent pas tout de suite. Un employé de la compagnie de ferry, menaçant, se dirigeait déjà vers Tom.

L'Hudson River comme seule échappatoire. L'idée de sauter dans l'eau glaciale de décembre ne l'enchantait pourtant pas plus que ça. Tom aperçut le canot de sauvetage autogonflable dans sa coque aussi volumineuse qu'une grosse poubelle. Il le désangla à la hâte et le saisit à bras-le-corps. Il constituait une arme redoutable contre l'employé à moins de trois mètres. Mi-bouclier mi-cheval de Troie, il fit valdinguer l'homme du ferry. Tom se précipita alors avec son arme de fortune vers l'arrière du navire. Les eaux grises de l'Hudson ne l'attiraient guère. Arrivé à la poupe, il jeta par-dessus bord le canot de sauvetage qui se gonfla instantanément au contact de l'eau. Et sans trop réfléchir, le trader le suivit.

DC s'affolait toujours dans ses oreilles pour savoir ce qui se passait, mais dans sa chute, Tom perdit ses deux écouteurs. L'eau transperça ses vêtements instantanément. Il eut l'impression qu'une immense main lui serrait la poitrine et l'empêchait de respirer. Il retrouva ses esprits dans un réflexe de survie. Par bonheur, le canot ne s'était pas échappé trop loin. Il n'eut qu'à nager cinq mètres de façon désordonnée, entravé par son manteau. Il put se saisir du boudin du canot gonflable et se hisser dessus. Sur le ferry, l'employé faisait de grands gestes en hurlant. Dans son dos, un des flics se relevait et portait la main à sa radio.

Le fugitif ne pouvait plus miser que sur les courants de l'Hudson pour se sortir de ce guêpier avant que la brigade fluviale ne vienne le cueillir sur son embarcation de fortune. Tom mit la main à sa poche. Il ne savait par quel miracle, mais son téléphone clignotait ; il fonctionnait encore. Le jeune homme composa le numéro de Darrell.

– DC, je suis sur un canot de sauvetage ! J'ai dû sauter, j'avais les flics au cul. Je ne sais pas très bien comment je vais faire, mais je vais essayer d'accoster au plus vite, je ne suis pas très loin de la côte ! Je n'ai pas pu récupérer les documents… Je suis frigorifié…

– Tu n'as rien compris, Tom. TU ES SUR LES DOCUMENTS !!!

– Quoi ?

– J'imagine que les documents sont dans le canot !

Tom se jeta à quatre pattes à la recherche d'un endroit où l'ex-hacker de la CIA aurait pu dissimuler quelque chose. Il tomba rapidement sur une poche étanche cousue dans un des boudins du canot. Elle s'ouvrait grâce à une fermeture Éclair que Tom eut du mal à ouvrir avec ses doigts aux extrémités ankylosés. Darrell Cameron avait raison. Au fond de la pochette étanche se trouvait une clé USB en forme de doigt d'honneur.

– Je l'ai, brailla-t-il !

– Super ! Alors, ramène-toi au plus vite ! Dès que tu es dans la voiture, envoie-moi le contenu de la clé !

Tom sourit intérieurement. Il s'imaginait envoyer les documents à DC avec un téléphone qui aurait passé la majeure partie de la soirée trempé de l'eau glacée de l'Hudson. Problème à gérer plus tard.

– Je fais au plus vite, mais je ne suis pas encore sorti du pétrin. Les flics arrivent en bateau ! Je te rappelle.

Le téléphone grésillait déjà d'une façon étrange.

Tom observa alentour à la recherche de solutions : la rive s'offrait à lui à une trentaine de mètres. Un bateau de police se rapprochait rapidement au loin. Impossible d'abandonner si près du but. Il enleva son manteau, enfonça la clé USB et ses clés de voiture dans sa poche de pantalon. Se remémorant sa formation dans les Marines, il inspira tout ce qu'il pouvait avant de plonger dans l'eau aussi profondément que possible. Le froid le saisit aux tripes et il eut instantanément l'impression de sombrer dans la folie, dans un immense trou noir.

Le quartier-maître Barlow de la police fluviale de New York balaya longuement la surface avec sa puissante torche. Pas âme qui vive sur ni autour du canot de sauvetage. Avec une eau à trois degrés, aucune chance que le fuyard ait survécu. Il coupa le moteur de sa vedette et se laissa dériver en observant encore la surface grise du fleuve. Un de ses hommes se présenta au poste de pilotage pour demander des instructions :

– On fait quoi, Conner ?

– Laisse tomber. On balise la zone avec des ancres flottantes, on ramasse le canot et les affaires du type, et on rentre. On viendra inspecter de jour. Compte tenu du courant, si on a du bol, son corps refera surface vers Liberty State Park, ça nous évitera peut-être de plonger.

Cinq minutes après, on remontait à bord une parka verte à capuche contenant un porte-cartes et un permis de conduire au nom de Tom Kelcey. Face aux eaux tumultueuses, le quartier-maître Barlow déclara avec solennité :

– Bon vent, Tom Kelcey, la fuite n'est pas une solution. Surtout dans l'Hudson River au mois de décembre.

Il remit les gaz en direction de Brooklyn, base de la NYPD Harbor Unit.

CHAPITRE 22

2 décembre 2021 – 6 h 00 – New Haven, Connecticut – USA

L'agresseur de Vanessa Hartmann sommeillait dans sa chambre d'hôtel, en banlieue de New Haven. Un hôtel miteux qui avait connu des jours meilleurs, mais il s'en moquait. Il avait besoin de repos et ne voulait pas se faire remarquer. Il ne broncha pas quand son téléphone retentit. Il attendait avec impatience ce coup de fil. Quand il décrocha, il n'eut pas besoin de se perdre en formules de politesse. Son interlocuteur lui débita de bonnes nouvelles.

Saunders semblait ne jamais dormir. Il l'appela dans la foulée.

– Vous avez des choses intéressantes pour moi, j'espère ? demanda sèchement son donneur d'ordres.

– Oui, monsieur. Tom Kelcey était à Hoboken cette nuit. Les flics l'ont coincé sur le ferry qui partait pour Manhattan. Il s'est enfui en plongeant par-dessus bord et n'est jamais remonté.

Pensif, Saunders resta silencieux à l'autre bout du fil. Son interlocuteur poursuivit :

– Je devine à quoi vous pensez : le corps n'a pas été retrouvé. Selon la police locale, il devrait refaire surface près de la statue de la Liberté, en fonction du courant. Mais pour l'instant, il n'y a aucune certitude. L'eau était à trois degrés, ce qui ne lui laisse que très peu de chances de survie.

– Espérons que vous ayez raison. Ça nous ferait un souci de moins à gérer. Merci pour l'info.

Il raccrocha.

L'ex-militaire, son téléphone en main, se demanda quelles pouvaient être les possibilités de survie de Kelcey. Infinitésimales… Au fond de lui, il espérait que le trader s'en soit sorti. Tous les deux avaient un compte à régler. Cette éventuelle mort dans les eaux glacées de l'Hudson lui paraissait bien trop douce. Depuis leur rencontre, il lui promettait une vengeance implacable et douloureuse. Soudain, son esprit cessa de fantasmer sur des souffrances toutes plus sophistiquées les unes que les autres. *Que venait faire Tom Kelcey à Hoboken ? Il traînait un peu trop près de la cave de Malagacchi. Espérons que Dickinson pourra obtenir des informations intéressantes.*

Cela faisait deux heures que Darrell avait perdu tout contact avec Tom. Deux hypothèses s'imposaient : ou son ami avait terminé au fond de l'Hudson, ou il se trouvait entre les mains de la police. L'informaticien s'était connecté sur le site du NYPD sans trouver de traces d'une éventuelle arrestation de son ami. Tout ensommeillée, les cheveux en bataille, Vanessa sortit de sa chambre en jogging.

– Bonjour, Bill Gates ! Comment vas-tu ?

En captant le regard de DC, elle comprit tout de suite qu'un problème planait au-dessus de leurs têtes.

– Tom a disparu, laissa-t-il tomber brutalement, sachant qu'il n'y avait pas de meilleur moyen d'annoncer une mauvaise nouvelle.

Vanessa finit d'un coup sa phase de réveil et l'informaticien lui révéla toutes les péripéties de la nuit. Au moment où il finissait son explication, un communiqué apparut sur le site de la police de New York :

Un homme qui tentait de se soustraire à une arrestation sur le ferry reliant Hoboken à Manhattan a sauté à l'eau cette nuit. Il a probablement été victime d'une hydrocution. L'homme a sombré dans l'Hudson River et son corps n'a pas encore été retrouvé. Les recherches reprendront au lever du jour. Pour toute information ou témoignage susceptible d'aider les enquêteurs, veuillez contacter la police de New York.

Le communiqué s'accompagnait de l'habituel numéro 1-800 et du site web du NYPD. Darrell et Vanessa ne croyaient plus aux miracles depuis la chute de leurs premières dents de lait. Une chape de plomb s'abattit sur eux.

Le lieutenant Maverick Jenrette du Hoboken Police Department déambulait au bord de l'Hudson River, une centaine de mètres en contrebas du ponton d'accostage des bateaux en partance pour Manhattan. L'inspecteur de police new-yorkais Dickinson venait de le rejoindre. Spontanément, au-delà des éternelles rivalités interservices, le courant ne passa pas entre les deux hommes. D'entrée, Dickinson se montra agressif et hautain. Son énorme pansement sur le nez lui aurait plutôt donné un aspect clownesque. Le boss de Jenrette lui avait demandé de collaborer avec le New-Yorkais sur cette disparition. Il n'avait pas trop compris pourquoi de prime abord. Puis, en apprenant l'identité du disparu, les choses s'éclaircirent. Le dossier le dépassait : un ancien trader en fuite après avoir assassiné sa compagne et le patron de celle-ci il y a trois jours, à Brooklyn.

Jenrette demanda à son confrère un peu naïvement :

– Vous en pensez quoi ?

Dickinson lui répondit d'une voix nasillarde à cause de son nez cassé :

– Il savait que si on l'arrêtait, il en prenait pour trente ans. Il a tenté le tout pour le tout. Fin de l'histoire.

Maverick Jenrette dissimula un demi-sourire derrière sa main. Avec la sonorité de sa voix, Dickinson donna l'impression de dire « le doute pour le doute ». Le flic d'Hoboken le questionna spontanément :

– Pourquoi vous êtes là, alors ?

– Pour m'assurer que ce type soit bien mort... pour que je puisse boucler mon dossier, répondit-il agacé, tout en sortant un carnet de notes qu'il commença à feuilleter nerveusement.

– Vous cherchez quelque chose dans vos notes ?

– Oui, je veux voir si Kelcey a suivi un entraînement spécial à l'armée qui lui aurait permis de s'en sortir mieux qu'un autre.

– Mmmh, acquiesça Maverick en jetant machinalement un coup œil au calepin du New-Yorkais.

Un mot attira son regard : Narragan. Le nom qui correspondait au logo retrouvé dans la cave de ce type carbonisé. Par quel hasard figurait-il sur le carnet de ce flic désagréable qui aurait fait un modèle parfait pour un documentaire sur la corruption policière dans la ville de New York ? Son instinct lui intima de se taire, et surtout de se méfier. Il s'éloigna en longeant le bord de l'eau au cas où l'Hudson rendrait le cadavre de Tom Kelcey. Il redoubla d'attention à la recherche du moindre indice. Le trader fugitif n'était peut-être pas complètement mort au fond de l'eau...

Une centaine de mètres plus bas, un détail attira son attention. Alors qu'une petite bande de terre s'avançait dans la rivière, il distingua des touffes d'herbes hautes piétinées sur plusieurs mètres. Ou plutôt aplaties comme si on s'était couché dessus. Non ! Comme si on avait rampé pour se dissimuler – ou trop exténué pour sortir de l'eau sur ses deux jambes. Des explications tout à fait acceptables après un bain forcé au milieu d'une nuit de novembre.

Jenrette commença sérieusement à douter des premières conclusions policières. Ce type qui avait sauté à l'eau s'en était peut-être sorti. Par quel miracle ? Il n'en savait rien, mais son instinct de flic de banlieue lui donna l'ordre de garder ses doutes pour lui. L'autre imbécile du NYPD paraissait bien plus préoccupé par son smartphone que par sa propre enquête. Jenrette se dirigea vers lui en omettant de faire allusion à sa découverte. Il décida de noyer le poisson :

– Il vous est arrivé quoi au nez ?

Dickinson le toisa avec des yeux injectés de sang et lui répondit de sa plus belle voix de canard :

– Qu'est-ce que ça peut vous faire ?

Jenrette ne poussa pas plus loin ses investigations. Il fourragea dans son manteau pour sortir une carte de visite. Il la tendit à Dickinson en s'affirmant prêt à collaborer à tout moment. Il n'en pensait pas un mot. Dickinson n'était d'ailleurs pas dupe.

Au même moment, dans le chalet de Tom Kelcey, au milieu des bois de Bennington, c'est la consternation qui régnait. DC, Bill, Lamar et Vanessa se refusaient à accepter l'inéluctable, mais comment survivre à un séjour prolongé dans des eaux si froides ?

Bill, prostré, n'avait plus les armes pour lutter contre toutes ces morts autour de lui. Affalé dans un fauteuil, le regard perdu, il semblait attendre sa propre mort. N'était-il pas le suivant sur la liste de ceux qui les poursuivaient ?

Vanessa se tenait contre l'îlot central de la cuisine, incapable d'avaler une goutte de café. Elle observait Lamar en train d'essayer de convaincre DC qu'il n'y était pour rien, que ça n'aurait servi à rien de suivre Tom à la recherche des documents de Malagacchi.

Soudain, les quatre compagnons de galère entendirent le bruit d'un moteur. Une voiture s'approchait du chalet. Résignés, ils n'avaient pas l'air prêts à affronter qui que ce soit, encore moins à se lancer dans une fuite si la police débarquait. Lorsque le Ford Raptor apparut derrière la baie vitrée, personne n'en crut ses yeux. Tom en sortit comme un spectre, couvert de boue. Il se précipita pour franchir les quelques mètres qui le séparaient de l'entrée du chalet. La pluie continuait de tomber. Il avait eu sa dose d'humidité.

– Quelqu'un est mort ? Que se passe-t-il ? demanda-t-il en ouvrant la porte.

Après une douche brûlante amplement méritée, Tom s'accorda un double whisky, un Monkey Shoulder, histoire de rétablir sa circulation sanguine. Il raconta alors sobrement son périple, comment il avait perdu connaissance après une vingtaine de mètres en apnée. Par chance, le courant l'avait ramené sur la berge. Dans une semi-conscience, il avait réussi à ramper sur la terre ferme. Il avait attendu quelques minutes pour retrouver ses esprits et se glisser dans le Raptor où il avait poussé le chauffage à fond. En temps normal, il considérait le siège chauffant comme un gadget. Pour une fois, il l'avait rentabilisé au maximum.

Il conclut avec un immense sourire :

– Bref, je suis vivant et je vous ai même rapporté un petit souvenir de New York ! Non, pas une statue de la Liberté en plastique *made in China*, ajouta-t-il en tendant la clé USB qui avait l'air d'avoir survécu à son bain glacé.

C'est en tous les cas ce que Tom espérait. Darrell la lui arracha pratiquement des mains et s'empressa de retourner à son ordinateur pour essayer de découvrir les petits et grands secrets de Malagacchi. Vu le soin qu'il avait porté à dissimuler ses documents, DC 2.0 se disait que ça devait en valoir la peine ! Alors que l'informaticien disparaissait dans la pièce d'à côté, Tom reprit la conversation comme si de rien n'était :

– Et vous ? Quoi de neuf de votre côté ?

Bill, qui récupérait à peine du stress subi lors des dernières heures, lui répondit sur un ton bougon :

– La prochaine fois, ce serait pas mal que tu nous préviennes quand tu pars dans ce genre d'aventure. Nous sommes tous dans le même bateau. Je te rappelle que t'es trader depuis deux ans et que tes années dans les Navy SEALs sont derrière toi !

– Je n'étais pas dans les Navy SEALs, sinon je serais encore en train de faire des longueurs dans l'Hudson River pour le plaisir. Et pour ma défense, je pensais être de retour pour le petit déjeuner et vous faire des pancakes.

Le fait que Tom prenne tout à la plaisanterie avait tendance à désarmer ses camarades, qui venaient de passer du deuil à une forme d'euphorie.

– En tout cas, Darrell n'a pas chômé. Il a trouvé la prochaine cible qui va être shortée, et qui, comme par hasard, plongera en bourse, annonça Lamar.

– Et tu as fait comment, DC ? demanda Tom.

Darrell lui expliqua que le mérite en revenait à Bill. Il avait eu l'idée de scanner le marché pour repérer les cycles de ventes similaires, puisqu'il semblait que les comploteurs n'avaient pas brouillé les cartes de ce côté-là. DC avait alors écrit un petit programme pour analyser les données fournies par les marchés. Il avait fini par trouver une société victime des mêmes mouvements vendeurs depuis quelques jours.

– Et donc ? Qui est l'heureux élu ? le coupa Tom, trop impatient.

– Lockenstone Pharmaceuticals, répondit Bill laconiquement.

– Hum, je connais, j'ai déjà traité des titres de cette boîte. Ils sont spécialisés dans les maladies orphelines. Ils développent des médicaments hors de prix pour maintenir en vie des gens en bout de course. Je ne peux pas dire que je sois un grand fan de leur *business model*, mais ça fonctionne. La boîte est très appréciée sur les marchés.

Ses réflexes de trader reprenaient le dessus.

– Et tu penses qu'il va leur arriver quoi pour plonger en Bourse ? demanda Bill.

– Euh, là tout de suite, j'en sais rien. Mais vu les méthodes employées par le passé, l'incendie ou l'assassinat paraît plausible… à moins qu'ils aient une approbation en attente pour un nouveau médicament auprès de la FDA et que nos amis aient les moyens de tout faire capoter. Ce qui pourrait clairement les mettre en difficulté…

Darrell lui coupa la parole :

– Je penche pour l'assassinat multiple.

– Tu prends un pari ou tu as des infos que nous n'avons pas ? intervint Vanessa.

– Un peu des deux. Je vois que Malagacchi s'est offert une jolie police d'assurance. Elle ne lui a pas servi à grand-chose, mais elle est bourrée de renseignements passionnants.

Puis, après un bref silence, Darrell continua :

– Sa clé USB est un véritable confessionnal et il semble avoir pris soin de consigner tout ce qu'il savait. Pas sûr que ses employeurs vont apprécier…

Vanessa le coupa au milieu de sa phrase.

– Tu ne veux pas aller droit au but ? s'exclama-t-elle. Elle nous mène où, cette clé USB ? Qu'est-ce qu'il raconte le barbouze ?

DC s'offrit un tour complet sur sa chaise pour ménager ses effets. Après avoir inspiré profondément, il se lança dans ses révélations :

– Tout d'abord, je n'ai jeté qu'un bref coup d'œil. Mais Malagacchi a construit une espèce d'organigramme qu'il a dû monter en fouillant dans les serveurs de ses employeurs.

Darrel fit une nouvelle pause puis ajouta :

– Ce n'est pas très respectueux du code du travail qui régit les rapports employés-employeurs, mais notre ex-agent de la CIA devait supposer qu'il y avait quelque chose de pas net dans ce qu'on lui demandait de faire. Il est vrai qu'il n'y avait pas besoin d'avoir un diplôme en physique nucléaire pour s'en douter.

– Et tu as déjà des conclusions ? demanda Tom.

L'ancien soldat resta silencieux pendant quelques secondes qui semblèrent une éternité, après quoi il reprit tranquillement :

– Une partie de la clé est accessible sans problème. Mais il y a une zone qui réclame un accès chiffré…

– Tu penses que tu peux y accéder ? le coupa Kelcey.

DC lui lança un regard qui se voulait outré :

– Tom, c'est à moi que tu parles, fit-il en souriant. Il va juste me falloir un peu de temps pour ouvrir la boîte de Pandore sans déclencher un mystérieux compte à rebours qui effacerait toutes les données.

– OK, OK. Prends ton temps. Je crois que j'ai besoin de boire quelque chose de chaud et de très fort pour permettre à mon sang de circuler à nouveau normalement. Dis-moi si tu as besoin de quoi que ce soit ou si l'on peut t'aider.

DC exécuta un demi-tour sur sa chaise en levant les pouces pendant que les autres se dirigeaient vers la cuisine pour le laisser tranquille.

Une fois seul, Darrell se frotta les mains devant la fenêtre qui clignotait au milieu de son écran. Par où commencer ? Il ne savait pas quel mécanisme de défense se cachait à l'intérieur de cette clé USB, mais il n'avait pas le droit à l'erreur, sous peine de voir s'envoler en fumée de précieuses données. Il commença tout d'abord par reprendre ce qu'il avait trouvé sur Malagacchi et essaya de se mettre dans l'état d'esprit de ce gars, histoire d'envisager ses clés de codage. Avant toute chose, Darrell devait essayer un mot de passe stupide. Sur le clavier, il tapa donc la date de naissance de Malagacchi. Bien entendu, le système lui refusa l'accès tout en lui précisant qu'il lui restait deux tentatives avant destruction des données. Malagacchi ne plaisantait pas, pensa-t-il en regardant brièvement le plafond. Il allait devoir sortir le grand jeu.

Pendant que DC se lançait dans son opération de hacking, Tom se hissa sur un des tabourets du bar de la cuisine. Il avait l'impression d'avoir vieilli de dix ans en quelques heures. La fatigue, le stress et la proximité de la mort lui avaient vidé une bonne partie de ses batteries, sans compter les courbatures et les douleurs à droite à gauche. L'ancien combattant qu'il était connaissait bien ces sensations de retour de mission. L'envie de dormir des heures et d'oublier le sang, la poussière, le sable et le sifflement des balles autour lui. Sauf que cette fois, c'étaient l'eau et le froid.

Alors qu'il se prenait la tête entre les mains pour essayer de se reprendre, il sentit une présence dans son dos.

– Tu vas bien ?

Vanessa venait de lui poser une main sur l'épaule. Le contact de la paume de la jeune femme lui fit un bien fou. Il ne répondit pas immédiatement et profita de l'instant. Puis, finalement, il lâcha du bout des lèvres :

– Oui, merci. Ça va... je suis juste vidé. Je crois que je ne suis plus fait pour ce genre d'exercices, répondit-il en la regardant du coin de l'œil.

– Tu n'as pas cent quatorze ans non plus, lui rétorqua la jeune femme en riant.

– Tu me rassures, pendant un instant, j'avais cru que tu t'inquiétais pour moi. Mais je vois avec plaisir que je suis toujours ton souffre-douleur !

– Souffre-douleur, souffre-douleur... Vous vous victimisez un peu trop, mon lieutenant, dit-elle en souriant. Puis elle se rapprocha encore un peu plus et lui murumura à l'oreille :

– Et pour info, je m'inquiète pour toi. Je ne veux pas que tu meures bêtement

Kelcey se retourna brusquement de trois quarts sur sa chaise pour aligner son visage sur celui de la jeune femme, à quelques centimètres. Vanessa se fendit d'un immense sourire avant de partir en direction du salon en balançant ses hanches de façon exagérée.

Darrell était assis les bras croisés devant son écran. Le regard pensif et les yeux dans le vague. Vanessa lui demanda sans autre forme d'introduction :

– Alors, Bill Gates, ça avance ?

DC sursauta :

– Tu m'as fait peur... ! Oui, ça avance. J'ai lancé un programme de ma fabrication pour essayer de passer par la porte arrière de cette foutue clé. Mais ça prend un peu de temps. Disons que c'est comme quand tu joues en Bourse. C'est cinquante-cinquante.

Si j'ai bien compris la manière de penser de Malagacchi, il a dû mettre un mot de passe pour attirer le chaland, mais je crois qu'en fait, il a laissé la porte de derrière ouverte. Il suffit juste de trouver le plan du quartier pour y accéder. Et c'est ce que le programme que j'ai bricolé est en train de faire.

Pendant que l'informaticien terminait ses explications, Lamar et Bill pénétrèrent dans la pièce. L'écran du portable de DC se mit à clignoter et la fenêtre du mot de passe disparut pour laisser place à un message en caractères gras :

CONTENU EFFACÉ À 100 %

Un vent glacial traversa la pièce, même si le feu crépitait toujours dans la cheminée.

Dans son bureau de Hoboken, Maverick Jenrette triturait le sachet qui contenait un bout de papier carbonisé avec le logo de Narragan encore apparent. Depuis le début, cette histoire ne lui revenait pas. Comme si on lui donnait un puzzle à réaliser sans lui fournir la photo orginale. Comme s'il lui manquait des pièces. Il avait l'impression qu'on lui cachait quelque chose.

Et puis, ce type qui venait se jeter dans la gueule du loup alors que toutes les polices étaient à ses trousses ? Pourquoi risquer sa vie aussi bêtement ? Et comme par hasard, on ne retrouvait pas son corps… Jenrette avait l'impression d'être au milieu du désert et en panne d'essence.

Il se demanda vers qui Tom Kelcey pourrait bien se tourner. La question pouvait paraître idiote, mais quand vous n'avez plus de soutien nulle part, que vos parents sont morts, que votre frère est mort et que vos amis ont disparu, que reste-t-il ? Le flic se frappa violemment le front avec le plat de la main et cria :

– Ses frères d'armes !!!

Son collègue d'en face, qui somnolait sur sa chaise, sursauta et faillit tomber au sol.

Maverick entra son mot de passe sur son terminal et accéda à la base de données du personnel militaire. Il essaya de trouver qui avait servi avec Tom Kelcey en Afghanistan et qui serait susceptible de l'aider encore aujourd'hui.

À l'abri dans leur refuge, Tom et ses compagnons d'infortune tentaient de digérer la destruction des données contenues dans la clé USB. Darrell se sentait misérable, même si personne ne lui avait fait le moindre reproche. Tom rentrait et sortait sans cesse de la maison, comme si cela allait le calmer et lui apporter la solution. Impuissante, Vanessa l'observait. L'ancien soldat semblait tellement tendu qu'on aurait dit qu'il allait exploser. Dans un silence glacial, Lamar fixait l'écran de Darrell, un pop-up venait d'apparaître en haut à droite. La fenêtre clignotait et refusait de s'en aller.

– Darrell, c'est quoi ce truc qui clignote sur ton écran ? fit Lamar.

DC leva brusquement la tête et s'empara de sa souris pour cliquer sur l'intrus. Un site s'ouvrit immédiatement et le jeune informaticien le survola du regard en une fraction de seconde. Il se retourna en direction de Tom.

– Lieutenant, on a un problème.

– On n'en n'a pas qu'un !

Kelcey se lançait dans l'ironie. Ce qui était toujours mieux que le désespoir.

– Non, je suis sérieux. Il y a un flic à Hoboken en train de fouiller dans mon dossier militaire à l'instant où on se parle. Ça veut dire qu'ils se rapprochent.

– Merde, fit Tom. Comment tu sais ça ?

– Pour savoir si quelqu'un s'intéresse à moi, j'ai placé un mouchard sur le site de l'armée. Dès que l'on consulte mon dossier auprès de l'oncle Sam, ça me prévient.

Tom essaya de temporiser :

– Oui, bon. C'est pas parce qu'ils savent qu'on a bossé ensemble qu'ils vont nous retrouver. On a encore de la marge et un peu d'avance… et…

Darrell l'interrompit sans aucun ménagement.

– BORDEL ! Je sais. J'ai compris !!! hurla-t-il.

Puis il commença à taper frénétiquement sur son clavier. Plus personne n'osait parler ni poser la moindre question. Les écrans défilaient tour à tour devant leurs yeux. Bill crut apercevoir les logos de la CIA, du FBI, de la NSA… À chaque fois, Darrell passait au travers comme s'il se débattait dans la course-poursuite d'un jeu en ligne. Puis il sursauta, repoussa sa chaise qui se crasha dans son dos et leva les bras :

– Je l'ai ! Je l'ai trouvé !

Après quelques secondes de pause, Darrell expliqua à ses compagnons :

– Quand j'ai vu qu'on fouillait mon dossier militaire, je me suis dit que Malagacchi pouvait très bien avoir fait la même chose. Un informaticien fait toujours des *back-up*, cette clé ne pouvait pas être unique. J'ai songé qu'il pouvait avoir planqué ses précieux fichiers là où il avait travaillé. Et qui de mieux placé qu'un ancien technicien de la CIA pour aller planquer des documents à la CIA ?

– Tu veux nous faire croire que ce mec a pénétré les serveurs de la CIA pour y fourrer un double de sa clé USB ? demanda Lamar, incrédule. Et toi, en cinq minutes, tu as pénétré les serveurs de cette même CIA pour retrouver sa trace ?

Darrell fit un geste de dénégation de la main.

– Aucun exploit là-dedans ! Si tu sais où chercher, tu trouves. Quant à entrer dans les serveurs de la CIA, si tu as le niveau… C'est presque aussi facile que de gagner au morpion quand c'est toi qui commences. En ce qui me concerne, je stocke pas mal de dossiers personnels sur les serveurs de l'armée. Et ils ne savent même pas que c'est là. Donnez-moi deux minutes et je vous rapporte le contenu de la clé.

Les « deux minutes » de DC 2.0 se transformèrent en plus d'une heure. Maintenant, il se tenait face à ses compagnons pour leur expliquer ses découvertes.

– Il y a des noms de sociétés, des noms de gens visiblement impliqués dans cette histoire, mais il y en a un qui ressort visiblement tout en haut de la hiérarchie : un certain Carson Saunders.

Ce nom ne fit pas réagir chacun de la même manière. C'est surtout dans le monde de la finance que cela résonnait, à en croire les expressions des trois collègues traders.

Tom, Lamar et Bill se regardèrent tour à tour, et le patron s'exclama :

– LE Carson Saunders ???

Un nom bien connu au-delà même des cercles financiers, et pas forcément pour de bonnes raisons. Le grand public avait entendu parler de ce gérant de *hedge funds* au fait de son apogée voilà déjà quelques années. Un type d'une arrogance rare, mais un trader de génie. Il ne supportait pas de perdre. Rien qu'à l'idée d'être en négatif sur une transaction, Carson Saunders devenait fou. Les rumeurs les plus folles circulaient sur son compte à Wall Street. Il aurait ainsi tabassé un de ses employés à coups de clavier. Son tort : lui avoir fait perdre de l'argent.

Mais il devait sa célébrité à une affaire crapuleuse : le *hedge fund manager* avait monté un club d'investisseurs mieux informés que tout le monde. Le principe en était simple : vous disposiez d'informations confidentielles susceptibles de faire bouger les marchés ou une action en particulier, il vous suffisait de la communiquer au cercle des initiés géré par Saunders. En échange, les autres membres partageaient leurs propres informations privilégiées. Saunders avait tout simplement industrialisé le délit d'initié. Son petit jeu avait duré des années avant que le FBI et les autorités boursières américaines décident de fourrer leur nez dedans.

Après des mois d'écoutes téléphoniques et de filatures sans fin, les fédéraux avaient trouvé de quoi le faire tomber. La SEC avait fondu sur lui sans aucun ménagement. Résultat : un bannissement à vie des marchés financiers aux États-Unis. Plus le droit de passer le moindre ordre en Bourse, encore moins de constituer une organisation financière ou de gérer de l'argent pour une tierce personne. Il n'avait conservé sa liberté que grâce à sa fortune colossale qui lui avait permis de payer cash une amende monstrueuse. Un montant si exorbitant qu'il aurait presque pu éradiquer la faim dans le monde.

Malgré l'amende qui se chiffrait en milliards, l'homme s'était retrouvé milliardaire et désœuvré à quarante-quatre ans. Surtout revanchard et plein de frustration. Si Darrell avait vu juste, Saunders avait peut-être décidé de passer à la vitesse supérieure, du crime en col blanc au crime tout court.

– Qu'est-ce que tu as sur cette histoire, Darrell ? demanda Bill.

– Tout n'est pas très clair, mais si j'en crois les notes de Riccardo Malagacchi, le cerveau derrière toute cette histoire, c'est Saunders. Il ne le mentionne pas clairement, mais dans les esquisses d'organigrammes laissées sur la clé USB, cela paraît assez convaincant. Il serait le commanditaire de la destruction des données de Narragan Biosciences, mais aussi de plusieurs autres coups du même acabit, en lien avec quatre autres sociétés qui apparaissent dans cette affaire. Il y a toute une liste de personnes qui pourraient être impliquées, mais il me faut plus de temps pour défaire ce sac de nœuds. Par contre, Malagacchi cite également un contact chargé de lui fournir le matériel informatique et de lui donner les instructions. Il ne mentionne pas de nom, mais une description. Un type toujours habillé en noir, assez grand, qui avait l'aspect d'un commando. Au vu du rapport du légiste, ça pourrait être son meurtrier, même si je n'ai aucune preuve.

Tom et Vanessa se regardèrent en coin. La description que faisait Malagacchi de son contact correspondait assez bien à l'agresseur du *Chart Room*. Un homme qui devait maintenant avoir un gros hématome sur l'arrière du crâne.

Darrell ajouta :

– Quand on voit comment Malagacchi a terminé sa carrière, j'imagine que Saunders et ses amis ont dû se rendre compte de sa petite enquête. Quand on engage des informaticiens de ce niveau, on a forcément des *back-up* qui doivent surveiller ses faits et gestes. Il a joué avec le feu. Il a perdu.

Plus personne ne parlait. On avait le sentiment que chacun des protagonistes digérerait l'avalanche d'informations qu'il venait d'apprendre.

Après plusieurs jours de cavale et d'angoisse jointes à l'impression de se battre contre un ennemi invisible, ils venaient peut-être de mettre un visage et un nom sur leur adversaire. Cette découverte allait leur permettre de contre-attaquer. Enfin, restait à espérer que l'ex-hacker de la CIA avait vu juste. Tom savait trop bien que l'on ne pourrait rien faire sans preuves plus solides pour incriminer Saunders. Sans compter que toutes ces informations avaient été acquises avec des méthodes que l'on qualifierait de « discutables ». En outre, il avait dû frapper des officiers de police new-yorkais pour s'en emparer.

L'ancien officier du corps des Marines ne voulait pas aller trop vite en besogne, mais ce début de piste constituait un pas de géant dans son esprit embrumé par son bain d'eau glacée.

Alors que Tom allait poser une question, Darrell reprit la parole :

– Il y a encore une chose. À plusieurs reprises dans ses notes, Malagacchi émet l'hypothèse que Saunders avait au moins un complice. Mais impossible d'en savoir plus.

Tom hocha la tête comme pour digérer l'info et demanda à Darrell ce qu'il avait sur l'opération concernant Lockenstone Pharmaceutical. Son ami lui donna notamment la liste des cibles supposées : la fondatrice de la société et son responsable de la recherche étaient les deux personnages-clés. Une disparition conjointe aurait des conséquences dramatiques à court terme.

Tom bouillonnait : il commençait à entrevoir une solution pour contrer le plan de Saunders. Pour une fois, il pensait disposer d'un coup d'avance sur ses adversaires, puisqu'ils connaissaient le rythme de leurs opérations, et donc, le moment précis où ils déclencheraient leur attaque pour provoquer la baisse des cours de Lockenstone Pharmaceuticals. D'après ses calculs,

Saunders et ses complices devraient intervenir le 4 décembre, soit dans deux jours.

– Darrell, peux-tu accéder à l'agenda du patron de la boîte et de son chef de la recherche. Doivent-ils se rendre à un événement quelconque le 4 décembre ?

– Je m'y mets tout de suite.

– Bill, pourrais-tu joindre ton copain qui gère un énorme *hedge fund* ?

Tom Kelcey était de retour et son esprit tournait à plein régime.

Callahan répondit d'une façon pessimiste :

– Je ne suis pas sûr qu'il veuille me parler. Je te rappelle que je suis censé être l'assassin de ma femme.

– Essaie tout de même de le contacter ! Explique-lui la situation du mieux que tu peux. Il faut absolument qu'on le rencontre. Et appelle aussi Brandon Walsh pour lui dire que tu dois parler urgemment à Dalmore. Appâte-le ! Dis-lui que tu as trouvé qui se cachait derrière toute cette affaire et que tu ne veux pas aller voir les autorités sans l'approbation de Dalmore.

– Mais il m'a déjà dit qu'il ne savait pas où était Dalmore ! Et pourquoi tu ne le joins pas toi-même, protesta Bill.

– Parce que pour le moment, je suis mort, ne l'oublie pas… C'est une bonne chose que nos adversaires le croient. Et puis, en partant du principe que tes soupçons soient justifiés, que Walsh se soit bel et bien rallié à Saunders, alors au moment où tu lui laisseras entendre que *tu es au courant*, le type va paniquer. Je le connais un peu, il n'a pas un gros caractère. Et vu les plans que j'ai en tête, je n'aurais rien contre le fait qu'ils soient tous un peu déstabilisés. Laisse-le même penser que tu es prêt à le rencontrer et à collaborer…

– D'accord, et c'est quoi la suite ?

– Appelle ton copain *hedgie* et ensuite on battra le rappel. Et là, si vous n'y voyez pas d'inconvénients, je vais me coucher deux heures, ma nuit a été… comment dirais-je, compliquée.

CHAPITRE 23

2 décembre 2021 – 10 h 00 – New Rochelle, New York – USA

L'homme de main de Saunders pénétra dans le massif bâtiment en verre. Il portait un jean et un col roulé noir avec une parka par-dessus qui cachait mal son holster. Il faisait d'ailleurs peu d'efforts pour dissimuler son arme. De plus, sa stature imposante et athlétique dissuadait quiconque de lui chercher des noises, d'autant qu'il avait oublié de sourire depuis des années. Il marchait d'un pas assuré, le téléphone greffé sur l'oreille gauche.

L'agent de sécurité dans le hall d'entrée le reconnut immédiatement et lui ouvrit la porte avec un jovial :

– Bonjour, monsieur Thornton !

Il passa devant le garde sans lui accorder un regard. Thornton n'était pas son vrai nom de toute manière. Il s'engouffra dans l'ascenseur, appuya sur le bouton du troisième étage et coupa sa conversation téléphonique abruptement. Il composa ensuite le numéro de Saunders qui lui répondit après la seconde sonnerie, juste quand il sortait de l'ascenseur. Devant lui se présentait une mini salle de *trading*, avec une douzaine de traders rivés devant des murs d'écrans à observer les marchés, alors que CNBC tournait en bruit de fond. Chose surprenante, aucun téléphone ne sonnait. Et pour cause, il n'y en avait pas. Tout se faisait par mails sécurisé. Les traders exécutaient leurs ordres sans se poser de questions, ils n'avaient droit à aucun contact avec l'extérieur durant la journée. Leurs portables personnels restaient stockés dans un coffre à l'entrée, en bas du bâtiment. Mais ces règles draconiennes ne s'appliquaient pas à Thornton.

Il fit part à Saunders de sa conversation téléphonique avec l'inspecteur Dickinson. Rien de bien neuf, le corps de Tom Kelcey manquait toujours à l'appel. Ni mort ni vif, donc. Selon Dickinson, les courants capricieux de l'Hudson rendraient un jour ou l'autre le corps du trader qui avait coulé à pic.

– Pourvu que cet imbécile de flic ne se trompe pas, grinça Saunders.

– J'espère aussi, monsieur. Avec le plan en cours, nous devrions rapidement retrouver tous les copains de Kelcey, ajouta l'ex-militaire avec assurance.

– Vous avez des nouvelles à ce propos ?

– J'y travaille, mais vu l'heure en Californie, c'est encore un peu tôt.

– Tenez-moi au courant. Ensuite, il faudra se débarrasser de Dickinson au plus vite. Vous vous en chargerez vous-même. Je devrais lancer une nouvelle opération dans les heures qui viennent et je ne veux pas d'interférences. Moins de personnes seront impliquées, mieux ce sera.

– Compris, je fais le point avec les gars ici et je m'occupe du flic ce soir.

Thornton pénétra dans une pièce au bout d'un couloir. Une vaste salle de conférence transformée en PC opérationnel. Aux murs : des cartes d'état-major, des photos d'identité de Bill Callahan, Tom Kelcey, Lamar Loggins et Vanessa Hartmann. En revanche ne figurait qu'un cliché flou de celui qui se faisait appeler DC 2.0. Ce gars était une véritable anguille, totalement insaisissable sur le Web. Au fond de la pièce trônaient un immense canapé, une télévision dernier cri et une grande table autour de laquelle trois de ses hommes prenaient leur café.

– Bonjour, boss, lui lança un des « frères jumeaux » semés par Kelcey dans le métro.

– Bonjour, boss, renchérirent les deux autres.

– Des nouvelles ? demanda sèchement l'ancien militaire.

Le premier se racla la gorge avant de répondre :

– D'après les mecs de l'informatique, les téléphones jetables utilisés se connectent toujours dans un rayon de cinquante kilomètres autour d'une antenne dans la région d'Albany.

– Ça nous fait une belle jambe, la surface à fouiller est bien trop grande ! On n'aura pas fini avant 2050. Cherchez encore. Et nos amis en Californie ? Des nouvelles ?

– Ils doivent prendre contact avec la cible vers 17 h, heure de chez nous.

– Quelqu'un peut me préparer un café ? On va faire le point sur ce qu'on a à effectuer dans les trois prochains jours. L'opération Lockenstone devrait se boucler bientôt, on aura besoin de nous pour le dernier coup de pouce. Vous avez tous acheté des *puts* ou vous n'avez toujours pas compris ce que c'était ? fit-il d'un ton sarcastique.

Ses hommes le regardèrent comme un extraterrestre. Les *puts* sont des instruments financiers qui permettent de gagner de l'argent quand un titre baisse. Pas très intuitif, il faut en convenir, le commun des mortels a tendance à ne pas saisir le concept. Le faux M. Thornton prenait un malin plaisir à conserver ses hommes dans l'ignorance. Le privilège du grade, à moins que cela ne soit simplement du mépris.

Dans son bureau transformé en salle de conférence, Saunders relisait les documents de synthèse sur la mise au point d'un réseau complexe de sociétés-écrans. Grâce à toutes ces entreprises, le plan suivi depuis quelques mois allait atteindre une échelle industrielle. Les diverses sociétés-écrans seraient directement pilotées par Brodman & Zimmermann et juridiquement considérées comme des clients. Les traders pourraient ainsi traiter en leurs noms en toute tranquillité.

L'opération que Saunders et le Conseil s'apprêtaient à lancer dégagerait des milliards de profit par transaction. Les gains générés seraient multipliés par sept ou huit avec Brodman & Zimmermann dans le rôle d'exécutant et les sociétés-écrans dans celui de bénéficiaires. Une banque classique régulée, ou une société d'investissements, qui exécute des centaines de transactions par minute serait bien moins exposée que des comptes individuels. Le concept de l'arbre qui cache la forêt : allez trouver une opération frauduleuse dans les millions d'ordres traités quotidiennement par une banque classique. En revanche, un compte suspect passera moins facilement sous les radars, les autorités financières n'auront aucun problème à remonter la trace du coupable. Plus tard, les gains atterriraient sur des centaines de comptes, eux-mêmes transférés vers d'autres comptes, pour terminer dans leur coffre-fort personnel. En quelques mois, Saunders et ses associés pourraient se constituer une fortune colossale.

Tout cela au nez et à la barbe de la SEC, paralysée de l'intérieur. Les risques provenaient essentiellement de l'IRS[13] et de la FED[14], mais aussi du FBI. De fait, la plupart des acronymes gouvernementaux pouvaient être sources d'ennuis.

Saunders savourait ces complexes montages exposés dans les documents étalés sur son bureau. Un sentiment de toute puissance l'habitait… Il regrettait juste de devoir rester dans l'ombre, de ne pas pouvoir exposer à la face du monde la flamboyance de son esprit. À l'apogée de sa gloire, avant son bannissement, il n'aimait rient tant que de se pavaner sous les feux des projecteurs. Il avait conservé toutes les unes de journaux où on le désignait comme le Mozart ou l'avenir de la finance américaine. Il n'avait rien conservé concernant sa déchéance et les procès infamants.

Tom faisait les cent pas sur la terrasse de son chalet. Il s'était mis à l'écart pour réfléchir au grand air. Bill, lui, arpentait

13. Fisc américain.

14. Réserve fédérale américaine, autrement dit la banque centrale du pays, qui régule les taux d'intérêt et surveille les flux financiers internationaux.

l'immense clairière en pleine conversation téléphonique, visiblement tendu. Il espérait décrocher un rendez-vous auprès de son ami gestionnaire de *hedge funds* dans le Connecticut, probablement leur unique chance de contrer Saunders sur son propre terrain. L'ami d'hier ne semblait pas goûter les explications de Callahan le meurtrier.

– Tu acceptes ma compagnie, soldat ? demanda Vanessa sur un ton mutin.

– Avec plaisir, capitaine.

Tom grimaça quelque peu, ce qui n'échappa pas à la jeune pilote :

– Tu as mal quelque part ?

– Pas particulièrement, mais après mon bain, je me sens tout ankylosé. La machine a un peu de mal à repartir. Je me verrais bien dormir pendant deux jours.

– Peut-être que c'est ce que tu devrais faire !

– Ce n'est pas le moment, maintenant que nous avons un semblant d'avance sur nos adversaires. C'est l'occasion d'en profiter, réagit-il en s'étirant les jambes.

– Je pourrai peut-être vous aider, mais il faudrait me mettre au parfum ! Je suis à l'aise avec les avions et les hélicoptères, par contre, vos histoires de spéculation et de *trading* m'échappent un peu.

Sous le charme d'une telle spontanéité, Tom lui offrit un large sourire et se perdit quelques instants dans ses profonds yeux verts.

– Si tu me laisses quelques heures, je vais tout t'expliquer. Il me reste encore deux-trois choses à vérifier. Ensuite, je t'accorderai l'exclusivité.

Elle soupira dans une moue espiègle.

– Quand nous nous sommes rencontrés, tu avais semblé me faire confiance tout de suite. Depuis que tu es revenu d'Hoboken, tu t'es sacrément replié sur toi-même. Tu ne partages plus grand-chose…

– C'est là que tu te trompes. Il se trouve que je déteste jouer au chat et à la souris, surtout quand je suis la souris. J'ai la possibilité de devenir le chat, je ne veux pas louper le coche ! Toutes les pièces du puzzle ne sont pas encore en place. Alors avant de montrer mon jeu, je veux être certain que tout peut fonctionner. Ça n'a strictement rien à voir avec la confiance que j'ai en toi, bien au contraire. C'est plutôt du respect et l'envie de ne pas dire n'importe quoi tant que je ne suis sûr de rien.

– Si tu le dis… mais ne me fais pas trop languir, glissa-t-elle dans une tonalité pleine de sous-entendus.

Tom observa la forêt où un éclat de lumière venait d'attirer son attention. Il fixa un moment une zone d'une centaine de mètres carrés, mais plus rien ne bougeait. Les épicéas ondulaient paisiblement sous l'effet de la bise.

– Tu as vu un fantôme ?

Il se retourna avec un sourire énigmatique et lui souffla :

– Non, plutôt un ange gardien…

Puis il rentra dans le chalet.

L'agent de sécurité d'Hampton Security avait fini par revenir. N'ayant aucune nouvelle du propriétaire de l'immense bâtisse de Westhampton Beach, son employeur avait mis en route la procédure, et il se trouvait désormais devant le gigantesque portail accompagné d'un des adjoints du shérif de la ville.

Celui-ci, un type bedonnant qui ne souriait jamais, l'acteur idéal pour une publicité vantant un anti-dépresseur, essaya de contacter l'intérieur de l'enceinte. L'interphone resta muet. Le flic composa alors la ligne directe du propriétaire – un dénommé Jason Dalmore – et, là encore, l'appel resta sans réponse. Il se retourna vers l'employé d'Hampton Security et lui demanda d'un ton las :

– Elle dit quoi la procédure ?

On sentait qu'il n'avait pas envie d'être là. Son désintérêt transpirait par tous les pores de sa peau.

Le type de la sécurité fouilla dans son iPad puis déclara solennellement :

– *En l'absence de réponse de la part du propriétaire ou de ses employés, nous sommes autorisés à entrer pour vérifier si tout va bien. Un code d'entrée de secours est joint au contrat,* ajouta-t-il.

L'adjoint tendit la main pour obtenir le code et s'approcha du clavier. Dans les secondes qui suivirent, l'immense porte s'ouvrit lentement et ils pénétrèrent à l'intérieur de la propriété avec leurs deux véhicules. La Ford du policier ouvrait la route.

En voyant Tom pénétrer dans le salon, Darrell s'avança vers lui.

– Je peux te parler deux minutes ?

– Tu as trouvé quelque chose ?

– Oui, j'ai accédé aux agendas des pontes de Lockenstone Pharma. Un gros événement aura lieu sur un bateau, dans la baie de Boston, le soir du 4 décembre. Apparemment, la boss de la boîte, Mallory Walters, invite tout son management sur son yacht. Il y aura son conseil d'administration, les grands noms de la recherche et les responsables financiers.

– C'est donc ça ! Saunders et ses sbires vont s'en prendre au bateau… Quoi de mieux que de se débarrasser de la totalité du *top management* d'une société pour la faire dévisser en Bourse ! Il faut absolument parler à cette Mallory Walters au plus vite…

DC posa une main sur l'avant-bras de Tom, comme pour le mettre en garde :

– Ça ne va pas être simple ! Comment veux-tu qu'elle t'écoute ? Tu vas arriver vers elle en lui disant : « Bonjour, madame, je suis recherché pour meurtre. Je suis venu vous prévenir qu'on va vous tuer le 4 décembre au soir » ?

– Qui ne tente rien n'a rien… ! Le but, c'est surtout d'éviter un massacre.

– Et si elle était de mèche avec Saunders, comme le patron de Narragan ?

– Je n'y avais pas pensé ! Tu as raison, DC, c'est possible, mais pas certain. En tout cas, il faut essayer de la joindre. Tu as dit que tu avais accès à son agenda ? Est-ce que tu sais où elle sera, ce soir ?

DC pianota un instant sur son clavier.

– Apparemment chez elle, dans sa maison de Salem.

– OK, donne-moi ses coordonnées.

DC prit un stylo et griffonna des chiffres sur un bout de papier.

– Quelle efficacité !

– C'est pour ça que tu es venu me chercher en jet privé jusqu'à Seattle, lâcha-t-il avec un sourire exposant sa denture parfaite. C'est ton retour sur investissement.

Carson Saunders montait en température, comme à chaque fois qu'il se préparait pour la mise à mort d'une société. Il atteignait un état second. Son cerveau se muait en calculatrice : chaque millier de titres vendus à découvert se convertissait instantanément en bénéfices lorsqu'il plongeait de plusieurs dizaines de pourcents.

Au début de sa carrière, il était surexcité à l'idée de gagner de l'argent grâce à ses analyses et ses prévisions. Depuis qu'il manipulait les marchés et décidait de la destinée de certaines sociétés, il évoluait dans une autre dimension. Plus aucune place pour le hasard. Il savait ce que les autres ne savaient pas. Le pouvoir de l'information dans toute sa splendeur, le sentiment de dominer le monde, de faire un gigantesque pied de nez au destin, lui, le banni. De là à se prendre pour un dieu qui décide de tout, il n'y avait qu'un pas…

Carson observait à l'écran l'offre et la demande sur le titre Lockenstone, fasciné par la valse des prix qui apparaissaient et disparaissaient. Pour chaque demande assez conséquente, il introduisait un ordre de vente dans son système et augmentait encore un peu plus sa position à la baisse sur la société pharmaceutique.

Sans aucune retenue… Plus il vendait, plus il accumulerait de millions de dollars dans quelques heures. L'argent appelait l'argent dans des proportions phénoménales, sans aucune incertitude mais de façon tellement jouissive. Saunders en avait oublié la présence de Brandon Walsh qui se balançait d'un pied sur l'autre en attendant que son nouvel employeur daigne s'intéresser à lui.

– Qu'est-ce qu'il y a, Walsh ? Vous avez un truc à dire ? lui lança-t-il.

– Mmmh… Je me demandais si vous n'en faites pas trop en vendant autant de Lockenstone. Vu la situation, je me disais que…

Saunders sauta de sa chaise pour faire face à Brandon Walsh, déjà atteint d'une sudation excessive.

– Vous vous demandez quoi ?

Aussi stressé qu'il fût, Walsh n'en poursuivit pas moins son idée :

– Je… Je me disais qu'avec les meurtres et le fait que l'on ne retrouve pas Kelcey et Callahan, on ferait mieux de ne pas gagner trop gros… Histoire de passer inaperçus. Une fois que tout sera en place, nous aurons largement le temps de nous refaire…

Walsh tremblait de tout son corps, Saunders le terrifiait. Ce type était totalement incontrôlable et il s'en voulait d'avoir donné son avis. Les narines de l'homme en face de lui palpitaient et le rictus dessiné par ses lèvres donnait l'impression qu'il hésitait entre mordre et sourire. Le temps sembla se figer.

– Vous vous… disiez, Walsh ? chuchota-t-il, en s'approchant dangereusement de l'ex-assistant de Dalmore. Écoutez-moi bien ! Il n'y a pas de NOUS, vous êtes un larbin, un type que l'on paie pour ramasser les ordures, les excréments ! Vous n'êtes PERSONNE !

Il prit le temps de retrouver son souffle un instant et reprit encore plus fort :

– C'est moi qui ai monté ce plan ! J'ai passé ma vie devant des écrans à gagner de l'argent pour mes clients ! hurla-t-il en tapant du poing sur son bureau, envoyant les stylos et sa tasse de café au sol.

Puis il continua un ton en dessous :

– Je vais donc faire ce qu'il me paraît bon de faire. Je tiens Lockenstone… par les couilles ! Et je vais la détruire ! Plus je shorterai, plus je gagnerai d'argent et plus j'aurai de pouvoir ! Alors je me fous totalement de votre opinion ! Vous allez me foutre le camp et prier pour que j'arrive à oublier cette conversation, sinon je vous colle Thornton au cul !

Michael Callahan décorait sa maison pour les fêtes de Noël, mais le cœur n'y était pas. Il préservait les apparences pour ses enfants, même s'il ne parvenait pas à se faire à l'inimaginable : l'assassinat de sa mère par son père, trois jours plus tôt. Il avait parlé des heures avec la police qui détenait encore le corps et refusait de le rendre tant que les conclusions ne seraient pas arrêtées. Difficile de faire plus glauque comme préparation de Noël.

Il avait coupé les ponts avec ses parents depuis déjà quelques années. Des embrouilles familiales comme il en existe des millions. Installé en Californie depuis huit ans, il avait refait sa vie en tirant un trait qu'il pensait définitif sur son passé. Depuis sa rencontre avec Jenna, sa femme, sa vie était plus apaisée, plus harmonieuse.

L'arrivée des jumeaux, cinq ans auparavant, avait encore un peu plus scellé l'oubli de sa vie new-yorkaise. La mort accidentelle de sa sœur et le déchirement de ses parents avaient peu à peu disparu de sa mémoire. Jusqu'à il y a trois jours. Sa mère assassinée. Son père en fuite et premier suspect du meurtre, selon l'inspecteur Dickinson. Tous les médias du pays s'en faisaient l'écho, et cette boue télévisuelle tournait en boucle sur les chaînes d'actualités. Même s'il n'était pas un grand adorateur de son père, il avait peine à l'imaginer dans le costume qu'on voulait lui faire endosser. Que ce type qui l'emmenait au zoo le week-end ou au stade de baseball des Yankees dans le Bronx ait pu froidement assassiner sa femme ? Quelque chose clochait.

En sortant les décorations de Noël de l'an dernier, il espérait penser à autre chose, faire diversion. En vain. Et il n'avait toujours pas trouvé le courage d'avouer à Jenna l'horrible drame qui s'était joué sur la côte Est.

– Monsieur Callahan ?

Encore dans ses sombres pensées, Michael sursauta. Il n'avait pas entendu les deux hommes sortir d'une voiture japonaise garée non loin de sa maison. La quarantaine tous les deux, ils arboraient le même look : jeans délavés, bottes militaires et vestes kaki qui semblaient sortir des surplus de l'armée déployée au Vietnam. Une seule chose les distinguait : la couleur de leurs cheveux coupés ras, blonds pour l'un, bruns pour l'autre.

– Oui, c'est moi… C'est à quel sujet ? demanda Michael.

– C'est au sujet de votre père, répliqua le brun.

– Vous êtes de la police ? Si c'est le cas, j'ai déjà parlé à vos collègues de New York, j'ai rendez-vous avec eux dans deux jours. Je m'envole demain après-midi.

– Non, nous ne sommes pas de la police, dit le blond en exhibant le SIG Sauer caché sous sa veste.

D'un geste réflexe certainement nourri de scènes de cinéma, Michael Callahan leva les mains en l'air. Le brun lui aboya dessus :

– Baisse tes mains, imbécile ! Pas besoin de se faire remarquer ! On veut juste que tu appelles ton père et que tu le persuades de te dire où il se cache !

– … Mais son téléphone ne répond plus depuis trois jours, la police de New York m'a dit qu'il avait disparu de la surface de la Terre, protesta-t-il mollement.

Le blond lui tendit un iPhone 12 avec un numéro qui s'affichait.

– Essaie ce numéro ! Et sois convaincant, sinon tu n'auras plus grand monde à convaincre ! On s'occupera de ta charmante femme et de tes jumeaux. En ce moment, ils sont tous les trois au supermarché…

– Ne leur faites pas de mal, cria-t-il d'une voix rendue aiguë par la peur.

– T'inquiète, ça ne dépend que de toi. Tu appelles ton vieux, tu lui expliques la situation et tu lui demandes où il est. On s'en va et on ne reviendra plus jamais.

– Mais vous allez le tuer !

– Probablement, mais c'est lui ou ta gentille famille. Tu as le choix

Michael Callahan, tremblotant, ne se perdit pas dans un long débat intérieur. Son pouce appuya sur l'écran tactile de l'iPhone et l'appareil composa le numéro inconnu.

CHAPITRE 24

2 décembre 2021 – 20 h 15 – Salem, Massachusetts – USA

Mallory Walters reposa le téléphone et se cala dans son fauteuil en cuir. Elle soupira profondément pour essayer de chasser les mauvaises vibrations qui l'envahissaient. Elle respira avec le ventre, comme son prof de yoga le lui expliquait trois fois par semaine. Mais tout de suite, les trucs de relaxation hors de prix ne fonctionnaient pas !

Cette femme de cinquante ans, petite de taille, explosive et généreuse, ne doutait que rarement. Sa réussite professionnelle venait prouver la justesse de ses principes et de ses analyses. Simple ingénieure en biologie moléculaire, elle avait constitué en dix ans un petit empire avec Lockenstone. Son entreprise avait le vent en poupe et proposait de belles avancées thérapeutiques.

Cependant, ce qu'elle venait d'entendre au téléphone l'avait fait vaciller sur ses belles certitudes.

Dans un premier temps, elle avait tenté d'envoyer balader ce « trader fugitif », accusé d'un double meurtre. Mais il fallait admettre que son histoire de spéculation et de manipulation boursière ne pouvait pas être inventée de toutes pièces, dans l'arrière-salle d'un pub irlandais. Mallory avait suivi d'un œil la déconfiture de Narragan Biosciences, et ce que lui avait raconté Tom Kelcey présentait des similitudes troublantes.

Elle resta pensive quelques longues minutes. Devait-elle prendre une décision drastique et ainsi suivre les recommandations de cet inconnu ? Ou bien valait-il mieux se servir un whisky bien tassé avant d'aller se coucher et oublier cette histoire à dormir debout ?

Soudainement, une idée lumineuse s'imposa. Elle se jeta sur son smartphone. Son directeur financier fut surpris par son coup de téléphone si tardif.

– Tout va bien, Mallory ? Ce n'est pas ton genre de m'appeler à une heure pareille.

– Désolée de te déranger, mais j'ai un besoin urgent d'informations sur les titres de la société.

Diplômé d'Harvard en économie, Adrian Wilcox avait travaillé à Wall Street en sortant de l'université. À trente-cinq ans, il avait ensuite éprouvé le besoin de se rapprocher du vrai business, plutôt que de brasser de l'air dans des prévisions boursières qui s'apparentaient plus à du pile ou face qu'à autre chose. Cela faisait six ans qu'il avait quitté la presqu'île de Manhattan. Il avait travaillé chez Goldman Sachs pendant huit ans. Ne disait-on pas « Goldman Sachs un jour, Goldman Sachs toujours » ? Il disposait encore de nombreuses entrées dans le milieu.

Mallory Walters lui expliqua brièvement ses besoins. Wilcox lui promit de la rappeler au plus vite, la situation l'exigeait.

En provenance de New York, Thornton conduisait son Cadillac Escalade sur la route de Boston. Il venait d'avoir une explication radicale et définitive avec Dickinson. Il gardait en mémoire le visage étonné et plein d'incompréhension du flic ripou, lorsque l'air avait commencé à ne plus arriver dans ses poumons. Tout s'était joué en quelques secondes dans l'appartement miteux de l'inspecteur. Dickinson avait peut-être eu le temps de se dire que, finalement, la vie d'agent honnête avait du bon. Comme la possibilité de vivre, par exemple.

Thornton avait encore du pain sur la planche. Il devait s'occuper du yacht de la patronne de Lockenstone Pharmaceutical. Il souriait à l'idée de l'argent qu'il allait engranger par ce coup-là. Saunders le payait grassement pour effectuer ses basses besognes. Et surtout parce qu'il avait compris le concept des *puts*, ces petits produits financiers qui rapportaient gros quand vous saviez à quel moment le titre allait baisser. Son boulot consistait à « créer » les raisons de la baisse, il avait rapidement saisi le principe et son compte en banque avait été multiplié par quatorze. Cette fois, il entrevoyait le jackpot, puisqu'il avait investi la totalité du 1,4 million de dollars sur son compte en *puts* Lockenstone. D'après ses calculs, si le titre perdait cinquante pour cent une fois le management de Lockenstone et l'ensemble de ses cerveaux disparus de la surface du globe, ses *puts* devraient se multiplier par dix – au moins. Il pourrait envisager de prendre sa retraite. Bien informé, c'est plus facile d'investir : le bon vieux principe du délit d'initié. Et lorsqu'on maîtrise soi-même l'information, cela frise la perfection.

Son téléphone vibra dans la poche de sa combinaison de combat. Il glissa les doigts sous le velcro de sa poche de poitrine et saisit l'iPhone. Un message indiquait des coordonnées géographiques :

42° 52' 15.2"N 73° 05' 07.7"O

Et trois mots laconiques : *Kelcey est vivant.*

Il envoya un émoticône d'un pouce levé. Une pratique qu'il jugeait ridicule et enfantine, mais bien pratique au volant. Il composa ensuite le numéro de Saunders en grinçant des dents à l'idée que Kelcey soit encore vivant. Mi-énervé de voir qu'il ne voulait pas mourir, mi-heureux à l'idée qu'il pourrait lui régler son compte personnellement.

Thornton fut laconique, mais sa voix vibrait de satisfaction :

– Je sais où ils sont.

– Vous êtes certain ?

– Absolument certain.

– OK, envoyez quatre de vos hommes et liquidez-moi cette racaille d'ici demain matin.

– Je finis ce que j'ai à faire à Boston et on y va ensuite.

Son employeur changea de ton et hurla dans le téléphone :

– C'est exclu, Thornton ! J'ai besoin de vous pour l'opération en cours. Vous avez assez d'hommes sous la main, ils n'ont pas besoin de vous pour éliminer ces guignols. Ce ne sont que des foutus banquiers !

Puis il reprit :

– Vous allez à Boston, vous faites comme prévu et vous restez jusqu'au bout pour être certain de la réussite de l'opération. Je suis assez clair ?

– J'entends bien, monsieur, mais…

– Écoutez, je vous paie plus que mes avocats. Je veux que vous exécutiez mes ordres à la lettre. J'ai bien compris que vous aviez un compte à régler avec Kelcey, mais votre satisfaction personnelle passe après !

– Bien compris, répondit Thornton sur le ton de la soumission et fou de rage à l'idée de rater sa vengeance.

Une idée germa en même temps que son regard s'illuminait d'un éclair de haine. Il allait demander à ses hommes d'épargner Kelcey. Il le finirait lui-même plus tard et il se montrerait créatif. Saunders n'avait pas besoin de tout savoir. Il regarda l'heure sur le tableau de bord : 22 h 45. Encore deux heures de route avant Boston et il avait faim. Un rapide stop s'imposait : il pianota sur le GPS et trouva un resto au bord de la I-95, non loin de New London. Il allait fêter la fin de cavale de Callahan, Kelcey et Hartmann. Dans quelques heures, justice serait faite. Sa justice. Mais y en avait-il une autre ?

Ce soir, il se sentait surpuissant. Et bientôt extrêmement riche.

Adrian Wilcox contacta plusieurs de ses anciens collègues chez Goldman Sachs à la recherche des renseignements exigés par sa patronne. À force d'être renvoyé de contact en contact, il finit par obtenir le numéro d'un gros *hedge fund* basé dans le Connecticut. On l'avait mis en rapport avec le département chargé d'emprunter les titres. En effet, dans le cas de ventes à découvert, il fallait au préalable trouver les titres pour les emprunter, avant de les vendre. Les banques disposaient de départements dédiés à cela, et les *hedge funds* employaient des gens pour gérer l'administratif, entre autres pour permettre aux traders de savoir jusqu'où ils pouvaient vendre. Dans ce monde de maximisation des profits, on ne perdait jamais une occasion de gagner de l'argent, les banques vendaient également les données des « titres empruntés ». Pour faire simple, elles proposaient à leurs clients des informations sur les ventes des investisseurs afin qu'ils puissent les utiliser à bon escient. Et souvent contre les mêmes investisseurs qui empruntaient ces mêmes titres ! Un vrai panier de crabes basé sur le seul profit personnel. Néanmoins, cette pratique permettait de savoir si telle ou telle société était plus ou moins shortée qu'une autre, si les vendeurs se montraient plus agressifs sur un titre que sur un autre. Bien sûr, ces données ne figuraient pas en première page du *Wall Street Journal*, mais certains *hedge funds* payaient cher pour disposer de ces données. C'était le cas du fonds qui employait l'interlocuteur d'Adrian Wilcox. Le type se montra prudent au bout du fil, surtout aux environs de minuit :

– Qui vous envoie déjà ?

– Eddie Dixon de chez Goldman m'a mis en contact avec *votre* boss qui m'a dit de *vous* joindre. Vous voulez rappeler votre patron pour vérifier ?

– Non, non, inutile, répondit l'employé, pas très chaud à l'idée de déranger le grand manitou. Je vous demande un instant. Comme je suis à la maison, je dois juste me connecter à distance sur le VPN.

Wilcox pianotait nerveusement sur le bar de sa cuisine en attendant le résultat. Sa femme le fixait avec des yeux interrogateurs. Il lui fit signe que tout allait bien et elle sortit de la cuisine.

– Voilà. J'ai trouvé vos données : Lockenstone Pharmaceuticals, symbole LKPH, c'est ça ?

– Tout à fait, fit Wilcox, l'impatience suintant dans ses réponses laconiques et maîtrisées.

– Mmmh… selon mes données, il y a neuf cent quarante millions d'actions en flottant, pardon, en circulation…

– Je sais ce que signifie flottant, merci ! l'interrompit Wilcox, d'un ton exaspéré.

– Oui, bien sûr. Donc… sur neuf cent quarante millions d'actions, soixante-quatre pour cent sont empruntées par des fonds pour shorter, mais surtout… le niveau de *shorts* a triplé ces huit derniers jours. Mi-novembre, nous étions à vingt-trois pour cent de *shorts* et, en l'espace de deux semaines, nous sommes passés à soixante-quatre pour cent. On dirait que quelqu'un sait quelque chose…

– Merci pour le renseignement et bonne soirée.

Wilcox boucla la conversation sans attendre la réponse de son interlocuteur. Il se leva de son tabouret de bar et se dirigea vers la véranda de la cuisine qui donnait sur la piscine actuellement recouverte de neige. Il essaya de remettre de l'ordre dans ses pensées. Qui que soit le gars qui avait appelé Mallory, il avait vu juste : il se passait quelque chose de troublant. Adrian Wilcox composa le numéro de sa patronne, il fallait agir. Et vite.

Depuis la fin de la pandémie, Tom Kelcey s'était promis de ne plus s'infliger la torture de la visioconférence, mais l'urgence de la situation l'exigeait. Aux côtés de Bill Callahan, Tom écoutait attentivement leur interlocuteur résumer la situation dans une petite fenêtre sur le PC de DC. D'une voix qui se voulait assurée, Kelcey répondit :

– Parfait, merci, Tony. Je te remercie vraiment de nous faire confiance sur ce coup-là, surtout dans le contexte actuel. On te tiendra au courant de l'évolution des choses. En tout cas, la stratégie que l'on vient de décider ensemble m'a l'air parfaitement adaptée. Dès que la nouvelle sortira dans trente-six heures, les *shorts* devraient commencer à se couvrir et les *calls*[15] que vous aurez achetés vont commencer à s'activer et accélérer encore le processus. On va essayer de battre le rappel de tous nos contacts pour accélérer encore un peu plus la chose.

Les trois hommes savaient d'expérience que lorsque les acheteurs se précipitaient sur une action en détresse, le rebond à la hausse était généralement très violent. Il profitait d'une sorte d'effet boule de neige qui provoquait des mouvements puissants à la hausse. Dans le jargon, on appelait ça le « *short-squeeze* » : pousser les vendeurs dans leurs derniers retranchements pour les forcer à racheter leurs positions et augmenter d'autant le processus haussier.

L'ami de Bill Callahan qui était à l'autre bout du fil poursuivit :

– Pas de souci, ça a été un plaisir de traiter avec vous. Encore toutes mes condoléances pour Mary et pour ta compagne. Je suis content de savoir que vous n'y êtes pour rien. La police va finir par s'en rendre compte, et dans le pire des cas, je vous fais confiance pour réussir à le prouver. Bill, tu sais que si l'envie te vient de passer un jour du côté des méchants *hedge funds*, je te recevrai à bras ouverts.

La conversation se termina sur ces mots qui firent un bien fou aux deux fugitifs, même si au fond d'eux, ils savaient que rien n'était encore gagné. Il suffisait d'un grain de sable dans leur plan pour que tout s'effondre.

– Tu penses que ton pote va nous suivre ? demanda Tom.

– J'en suis persuadé, répliqua Bill d'un ton affirmatif. La question sera de savoir s'il fait bien passer le mot et si la rumeur suffira à faire tourner le vent contre les *shorts* de Saunders. Mais surtout, nous avons besoin de Mallory Walters. Sans sa collaboration, on est morts.

---

15. Les *calls* sont des options qui montent plus vite que le marché, tout comme les *puts* fonctionnent dans le sens inverse.

– Elle risque aussi sa vie dans cette histoire, rétorqua Tom en montrant l'écran de son téléphone à Bill. Mallory Walters était en train de l'appeler.

– Bonsoir, madame Walters.

– Appelez-moi Mallory. Vous êtes en train de me sortir d'un sacré pétrin, je pense que nous pouvons passer à une relation un peu plus personnelle.

– Comme vous voudrez, Mallory. Vous avez pu vous renseigner et voir que je disais vrai ?

– Oui, mon directeur financier a fait jouer ses relations. Il s'avère en effet que quelqu'un est en train de massivement emprunter nos titres pour les vendre à découvert, sans raison. En tous les cas, pas à ma connaissance. Vu les volumes empruntés, le responsable sait parfaitement ce qu'il fait et pourquoi il le fait. Quel est votre plan ? Vous pensez que je dois appeler la SEC ?

– Non, surtout pas ! D'après ce qu'on sait, les autorités boursières seraient elles-mêmes gangrénées, mais on ne sait pas à quel niveau. Il nous semble plus prudent d'utiliser des méthodes, disons… un peu moins orthodoxes. Quand on se bat contre des loups, mieux vaut ne pas y aller les mains vides. Nous ne pouvons pas trop nous permettre de respecter le règlement.

– Je vous écoute. Que comptez-vous faire ?

Tom lui expliqua son plan par le menu. Sans oublier de vérifier qu'elle comprenne la mécanique pour contrer la stratégie de Saunders. Rien de bien compliqué selon Tom, mais le concept des options dépassait l'entendement d'une bonne partie du grand public. Dans ce cas précis, l'idée était d'acheter des options qui arriveraient à échéance une semaine plus tard, avec un prix d'exercice quinze pour cent au-dessus du prix actuel du titre de Lockenstone[16].

---

16. Acheter des options « pas chères » est un bon moyen de gagner très vite de l'argent en bourse lorsque l'on est bien informé. Mais illégal si on l'est trop précisément.

Ces options ne valaient pas grand-chose et leurs détenteurs actuels allaient probablement profiter de l'aubaine pour s'en débarrasser, craignant qu'elles ne valent carrément plus rien une semaine plus tard, vu le niveau des *shorts* sur le titre et l'activité vendeuse actuelle. Du coup, Tom et son équipe en profiteraient pour constituer une position afin de jouer la hausse de Lockenstone à bas prix. La suite ne dépendrait que de l'impact de la contre-attaque médiatique qu'ils étaient en train de préparer.

Si le plan de Saunders fonctionnait, ces options ne vaudraient plus rien dans une semaine. Si Bill et Tom parvenaient à inverser le cours de l'histoire telle que Saunders et ses complices l'avaient écrite, et que les acheteurs arrivaient en masse, non seulement les *shorts* allaient devoir racheter leurs positions vendeuses, mais en plus, les vendeurs d'options allaient également devoir racheter des titres pour se protéger contre la hausse violente de l'action Lockenstone.

Une spirale sans fin appelée « effet boule de neige ». Probable que si le marché basculait dans le camp de Bill et Tom, les détenteurs de *shorts* allaient se faire massacrer. C'était devenu un sport national depuis la célèbre affaire GameStop[17], survenue au début de l'année 2021. Cette fois, ils allaient utiliser la manipulation contre le manipulateur.

Mallory Walters semblait avoir assimilé toutes les explications de Tom qui lui promit d'arriver à Boston le lendemain,

---

17. Début 2021, plusieurs *hedge funds* ont massivement vendu GameStop à découvert, pensant que l'avenir n'était plus aux jeux vidéo achetés dans les grandes surfaces, mais à ceux commercialisés en ligne. Cependant, des forums ont vu le jour sur le Net – le plus connu étant « WallStreetBet » –, qui ont vu les petits investisseurs se regrouper pour travailler ensemble face aux gigantesques et puissants *hedge funds*. En suivant le procédé « d'effet boule de neige » et en appliquant quelques principes de base sur les options, les membres de « WallStreetBet » parvinrent à renverser la vapeur et pousser certains *hedge funds* à racheter leurs positions *short*, provoquant des hausses absolument phénoménales. Un de ces *hedge funds* a même été poussé à la faillite.

dans l'après-midi. Il raccrocha, rechargé d'une belle énergie et se surprit à prendre Bill dans ses bras, comme un footballeur euphorique après un but marqué. Une belle montée d'adrénaline. Il cessait enfin de subir les événements.

Un peu gêné par cette proximité avec son subordonné, Bill se dégagea de l'étreinte pour demander :

– Tu vas à Boston demain après-midi ?

– Oui, il faudra bien que quelqu'un coordonne le plan sur place. Il est indispensable que le monde entier soit convaincu de la disparition de ce yacht au large. Je dois m'en assurer.

Callahan soupira :

– Je n'en reviens pas qu'on en arrive là : couler un bateau qui doit valoir une blinde.

– Nuance, on ne va pas le couler, on va faire croire qu'il a coulé. Et puis si ça devait être le cas, ce serait la responsabilité de Saunders, pas la nôtre. Ça va, Bill ?

Le visage de son supérieur se ferma, soudain vide de toute expression. Il resta silencieux pendant quelques secondes qui semblèrent une éternité, puis il secoua la tête comme pour remettre de l'ordre dans ses pensées :

– Oui… Oui, ça va. Je suis juste fatigué de tout ça, il est temps que ça se termine. En plus, je crois que j'ai le contrecoup de la mort de Mary. Désolé…

Le visage de Tom se ferma.

– Pas de souci, Bill, c'est normal. J'ai moi-même du mal à encaisser la mort de Rebecca. Mais on va s'en sortir. Là, on est sur notre terrain, tu as utilisé ton réseau, les gens te font confiance. Si demain, tes copains du Connecticut te suivent et qu'ils entraînent avec eux leurs contact, Saunders va en prendre plein la gueule.

– Et après ? Admettons que l'on coule Saunders, sans mauvais jeu de mots. Il se passe quoi après ?

Tom écarta les bras en signe d'impuissance.

– Je n'en sais rien… Mais disons qu'une fois blessé, j'espère qu'il va se découvrir, faire une connerie.

Bill se leva de sa chaise en soupirant. Il avait pris dix ans en deux jours. Tom l'observa partir en direction de la cuisine avec un sentiment mitigé. Il était contrarié de ne pas sentir son patron aussi motivé que lui. Il se dirigea vers le salon où se trouvaient Vanessa, Lamar et Darrell qui jouaient aux cartes pour passer le temps. Il s'appuya au dossier du fauteuil de Lamar en lançant de façon paternaliste :

– Bon, les enfants, je vous explique ce qui va se passer ?

– Merci de nous tenir au courant, on avait peur de ne pas avoir le niveau pour comprendre vos salades, répondit Vanessa, un peu crispée par son oisiveté actuelle.

Tom se fendit d'un sourire gêné et commença à expliquer le plan pour la seconde fois de la soirée. Après trois phrases, Lamar avait tout compris, mais ce fut un peu plus laborieux pour les deux autres. Toujours est-il que quelques minutes plus tard, tout le monde était au clair. Une fois le monologue terminé, Lamar prit la parole :

– Veux-tu que je chauffe le marché sur Lockenstone ? J'ai quelques contacts qui seraient sûrement intéressés de jouer le jeu avec nous. On serait plus nombreux, et plus y aura de monde pour contrer l'autre enfoiré, plus on le mettra à terre rapidement.

Tom posa sa main sur l'épaule de son collègue.

– Houlà, tu ne l'aimes pas ce Saunders !

– Tu réalises que le gars m'a indirectement forcé à prendre un hélicoptère, sans compter que le vol a été hyper inconfortable. Et je ne parle pas de l'hélitreuillage !

Puis, s'apercevant de la moue de Vanessa, il modula ses propos :

– Rien de personnel, capitaine Hartmann, lâcha-t-il en se levant dans une mise au garde-à-vous assez approximative.

Tous éclatèrent de rire et Tom checka les mains de l'ancien footballeur. Puis le sens des responsabilités reprit le dessus :

– Je ne veux stresser personne, mais demain on se lève tôt, alors ne traînez pas trop avant de vous coucher.

– Oui, papa, répondit DC d'une voix ridiculement enfantine.

Tom exécuta un demi-tour militaire parfaitement maîtrisé et sortit par la porte-fenêtre qui menait à la terrasse. L'air froid et piquant le saisit des pieds à la tête. Il s'appuya à la rambarde de la terrasse qui dominait la masse sombre et dense des épicéas. Il la balaya du regard comme s'il s'attendait à voir débarquer une compagnie de Marines au milieu de la clairière. Une vingtaine d'années en arrière, alors qu'il n'avait pas encore son permis de conduire, il était arrivé ici un soir d'été avec son père. Il se souvint de cette incroyable impression de calme, de sérénité. Encore adolescent, il avait eu pour la première fois de sa vie le sentiment d'être chez lui, d'être relié intimement à un lieu.

Son existence n'avait pas toujours été un long fleuve tranquille. Depuis le décès de sa mère, son paternel avait tant bien que mal tenté de protéger ses deux fils. Son mode de vie pour le moins étrange n'avait pas aidé. Les deux frangins avaient trop souvent été ballotés d'une maison à une autre, mais cet endroit…

Il s'était juré de conserver cette propriété envers et contre tout. Depuis la disparition de son père, alors qu'il était en *business trip* en Asie, et la mort accidentelle de son frère, cet endroit constituait le seul lien avec les membres de sa famille disparus. Étrangement, dans l'adversité, le fait d'avoir regroupé ces quelques autres personnes ici même lui donnait l'impression d'avoir recréé quelque chose.

Alors qu'il sombrait dans la nostalgie, Vanessa sortit par la porte-fenêtre avec deux verres et une bouteille de whisky à la main.

– Un verre avant l'extinction des feux, soldat ?

– Volontiers, mon capitaine.

À force de faire référence à leurs grades ou à leurs passés militaires respectifs, ils allaient rempiler pour partir combattre. Comme s'ils n'avaient jamais mené une vie normale avant que Narragan Biosciences fasse irruption dans leurs vies.

– Je te vois un peu – beaucoup – avec les yeux dans le vague. Tu penses à quelque chose de spécial, monsieur Kelcey ?

– Non, pas vraiment. Depuis que je viens ici, j'ai toujours trouvé cette forêt apaisante, nourrissante. Je ne veux pas tomber dans le mélodrame, mais quand je suis un peu tendu, j'aime profiter de l'endroit la nuit. Et toi, ça va ? On n'a pas eu beaucoup le temps d'échanger ces dernières heures.

– Oh, tu sais, moi, je ne suis pas le leader de l'équipe. C'est un peu comme le chauffeur de bus, on sait qu'il est là, mais tant qu'on arrive à bon port, on oublie qui il est ! répondit-elle dans un sourire craquant qui fit ressortir deux mignonnes fossettes autour de sa bouche.

– Arrête, tu es bien plus qu'un chauffeur de bus. On ne peut pas t'oublier ! dit-il en lui mettant la main sur l'épaule.

La pilote remplit les deux verres du liquide ambré. Puis elle trinqua, les yeux brillants :

– Portons un toast à demain, en espérant qu'il y aura encore un après-demain !

– Santé ! Et ne t'inquiète pas, tu vas revoler plus vite que tu ne le penses.

Elle leva la tête dans sa direction, surprise qu'il ait lu dans ses pensées.

CHAPITRE 25

3 décembre 2021 – 19 h 00 – Safe Harbor Marina Bay, Quincy, Massachusetts – USA

Thornton gara sa Cadillac à Malibu Beach, au sud de Boston, non loin d'un yacht club où il savait trouver ce dont il avait besoin. La plage de Malibu n'avait rien en commun avec son pendant californien. Surtout à trois semaines de Noël. L'océan glacial était chahuté par une brise cinglante qui donnait envie de se réfugier instantanément au chaud. Mais Thornton, paré au combat, ne se laissait pas détourner de son but. La faute à des mois d'intense entraînement commando dans les pires conditions climatiques, notamment dans les vagues glacées du Pacifique. Des mois à nier douleur et émotion pour construire ce qu'il était devenu : une machine.

Il traversa Morrissey Boulevard au pas de course pour atteindre l'entrée d'une marina, le Savin Hill Yacht Club. Un nom bien pompeux compte tenu des quelques bateaux qui se couraient après en cette période de l'année. Le bruit des drisses, ces cordages qui frappent les mâts des voiliers, renvoyait le son caractéristique d'un port de plaisance. L'homme en noir longea l'océan sur une centaine de mètres, jusqu'à une jetée où étaient amarrés une série de petits bateaux à moteur inutiles avant l'été. La porte d'accès à la jetée était verrouillée, la contourner semblait impossible au vu des pointes en acier qui dépassaient de tous les côtés.

Thornton sortit une trousse de son sac à dos de commando. Il disposait du parfait nécessaire de serrurier : le verrou sauta plus vite que s'il en avait possédé la clé. Il s'avança sur la jetée non sans avoir refermé la porte derrière lui. Comme d'habitude : ne pas laisser de trace, ne pas éveiller la moindre suspicion.

Il passa en revue chaque bateau, comme s'il faisait son marché. Il jeta rapidement son dévolu sur un vieux Quicksilver 455 plutôt en bon état. Une embarcation racée et rapide, pour peu que le moteur ait été convenablement entretenu. Il monta à bord tout en souplesse et plongea sous le tableau de bord pour vérifier la jauge d'essence. Elle affichait une cinquantaine de litres dans le réservoir. Largement de quoi le satisfaire. Il tenta de démarrer le moteur hors-bord de cent chevaux, mais la machine toussa, sans doute enrhumée par les températures hivernales. Après un dernier hoquet plus long que les autres, le moteur démarra enfin dans un nuage de gaz d'échappement. Il fit un rapide tour d'horizon pour s'assurer qu'il n'avait pas été remarqué. Mais il n'y avait pas âme qui vive.

Thornton largua les amarres pour mettre le cap sur l'autre côté de la baie. Il laissa l'université de Boston sur sa gauche et navigua à faible vitesse, tous feux éteints en direction de sa cible : un Viking Sport Cruisers, un yacht de trente-deux mètres enregistré au nom de Lockenstone Pharmaceuticals, baptisé *New Healer*, probablement en hommage à la société de son propriétaire : Mallory Walters.

Le yacht stationnait au bout du quai, prêt à accueillir ses hôtes comme prévu dans la soirée. Sa silhouette élancée brillait dans la nuit, immobile, sans aucune lumière à son bord. Thornton se rapprocha par la poupe et fit un rapide passage pour s'assurer qu'aucune présence humaine ne s'y trouve. Il contourna ensuite le quai pour amarrer son bateau à l'abri des regards, et sauta sur le ponton. Il s'accroupit dans l'ombre pour observer autour de lui. La nuit sans lune lui fournissait un camouflage parfait, tout comme sa combinaison noire qui se confondait avec la pénombre. Il enfila sa cagoule pour masquer son visage et s'approcha du yacht. Incroyable que ces bateaux de luxe ne soient pas plus surveillés ! Il devinait au loin, à plus de deux cents mètres, une guérite sans doute occupée par un agent de sécurité. Mais avec le froid, ses patrouilles devaient être réduites à néant.

Thornton put monter tranquillement à bord du yacht, sans qu'aucune alarme ne retentisse. Il dut cependant crocheter la porte d'accès au salon de réception du navire, une pièce qui pouvait accueillir une douzaine de personnes, avec une salle à manger attenante. Pas de luxe ostentatoire : le Viking avait été aménagé avec classe et modernité, mais sans fioritures.

L'homme en noir se faufila dans l'escalier qui descendait vers le quartier du personnel où il trouverait la zone d'accès à la salle des machines. Il avait méticuleusement étudié les plans du bateau. Il se dirigeait comme s'il était déjà monté à bord. Une coursive sur la droite, puis une porte sur la gauche et il pénétra dans l'antre du moteur de seize cylindres et deux mille chevaux. Sans doute bichonnée, l'impressionnante machine reluisait. Pas une trace de graisse. À l'arrière de la salle, deux imposants réservoirs monopolisaient tout l'espace pour satisfaire le gourmand moteur. Sept mille cinq cents et cinq mille six cents litres de capacité : Thornton n'en demandait pas tant pour satisfaire ses plans.

Au moment où il sortait le matériel de son sac, il entendit un bruit sur le pont au-dessus de lui. Il s'immobilisa, à l'affût. Une seule personne semblait se déplacer. Peut-être un garde qui faisait sa ronde. Il espérait que le type ne descendrait pas jusqu'à lui. Non pas qu'il ait des scrupules à éliminer le gêneur, mais faire disparaître un corps ne faisait pas partie de ses priorités. Les pas se rapprochèrent dans la coursive qu'il avait empruntée quelques instants auparavant.

La porte de la salle des machines s'ouvrit, et Thornton eut tout juste le temps de se tapir au sol. Un pinceau de lumière balaya la pièce dans tous les sens pendant d'interminables secondes. Le garde ne montra pas une conscience professionnelle au-delà de la moyenne et referma la porte sans une inspection plus approfondie. L'ancien militaire expulsa l'air qu'il avait retenu dans ses poumons et rangea la longue lame de son couteau de combat dans son fourreau de mollet. Il jeta un œil à sa montre : l'incident lui avait fait perdre un peu moins de six minutes. Il fallait s'activer. Il se mua alors en artificier. Il sortit un kilo de plastic de son sac pour le dissimuler sous le plus gros des deux réservoirs. Il l'équipa ensuite d'un détonateur qui ressemblait à un stylo publicitaire. Dernière opération, et non des moindres : fixer l'horaire de l'explosion. Il se livra à un rapide calcul et s'accorda une petite marge, en cas de retard des convives. D'après ses renseignements, le bateau devrait appareiller vers 19 h pour une mini croisière, le temps d'un dîner. Le retour était fixé aux alentours de minuit. Par sécurité, il programma la déflagration pour 20 h 30. Le yacht serait alors suffisamment éloigné du port. Il pianota sur le petit clavier les quatre chiffres et verrouilla le cadran. Le sort en était jeté. Implacable, la minuterie ferait son œuvre.

– Que faites-vous ici ? Qui êtes-vous ? cria une voix dans son dos.

Le garde faisait du zèle, sans doute conscient de la légèreté de sa première inspection dans la salle des machines. Une lampe torche dans la main gauche, un vieux .38 Special dans l'autre, il tenait Thornton en respect. Mais sans doute peu rompu à ce genre de situation, il n'en menait pas large. Thornton poussa du bout du pied sa bombe artisanale sous le réservoir et leva les mains en signe de reddition.

– Levez les mains et approchez-vous lentement vers moi

Thornton se garda de lui répondre qu'il avait déjà les mains en l'air. Malgré l'inexpérience manifeste du garde, il savait qu'il ne fallait jamais plaisanter avec un homme armé. Il obtempéra et avança lentement.

– Voilà, tout doux, sinon je tire.

Le garde tenait son flingue à deux mains, à bout de bras. Il lâcha le .38 Special de sa main gauche pour faire signe à Thornton d'approcher encore : première erreur. Il laissa ensuite son adversaire pénétrer dans son espace vital : deuxième erreur.

– Sortez de la pièce ! gueula le garde, un type sans âge, sans muscles, tout en longueur, qui s'écarta pour laisser passer Thornton.

Moment que saisit l'ancien militaire pour se laisser tomber à terre comme une masse, en saisissant son couteau contre son mollet gauche. Le garde fut totalement désarçonné, et Thornton ne lui laissa pas le temps de reprendre ses esprits. Alors que l'agent de sécurité baissait les yeux ainsi que son arme – troisième erreur – l'intrus glissa son bras armé derrière les genoux de sa victime. D'un geste fulgurant et précis, il lui sectionna les tendons des jambes. Une gerbe de sang se répandit sur le sol avant même que le pauvre homme se mette à hurler. Mais ses cris de détresse lui restèrent dans la gorge. Thornton se jeta sur le garde pour lui enfoncer son poing dans le cou. L'agent de sécurité ne faisait pas le poids face à l'entraînement militaire hors du commun de son agresseur. Puis ce fut le coup de grâce. Thornton saisit le pauvre homme par la mâchoire et lui imposa une brutale torsion latérale. Un craquement se fit entendre, celui d'une fatale fracture des vertèbres. Le corps désarticulé s'avachit définitivement sur le sol.

Quelques minutes plus tard, l'homme de main de Saunders réapparut sur le pont, avec sur l'épaule sa victime emballée dans des sacs poubelle. Il avait dû fourrager dans la cuisine à la recherche de ces précieux contenants afin de ne pas répandre du sang partout sur le navire. Et il avait fait disparaître les traces dans la salle des machines à l'aide de Javel et d'une serpillière. Rien ne devait rester de son intrusion, si ce n'est une bombe meurtrière sous le réservoir de sept mille cinq cents litres. Il s'en voulait encore d'avoir eu recours à son couteau pour neutraliser l'agent de sécurité. Il observa les alentours de la marina. La voie semblait libre. En quelques minutes, il rejoignit son bateau volé et dissimula le corps du garde dans la microscopique cabine à l'avant de l'embarcation, un cadeau estival pour le propriétaire. Quelques minutes plus tard, il retraversait la baie dans le sens inverse. Sa mission était parfaitement accomplie. Il regrettait seulement de pas avoir pu accompagner ses hommes pour s'occuper de Tom Kelcey.

Pendant ce temps-là, les quatre hommes sous ses ordres se préparaient devant le hangar où était stationné le Sikorsky Blackhawk, un hélicoptère d'assaut utilisé par l'armée américaine. L'argent pouvant tout acheter ou presque… Habituellement, les sociétés comme Sikorsky ne vendaient pas d'hélicoptères classés comme « militaires » à des particuliers. Mais avec leurs fortunes, Saunders et ses contacts trouvaient toujours une bonne âme pour leur dénicher le matériel nécessaire, la garantie du fabricant en moins.

Le pilote effectuait les vérifications usuelles avant tout décollage. Les hommes de Thornton disposaient tous d'une solide expérience militaire. Ils s'activaient dans le plus grand silence, avec méticulosité, sachant que leur vie, ou celles de leurs équipiers, dépendait du moindre détail. Un soldat d'élite ne laisse aucune place à l'approximation. Les deux types que l'on appelait « les jumeaux » (bien qu'ils n'aient ni le même père, ni la même mère, ni le même âge) faisaient partie de l'expédition.

Le plus jeune des deux vérifiait son arme, un Tavor 21. Il avait découvert ce bijou lorsqu'il évoluait dans les forces spéciales de Tsahal, l'armée israélienne. Depuis, il ne pouvait plus s'en séparer. Il disposait de la version sniper, équipée d'une lunette à vision nocturne, et d'un logement pour y adjoindre un trépied. Son alter ego possédait un SIG MPX de toute dernière génération, moins précis, mais tout à fait adapté pour la mission de cette nuit. Ils allaient s'attaquer à des gens désarmés, selon ce qui leur avait été communiqué. L'intervention ne devrait durer que quelques minutes. Une *Blitzkrieg*, une guerre-éclair.

En l'absence du leader de l'équipe, Thornton, Branko mènerait l'opération. Un personnage antipathique qui n'aimait personne ou presque. Robuste Serbe d'une trentaine d'années, il vouait un culte à Thornton qui en avait fait son numéro deux. Ce grand chauve bâti comme un bûcheron pouvait faire preuve d'une cruauté qui aurait fait un officier de la Gestapo pour un agneau. Aucun état d'âme pour tuer quiconque. Ses adversaires ne représentaient que des objectifs à abattre, du simple matériau à faire disparaître.

Ses trois compagnons de ce soir détestaient cordialement Branko, sachant l'homme capable de tout et à tout instant. Mais c'était un soldat hors pair qui ne laissait rien au hasard. Dans l'action, on pouvait compter sur sa bravoure et son sens du sacrifice. Il observa longuement ses trois collègues, d'un regard glacial.

– Prêts ? lança-t-il.

Les trois hommes acquiescèrent en levant le pouce et se dirigèrent vers l'hélicoptère en se courbant. Les pales avaient déjà commencé à tourner, le dispositif anti-bruit fonctionnait à plein. On entendait à peine la turbine quand les pales fendirent l'air aux alentours de la vitesse du son. L'appareil émettait un sifflement relativement discret. Le commando monta à bord. Tous connaissaient leur place, et ils se sanglèrent avec application après avoir soigneusement rangé paquetages et armes. Branko monta en dernier et déverrouilla la mitrailleuse lourde fixée au bord de la carlingue, juste au cas où… L'opération s'annonçait tranquille, mais on n'était jamais trop prudent. Le pilote se retourna pour vérifier que tout le monde était à bord, fit signe de la main à Branko qui lui répondit d'un signe de tête ressemblant plus à un coup de boule qu'à une confirmation. Puis le Blackhawk s'éleva dans les airs, cap au nord.

Le pilote avait programmé leur objectif sur son GPS, il se contentait de vérifier les paramètres de vol et de contrôler son altitude. Le trajet ne devait durer que quarante-cinq minutes, mais au ras des arbres pour échapper aux radars. Dans la cabine arrière de la machine, les deux portes coulissantes restées ouvertes laissaient entrer un vent glacial, rendant le confort de vol approximatif, mais les passagers étaient habitués à des conditions extrêmes. Ils patientaient comme ils savaient si bien le faire, en serrant les mâchoires.

Tom Kelcey ne parvenait pas à trouver le sommeil, même si son corps le lui réclamait dans une injonction paradoxale. L'excitation de passer à l'action le lendemain, l'envie d'en finir avec cette histoire, de retourner à une vie normale. À 4 h 30, il décida de se lever pour tourner en rond dans le salon, observant l'envoûtante forêt. Le jour n'allait pas tarder à se lever. On distinguait très nettement le contour des arbres qui délimitaient la clairière. Soudain, un mouvement furtif attira le regard de Tom ! Une silhouette se déplaçait à l'orée du bois… L'homme se trouvait encore à trois cents mètres du chalet. On distinguait clairement qu'il ne faisait pas du tourisme. Tom fonça dans le hall d'entrée pour se saisir de sa veste en cuir. Dans la poche intérieure, il récupéra un petit talkie-walkie qu'il alluma immédiatement. Il le porta à sa bouche :

– Ici Tom. J'ai un visuel. Confirmez !

Un grésillement se fit entendre sur la ligne, puis un silence et à nouveau un grésillement suivi d'une voix neutre.

– Confirmé. Quatre visuels et un ventilateur. Prise en charge. Évacuez en attendant.

Les grands moyens. L'intrus avait donc des complices débarqués par hélicoptère. Saunders avait fini par les retrouver. La journée commençait sur les chapeaux de roues. Tom se rua dans la chambre de Vanessa et secoua la jeune femme sans ménagement :

– Lève-toi, il faut partir.

– Quoi ? Que se passe-t-il… ?

– Pas le temps de t'expliquer ! On doit se planquer, et vite. Va réveiller Bill ! Je m'occupe de Lamar et DC.

Les yeux ensommeillés de Vanessa affichaient un mélange de doute et de panique. Mais elle se leva presque aussitôt et enfila son jean. Kelcey se trouvait déjà dans la pièce d'à côté.

La jeune femme débarqua dans la chambre de Bill et le secoua brutalement. Dans un sommeil lourd, l'homme ne bougea pas tout de suite. Elle recommença et cette fois, il se retourna d'un air terrorisé. Elle lui résuma l'essentiel, ce qui finit de le faire descendre de ses rêves. Alors, il ne se fit pas prier et se leva instantanément.

Moins d'une minute après, ils se pressaient tous les cinq dans le couloir principal de la maison. Tom leur fit signe de se baisser et leur donna ses instructions :

– Suivez-moi, on va passer par la cave…

Lamar lui coupa la parole :

– On est faits comme des rats, se lamenta-t-il d'une voix stridente.

– Fais-moi justre confiance. Pas un mot…

Les quatre fugitifs hochèrent la tête et Tom ouvrit la porte qui menait au sous-sol, leur faisant signe de passer devant. Une fois tout le monde dans les escaliers, il referma la porte blindée derrière lui et la verrouilla à l'aide de quatre barres en métal renforcé. Le père de Tom n'avait pas lésiné. Il faudrait un certain temps à leurs poursuivants pour en venir à bout.

La cave d'une vingtaine de mètres carrés ne présentait rien de spécial : des vieux meubles poussiéreux, un VTT aux pneus à plat, une batte de baseball, un fusil de chasse rouillé et un imposant meuble qui faisait office de cave à vin. Dans la vitrine de ce qui s'apparentait à un réfrigérateur, on devinait quelques grands crus sur des rayonnages de deux mètres de haut et un mètre cinquante de large.

Tom demanda à Lamar de l'aider pour déplacer le grand meuble. Les deux hommes s'y reprirent à trois fois pour le faire glisser d'un bon mètre dans des bruits de bouteilles qui s'entrechoquaient. Un tunnel creusé dans le mur apparut, dégageant une puissante odeur d'humidité. Pas de quoi y faire passer un train, mais un homme accroupi pouvait y pénétrer. Il fallait une certaine témérité pour plonger tête baissée dans ce gouffre sans lumière. Néanmoins, le géniteur de Tom avait tout prévu. Une puissante torche attendait à l'intérieur de la cave à vin, entre deux bouteilles de rouge. Tom la confia à Bill qui passa en premier, suivi de DC et Vanessa, puis de Lamar. Le jeune trader resta quelques instants en arrière pour récupérer une boîte en fer dissimulée sous une commode. Il en sortit un objet cylindrique qui ressemblait à un épais disque trente-trois tours. Il le posa devant l'entrée et appuya sur un bouton latéral, l'amorce de la mine antipersonnel. Quiconque déciderait de les suivre n'y survivrait pas. Il remercia mentalement son père d'avoir pris le temps d'apporter quelques modifications paranoïaques à ce lieu de vacances.

Silencieux, ils se déplacèrent dans le tunnel sur moins d'une centaine de mètres en direction du sud. Une odeur de moisi les accompagna sur tout leur périple souterrain, puis ils arrivèrent dans une petite pièce circulaire munie d'une échelle scellée dans le mur. En levant la tête, ils virent une porte qui se déverrouillait grâce à un système de volant. Tom passa devant ses compagnons et s'escrima quelques instants pour le faire tourner, sans doute grippé à force de ne pas servir. La porte en métal s'ouvrit enfin dans un léger grincement. Une bouffée de fraîcheur saisit instantanément les cinq complices qui se hissèrent les uns à la suite des autres. Ils se retrouvèrent au fond de la clairière, dissimulés dans un massif d'arbustes, à une centaine de mètres du chalet. Et ce qu'ils virent finit de leur glacer les sangs. Des silhouettes en tenue de combat s'apprêtaient à donner l'assaut de leur repaire, munis d'armes qui ne laissaient aucun doute sur leurs intentions belliqueuses.

Les jumeaux progressaient chacun d'un côté du chalet, tandis que Branko avançait au centre, couvert par le dernier des mercenaires. Le Serbe s'accroupit pour un ultime check visuel de la zone. Rien ne semblait bouger dans la bâtisse en rondins. Éliminer leurs cibles dans leur sommeil constituerait un cas d'école et une partie de plaisir. Branko savait qu'il y avait une femme parmi les cinq habitants, il espérait même avoir le temps de s'amuser, qui sait. Il fit signe à ses hommes d'avancer et donna l'instruction au quatrième de ne pas bouger. À dix mètres de la maison, il vérifia une dernière fois son arme et prit une grande respiration, le calme avant l'action.

C'est la dernière pensée qui lui traversa l'esprit – avant l'énorme balle de 12,7 millimètres. Le projectile lui emporta la moitié du visage, ne laissant qu'un corps inerte, affalé sur l'herbe, dans une position grotesque. Les jumeaux s'observèrent à distance, incrédules, avant de se tapir au sol. Erreur funeste.

Celui de gauche fut transpercé d'une rafale de MP-10 et son cœur fut pulvérisé instantanément. Celui de droite assista à ce spectacle l'espace d'un bref instant, juste avant d'être atteint d'une balle en pleine tête, ce qui lui ôta toute velléité de fuite.

Le talkie-walkie grésilla dans la paume de Tom et ses quatre compagnons le fixèrent, ahuris.

– Cible un, deux et trois neutralisées. Cible quatre en cours d'acquisition.

Au moment où Tom allait répondre, la cible quatre se dressa derrière eux et les mit en joue. Vanessa se trouvait en première ligne. Elle put apercevoir le mercenaire, le doigt sur la détente de son arme, avant qu'il ne s'effondre au milieu de la clairière, délesté de la partie arrière de sa boîte crânienne, emportée par une balle similaire à celle qui venait de faire passer Branko *ad patres*. Vanessa n'eut pas le temps de hurler. En revanche, elle vomit instantanément le contenu de son estomac.

– Cible quatre éliminée. Ventilo neutralisé, conclut la voix nasillarde à la radio. Tout est OK chez vous, lieutenant ?

– Affirmatif, répondit Tom Kelcey.

– Unité un et deux en mouvement…

Une troisième voix se joignit à la conversation :

– Unité trois en mouvement. Méchant capturé.

Tom posa son talkie-walkie au sol, avec le sentiment du travail bien fait. Les quatre autres habitants du chalet, hébétés, ne savaient trop que faire de leur détresse. Au même instant, deux silhouettes recouvertes d'un camouflage végétal s'extirpèrent de la forêt. Les deux hommes portaient de très longs fusils de sniper et avançaient comme si rien ne s'était passé.

Soudain, une grosse explosion déchira la nuit et un flash lointain illumina la forêt. Les deux snipers se retournèrent brusquement, et l'homme de tête ramena sa main à proximité de sa bouche. Il paraissait réclamer des instructions à la radio. Ses épaules se relâchèrent et il fit signe à son partenaire de reprendre sa marche.

On devinait un sourire sur leurs visages maculés de peinture de commando. Le plus grand des deux ne mesurait pas un mètre quatre-vingts, et on lui devinait des traits afro-américains. Quant à l'autre, il devait clairement avoir des origines asiatiques. Ils se dirigèrent spontanément vers Tom qui les accueillit à bras ouverts. Soudainement, DC eut comme un déclic :

– Nom de Dieu, lança-t-il, Sam, Chris ! Ne me dites pas que c'est Nolan là-bas ? L'explosion, c'est lui ?

Darrell se précipita sur eux pour les étreindre. Les effusions et les rires durèrent quelques secondes avant que Tom juge nécessaire de faire les présentations :

– Capitaine Vanessa Hartmann, pilote émérite des gardes-côtes, Bill Callahan, mémoire vivante de Wall Street et Lamar, ex-pilier défensif des Fighting Irish qui a choisi le *trading* à la place de la NFL.

Ensuite, il s'avança vers les deux snipers et lança :

– Sergent Sam Buckner et sergent Chris Vang. Et celui qui manque encore à l'appel, c'est Nolan Hopper. Il a eu maille à partir avec le pilote de l'hélico qui a amené ces sympathiques garçons venus nous servir le petit déjeuner de bonne heure.

Sam Buckner précisa :

– Disons que Nolan était censé ramener leur pilote pour interrogatoire… mais le gars a sorti de sa machine une grenade à la main et Nolan n'a pas eu d'autre choix que de lui régler son compte.

Vanessa changea de couleur à l'idée que l'on ait sacrifié un hélicoptère. Sam se rendit compte de cet infime détail.

– Ne vous inquiétez pas, capitaine, l'hélico est intact. On ne peut cependant pas dire la même chose du pilote.

Elle fut à deux doigts d'éclater de rire, mais se souvint des cadavres autour d'eux.

Fort mal à l'aise, Tom prit la parole :

– Je crois que je vous dois des explications.

– C'est le moins qu'on puisse dire ! l'interrompit Vanessa.

– Voilà, quand j'ai vu la tournure que tout cela prenait, que Saunders n'allait pas hésiter à nous liquider, j'ai décidé de faire appel à une partie de la section de snipers que je dirigeais en Afghanistan.

– Putain, t'étais sniper là-bas ? fit Lamar, époustouflé. J'ai bossé pendant deux ans à côté d'un sniper ? Et moi qui pensais que t'étais dans l'intendance ou un truc comme ça. Nom de Dieu, tu aurais au moins pu me dire !

– Je ne suis pas un sniper, Lamar. Je gérais les opérations qui nécessitaient des types comme eux, avoua-t-il en désignant les deux hommes de la main. Quand on est revenus, je suis resté en contact et quand ça a commencé à mal tourner, je leur ai demandé de venir se planquer dans la forêt, au cas où…

– Vous êtes en train de dire qu'ils étaient planqués là dehors depuis trois jours ? intervint Vanessa. Avec ces températures hivernales ?

– Tout à fait, capitaine, fit Chris en souriant. On a connu pire, et puis on ferait n'importe quoi pour le lieutenant Kelcey. À commencer par lui sauver les fesses en cas de besoin !

– En tous les cas, merci, les gars ! Et appelez-moi Vanessa ! Capitaine, c'est pour le travail.

Tom renchérit :

– Ouais, un énorme merci, les gars ! Vous avez fait un super boulot. Je propose que l'on fasse le ménage et que l'on aille se mettre au chaud pour préparer la suite. La journée risque d'être longue.

Les deux snipers allèrent fouiller les cadavres qui, en bons professionnels, n'avaient pas de documents d'identité sur eux. Tom trouva seulement un téléphone sur le cadavre de Branko. Un appareil rudimentaire avec un seul contact. Le nom de Thornton s'affichait sur l'écran.

CHAPITRE 26

4 décembre 2021 – 9 h 15 – Boston, Massachusetts – USA

Comme prévu dans le plan, Thornton s'était rendu au *Boston Harbor*, dans une chambre au dernier étage. La vue imprenable sur le port de Boston et ses environs lui permettrait d'assister à l'explosion du *New Healer* dans les meilleures conditions.

L'absence de nouvelles de la part de Branko commençait à le contrarier. Depuis son dernier message, lorsque l'hélico avait atterri à proximité de la maison de Tom Kelcey, son bras droit n'avait plus donné signe de vie. Ni lui ni ses trois compagnons. Thornton avait appelé le bureau de New Rochelle, mais personne n'avait de nouvelles non plus. Il n'osait imaginer le pire…

Il fut sorti de ses pensées par la sonnerie de son iPhone. Un des hommes de New Rochelle lui annonça d'une voix penaude :

– On n'a rien…

– Comment ça, rien ? hurla Thornton dans le smartphone. Comment cinq personnes et un hélico ont-ils pu disparaître sans laisser de trace ?

– Aucune idée ! J'ai appelé la police de Bennington en me faisant passer pour un journaliste. Apparemment, il y a eu une fusillade dans les bois. Mais le flic n'a rien voulu me dire de plus.

Thornton coupa la ligne et posa l'appareil sur la table basse en se demandant comment expliquer tout ça à Saunders.

Le smartphone clignota dans la minute pour signaler l'arrivée d'un message de Branko ! Enfin…

Mission accomplie. Repaire nettoyé à cent pour cent. Sommes à l'abri, mais avons les flics au cul, devons nous faire oublier quelques jours le temps que ça se calme. On coupe toute communication et on passe undercover.

Une photo accompagnait le message. On y voyait le corps d'un homme ensanglanté sur une terrasse. *Sans doute cet enfoiré de Tom Kelcey.* Il relut le message avec satisfaction et zooma sur la photo en souriant, puis répondit :

Bien reçu, reprenez contact ASAP.

Mais Branko avait déjà coupé son téléphone. Il allait devoir expliquer à Saunders qu'il se retrouvait momentanément sans son équipe. Au moins, le nettoyage avait été fait, il pouvait passer à autre chose et se détendre en attendant le feu d'artifice nautique. Ce serait dommage de ne pas profiter de cette chambre cinq étoiles et de tous les services associés.

Tom reposa le téléphone de Branko sur la table de la cuisine en regardant Vanessa :

– J'espère qu'il a mordu à l'hameçon, glissa-t-il sans grande conviction.

– Vous pensez que ça suffira ?

– Pour être franc, je doute que l'écran de fumée dure très longtemps… Mais tout ce que l'on pourra gagner sera le bienvenu. S'il pense qu'on est morts pendant les vingt-quatre prochaines heures, c'est toujours ça de pris, conclut-il en se dirigeant vers l'évier de la cuisine.

Pour les besoins de sa photo, il s'était couvert du sang d'un de leurs assaillants. Le macabre maquillage avait fait long feu, Tom ressentait un besoin urgent de se laver.

Il éteignit le smartphone de Branko et le remit dans sa poche. L'appareil pourrait toujours servir plus tard.

Thornton jeta négligemment le menu de l'hôtel sur la table basse de sa chambre. Encore dix heures à tuer. Il appela le *room service* pour se commander un brunch et un massage. Il se sentait soudain d'humeur festive et le reste de sa journée serait une partie de plaisir. Une fois ses commandes passées, il se cala dans le profond canapé bleu marine qui donnait sur l'océan. La vue ne manquait pas de charme. Les hôtels de luxe avaient tout de même plus d'attraits que les établissements miteux où il se planquait d'habitude. Demain, lorsque Lockenstone s'effondrerait en bourse, ses investissements allaient littéralement exploser. Il pourrait vivre dans le luxe et l'opulence le reste de son existence.

Mais avant de fantasmer plus avant, il envoya la photo de Kelcey à son patron.

Carson Saunders sortait de sa douche, il jeta un œil sur l'écran et appela Thornton :

– Alors ? C'est réglé ?

– J'espère que vous avez apprécié le dernier portrait de Tom Kelcey. Mes hommes ont fait le boulot.

Thornton lui expliqua que Branko et son équipe avaient dû se mettre au vert. Mais Saunders s'en fichait pas mal. Il était déjà passé à l'étape suivante du plan. La voix de Thornton lui paraissait très lointaine.

– OK, c'est un détail. Il faudra trouver des remplaçants pour les prochaines opérations en cas de besoin. Je me fous pas mal que vos hommes se fassent arrêter par la police, tant qu'ils la ferment. Je vous laisse gérer, comme d'habitude…

En raccrochant, Thornton songea à la triste condition des mercenaires. De la chair à canon pour son patron, guère plus. Il se leva, sortit sa paire de jumelles de son sac commando et s'approcha de la baie vitrée. Il l'ouvrit en grand et passa sur la terrasse arborée. Après une légère mise au point, il distingua clairement les équipes du traiteur qui chargeaient le bateau pour la réception du soir. Tout se déroulait comme prévu, sa journée s'annonçait sous les meilleurs auspices. On frappa à sa porte : sans doute la masseuse qu'il avait réservée au SPA de l'hôtel. Quand il ouvrit, il découvrit une femme brune d'une beauté stupéfiante, au-delà de ses espérances. Ses surprenants yeux verts transpercèrent ceux de Thornton qui se mit à sourire un peu bêtement.

Brandon Walsh n'en menait pas large. Son smartphone vibrait avec le nom de Jason Dalmore sur l'écran. Comment était-ce possible ? Il ne savait s'il devait répondre. Il avait complètement perdu tout esprit d'initiative depuis son dernier entretien avec Saunders, et le fait de savoir que l'appel provenait du domicile de Dalmore le terrifiait.

– Qu'y a-t-il, Walsh ? Vous ne répondez pas quand votre patron vous appelle ?

À côté de lui, Saunders le terrorisait tout autant que la perspective de parler au patron qu'il avait salement trahi.

– Eh bien, répondez, bon sang !

Il se jeta sur l'appareil en pensant que la vitesse d'exécution calmerait Saunders.

– Allô ?

– Bonjour, vous êtes Brandon Walsh ? demanda une voix inconnue.

– Qui… qui le demande ? chevrota-t-il

– L'adjoint du shérif de Westhampton Beach. Je me trouve actuellement chez Jason Dalmore. L'entreprise qui gère la sécurité de sa maison n'a pas eu de ses nouvelles lors des contrôles prévus. Comme l'indique le protocole du contrat, ils ont fait appel à la police et nous sommes entrés dans la maison pour voir si tout allait bien.

Walsh tremblait de tout son corps, alors que Saunders l'observait avec son sourire de fou. Le voir se décomposer face à la police le remplissait visiblement d'une joie indescriptible. Le pauvre homme essaya de se donner une contenance et rassembla le peu de fierté qui lui restait.

– … Je comprends… Et pourquoi m'appelez-vous ?

– Monsieur, vous êtes en tête de liste des numéros à contacter en cas de besoin. Vous n'étiez pas au courant ?

– Euh… Non, absolument pas.

À côté de lui, Saunders faisait de grands signes censés l'encourager à poursuivre la conversation et obtenir des informations.

– Et… vous avez découvert quelque chose de bizarre ? Des indices qui expliqueraient les raisons de son absence ?

– Non, monsieur Walsh. Aucun élément troublant. J'espérais que vous pourriez me dire où il se trouve.

– Aucune idée. Il ne me répond plus depuis quelques jours et son téléphone est coupé.

– Et vous n'avez pas signalé sa disparition, monsieur Walsh ?

– Sa disparition ? Je… Pourquoi aurais-je fait ça ? J'attends juste qu'il m'appelle pour le rapport hebdomadaire. Il lui est déjà arrivé de ne pas me parler pendant plusieurs jours.

– Je vois. Le problème, c'est que nos premières recherches à l'intérieur de la maison semblent indiquer qu'il est parti sans rien emporter. Pouvez-vous me dire quel véhicule utilise normalement M. Dalmore ?

Brandon Walsh flirtait avec la syncope. Ce flic insistant lui faisait perdre toute contenance, d'autant que Saunders n'était pas un spectateur très conciliant. Il essaya de se souvenir de la liste des voitures de Dalmore :

– En dehors de ses voitures de collection avec lesquelles il ne roule quasiment jamais, il se déplace généralement avec une Audi SQ8.

– Elle est garée dans le garage, objecta le flic d'un ton grave.

– …

– Écoutez, monsieur Walsh, quand pouvez-vous vous rendre dans les Hamptons ?

Il ne savait trop quoi répondre, mais Saunders lui fit de grands signes positifs :

– … Demain… si vous voulez.

– Très bien, monsieur Walsh… Je vous attends au bureau du shérif demain vers 11 h 30, si cela vous convient. Nous ferons le point ensemble.

Il s'entendit souffler un fluet « d'accord » et coupa la ligne comme un zombie. Carson Saunders, lui, au contraire, affichait son autorité menaçante :

– Eh bien, mon petit Brandon, demain, il va falloir être un peu plus convaincant devant la police si vous ne voulez pas qu'ils se doutent de quelque chose ! Sinon vous allez finir au trou.

Et il éclata d'un rire de sadique, prêt à fondre sur sa proie.

Vanessa commençait à renaître. Dès qu'elle avait posé les mains sur les commandes de l'énorme hélicoptère qui avait amené le commando sur leurs traces, elle s'était de nouveau sentie à sa place. Le Sikorsky était la version militaire de la machine des gardes-côtes qu'elle avait l'habitude de piloter, à quelques options près. Des options qui comprenaient, entre autres, une mitrailleuse lourde. Depuis son premier vol solo en hélicoptère voilà presque dix ans, à chaque fois qu'elle démarrait un rotor, une sensation de plénitude l'envahissait. Au fond d'elle, elle était presque heureuse que leurs assassins aient choisi une telle machine pour venir les exterminer. Elle se promettait d'en faire bon usage.

Tom Kelcey, à la place du copilote, étudiait une carte de la région de Salem. Il leva la tête et communiqua *via* le micro de l'*intercom*. Il avait enfin compris son utilité et cessé de hurler en vain pour tenter de couvrir le raffut que produisaient les deux turbines de mille six cent trente chevaux chacune, malgré le suppresseur qui, sur cette machine, rendait le bruit nettement plus supportable :

– J'ai trouvé la maison de Mallory sur la carte. Il y aura largement la place de se poser dans le jardin… ou plutôt le parc pour être précis. Montrez-moi le GPS dans ce truc, je peux vous rentrer la destination.

– Ce n'est pas votre Ford Raptor, Tom ! C'est un peu plus compliqué que ça en a l'air. On a supprimé les routes depuis quelques années.

– C'est ça, foutez-vous de moi, capitaine…

– Du tout. Ne vous inquiétez pas, j'ai tellement volé dans la région que je pourrais piloter les yeux bandés. On va trouver la maison de votre copine Mallory sans problème.

– Ma copine ?

– Ben oui, vous en êtes déjà à Mallory par-ci, Mallory par-là. Votre copine, quoi !

Tom sourit en se calant dans son siège, prêt à profiter de la balade. La vue était tout de même plus agréable depuis le cockpit d'un hélico que face à ses écrans de *trading*. Il se sentait un peu trop âgé pour envisager une reconversion ! L'ancien militaire se retourna pour jeter un œil derrière et voir si tout allait bien. Là, il scanna les visages de chacun. Ses trois « soldats » assis à l'arrière, immobiles et muets, ne dégageaient pas une impression de sérénité. Quant à Lamar, il semblait prier sans discontinuité des dieux auxquels il n'accordait que peu d'attention sur le plancher des vaches. Bill Callahan affichait une triste mine. Que pouvait-il lui traverser l'esprit ? Les choses allaient enfin dans leur sens et pourtant, il sentait que Bill sombrait. Les cadavres de la nuit ne devaient pas l'aider à positiver, c'est certain. Tom se dit qu'il fallait rapidement prendre les choses en main. Dès qu'ils seraient à Salem, il parlerait à son patron. L'avenir de leur mission commune en dépendait. Voilà qu'il se comportait comme un militaire. Deux ans de reconversion pour se retrouver dans la peau d'un Marine en moins d'une semaine, pensa le lieutenant Tom Kelcey.

Pendant qu'il observait les milliers d'hectares de forêt défiler sous le Sikorsky, il se sentit projeté dans le passé, de retour en Afghanistan. Toutes ces heures à voler au-dessus d'immenses étendues de sable et de roches pour se poser dans des endroits qui ne signifiaient que danger, mort et destruction. Il se retourna encore une fois et observa DC, lui aussi perdu dans ses pensées. Peut-être songeait-il aux mêmes choses que lui. La dernière fois qu'ils étaient montés ensemble à bord d'un hélico, Darrell errait entre la vie et la mort.

Vanessa l'interrompit dans ses réflexions :

– Sur votre droite, à dix degrés. On commence à deviner Boston. Je vais rester très bas et éviter les zones de contrôle de l'aéroport de Logan.

Tom leva le pouce et la pilote poursuivit :

– Je vais viser Ipswich, puis contourner Rockport au-dessus de l'océan. On approchera Salem depuis l'est à basse altitude, on sera plus discrets. Je sais que les gardes-côtes ne contrôlent pas trop ces zones, ça devrait le faire.

– J'espère, répliqua Tom, vu le caractère pas très officiel de notre vol touristique

– Tout doux, l'ami, celui qui me coincera dans cette région n'est pas encore né !

Quelques instants plus tard, Vanessa fit perdre de l'altitude à l'hélico. Alors qu'ils survolaient un immense champ en jachère, le sol se déroba soudain sous leurs pieds. La pilote poussa le manche en avant et contrôla la puissance. L'appareil venait de « sauter » la dernière falaise qui les séparait de l'océan Atlantique. En laissant Rockport dans son rotor de queue, elle s'éloigna vers le large. Derrière lui, Lamar se livrait à de vains exercices de respiration. En voyant disparaître la terre ferme, il avait cru sa dernière minute arrivée, alors que Vanessa vibrait au bord de l'orgasme aéronautique aux commandes de sa machine. Elle entama un immense virage au ras des vagues et mit le cap droit sur Salem.

Sur la vitre du cockpit, les lacets permettant au pilote de maintenir son axe de vol s'alignaient parfaitement. Droit devant, on devinait les habitations de la ville qui fut le siège d'une épouvantable chasse aux sorcières, trois cents ans plus tôt.

– Tom, tu vois la ville pile en face de vous ?

– Difficile de la rater.

Il devinait un bord de mer typique de la région avec un petit phare qui clignotait pour prévenir les bateaux de l'approche de la terre ferme.

– La ville est en enfilade au fond d'une espèce de bras de mer. Avec la carte, essaie de me guider vers la propriété de ton amie sans survoler vingt-deux fois la ville.

Tom ouvrit la bouche pour réfuter sa prétendue amitié avec Mallory Walters, mais il se ravisa. Il n'était pas obligé de réagir au quart de tour au chambrage de Vanessa, qui ajouta, d'un ton goguenard :

– J'espère pour toi que ce n'est pas une sorcière !

Il roula les yeux au ciel et elle continua :

– Tu sais, les sorcières de Salem, tout ça. Tu connais l'histoire ?

– J'avais saisi, fit-il, en simulant un certain agacement.

Puis il reprit plus sérieusement :

– D'après la carte, avant d'arriver dans le bras de mer, il y a une maison sur la gauche du littoral. Selon ce qu'elle m'a dit, on devrait la voir en arrivant de l'est, elle fera ce qu'il faut pour qu'on la remarque.

– Comment ça, pour qu'on la remarque ?

– Je n'en ai pas la moindre idée, c'est ce qu'elle m'a dit au téléphone.

– Mmmh, elle t'a donné la couleur des rideaux de sa chambre ?

Tom frappa contre son casque du plat de la main et fit mine de ne pas avoir compris à cause de l'*intercom* défaillant.

Vanessa ralentit progressivement sa vitesse pour ne pas arriver comme une balle au-dessus de la côte. Lamar eut du mal à encaisser la décélération. On commençait à distinguer très nettement les détails des maisons du bord de mer. Kelcey tendit la main et lui désigna un entrepôt décoré d'un énorme homard.

– Tire à droite du homard. La maison devrait être un kilomètre plus loin sur la côte.

Elle poussa à nouveau le cyclique en avant et bascula légèrement sur la droite pour contourner l'entrepôt en question.

Au sol, on commençait à les observer. Des ouvriers sur le quai fixaient l'appareil en approche avec une curiosité bien compréhensible ; entre le noir énigmatique de sa carlingue et le silence relatif des pales dû aux suppresseurs, l'appareil dégageait quelque chose de mystérieux.

Quelques secondes après, le Blackhawk longea les plages de la petite presqu'île, et la troisième maison ne pouvait effectivement pas être manquée. Mallory Walters n'avait pas menti. Elle affichait des dimensions nettement supérieures à ses voisines et disposait d'un terrain d'une dizaine d'hectares, agrémenté d'une verdoyante pelouse. Une douzaine de voitures rouges étaient parquées devant la terrasse. Comme point de repère, on ne faisait pas mieux. Au vu de la couleur, la maîtresse des lieux devrait être une fervente partisane de la marque au cheval cabré et ne le cachait pas.

La capitaine Hartmann exécuta un rapide 360 autour de la propriété pour se familiariser avec l'endroit et vérifia l'absence de câbles ou d'autres obstacles. Elle repéra le sens du vent et se positionna pour son approche finale.

Deux minutes plus tard, le Blackhawk se posait non loin d'une concentration de Ferrari rouges. Tom sortit de la machine le premier et se dirigea vers une petite femme d'une cinquantaine d'années. Elle avait de longs cheveux bouclés qui lui tombaient sur les épaules et d'intenses yeux noirs. Il s'approcha d'elle en souriant, suivi par Vanessa. Le reste de la troupe sortait de l'hélicoptère.

Il tendit la main à la patronne de Lockenstone :

– Je suis Tom Kelcey et voici la capitaine Vanessa Hartmann, pilote des gardes-côtes.

– Monsieur Kelcey, capitaine Hartmann, enchantée de vous rencontrer. J'ai fait préparer quelque chose à manger pour vous tous. Si vous voulez bien venir vous mettre au chaud. Il a beau faire soleil, la température extérieure est trompeuse.

Tom fit signe au reste de l'équipe d'approcher. Tout ce beau monde se dirigea vers la massive demeure moderne aux subtils volumes. De généreuses verrières y capturaient la lumière sous tous les angles. Nul doute qu'elle devait intéresser des magazines d'immobilier de luxe ou de décoration. Vanessa pensa immédiatement que personne n'habitait cette demeure-musée. Avec son appartement de la base de Cape Cod, elle ne vivait décidément pas dans le même monde.

CHAPITRE 27

4 décembre 2021 – 15 h 17 – Boston, Massachusetts – USA

Le jeune couple débarqua dans une rutilante Ferrari Dino de 1971. L'homme moustachu, d'une élégance surannée, portait une de ces casquettes anglaises en tweed avec un blouson de cuir fatigué. La femme en jean avec un gros pull en mohair se perdait dans une parka militaire. Ses éclatants cheveux roux lui tombaient sous les épaules. Les deux amants passèrent un bon moment à se balader main dans la main sur le parvis du massif bâtiment de verre. Ils restèrent à discuter au bord de l'eau, du côté sud de la bibliothèque, d'où l'on pouvait apercevoir la marina. En bout de ponton, le *New Healer* y attendait patiemment ses hôtes annoncés en fin de journée.

Finalement, les deux tourtereaux retournèrent à leur voiture et s'engagèrent rapidement sur la 93 en direction du nord. Thornton perdit de vue la Ferrari Dino lorsqu'elle bifurqua derrière la gare. Il posa ses jumelles et oublia le jeune couple. C'était surtout la petite voiture rouge qui avait attiré son regard. Sa journée avait été parfaite jusque-là, il n'attendait plus que le bouquet final du feu d'artifice.

Tom Kelcey arracha la fausse moustache qui l'irritait depuis un bon moment déjà. Il enleva la casquette et passa sa main dans ses cheveux qui commençait discrètement à grisonner sur les tempes. La faute aux gènes de sa mère qui arborait une crinière blanche dès quarante ans.

– Tu as observé quelque chose de spécial sur le bateau ? demanda Vanessa, qui semblait se plaire en rousse.

– Non, rien de particulier, mais je vais débarquer bien avant le dîner. Je pourrai faire une inspection approfondie du bateau. On aura peut-être le temps d'anticiper quelque chose. On peut rêver…

– J'ai bien peur que nous devions improviser…

– Possible. Retournons chez Mallory.

Tom marqua un temps d'arrêt et reprit :

– Enfin, Mme Walters. Et on va régler les derniers détails. Ensuite, je partirai directement pour le yacht, dès que la nuit sera tombée.

– Tu n'auras pas à attendre bien longtemps. Selon les infos, le coucher du soleil est prévu à 16 h 12, dans moins d'une heure.

– OK, alors on va faire vite.

Il rétrograda brutalement tout en enfonçant l'accélérateur, ce qui eut pour effet de surprendre la jeune femme et de faire bondir la petite voiture de sport :

– Ça ne va pas nous avancer des masses si tu te fais arrêter en excès de vitesse avec ta voiture italienne et sa boîte de vitesse manuelle. Encore un truc que je n'ai jamais compris chez les Européens : quel intérêt de changer les vitesses toutes les trois secondes !

Une vingtaine de minutes plus tard, ils prenaient place autour d'une longue table en marbre blanc, dans la salle de réception chez Mallory Walters. Ils en avaient fait leur quartier général. Tom s'assurait des rôles de ses compagnons. Grâce à son PC, Darrell projetait la carte de la marina sur laquelle figuraient des points de couleur, les positionnements de chacun.

Les snipers Sam et Chris étaient déjà partis se mettre en place sur zone. À eux deux, ils estimaient pouvoir couvrir la marina jusqu'à mille cinq cents mètres en sortant du port. Tom avait demandé à Nolan de se mêler aux invités sur le bateau. Il serait bien entendu armé tout comme Darrell, qui ferait office de chauffeur de Mallory Walters. Pour plus de réalisme, Tom lui demanda de dissimuler ses dreadlocks sous un élégant béret.

Tom se leva, prêt à en découdre :

– Tout est clair pour tout le monde… ? Je vais donc aller inspecter le bateau. On se tient au courant par radio quand les gens de Lockenstone arriveront sur le quai. Bill, tu as deux minutes ? J'aimerais te parler…

Bill Callahan afficha une mine surprise, mais suivit Tom qui lui désignait déjà une pièce attenante au salon de réception. Ils s'éloignèrent du groupe qui commençait à se disperser. Vanessa les observait à distance.

– Qu'est-ce qu'il y a ? demanda Bill en entrant dans ce qui devait être un bureau.

– Je voulais juste savoir comment tu vas. Depuis deux jours, tu as l'air complètement éteint. J'imagine mieux que quiconque ce que tu traverses, mais je voulais te dire que tu as le droit d'en parler.

Bill baissa la tête et s'appuya contre le mur en soupirant.

– Ce n'est pas ça… C'est… C'est que tout cela arrive à cause de moi, lâcha-t-il dans un souffle de culpabilité.

– Mais tu plaisantes, on s'est retrouvés pris là-dedans malgré nous !

– Tu ne comprends pas, Tom. S'ils nous ont trouvés à Bennington, c'est à cause de moi. Si tu n'avais pas anticipé avec tes potes de l'armée, on serait tous morts !

– Je ne comprends pas ce que tu essaies de me dire

Et Bill Callahan passa à confesse, des sanglots dans la voix. Il expliqua les menaces qui pesaient sur son fils et sa famille, l'odieux chantage auquel il avait dû céder en livrant la localisation de leur planque. Des larmes coulaient sur ses joues mal rasées.

– Je ne peux plus me regarder dans un miroir, Tom. Je ne peux plus affronter le regard des autres que j'ai mis en danger !

Tom ne s'attendait pas à pareils aveux. Il fixa son boss de longues secondes, à la recherche de mots qui ne venaient pas. Qu'aurait-il fait à la place de Bill ? Sa femme assassinée, son fils et ses petits-enfants sous la menace. N'importe qui aurait craqué.

Il saisit Bill par les épaules :

– Calme-toi... Tu vis un enfer, encore plus que nous tous... Personne ne peut te reprocher la décision que tu as prise. Et si quelqu'un le faisait, je le remettrais à sa place.

– Mais...

– Il n'y a pas de « mais » ! Ce qu'il faut retenir, c'est que tout le monde est vivant. Et ces sales types qui nous poursuivent croient le contraire. C'est notre chance !

– Mmmmh...

– Et ton fils et sa famille ?

– Les gars qui l'ont menacé ont obtenu ce qu'ils voulaient... Ils ont disparu. Mais mon fils a embarqué toute sa famille et pris le premier avion pour je ne sais où...

– Parfait. Tout se finit bien... Ta culpabilité, tu peux te la mettre où je pense. On a un boulot à terminer. J'ai besoin de tout le monde pour mettre à terre ce salopard de Saunders. Ressaisis-toi, Bill. Tout le monde compte sur toi !

Callahan releva la tête en frottant ses yeux embués et souffla mollement :

– Oui, je suis avec toi. Jusqu'au bout...

Tom lui sourit, enfila sa veste et sortit par la porte qui menait dans un garage aux proportions démesurées. Les douze Ferrari sommeillaient là, sagement rangées par l'homme de maison qui les avait sorties en début d'après-midi. Au fond du garage se trouvait une Jeep Grand Cherokee d'une dizaine d'années. Tom récupéra les clés qui se trouvaient sur le pare-soleil et mit le contact. Docile, la Jeep répondit au quart de tour.

– Tom ! Tom !

Vanessa arrivait vers lui en courant.

– Qu'est-ce qu'il y a ?

– Rien, je voulais juste te dire de faire gaffe, vu que je ne peux pas te surveiller !

– Ah… c'est gentil. Ne t'inquiète pas… Je tiens à revenir entier. Quand tout sera terminé, je prendrais bien des cours de pilotage. Si jamais tu connais un instructeur qui tienne la route

Elle sourit de toutes ses dents, tapa deux fois sur le toit de la Cherokee et lâcha :

– Allez, lieutenant, bon vol !

Il mit le levier de vitesse en position *drive* et sortit du garage en agitant la main.

Sam Buckner grimpait sur une grue dans le quartier de North Quincy, juste au sud de la marina. Il disposait d'une vue panoramique imprenable. Il s'arrêta pour faire une pause, en profita pour sortir sa radio et pressa le bouton de communication :

– Chris, tu me reçois ?

L'Américano-Vietnamien répondit dans la seconde :

– Fort et clair. Je te vois monter dans ta grue. Tu fais une pause, ton physique n'est plus au top ?

– Pauvre type ! Et ta couverture est bonne ?

– Affirmatif, j'ai un super visuel sur le yacht. Avec ma lunette de vision nocturne, je pourrai le suivre jusqu'à Spectacle Island à l'est.

– OK, je m'installe et je te recontacte. Ils arrivent dans moins de deux heures, c'est juste ?

– Exact, sergent.

– Des *news* de Tom ?

– Non, il est arrivé sur le *New Healer* il y a vingt minutes. Rien depuis…

Tom menait sa minutieuse inspection du yacht. Il s'était longuement imaginé les plans des hommes de main de Saunders.

Il pariait sur une explosion ou une attaque au large, avec une prédilection pour l'explosion, plus radicale. Il se trouvait dans le grand salon où Thornton était passé durant la nuit. Où placer une bombe pour un maximum d'efficacité ? Réponse évidente : sous la ligne de flottaison. Destruction totale du navire assurée. Tom se dirigea donc vers la cale.

En bas des escaliers, il emprunta le couloir jusqu'au fond et mémorisa mentalement toutes les possibilités dans cette zone. Il poussa ensuite la porte de la première cabine : une réserve de nourriture. Il observa méticuleusement l'endroit sans rien déceler de suspect. Il poursuivit son inspection dans la cabine suivante, visiblement réservée aux membres d'équipage. Là non plus, rien à signaler. En revanche, sur le seuil, son regard fut attiré par une minuscule tache qui détonait sur l'impeccable parquet en teck. Il s'accroupit et frotta la petite salissure avec le pouce : tout cela avait bien l'apparence du sang. Des analyses plus poussées en donneraient la confirmation, mais pas le temps pour ça, il allait devoir se fier à son instinct… Tom ressentit une brève montée d'adrénaline, persuadé de suivre une piste sérieuse.

Il s'enfonça plus avant vers la salle des machines. Pas rebuté par la surface à couvrir et la tuyauterie abondante, Tom se mit à chercher dans tous les coins et recoins. Avec un minimum de logique et d'organisation, il devrait pouvoir gagner du temps. Du plus gros au plus petit… Il s'attaqua donc à une étude minutieuse des deux réservoirs à l'avant de la salle. Il leur accorda une bonne dizaine de minutes sans rien découvrir. À genoux, couché, la tête en bas, il ne ménagea pourtant pas sa peine. Il s'attela ensuite à la tuyauterie qui courait sur tout le plafond, offrant des logements parfaits pour dissimuler un engin explosif. Il glissa ses mains un peu partout et s'écorcha le bout du pouce. Il le suça quelques instants pour stopper le saignement, moment que choisit Nolan pour faire son apparition dans la salle des machines.

– Tom ? T'es où ?

L'ancien militaire avait intégré la brigade du traiteur un peu plus tôt dans l'après-midi, il venait de monter à bord. Tom se dirigea dans sa direction.

– Tu fais dans la discrétion, soldat.

– Ben, la radio ne semblait pas passer alors… argumenta-t-il sur un ton penaud.

– C'est bon, y a personne ici. J'ai fouillé un peu partout, mais je n'ai rien trouvé pour le moment. Jetons un œil autour du moteur.

À deux, l'opération fut rondement menée. Tom proposa alors :

– Allons jeter un œil dans la cabine du capitaine, on ne sait jamais.

Les deux hommes remontèrent sur le pont principal. Alors qu'ils arrivaient à l'air libre, Nolan sortit sa radio Motorola de sa poche et tapota dessus avant d'appuyer sur l'interrupteur :

– Ici matelot, vous me recevez ?

– Cinq sur cinq, matelot, répondit Chris. Ici, faucon.

– Cinq sur cinq, surenchérit Sam. Ici, épervier.

– La prochaine fois, c'est moi qui choisirai les noms de code ! ronchonna Nolan.

Tom mit machinalement la main à sa poche arrière, comme il l'aurait fait pour son iPhone. Sa radio à lui avait disparu.

– Nolan, j'ai dû laisser tomber ma radio en bas. Je retourne voir.

Tom refit le chemin vers la salle des machines où il inspecta le sol. Rien. Vu la propreté de l'endroit, il n'hésita pas à se mettre à plat ventre pour mieux observer sous le moteur. Toujours rien. Il se releva et exécuta la même opération plusieurs fois, en pure perte. Jusque sous le plus gros des deux réservoirs.

L'appareil s'y trouvait. Encore en état de marche à en juger par le clignotement vert. La radio avait glissé dans un endroit quasiment inaccessible. Tom dut se saisir d'une balayette, avec le manche de laquelle il put atteindre l'objet convoité.

Dans l'opération, il aperçut un autre objet clignotant, volumineux comme un pavé de Ken Follett. Il ne sut trop quelle attitude adopter. À l'armée, on lui avait bien enseigné quelques rudiments en matière d'explosifs, mais artificier reste un métier à part entière. Il n'avait pas le loisir de trop se poser de questions. Il devait agir, et vite. Avec le manche de la balayette, il commença à ramener le plus délicatement possible l'engin vers lui. La sueur commençait à perler sur son front. Un geste un peu trop brusque, c'en serait fini du *New Healer* et de tous ses occupants. Il se concentra pour faire cesser le léger tremblement de sa main droite. Puis, centimètre par centimètre, il ramena le pain de plastic muni de son dispositif de mise à feu. L'opération dura une éternité. Tom s'épongea le front de l'avant-bras avant d'effectuer les derniers centimètres de ce transport à haut risque. Quand l'engin fut ramené dans le couloir entre les deux réservoirs, Tom poussa un grand soupir de soulagement. La bombe n'était pas munie d'un dispositif de mise à feu à distance. Elle disposait simplement d'une minuterie affichant 20 h 30 en gros caractères rouges. Cela laissait une bonne marge de manœuvre pour éloigner le yacht et faire exploser la charge hors de la vue des sbires de Saunders. Le vent était définitivement en train de tourner. C'est en tous les cas ce que l'ex-Marine espérait. Il s'y raccrochait même désespérément.

À 18 h 55, Darrell franchit le portail de la marina au volant d'une BMW M8 dernier modèle. Il se sentait comme un gamin au volant de ce monstre et s'était fait violence durant le trajet depuis la résidence de Mallory Walters pour rouler tranquillement. La propriétaire de Lockenstone se trouvait à l'arrière avec son directeur financier. En passant le poste de contrôle de la marina, le garde indiqua à Darrell le chemin pour déposer ses clients au plus près du bateau et l'endroit où il devait stationner ensuite la BMW. Une fois arrivé devant le ponton, il s'empressa de sortir en boitillant sur sa prothèse pour ouvrir la porte de sa

« patronne ». Elle le remercia d'un signe de tête et monta à bord du yacht alors que son responsable financier – qui était sorti par ses propres moyens – la suivait de près.

Depuis la terrasse de sa chambre, Thornton observait ce manège aux jumelles avec satisfaction. Le numéro un et le numéro deux de Lockenstone sur un même bateau. Sans compter le patron de la recherche et deux gros actionnaires déjà sur le yacht. Lorsque les médias se feraient écho de l'explosion, la destinée de Lockenstone serait définitivement scellée. Quant à lui, il serait riche. Il saisit son smartphone et contacta Saunders :

– Ils sont tous à bord. Le bateau devrait quitter le port dans cinq minutes s'ils respectent l'horaire. Dans un peu plus d'une heure trente, tout sera réglé, dit-il en claquant des doigts pour souligner la facilité de l'opération.

Cinq minutes plus tard, suivant les ordres de Mallory Walters, le capitaine du *New Healer* largua les amarres avec trente-quatre convives et douze membres d'équipage à bord. Le puissant navire s'éloigna lentement du quai, avant de pivoter sur lui-même pour mettre le cap au large. La propriétaire avait été claire : « Le plus loin possible du port et le plus vite possible. »

Ce soir, un type bien plus jeune qu'elle ne la lâchait pas d'une semelle. Aucun des convives ne le connaissait. On se posait des questions à son sujet, sans savoir que le destin de toute la société reposait sur ses épaules.

CHAPITRE 28

4 décembre 2021 – 20 h 10 – À bord du New Healer *au large de Boston, Massachusetts – USA*

Tom se trouvait sur le pont supérieur, au niveau de la cabine de pilotage. Il sentait le vent glacé sur son visage. Le thermomètre n'affichait pas plus de quatre degrés. Sans nuage, la nuit était claire. Il essayait de profiter des derniers instants de calme avant la tempête. Les prochaines vingt-quatre heures allaient être intenses, et toute l'énergie emmagasinée aujourd'hui serait précieuse pour la suite.

Nolan s'approcha de lui en remontant le col de sa veste et en ajustant son bonnet noir sur sa tête.

– Bon sang, c'est pas l'Afghanistan, par ici !

– Reviens en été, ça devrait mieux te convenir ! ironisa Tom.

– Oui, il va déjà falloir survivre à cette nuit

– On va y survivre, je te le promets. Je garde un œil là-dessus, fit Kelcey en montrant l'horloge digitale qui égrenait les secondes. Tu as préparé ce que je t'ai demandé ?

– C'est prêt. On y va, si tu veux.

Tom observa les alentours du *New Healer*. La baie de Boston n'attirait pas des foules de plaisanciers en ce soir de décembre. Aucun navire ne croisait à proximité, ce qui rassura le trader. Aucune victime collatérale ne serait à déplorer lors de l'explosion. Trop de personnes avaient déjà perdu la vie à cause de la cupidité de Saunders et de ses complices. Il pensa un bref instant à Rebecca. La colère et la douleur remontèrent en lui en un éclair.

Il secoua la tête pour reprendre ses esprits alors que son camarade le regardait sans mot dire. Probablement un truc de soldats, ils savaient quand la souffrance exigeait la discrétion.

– Descendons, lança Tom pour rompre la tranche de silence.

– Nous avons maintenu les invités à distance de la poupe. Personne ne se doute de rien. Le canot de sauvetage est prêt sur la plage arrière. J'ai chargé les bidons d'essence. Il faudra juste ralentir le bateau quand on le glissera dans l'eau et remettre les gaz à fond pour s'éloigner de l'explosion. Étant donné la quantité d'explosifs et d'essence, il ne faudra pas se trouver à moins de trois cents mètres.

– C'est tout bon, on est dans les temps. On passe donner les instructions au capitaine et on y va.

Les deux hommes descendirent les escaliers extérieurs qui menaient au poste de pilotage. Ils entrèrent sans frapper. Le capitaine tenait fermement le gouvernail, bien calé dans son fauteuil de pacha. Il observait les écrans de contrôle qui s'affichaient à tour de rôle sur l'immense planche de bord devant lui. À côté, Darrell les attendait au chaud.

Le seul maître à bord après Dieu les accueillit en souriant. Tom ne s'embarrassa pas de préambule, il avait déjà expliqué la situation.

– Capitaine, c'est le moment de passer à l'action. Quand nous vous donnerons le top de la plage arrière, vous ralentirez le *New Healer* à une vitesse proche de zéro, le temps que l'on se débarrasse de notre encombrant chargement.

– Depuis que vous m'avez expliqué la raison de votre présence à bord, j'attends ce moment avec impatience, avoua le capitaine.

– Parfait, répondit Tom en lui tendant une de leurs radios. Tout me semble clair.

– Je vais mettre toute la vitesse possible pour nous éloigner au maximum de cette saloperie. Vous pouvez compter sur moi !

– Fantastique ! Ralentissez un peu et je vous appelle dans deux minutes.

Le capitaine mit la main sur le contrôle des gaz et ramena les deux poignées vers lui. Le navire marqua un bref temps d'arrêt avant de reprendre sa course en avant.

Darrell demanda à Tom :

– Vous avez besoin de moi ?

– Non, c'est bon. Par contre, lance une veille sur les médias immédiatement. Lorsque ça va péter, j'imagine que ça va pas mal causer. Si tu peux chauffer tout le monde avec deux trois indices qui mènent sur la piste de la « disparition » du *New Healer*, tout en restant discret, ça serait pas mal. Histoire de laisser croire à nos amis que leur plan s'est effectivement déroulé sans accroc. Et ton dispositif de brouillage des téléphones des invités est prêt ?

– Tout est en place. Twitter va encore faire des miracles. Maintenant que Trump n'est plus autorisé à tweeter, il faut bien mettre un peu d'ambiance, glissa-t-il en souriant. Bonne balade, les gars, et faites-nous un joli feu d'artifice !

La plateforme arrière était à l'origine dévolue aux activités nautiques, mais ce soir, elle s'apparentait une base de lancement pyrotechnique. Le bateau de sauvetage gonflable d'une capacité de huit personnes monopolisait une bonne partie de l'espace. À l'intérieur, arrimés aux boudins, se trouvait un véritable arsenal : une douzaine de bidons de dix litres d'essence, des fusées éclairantes et plusieurs bouteilles de deux litres d'eau minérale aux couleurs d'une célèbre marque française. Kelcey leva les sourcils de surprise :

– De l'Evian ? T'as peur que quelqu'un ait soif pendant l'explosion ?

– J'ai fait ce que j'ai pu, mais comme il n'y avait plus de bidons, j'ai vidé l'eau et je l'ai remplacée par de l'essence, je me suis dit que qui peut le plus peut le moins.

Tom sourit et enjamba le boudin du canot de sauvetage pour déposer la bombe de Thornton. Il la cala le mieux possible et regarda une dernière fois l'heure affichée sur l'écran : 20 h 23. Il ne fallait pas tarder.

Les deux hommes détachèrent les sangles qui retenaient l'embarcation et la laissèrent filer dans l'eau tout en douceur. Tom appuya sur le bouton de communication de la radio en se tenant d'une main à l'échelle :

– Capitaine, à vous de jouer ! Donnez toute la puissance disponible sous le capot !

Quelques instants, l'appareil de communication resta silencieux et le bateau immobile. Puis Tom entendit dans un grésillement :

– À vos ordres !

Le Viking 108 reprit de la vitesse rapidement mais sans à-coup, pendant que les deux hommes remontaient sur le pont tout en gardant les yeux rivés sur le canot qui disparaissait dans la nuit. Tom avait déclenché le compte à rebours sur sa montre : il restait quatre minutes et vingt-trois secondes avant le grand boom. Largement de quoi prendre leurs distances.

Vanessa Hartmann, seule à bord du Blackhawk, volait tous feux éteints, sous l'altitude des zones de contrôle. D'après ses instruments, elle devait se situer à deux ou trois kilomètres du *New Healer*. Une simple mission de surveillance, comme elle en avait effectué des centaines depuis quelques années. En cas d'échec du plan de Tom, elle et sa machine pourraient fournir un appui précieux. En attendant, elle appréciait pleinement son vol dans cette machine tout simplement fantastique à piloter. Elle avait même trouvé un dispositif de vision nocturne qui était fixé sur son casque, même si à l'heure actuelle les lumières de Boston lui suffisaient pour se repérer. C'était proprement scandaleux qu'un escroc comme Saunders soit mieux équipé que les gardes-côtes américains. Les budgets fédéraux supportaient mal la comparaison avec les fortunes colossales accumulées par certains financiers.

Elle vérifia sa fréquence radio et s'adressa à Tom :

– Ça va, les rampants ? Vous vous en sortez ou il vous faut le soutien d'une professionnelle ?

Pendant trois longues secondes, aucune réponse de l'autre côté, puis soudain :

– On s'en sort comme des grands. Si tu regardes bien à dix kilomètres à l'est de Cape Cod, dans trente-cinq secondes tu verras un joli feu d'artifice…

– Cape Cod ? Ça va me rappeler le boulot !

Les yeux sur l'horizon, elle compta les secondes jusqu'au grand flash en plein dans son axe de vol, quatre kilomètres devant.

Une puissante explosion illumina le ciel au large de Cape Cod. Thornton saisit sa coupe de champagne et tendit le bras en direction de l'océan, il était presque ému du déroulement de sa mission. Tout s'était déroulé comme prévu. La collecte des fruits de son travail serait pour bientôt. L'homme de main était impatient de découvrir le cours du titre Lockenstone Pharmaceuticals demain matin, à l'ouverture. D'après ses calculs, si l'action baissait de plus de cinquante pour cent, il devrait multiplier sa mise par dix, hypothèse basse. À moins que la volatilité augmente encore plus fort que prévu. Il n'avait pas encore très bien compris ce que signifiait ce terme dans la valeur de son investissement, mais Saunders lui avait vaguement expliqué que pour calculer le prix d'une option, on tenait compte de plusieurs facteurs. La volatilité était l'un d'eux, et plus le nombre était grand, plus son compte grossissait. C'est tout ce qu'il avait besoin de savoir.

Quarante-six personnes avaient trouvé la mort ce soir, mais il ne s'en souciait pas le moins du monde. Encore quelques missions du même acabit pour Saunders et il pourrait s'offrir l'hôtel où il séjournait.

Sur le *New Healer*, la nuit avait laissé la place au jour pendant quelques secondes. Les convives accusèrent le coup, sans très bien identifier l'origine du danger. Certains laissèrent tomber leurs verres ou leurs assiettes, d'autres se mirent à crier. Pas loin d'un début de panique. Tom et Mallory Walters n'avaient jugé utile de prévenir les invités de l'opération en cours, la situation restant sous contrôle. Mais il était temps de les tenir au courant.

Mallory Walters se saisit d'une fourchette et d'un verre qu'elle utilisa pour réclamer l'attention.

– Mes amis, n'ayez crainte. Nous sommes en sécurité ! Le capitaine m'a informée que la marine américaine venait de faire sauter une embarcation suspecte. Tout est rentré dans l'ordre. Levons nos verres à Lockenstone Pharmaceuticals. L'avenir nous appartient…

Un brouhaha de soulagement se fit sentir parmi les convives et les mines déconfites se déridèrent de nouveau.

Tom se trouvait près du bar avec DC et Nolan. Mallory Walters se dirigea vers eux d'une démarche assurée. Ce petit bout de femme volontaire posa une main sur l'épaule de Tom et lui désigna de l'autre les convives qui parlaient avec animation. Elle lui glissa discrètement à l'oreille :

– Je dois vous remercier chaleureusement au nom de… au nom de tout le monde. Puis-je vous offrir quelque chose à boire ?

– Il n'y a pas de quoi, Mallory. N'importe qui dans notre situation aurait fait la même chose.

– Vous êtes trop modeste. La plupart des gens qui travaillent dans la finance veulent faire du fric et rien d'autre. Je crois que vous êtes largement au-dessus de la moyenne de vos confrères du monde merveilleux de Wall Street, conclut-elle en souriant.

Les trois hommes se réjouirent et Darrell déclara avec enthousiasme :

– Vu que Boston va anticiper notre mort à tous, je boirais bien un whisky !

Il montra son ordinateur ouvert. Sur Twitter, les hashtags NewHealer et Lockenstone commençaient à faire leur apparition. Darrell n'y était pas pour rien.

– Alors whisky pour tout le monde, ajouta Tom tandis que Nolan hochait la tête.

Mallory fit signe au barman qui s'approcha pour prendre la commande. Quelques instants plus tard, il revenait avec une bouteille de Highland Park 50 Year Old Single Malt et quatre verres. La bouteille s'apparentait à une œuvre d'art. Drapée d'argent, on aurait dit qu'elle portait une robe déchirée par les vents. La couleur ambrée du whisky donnait à penser qu'une femme nue se cachait dans la bouteille.

Mallory Walters s'en saisit pour la faire admirer aux trois hommes.

– J'espère que ce modeste whisky vous plaira. J'ai acquis la bouteille aux enchères il y a dix ans. J'attendais une grande occasion pour l'ouvrir. Santé, messieurs ! Et encore merci !

Ils levèrent leurs verres et savourèrent le breuvage alors que les discussions se calmaient autour. Le repas allait être servi, et le navire prenait la direction de son port d'attache pour la nuit : une discrète pêcherie de homards non loin de Salem. Le capitaine avait déconnecté son transpondeur. Pour le monde extérieur, le *New Healer* avait sombré corps et bien. C'est en tout cas ce qu'un compte Twitter nommé *DC2pointzéro* laissait entendre.

CHAPITRE 29

4 décembre 2021 – 20 h 31 – Atlantique nord, 43° 29' 35.4" N 66° 31' 45.9" W

Aux premières loges pour assister au feu d'artifice… Captivé, le nez au hublot, Saunders fixait la lointaine boule de feu. Il avait demandé au pilote de son jet de se détourner au-dessus de l'Atlantique pour se placer dans l'axe de Boston vers 20 h 30 Il serait ensuite temps de mettre le cap sur Aspen. Il vivait une forme d'extase aussi puissante que lorsqu'il clôturait un *trade* gagnant. Et disposer du droit de vie ou de mort sur quiconque le grisait. La fois suivante, il serait sans doute au plus près de l'action, voire acteur.

Sa toute-puissance atteindrait son apogée le lendemain à l'ouverture de Wall Street, quand il ramasserait le pactole. Le son de la cloche le ferait vibrer comme jamais. Il se cala dans son siège et demanda à l'hôtesse de lui resservir une coupe de champagne. Il se sentait d'humeur festive en observant la couture des bas de l'hôtesse et la cambrure de ses reins.

À une trentaine de kilomètres de son patron, Thornton trinquait lui aussi, sur la terrasse de sa chambre d'hôtel. Les deux hommes savouraient leur succès par anticipation. La victoire de ceux qui « savent ». Ceux qui ne prennent pas de risques puisqu'ils connaissent la suite des événements. Dans le domaine financier, on les appelle des *insiders*, toutes ces personnes qui bénéficient d'informations privilégiées avant de prendre une décision d'investissement, sans stress ni angoisse du lendemain. Alors que la plèbe prend des risques, subit, sans aucune certitude quant aux destinées de son argent.

Saunders, et Thornton dans une moindre mesure, avaient indéniablement franchi une étape. Non seulement ils savaient, mais en plus, ils provoquaient les situations, déclenchaient les événements. Comme des dieux de la finance.

Toutes ces pensées traversaient le cerveau de Thornton, accoudé à la balustrade de sa terrasse, ses jumelles visées sur les yeux. Il scannait l'horizon à la recherche de débris de l'explosion, mais il n'y trouvait que la nuit noire et les deux navettes des gardes-côtes en train de se rendre sur zone, accompagnées d'un hélicoptère Jayhawk qui tournait au-dessus des lieux du drame. Ce même Jayhawk au pied duquel il avait rencontré la capitaine Vanessa Hartmann. Il eut une petite pensée pour la jeune femme qui devait se décomposer sur la table d'un médecin légiste, quelque part dans le Vermont. Aucune culpabilité, juste une légère frustration de ne pas s'être occupé d'elle en personne.

Sam Buchner se trouvait toujours en position sur sa grue, cent mètres au-dessus du sol, la crosse de son fusil McMillan TAC-50 nichée dans le creux de son épaule. Dans sa lunette de visée, il distinguait le visage de Thornton qui jouait avec ses jumelles. Il déclencha sa radio et dit :

– Je crois que je l'ai en visuel…

– Tu es sûr ? demanda Chris.

– J'ai repéré un mec sur le balcon d'un hôtel de luxe. Il a passé sa soirée à observer la baie de Boston depuis que le *New Healer* a largué les amarres. Ce type savait qu'il allait se passer quelque chose. Je parie le numéro de téléphone de ta sœur là-dessus.

– Dans tes rêves. Tu n'auras jamais son numéro. Et puis de toute façon, elle n'aime pas les types arrogants comme toi !

– Ça ne coûte rien d'essayer. En tous les cas, le lieutenant avait encore une fois raison : un criminel revient toujours sur les lieux de son crime. Là, il a fait mieux. Il est venu assister à son œuvre.

Tom avait positionné ses deux snipers au-dessus de la marina pour couvrir l'embarquement sur le *New Healer*, au cas où… Il leur avait aussi demandé de surveiller les environs pendant les heures qui suivraient l'explosion, d'identifier d'éventuels comportements suspects.

– T'as la localisation précise du bâtiment et l'étage ?

– Simple ! Dernier étage de l'hôtel *Boston Harbor*. Pas bien compliqué de trouver ce monsieur.

– OK, on plie bagage et on rappelle Tom pour la suite ?

– On fait comme ça, on se retrouve au camion.

Le *New Healer* fut amarré devant la pêcherie de homards vers deux heures du matin. On avait commandé des taxis pour ramener les invités chez eux. Ils avaient pour instruction de ne parler à personne et de n'utiliser les réseaux sociaux sous aucun prétexte avant 9 h 30. Tom espérait qu'ils tiendraient leurs langues et qu'ils obéiraient à Mallory – c'était le maillon faible du plan. Si l'un des convives parlait aux médias avant l'ouverture de Wall Street, cela pourrait poser quelques problèmes. Quoi qu'il en soit, même si l'info fuitait plus tôt, ça ne changerait pas grand-chose, mais il préférait repousser la surprise le plus tard possible. Mallory avait pris soin de briefer chacun de ses invités. Elle avait prétexté une annonce qui devait être faite tôt le matin, et qui pourrait faire bouger le cours de Lockenstone. Les invités n'avaient pas remis en question les dires de leur patronne. L'alcool qui avait coulé en abondance lors de la seconde partie de la soirée avait fait le reste.

Il n'y avait plus qu'à espérer que tout fonctionne comme prévu.

Tom, Darrell et Nolan empruntèrent une vieille camionnette à l'haleine de crustacé pour rentrer au « château Walters », comme DC avait surnommé la maison du bord de mer. Le whisky avait fait son effet, réchauffant l'atmosphère. La sensation d'une victoire prochaine boostait les esprits.

Tom était en communication avec Sam Buckner qui lui faisait son rapport :

– On a trouvé un type qui correspond à ce que tu cherchais. Je t'envoie la photo à l'instant. Elle n'est pas très bonne parce que j'étais loin et que l'objectif de mon Canon montre ses limites à cette distance. Dis-moi ce que tu en penses, si notre client te dit quelque chose. En tous les cas, le gars est resté sur sa terrasse avec des jumelles pendant plus de deux heures. Et il se la coulait douce en buvant du champagne.

La miniature apparut sur le fil de conversation WhatsApp. Tom zooma avec son pouce et son index. Le visage apparut brouillé et pixellisé. Cependant, la mâchoire carrée, les sourcils bas, les cheveux coupés selon la réglementation militaire d'il y a dix ans, laissaient place à peu de doute. Il s'agissait vraisemblablement du type qu'il avait assommé à coups de barre de fer dans le hangar de pêcheurs. Même si l'image était mauvaise, la coïncidence était trop grosse. L'étau avait l'air de se resserrer.

– Je pense connaître notre homme. Rentrez au château ! Bravo, les gars, vous êtes toujours au top !

Il coupa la communication, sonda les regards de Darrell et Nolan avant de révéler le fond de sa pensée :

– Je crois que nous avons assez de billes ! Il est temps de contacter l'inspecteur Jenrette. Il devrait nous croire et, pourquoi pas, nous donner un coup de main.

De retour dans le salon de réception de Walters, Lamar, Tom et Bill tenaient une réunion de crise avec Mallory et Wilcox, le directeur financier de Lockenstone. Ses liens avec Goldman Sachs, l'un des plus gros réseaux d'investisseurs au monde, seraient précieux pour la suite du plan. Tôt dans la matinée, il faudrait motiver les milieux financiers à acheter des titres

Lockenstone. Et qui de mieux placé que le responsable financier pour susciter l'intérêt des investisseurs ? Il fallait inventer un scénario optimiste pour l'avenir de la société pharmaceutique, au-delà du simple fait que l'ensemble du personnel venait d'échapper à une tentative d'attentat.

Trois écrans de télévision déversaient leur flot d'actualités sur l'explosion du *New Healer*. Les chaînes d'info commençaient à annoncer la disparition du yacht de la compagnie et les chaînes financières à prendre conscience de l'impact potentiel sur l'ouverture demain matin. Sur CNBC, on anticipait déjà une chute de cinquante à soixante pour cent lors des premiers échanges prévus dans quelques heures. Tom souhaitait que la pression persiste durant le reste de la nuit, que la catastrophe annoncée conforte Saunders dans ses certitudes de victoire.

À plus de trois mille kilomètres, au-dessus du Colorado, le jet de Saunders approchait d'Aspen. Le sulfureux homme d'affaires se livrait à d'intenses calculs sur les gains théoriques qu'il encaisserait durant cette journée du 5 décembre. À l'instant T, l'ensemble des sociétés-écrans mises en place et bientôt pilotées par Brodman & Zimmermann étaient *short* de cent cinquante millions d'actions Lockenstone, à un prix moyen de cent quatre-vingt-neuf dollars. Le titre avait clôturé la veille à cent quatre-vingt-seize dollars. Selon les dernières estimations de CNBC, la disparition subite de Mallory Walters, Adrian Wilcox et de la quasi-totalité de l'équipe de Recherche et Développement pourrait causer une chute de plus de soixante pour cent sur le titre à l'ouverture. Et l'effet de panique pourrait encore entraîner le titre dans les tréfonds.

Carson Saunders ouvrit Excel sur son PC et entra la simulation dans sa feuille de calcul. Un résultat inouï s'afficha : une baisse de soixante pour cent lui rapporterait instantanément dix-sept milliards de dollars. Sans parler de cette montagne de *puts* qu'il avait achetée – pour un montant de cinq cents millions de dollars précisément – afin de corser l'addition. Il s'agissait d'options[18] qui permettaient de gagner à la baisse. Elles allaient littéralement décupler leur valeur si le titre passait sous les cent vingt dollars avant l'échéance du mois de décembre, à savoir s'il perdait quarante pour cent de sa valeur dans les deux semaines à venir.

Saunders avait en effet choisi d'investir ces cinq cents millions dans des options « en dehors de la monnaie », qui avaient la particularité intéressante de voir leur valeur démultipliée en cas de baisse violente du titre concerné au-dessous d'un prix prédéterminé, et ce, à une date donnée. Le point négatif (il en fallait bien un) était bien sûr que, dans le cas inverse, ces *puts* perdaient l'entièreté de leur valeur. Donc si l'action de Lockenstone ne baissait pas d'au moins quarante pour cent d'ici deux semaines, ses options ne vaudraient plus rien et les cinq cents millions investis partiraient en fumée. Cela dit, il lui resterait tout de même les cent cinquante millions de titres vendus à découvert, lesquels pouvaient lui rapporter gros, même en cas de baisse plus modérée que prévu.

Tout ce bel édifice reposait sur le délicat contrôle de quelques personnages-clés de la SEC. Avec les dossiers dont Saunders disposait contre eux, ils ne devraient pas se montrer trop bavards, au risque de finir dans la cellule d'à côté. Il ne s'en était pas trop mal sorti pour un ex-*hedge fund manager* exclu du marché. Aucune institution, aucune loi ne pourrait jamais l'empêcher de régner sur Wall Street de façon occulte. Une nuée de sociétés régneraient en maîtresses sur les marchés financiers. Ses anciens amis, tout ceux qui lui avaient tourné le

---

18. Une option est un produit dérivé qui établit un contrat entre un acheteur et un vendeur. L'acheteur de l'option obtient le droit, et non pas l'obligation, d'acheter (*call*) ou de vendre (*put*) un actif sous-jacent à un prix fixé à l'avance (*strike*) pendant un temps donné ou à une date fixée. Ce contrat peut se faire dans une optique de spéculation sur le prix futur de l'actif sous-jacent, ou d'assurance contre une évolution défavorable de ce prix.

dos, ne se doutaient pas que Saunders tiendrait leur destinée entre ses mains, et pour longtemps. La mort de ces cafards de Lockenstone venait d'ouvrir une nouvelle ère boursière dont il serait le grand ordonnateur.

CHAPITRE 30

5 décembre 2021 – 6 h 45 – Greenwich, Connecticut – USA

La Bourse de New York allait ouvrir dans deux heures et quarante-cinq minutes. Le fondateur de Northern Castle Capital, Tony Patton, tournait en rond dans son bureau depuis un quart d'heure. Il attendait Bill Callahan et ses compagnons pour finaliser leur projet commun. Le patron du *trading* de Brodman & Zimmermann l'avait appelé quelques heures auparavant, mais il était en retard. 6 h 45 et toujours personne.

Tony affichait une cinquantaine sportive et dynamique, en dépit de son crâne qui commençait sérieusement à se dégarnir. Il avait rencontré Bill voilà bien des années, sur le *floor* du New York Stock Exchange. Ils avaient fait un bout de chemin ensemble avant que Tony ne reçoive une offre qu'on ne peut pas refuser : créer un fonds ultraspéculatif pour le compte de gros clients avec qui il travaillait à l'époque. Il avait proposé à Bill de se joindre à lui dans le Connecticut, sans succès. Les astres n'étaient pas bien alignés. Bill souhaitait privilégier sa vie de famille au détriment d'une aventure professionnelle pour le moins risquée. Cela n'avait pas empêché les deux hommes de rester en très bons termes.

Par la suite, Tony Patton avait tenté de débaucher Callahan à plusieurs reprises, toujours sans succès. Sa place chez Brodman & Zimmermann le comblait.

Lorsque Bill fit la une des médias à la suite du meurtre de sa femme, Tony Patton accusa le coup. Il peinait à voir en son ami un dangereux criminel. On ne pouvait cependant pas écarter l'hypothèse d'un accès de folie, d'autant que Bill avait énormément souffert après le décès de sa fille. Bref, il se perdait en conjectures quand Callahan l'avait appelé pour solliciter son aide. Et ses explications ne laissèrent place à aucune ambiguïté quant à la culpabilité de Saunders. Alors, Tony n'hésita pas une seule seconde à épauler son ami. D'autant plus que l'avantage financier exceptionnel que représentait la contre-offensive sur Lockenstone était grand. Tony devrait cependant flirter avec les limites de la légalité… et peut-être de la moralité.

Il consulta sa montre, une élégante Panerai Luminor : 6 h 50. L'inquiétude le gagnait. Bill s'était toujours montré d'une impressionnante ponctualité. Tony s'apprêtait à composer le numéro de son téléphone jetable quand un sifflement sourd se fit entendre. Les arbres qui entouraient le parking de l'immeuble sous ses fenêtres ployèrent tous dans une harmonie parfaite. Un énorme hélicoptère noir apparut soudainement. L'engin se posa au milieu du parking avec une précision diabolique. Il évita des voitures de sport allemandes, des berlines et de gros SUV regroupés à dessein sur le côté de l'espace.

Les portes du Sikorsky s'ouvrirent immédiatement et trois silhouettes en descendirent dans la pénombre. Bill Callahan menait la marche. Tony Patton appuya sur l'interrupteur de son interphone pour contacter le garde de sécurité à la réception. La réceptionniste habituelle prenait son service à 7 h 30.

– Je vous écoute, monsieur Patton ? fit le garde.

– Les trois gars qui viennent d'arriver, vous me les envoyez dans mon bureau directement.

– Ils sont quatre, monsieur.

Patton jeta un œil par la fenêtre. En effet, le pilote était en train de rattraper le trio au pas de course.

Deux minutes après, les portes de l'ascenseur privé qui menait à son bureau s'ouvrirent sur Bill, Tom, Lamar et Vanessa.

– Tony ! Merci pour ta confiance ! lâcha Bill, qui s'avançait pour lui serrer la main.

Patton ouvrit ses bras en grand, refusant la main tendue. Il étreignit son ami d'une façon un peu maladroite. Ceci fait, il se recula pour lancer :

– Tu peux me demander tout ce que tu veux ! Cette pourriture de Saunders ne va pas l'emporter au paradis !

– Ça fait plaisir d'entendre ça. Je dois t'avouer qu'en ce moment, j'ai très peu de fans. Surtout que je suis censé être mort, répliqua-t-il dans un sourire, le premier depuis quelques jours.

Bill se recula légèrement pour présenter ses camarades de galère :

– Voici notre pilote, la capitaine Vanessa Hartmann, qui a été embarquée bien malgré elle dans cette histoire. Puis à sa droite, Tom Kelcey. C'est le premier qui a repéré les magouilles de Saunders, sans trop savoir à qui il avait affaire au début. Et puis à côté, tu as Lamar Loggins. Ils font la paire avec Tom chez Brodman & Zimmermann.

Les présentations furent brèves, le temps pressait. Tony leur indiqua la salle de *trading* dans le prolongement de son bureau. Une dizaine de traders observaient l'hélico qui n'était pas passé bien loin de leurs voitures de luxe.

Tony Patton expliqua à ses hôtes qu'il leur avait réservé une zone où ils pourraient s'installer et communiquer avec ses employés. Neuf écrans et trois postes de travail les attendaient, sans compter une console téléphonique dernier cri. Patton n'avait pas fait les choses à moitié.

En arrivant sur l'estrade centrale, Patton tapa dans ses mains pour obtenir l'attention de ses troupes.

Les traders s'approchèrent dans une belle discipline. L'autorité naturelle de Tony Patton ne faisait aucun doute. Enfin, tant qu'il payait bien ses salariés.

Il commença son *speech* dans un silence respectueux :

– Hier, je vous ai parlé de notre opération commando de ce matin. Je vous ai demandé de tous vous positionner à la hausse sur Lockenstone en commençant à accumuler des actions progressivement.

Il marqua un silence pour signifier l'importance de ce qu'il allait dire, puis, il continua :

– Dès l'ouverture, le titre va dévisser. Je suppose que vous avez vu les *news* ?

Tous hochèrent gravement la tête. Tony poursuivit :

– Vous pensez que je me suis planté et que les pertes que vous allez accumuler vont plomber votre bonus à trois semaines de la fin d'année.

Sceptiques, les traders se regardèrent, sans oser acquiescer.

– En fait, la différence entre vous et moi..., continua-t-il.

Il marqua une pause théâtrale :

– ... c'est que je suis le boss ! Et que je sais très bien ce que je fais. Ce matin, à 9 h 25 précisément, le *New Healer* rentrera au port en parfait état. La patronne de Lockenstone, Mallory Walters, tiendra une conférence de presse pour annoncer que tous ses collaborateurs sont indemnes. Que l'explosion d'hier soir n'était qu'un accident sans gravité, des feux d'artifice qui ont mal tourné. Ceux qui ont commencé à *shorter* ce matin très tôt en préouverture vont devoir se couvrir très vite. Je vous conseille donc d'accumuler du titre, à bon marché, avant cette conférence de presse. Vous allez moyenner vos positions et augmenter votre exposition à Lockenstone. Aujourd'hui, nous n'avons plus de limites, vous avez carte blanche. Achetez tout ce que vous pouvez, faites peur à vos contre-parties sur les options, achetez des *calls* pour montrer que vous croyez au rebond du titre. Laissez supposer que vous avez confiance ! Vendez des *puts* et, avec l'argent encaissé, rachetez encore plus de *calls* ! Je veux que vous terrorisiez les vendeurs en face de vous, que vous les fassiez douter avant que la nouvelle tombe et qu'ils comprennent que VOUS AVEZ raison !!!

Le patron de Northern Castle Capital ne s'arrêtait plus :

– Il y a un gars, là, dehors, qui est *short* à mort ! Et il va paniquer, il va devoir se racheter ! Je vous prédis une journée dantesque. Dès 9 h 15, appelez tous vos amis, vos contacts, vos copains d'université, vos parents, vos ex et les ex de vos parents ! Chauffez tout le monde ! FAITES-MOI EXPLOSER cette boîte à la hausse et tuez-moi ces *shorts* !!!

Les vingt traders applaudirent, l'excitation commençait à monter. D'un geste large, Tony Patton désigna Bill et ses compagnons :

– Ce sont eux qui ont levé le lièvre, qui ont permis que cette journée devienne historique ! Si vous avez des questions ou s'ils vous demandent de l'aide, c'est comme si c'était moi ! Aujourd'hui, ILS SONT Northern Castle Capital, rendez-moi fier !!!

Vanessa s'approcha de Tom et lui glissa à l'oreille :

– Moi qui pensais que les pilotes étaient chargés en testostérone. Ils se font battre à plate couture par les traders.

Tony s'approcha de Tom et interrompit leur aparté :

– La salle est à votre disposition, vous êtes chez vous, Tom.

– Merci, Tony. Merci de nous faire confiance !

– Ne vous inquiétez pas. Si ça se passe mal, ce sera toujours de la faute de Bill, comme d'habitude.

Sur les claviers mis à disposition du groupe se trouvaient des Post-it avec un *login* provisoire, le service informatique avait fait un travail d'orfèvre. Vanessa posa une fesse sur le bureau de Tom et commença à observer la scénographie qui se mettait en place.

Le bal commença : tous les traders partirent à l'assaut pour préparer le terrain et faire tourner le vent au dernier moment. Pas trop tôt, pas trop tard… La miraculeuse sortie du *New Healer* des abysses marquerait le point d'inflexion de cette journée hors norme.

Tom se connecta sur le Bloomberg mis à disposition et tapa le code de Lockenstone, LKPH. Le système lui afficha la cotation de préouverture : le titre affichait une baisse de quarante pour cent, mais avec des volumes dérisoires. Il restait encore du temps avant l'ouverture. Un peu plus de quatre mille titres avaient changé de main alors que le volume moyen journalier tournait autour de quarante millions d'actions échangées. C'était parfaitement normal. À 7 h 30, tous les acteurs du marché n'étaient pas encore au bureau et les échanges ne représentaient alors qu'une fraction des volumes. Les gros joueurs arriveraient à l'ouverture. Quoi qu'il en soit, aujourd'hui, ça allait chauffer fort. Selon les renseignements fournis par Darrell, la position *short* de Saunders se montait à près de cent cinquante millions d'actions. S'il se trouvait pris au piège et qu'il décidait de couvrir ses *shorts*, ça allait être la panique à la hausse. Ce que Tom espérait au fond de lui. Il agrandit la fenêtre qui affichait le prix *live* de l'action et se laissa emporter par l'excitation du moment. Il allait mettre Saunders à mort financièrement. Et tout cela sans jamais l'avoir rencontré !

À quelques minutes de l'ouverture, Brandon Walsh se trouvait dans un café à quelques kilomètres de la maison de Dalmore. Il éclusait son deuxième whisky matinal. Il ne se sentait pas la force d'affronter le shérif dans son état normal. Il regardait les infos du matin, sans le son, sur le téléviseur placé derrière le bar. Les sous-titres relataient l'explosion du yacht de Mallory Walters et les recherches infructueuses pour retrouver d'éventuels survivants. Alors qu'il portait son verre à ses lèvres, l'image d'archives du yacht fut remplacée par un homme sortant d'une voiture de police, encadré par deux agents. Son verre lui échappa des mains et explosa sur le sol. Jason Dalmore en chair et en os ! Hagard, les cheveux en bataille, débraillé, bien loin de l'image de play-boy qu'il aimait cultiver. Comment pouvait-il être en vie ? Saunders lui avait réglé son compte cinq jours plus tôt.

Brandon Walsh avala sa salive de travers quand l'employée du bar vint ramasser les restes de son verre. En bas de l'écran s'affichait en gros caractères rouges :

Un banquier de Wall Street échappe à ses ravisseurs après plusieurs jours de séquestration.

Au bord du précipice, tout se brouillait autour de lui. La serveuse s'adressait à lui mais il ne l'entendait pas. Elle s'activait à ses pieds avec une pelle et un balai pour faire disparaître les morceaux de verre. Il manqua s'affaler sur elle et se retint *in extremis* au comptoir. Quelques secondes pour retrouver le peu d'esprit qui lui restait. Il réussit à composer le numéro de Saunders qui rejeta immédiatement son appel.

Dans sa résidence d'Aspen, Saunders observait le cours de Lockenstone, tout comme Tom dans le Connecticut. Quarante pour cent de baisse, très insuffisant à son goût. Il fallait que ça baisse, toujours plus… Il accéda à son système de *trading* et tenta de jouer l'intox avec un de ses comptes. Le carnet d'ordre montrait une demande de mille actions à cent neuf dollars, et l'offre était à cent vingt dollars, pour mille pièces aussi. L'écart entre l'offre et la demande semblait énorme, mais rien d'anormal à deux heures de l'ouverture. Néanmoins, il allait montrer qui était le patron en faisant baisser l'action davantage. Il entra un ordre de vendre dix mille actions à cent dix dollars, juste pour resserrer l'écart et montrer que le titre pourrait descendre encore plus bas. Son ordre s'afficha à cent dix, l'acheteur qui était en face à cent neuf annula la demande et la suivante fut à cent dollars. Il n'y avait personne en face de lui. Ça sentait la peur sur Lockenstone, personne ne voulait acheter. On tâtait le terrain pour savoir ce que valait l'action, mais personne n'avait le courage de venir contre la tendance.

Pas d'acheteur. Tout le monde était terrorisé et personne ne voulait agir trop tôt sachant le nombre de questions encore sans réponses au sujet de ce qui était en train de devenir l'« affaire Lockenstone ». Saunders jubilait, seul dans son bureau. Encore une fois, il affichait sa puissance ! Même derrière son écran, il faisait peur au marché, les poils de ses bras se dressaient d'émotion.

Lamar observait attentivement le carnet d'ordre et s'écria :

– C'est sûr, c'est lui !

– Comment ça ? répliqua Tom.

– Il y a un petit malin qui joue l'intox dans le carnet d'ordres, mais rien ne se traite. Un mec s'est affiché à la vente à cent dix, pour dix mille actions. Ça ne peut être que Saunders avec un pareil volume. Les acheteurs se sont retirés devant lui. Il essaie de faire peur et d'emmener le titre encore plus bas ! Les opérateurs se tâtent. Ils hésitent et Carson veut les faire craquer !

Tom se leva et hurla à destination de tous les traders :

– Ne faites rien, ne bougez pas avant 9 h. Après, vous commencerez à chauffer le marché sur la rumeur qui sera confirmée à 9 h 25. Jusqu'à la dernière minute, il faut que Saunders soit convaincu de sa victoire !

Bill Callahan surenchérit :

– Laissez-le faire son jeu en préouverture, mais dès que l'information va se savoir, le titre va rebondir massivement. Vous pouvez vous placer sur les quatre-vingts, quatre-vingt-cinq dollars. Si on vous les donne, c'est parfait. On pense que Saunders voudra se couvrir à soixante ou quatre-vingts, faites-lui barrage. Passez devant lui, faites-le douter. Mais n'achetez pas encore à n'importe quel prix.

Tom hocha la tête de satisfaction. La fin de la léthargie de son boss. Le pugnace Callahan marquait son retour ! L'adrénaline commençait à couler à flots et Saunders ne se doutait toujours de rien.

Ils reçurent des regards d'approbation, même si les traders de North Castle Capital ne savaient pas trop à qui ils obéissaient.

Bill compléta son propos :

– Il faut la jouer finement. Moins il aura de temps pour se retourner, plus ça sera violent. Darrell est au courant pour la suite ?

– Oui, il est prêt à agir. Je crois que Saunders va vivre une sale journée.

– Rien ne me ferait plus plaisir, rebondit Callahan en souriant.

Les quatre-vingt-dix minutes suivantes furent un jeu du chat et de la souris. Les marchés boursiers se demandaient ce que Lockenstone pouvait bien valoir sans management et sans département Recherche et Développement, mais la volatilité extrême et la tension qui régnait sur le titre ne rendaient pas la tâche facile. Le compte à rebours affiché sur les chaînes financières s'égrenait, les reportages sur la disparition du yacht occupaient principalement les analystes et les journalistes. Chacun y allait de son petit commentaire sur l'impact de la mort de Mallory Walters et d'Adrian Wilcox. Des commentaires bien stériles. Personne ne serait capable de valoriser clairement la société dans une situation aussi incertaine. Mais tout ce beau monde faisait son job : brasser de l'air.

Saunders observait tout cela avec dégoût sur l'écran géant de son bureau. Ces rats qui croyaient tout savoir… Une seule personne savait : lui, le grand ordonnateur de ces événements. Il n'avait que mépris pour ce cirque pathétique.

Sur CNBC, à 9 h 20, le présentateur exposait sa petite théorie sur l'avenir de la société pharmaceutique quand il mit subitement la main sur son oreillette et changea d'expression.

– Rebondissement à Boston ! On rejoint immédiatement notre envoyé spécial sur place.

L'improvisation la plus totale. Les équipes techniques éprouvèrent quelques difficultés à mettre en place le duplex. Noir à l'antenne, puis l'image sauta plusieurs fois avant de s'installer. Une jeune journaliste emmitouflée dans une doudoune apparut à l'écran, sur le quai de la marina. Derrière elle, un yacht s'apprêtait à toucher le quai. On pouvait voir distinctement son nom : *New Healer.*

Saunders se figea et son visage se décomposa.

Dans sa chambre du *Boston Harbor*, Thornton recracha son café sur la moquette. Il avait mis son réveil et commandé son petit déjeuner en chambre pour assister à l'ouverture de Wall Street en direct. Et regarder sa fortune prendre définitivement forme. Comment était-ce possible ? Il avait lui-même posé la bombe, liquidé le garde, vu l'explosion au loin ! Comment avait-il pu se faire doubler ? Saunders devait être fou de rage.

Il se précipita jusqu'à la baie vitrée pour vérifier l'info de ses propres yeux. Il l'ouvrit maladroitement en pestant et se pencha à la rambarde de la terrasse. À quelques centaines de mètres à vol d'oiseau, le *New Healer* le narguait, amarré au même endroit que la veille. Une foule compacte se massait devant lui, et les vans de télévision avec leurs paraboles se battaient pour disposer du meilleur angle de vue. Dans le ciel du port, il compta quatre drones et deux hélicoptères qui survolaient la zone.

Quelles options s'offraient à Thornton ? Une seule, certainement : la fuite. Disparaître le plus vite possible pour échapper aux foudres de Saunders.

Dans la salle de North Castle Capital, l'euphorie régnait. Les traders hurlaient au téléphone. Ils essayaient succinctement d'expliquer à leurs interlocuteurs pourquoi il fallait racheter Lockenstone au plus vite, et faire ainsi remonter le cours de l'action qui ne faisait plus aucun sens au niveau de l'ouverture. Les chaînes de télévision venaient d'annoncer la tenue d'une conférence de presse avec Mallory Walters, sur le quai, devant son bateau.

La patronne de Lockenstone descendit sur l'étroite passerelle de son navire, lentement, avec solennité. Elle se dirigea vers un pupitre aux couleurs de sa société.

Le silence se fit dans la salle de *trading* mais aussi chez Saunders, et partout où l'on suivait l'événement en direct.

Les traits tirés, Mallory Walters fixa longuement la meute de caméras avant de prendre la parole :

Mesdames et messieurs, chers actionnaires et clients de Lockenstone Pharmaceuticals. Depuis hier, beaucoup de rumeurs ont circulé… Des rumeurs qui laissaient supposer que le New Healer *amarré devant vous avait sombré hier soir. À la suite d'une explosion que beaucoup d'entre vous ont pu observer dans la baie de notre chère ville de Boston. Si l'on en croit les nouvelles publiées depuis lors – nouvelles infondées, je le précise – la totalité du management, dont je fais partie, mais également l'ensemble de nos équipes de recherche ont disparu dans la catastrophe.*

Tous les gens à bord du New Healer *sont sains et saufs. L'explosion n'a concerné qu'un des canots de sauvetage sur lequel se trouvait une bombe destinée à couler l'embarcation. Un attentat terroriste…*

Les journalistes hurlèrent chacun leurs questions dans un brouhaha indescriptible. Mais Mallory Walters leva les bras d'un geste plein d'autorité pour imposer le silence.

Je répondrai à toutes vos questions plus tard, mais je n'en ai pas encore fini. Si aujourd'hui, mes collaborateurs et moi, nous ne sommes pas au fond de l'océan, c'est que nous avons bénéficié d'informations primordiales. Elles nous ont permis de comprendre que des personnes mal intentionnées avaient vendu à découvert nos titres. Ces individus sans scrupules ont ensuite orchestré cet attentat pour faire chuter les cours de notre société. J'ai constaté qu'à cinq minutes de l'ouverture des marchés, le titre de Lockenstone Pharmaceuticals était en baisse de près de cinquante pour cent. Je profite donc de cette tribune pour rassurer nos investisseurs, nos actionnaires et nos partenaires. Tout va bien… ! Nous sommes plus que motivés pour poursuivre nos projets en cours. Des annonces importantes devraient d'ailleurs être faites à ce sujet prochainement… Mesdames et messieurs, je suis maintenant à votre disposition pour répondre à toutes vos questions !

Durant le discours de Mallory Walters, le titre Lockenstone avait été très actif. L'hésitation du début laissa la place à une stabilisation autour des cent dix dollars. Moment choisi par Lamar pour acheter des options avec des objectifs de prix à cent cinquante dollars qui arrivaient à échéance d'ici dix jours. Les teneurs de marchés offraient à des prix ridicules, mais il achetait quand même et les forçait à acheter des actions pour se couvrir. Ceux qui avaient liquidé leurs titres de Lockenstone ce matin à cause des mauvaises nouvelles revenaient au galop. Quelques minutes après la conférence de presse, le titre avait récupéré près de vingt dollars et s'échangeait autour des cent trente. Et ça ne faisait que commencer.

Saunders avait écouté Mallory Walters dans un état second. Chose étrange, elle ne l'avait pas dénoncé publiquement. Dans le coin de l'écran de télévision, il voyait le prix de Lockenstone remonter à toute vitesse et, à deux minutes de l'ouverture, il avait perdu la moitié de ses gains théoriques de 9 h 15. Des titres s'étaient échangés à quatre-vingt-dix-huit dollars, ce qui représentait un gain de quinze milliards sur sa position *short* à ce moment précis. Mais à la fin du discours, le titre venait de passer les cent trente sept dollars et ne perdait plus que trente pour cent. Sa fortune théorique venait d'être divisée par deux. Huit milliards restaient une somme honorable, mais il savait que s'il rachetait cent cinquante millions de titres dans la journée, le chiffre de Lockenstone s'envolerait bien au-dessus de deux cent quarante dollars. Sa perte serait alors stratosphérique. Il devait agir. Et vite. Commencer à racheter ce qui pouvait l'être et limiter la casse. Il se jeta sur son système de *trading online* pour passer un ordre et son écran se figea. Le pointeur de sa souris disparut. Ordinateur planté ! Par un réflexe désespéré, il tapa sur son clavier comme si cela allait changer la donne. Toujours rien. Il tenta le fameux *Contrôle-Alt-Suppr* miracle, mais rien non plus.

Il devait absolument racheter tout ce qu'il pouvait avant que ça dégénère. Il s'empara de son combiné pour appeler les traders qu'il payait à prix d'or à New Rochelle. Il appuya sur sa console téléphonique préprogrammée qui s'éteignit instantanément. Et les nombreuses tentatives de réanimation à l'aide de son index rougissant n'eurent aucun effet. Il tenta péniblement de conserver son sang-froid et saisit son smartphone. Saunders essaya de le déverrouiller avec la reconnaissance faciale, mais l'iPhone refusa tout net. Il tapa donc son code : même chose. Après trois tentatives, l'appareil réticent se verrouilla définitivement. Il termina sa carrière projeté contre un mur.

Un message apparut alors sur son écran de *trading* sous forme d'économiseur d'écran :

Bienvenue chez Narragan Biosciences !

Carson Saunders, livide, aperçut le prix d'ouverture de Lockenstone : deux cent cinq dollars, soit une hausse de plus de huit pour cent par rapport à la veille. Sa perte instantanée se montait à plus de deux milliards et il n'avait pas encore racheté le moindre de ses titres. Non seulement il n'avait pas racheté, mais en plus, il ne pouvait pas le faire !

CHAPITRE 31

5 décembre 2021 – 9 h 45 – Greenwich, Connecticut – USA

Tom étreignit Lamar sans aucune retenue. Les deux collègues peinèrent à contenir leur joie lorsqu'ils virent le prix de la société de Mallory Walters sur leur Bloomberg. L'action se traitait à deux cent quarante-cinq dollars, en hausse de trente pour cent. Et ce mouvement ne semblait pas sur le point de s'arrêter.

Darrell avait bloqué tous les accès numériques de Saunders depuis dix minutes, rendant muet l'homme d'affaires pendant les stratégiques cinq minutes précédant et suivant l'ouverture. Depuis, le *hedge fund manager* déchu tentait de racheter des actions Lockenstone. Vu les volumes, c'était pratiquement impossible ! D'autant plus que toutes les banques qui lui avaient prêté des titres pour vendre à découvert étaient en train d'appeler ses sociétés-écrans pour exiger le rachat immédiat. Un grand classique : les banques vous soutiennent quand tout va bien et vous lâchent quand tout va mal.

Le plan de Tom Kelcey fonctionnait à merveille. Ne restait plus qu'à asséner le coup de grâce. Tom appela Sam Buckner :

– Vous êtes en position ?

– Affirmatif, il ne pourra pas sortir sans nous passer devant.

– OK. Ne prenez aucun risque. Ce type est dangereux ! Vos vies sont bien plus importantes que la sienne.

– C'est gentil, lieutenant, mais nous aussi on est dangereux

– Oui, à 1,5 kilomètre au fusil à lunette. Lui est dangereux à mains nues. Je ne mets pas en doute tes capacités au combat rapproché, Sam. Je ne veux juste plus de victimes dans nos rangs. Compris ?

– OK, on a ce qu'il faut comme anesthésiant… si jamais.

Et le sniper coupa la communication.

Dans sa chambre d'hôtel, Thornton faisait son sac en quatrième vitesse. Il n'avait pas grand-chose avec lui et le reste de son matériel se trouvait dans la Cadillac, au sous-sol de l'établissement. Il prendrait le premier avion disponible depuis Logan Airport. Quant à sa destination finale, il affinerait plus tard. Il ramassa son passeport au nom d'Angus Thornton, son identité depuis le début de la mission. L'homme de main se rendit dans les toilettes et sortit un briquet de sa poche. Il mit le feu au document au-dessus de la cuvette. Les cendres tombaient les unes après les autres. Thornton mourait sans gloire, à petit feu. Il choisirait plus tard une nouvelle identité dans sa panoplie.

Avant d'enfiler sa veste, il noua son holster puis vérifia le SIG Sauer et son chargeur. Le couteau de combat fixé au mollet droit complétait son dispositif. Il se sentait paré à toute éventualité, malgré la faible probabilité que Saunders ait déjà mis un contrat sur sa tête. Il franchit la lourde porte de la chambre. Personne dans les couloirs. Il se dirigea vers les ascenseurs. La cabine du milieu s'ouvrit. Un jeune type y consultait son téléphone adossé à la cloison. Ce dernier leva à peine la tête pour le saluer. Thornton entra et s'installa à l'opposé de la cabine pour conserver un œil sur son compagnon de voyage. On n'est jamais trop prudent. Il appuya sur le bouton qui menait au parking, celui de la réception était déjà allumé. La cabine entama sa descente, trop lentement à son goût.

L'homme au téléphone sortit comme prévu dans le hall et Thornton continua seul son voyage. En sortant de l'ascenseur, il tourna immédiatement à droite et s'enfonça dans un long couloir pour récupérer son Escalade garée à bonne distance. En mettant la main sur la poignée de la porte qui menait au parking, il eut comme un pressentiment. Puis plus rien. Une décharge électrique le foudroya. Il s'effondra sur le sol telle une marionnette abandonnée. Il n'eut pas même le temps de se dire : « Putain de journée. »

Nolan se précipita sur lui. Il examina ses yeux et prit son pouls. Le dangereux prédateur avait son compte pour quelques précieuses minutes.

– Passe-lui les menottes dans le dos et on le charge dans le minibus, fit Sam en arrivant sur les lieux. Ça marche bien, ces trucs électriques ?

– J'ai mis toute la puissance. Tom a dit d'être prudent, et vu l'animal, je n'ai pas voulu prendre de risque.

Sam s'esclaffa au moment où Chris arrivait avec la camionnette. Nolan s'accroupit pour entraver les chevilles de Thornton. Il le soulagea de son couteau et de son pistolet. Les deux snipers transportèrent ensuite l'homme de main sur une dizaine de mètres vers le véhicule. Un client de l'hôtel pénétra alors dans le garage au volant d'une limousine Mercedes. Les puissants phares de la voiture allemande les aveuglèrent, mais ils eurent juste le temps de faire rouler le poids mort de Thornton sous leur véhicule. Le client à la Mercedes passa devant eux sans rien voir, trop occupé à trouver une place proche des ascenseurs. Ceci fait, il effectua une manœuvre impeccable pour se garer. En sortant, il se fendit d'une salutation de la main à Sam et Nolan qu'il considérait certainement comme des ouvriers d'entretien. Le client enfin disparu dans le couloir, les deux hommes s'empressèrent de charger leur paquet avant de recroiser un gêneur. Puis ils ne s'éternisèrent pas davantage dans les entrailles de l'hôtel. Deux minutes plus tard, ils empruntèrent un rond-point et se dirigèrent vers la pêcherie de homards qui allait momentanément leur servir de salle d'interrogatoire.

Tom reposa le combiné avec un sourire de satisfaction. Il annonça la capture de Thornton à Bill, Lamar et Vanessa. Il ne doutait pas un instant des talents de ses trois soldats pour délier les langues les plus réfractaires. Dans leur salle de *trading*, ils n'avaient plus qu'à achever Saunders financièrement, ce qui était en bonne voie. Les complices suivraient dans la débandade. Enfin, il l'espérait.

À voir les sourires des traders de North Castle Capital, la journée devait s'annoncer fructueuse. Les options dont le prix d'exercice pouvait encore sembler élevé ce matin commençaient à valoir très cher ; certaines qui avaient été achetées à neuf dollars se traitaient désormais à plus de cent. Le titre, lui, se traitait à plus de deux cent soixante-cinq dollars, et, d'après les données obtenues par Darrell, en supposant que Saunders n'ait encore rien racheté – précaution quasiment impossible –, sa perte totale frisait les huit ou neuf milliards. Soit la totalité de ce qu'il avait gagné sur les précédentes opérations, dont Narragan. Tout à sa réussite, Lamar exulta :

– Lockenstone est en hausse de quarante pour cent, les options *puts* que l'autre avait achetées ne valent plus rien, nos *calls* cartonnent et ceux qui nous ont suivis font la journée de leur vie. Et tu sais quoi ?

Tom réfléchit un huitième de seconde, sans pouvoir ouvrir la bouche. Lamar répondit lui-même à sa propre question :

– Non seulement on vient de faire un carton pour nos amis, pour nous, mais en plus on n'a même pas besoin de s'inquiéter de la SEC. Ils doivent être tellement impliqués avec l'autre baltringue de Saunders qu'ils n'oseront jamais bouger le petit doigt.

Et il éclata d'un rire tonitruant, évacuant ainsi le stress des derniers jours.

14 h 30. Carson Saunders continuait de se liquéfier. Ses écrans de *trading* semblaient avoir aussi perdu la raison. Son système de gestion du risque et de consolidation des

transactions clignotait dans tous les sens. Il lui réclamait sans cesse des interventions. Une fuite en avant en forme de torture : il rachetait à coup de cent mille actions et le titre grimpait de deux pour cent à chaque fois. Plus il réduisait son risque à la baisse, essayait de limiter la casse, plus ses pertes s'accumulaient. Son amour-propre en prenait un sérieux coup, lui qui se voyait quelques heures auparavant tutoyer les sommets des dieux. Il s'était fait piéger, humilier. Quelqu'un avait vu clair dans son jeu. Quelqu'un avait trouvé la bombe de Thornton et l'avait retournée contre lui.

D'ailleurs, cet enfoiré de Thornton ne répondait plus. Il devait se terrer comme un chien. Saunders lui aurait bien fait payer son incompétence au prix fort. Ou bien sa trahison… Mais comment ? Il n'avait plus de tueurs sous la main. L'équipe d'intervention avait disparu après la liquidation de Kelcey. Et de toute façon, ces types ne se seraient jamais retournés contre Thornton.

Toute l'opération patiemment échafaudée s'effondrait. Ruiné, Carson Saunders devrait rendre des comptes à ses associés. Une nouvelle humiliation face au tribunal de ses pairs ! Son corps tremblait de partout, il ne parvenait plus à réfléchir rationnellement. Il se prit la tête dans une vaine tentative pour retrouver ses esprits. Son cerveau ne pouvait supporter les sommes astronomiques de pertes, lui qui d'habitude fonctionnait à plein lorsqu'il s'agissait d'engranger les profits. Il sentait le sang battre dans ses tempes, tout son environnement se brouillait. Il perdait le contrôle, la bouche sèche et le rythme cardiaque à cent cinquante battements par seconde.

14 h 45. L'application affichait une perte de 8,1 milliards sur la position *short,* et il lui restait soixante-cinq millions de titres à racheter. S'il ne le faisait pas avant la clôture dans un peu plus d'une heure, les banques qui lui avaient prêté les titres liquideraient ses positions elles-mêmes. Foutu dans les grandes largeurs. Dans soixante-quinze minutes, il aurait perdu un peu plus de dix milliards… s'il avait de la chance.

Il joua avec le tiroir de son bureau dans lequel reposait un Colt 45 qui avait appartenu à son père lorsque celui-ci était au Vietnam. Le suicide ? Tellement simple. Une pression de l'index et tout s'arrêterait. Il claqua le tiroir de rage et tapa sur son bureau : il n'allait pas se laisser faire ! Il allait se reprendre ! Il disposait d'argent frais caché à l'étranger. Juste au cas où. La fuite semblait tout de même plus attirante que la mort.

Bill et Lamar préparaient la clôture. Inlassablement, ils appelaient leurs contacts pour expliquer exactement ce que Saunders savait déjà : les banques forceraient le rachat à la clôture, et au vu des volumes qui devaient encore s'échanger, le titre n'avait pas fini de monter. La mise à mort continuait et ça n'était pas tout… Tom et Vanessa étaient partis à Hoboken pour régler une chose importante.

Le lieutenant Maverick Jenrette se trouvait à vingt minutes à l'ouest d'Hoboken. Il avait reçu un mystérieux coup de téléphone. Une jeune femme lui avait assuré être en possession d'un dossier complet pour démonter l'affaire Narragan Biosciences. Sans parler des liens avec ce qui venait de se passer à Boston à propos de Lockenstone Pharmaceuticals et de la mystérieuse explosion. Si cette femme disait vrai, le prix Pulitzer de la police criminelle tendait les bras à Jenrette. Son interlocutrice lui avait fixé rendez-vous dans une carrière à ciel ouvert près de Kearny, à l'ouest d'Hoboken. Il avait bien tenté de lui poser des questions, mais la femme s'était montrée intraitable. « Venez seul et n'en parlez à personne. » Quelques secondes après la communication, il recevait par SMS les coordonnées géographiques de son point de rendez-vous à 16 h précises.

À l'heure dite, pas de jeune femme. Il poireautait au milieu de cette carrière aux allures de désert. Les gigantesques camions qui transportaient la terre avaient des dimensions d'immeubles. À chaque passage, le sol vibrait ; Jeanrette n'en menait pas large.

Il commença à envisager une tromperie. Cette femme au téléphone avait peut-être toutes les raisons de l'éloigner d'Hoboken ?

Juste au moment où il commençait à s'énerver contre lui-même, un puissant hélicoptère noir passa au-dessus de son crâne dégarni. L'engin manœuvra dans de savantes courbes pour se poser à une centaine de mètres. Jenrette n'était pas un expert, mais il remarqua une similitude par rapport aux hélicos orange et blanc des gardes-côtes, sans immatriculation sur le fuselage toutefois. Il se dirigea vers lui pendant que les pales cessaient de tourner. La porte côté pilote s'ouvrit et une silhouette casquée en descendit.

À cette distance, on distinguait la silhouette d'une femme malgré la combinaison de vol. Tous deux se rejoignirent à mi-chemin. Elle portait un épais dossier sous son bras gauche et utilisa sa main droite pour ôter son casque. La pilote avait les cheveux courts, un visage avenant et souriant avec une paire d'yeux gris à tomber à la renverse. Elle fit de rapides présentations :

– Capitaine Vanessa Hartmann, garde-côte des États-Unis… Hummm, actuellement en vacances.

– Enchanté ! Je suis le lieutenant Jenrette de la police d'Hoboken. C'est vous qui m'avez appelé ce matin, je suppose ? fit-il en inclinant la tête.

– Oui, merci d'être venu. C'est vous qui vous occupez de l'affaire Malagacchi ?

– Pourquoi cette question ?

– Ces derniers temps, j'ai été confrontée à des gens impliqués dans le meurtre de M. Malagacchi. Il semblerait que cette affaire ne soit que la partie émergée de l'iceberg. Il y a des ramifications un peu partout depuis la disparition des données de recherche de Narragan Biosciences. En poussant plus loin, il existe aussi des liens avec l'explosion de Boston d'hier, tentative d'attentat contre Lockenstone Pharmaceuticals. En outre, je dispose de preuves qui peuvent innocenter Tom Kelcey et Bill Callahan.

Il fixa longuement la jeune femme, dubitatif. Vanessa continua :

– Vous êtes avec moi ? Ou vous êtes en plein AVC ?

– Je suis tout ouïe. Mais j'attendais le moment où vous alliez m'annoncer le nom de l'assassin de Kennedy et me dévoiler l'identité secrète de Batman.

Elle sourit.

– Inspecteur, vous devriez savoir que Bruce Wayne est la véritable identité de Batman. Quant à Kennedy, vous trouverez la réponse à la fin du dossier qui est sous mon bras. Trêve de plaisanteries : vous êtes intéressé ou je remonte dans mon hélico ?

– Bien sûr que je le suis. Cependant, pour l'innocence de Tom Kelcey… Je croyais qu'il avait disparu au fond de l'Hudson River il y a quelques jours. Serait-il parvenu à ramper dans les herbes au bord de l'eau et à s'en sortir ? suggéra-t-il avec un sourire narquois.

– Coriace et résistant, fit une voix dans le dos de Maverick Jenrette. Bien vu pour l'herbe aplatie, c'était bien moi !

Le flic se retourna et tomba nez à nez avec l'homme dont le portrait tournait en boucle sur toutes les télévisions – mais en plus fatigué. Par réflexe, il porta la main à son arme de service et Tom leva les mains en signe de paix. Vanessa l'avait déposé à l'entrée de la carrière, derrière une montagne de sable. Au cas où Jenrette serait venu accompagné. Il aurait eu le temps de repérer les autres et de s'enfuir. Tom s'expliqua :

– Je ne vous veux aucun mal ! Tout ce qu'on me reproche est faux. Le dossier que nous avons ici le prouvera. Il vous suffit de regarder la vidéo sur la clé USB pour lever tous vos doutes.

Jenrette se détendit. Il faisait rarement confiance au premier venu, mais il avait épluché le dossier de ce Tom Kelcey. Pas le profil d'un dangereux tueur en série.

Vanessa et Tom expliquèrent succinctement l'histoire de Narragan Biosciences, de Carson Saunders et de Lockenstone. Dans la vidéo sur la clé USB, Thornton avait avoué bien sagement aux trois snipers de Tom. Fichu pour fichu, il avait livré ses exploits et ses commanditaires. Le piratage de Narragan, l'assassinat de Lawrenson, retrouvé par miracle par Vanessa, puis de Malagacchi, Rebecca, Mary et, plus récemment, Dickinson, sans compter le garde de sécurité de la marina. Et à ce sinistre tableau de chasse, il fallait ajouter l'enlèvement de Dalmore.

Le dossier contenait une montagne de preuves pour faire tomber tout ou partie de l'organisation qui se faisait appeler « le Conseil ». Carson Saunders devrait finir ses jours en prison, mais il fallait encore mettre la main sur lui

Maverick Jenrette pria Tom et Vanessa de le suivre au poste de police pour effectuer une déposition en bonne et due forme. Il se doutait de la réponse de Tom :

– Nous restons à votre disposition, bien sûr, mais dans l'immédiat, on n'a pas trop envie d'être enfermés en attendant toutes les vérifications pour me disculper. Étudiez gentiment le dossier et je pense que vous ferez appel au FBI pour arrêter Carson Saunders. Il se planque dans sa maison d'Aspen, et je doute que votre juridiction s'étende jusque-là. On se tient au courant..., conclut Tom en levant la main et en repartant vers le Blackhawk.

Maverick observa l'hélicoptère disparaître au loin, puis il prit la direction de sa voiture. Il avait du pain sur la planche avant de rentrer chez lui ce soir. En premier lieu, il devrait appeler les « costards-cravates » du FBI pour serrer Saunders. Sans compter tous ceux qui dans ce dossier avaient des choses à se reprocher, entre autres trois fonctionnaires haut placés à la SEC. Le dossier tentaculaire ne serait bien évidemment pas bouclé aujourd'hui, mais pas mal de gens devaient se préparer à prochainement dormir en prison.

Tom occupait le siège de copilote du Blackhawk. Il commençait à prendre goût aux déplacements héliportés, entre la vue, la charmante compagnie et le gain de temps. Revenir à son Ford Raptor ne serait pas évident.

– Que fait-on maintenant, lieutenant ?

– On retourne dans le Connecticut récupérer Bill, Lamar et DC. On va devoir faire un crochet par Boston pour clore le chapitre Lockenstone. Mais j'ai encore un doute et j'ai demandé à Darrell de me vérifier quelques petites choses.

– Quoi donc ?

– Mmmh… Disons que la première règle en finance, c'est la diversification de ses investissements. À la place de Saunders, je n'aurais pas englouti tout mon capital dans cette opération. Il doit avoir prévu une poire pour la soif, un trésor de guerre. Quelque chose pour tenir le coup au cas où son plan foirerait, une stratégie de *back-up*. Ce genre de type ne peut pas revenir à une vie de smicard et végéter dans un motel miteux.

– Et tu penses à quoi ?

– À une grosse somme planquée dans une structure quelconque. De l'argent qu'il va essayer de récupérer avant de s'enfuir du Colorado. J'ai demandé à Darrell de pister les multiples comptes et sociétés-écrans que ce malade utilisait, ça ne doit pas être une somme facilement dissimulable.

– Ça ne va donc jamais s'arrêter ? Tu ne pourras jamais m'offrir un verre au *Chart Room* comme prévu ?

Tom se retourna vers la pilote, l'air indigné :

– Mais… Je me trompe ou tu me fais du rentre-dedans ?

Vanessa changea instantanément de couleur, passant du rose pâle au rouge cramoisi. Elle balbutia :

– Euh, non, oui, enfin, je veux dire qu'il me semblait que… La dernière fois, enfin… Tu vois !!!

– Depuis que l'on se connaît, c'est la première fois que tu perds ta parfaite maîtrise. Enfin, mis à part quand je t'ai sauvé la vie dans ce hangar pourri. Mais ne t'inquiète pas, je t'offrirai ce verre. On est presque au bout de cette histoire, glissa-t-il, hilare.

La jeune femme simula soudainement une concentration intense sur sa planche de bord, comme si son indicateur de vitesse nécessitait une attention spéciale. Le reste du vol jusqu'aux bureaux de North Castle Capital se fit dans un silence gêné alors que Tom souriait comme un gamin sur le siège de droite.

CHAPITRE 32

5 décembre 2021 – 19 h 30 – Salem, Massachusetts – USA

Tout le monde avait pris place dans le salon de réception chez Mallory Walters. Bill et Lamar discutaient dans un coin, euphoriques après leur journée de *trading* d'anthologie. Ils se sentaient enfin de retour dans leur élément : surfer sur les marchés, anticiper, acheter, vendre, vendre et acheter encore… Bill avait eu son fils au téléphone, à l'abri dans son refuge avec sa petite famille. Tout s'arrangeait sur la côte Ouest. Les deux lascars qui lui avaient rendu visite se trouvaient déjà entre les mains des enquêteurs californiens.

Les trois snipers discutaient avec Adrian Wilcox et Mallory Walters. Ils leur contaient par le menu l'intervention de la police venue récupérer Thornton à la pêcherie de homards. Tout s'était déroulé en douceur après l'interrogatoire plutôt musclé subi par l'homme de main de Carson Saunders.

Quant à Vanessa, elle boudait ostensiblement dans un coin de la pièce, l'air renfrogné depuis son échange aigre-doux avec Tom. Ce dernier trouvait la situation plutôt cocasse. Il attendait avec impatience le moment où la jeune femme reviendrait vers lui pour faire amende honorable.

Assis à côté de Darrell, Kelcey observait l'informaticien concentré sur sa mission. Et pour la première fois, il se sentait relativement détendu.

Une bonne nouvelle n'arrivant jamais seule, Tom venait d'apprendre la réapparition quasi miraculeuse de Jason Dalmore. Les informations restaient parcellaires, mais le big boss avait, semble-t-il, faussé compagnie à ses ravisseurs. On pouvait supposer que Saunders se cachait derrière tout ça, et que l'arrestation de Thornton avait provoqué une réaction en chaîne ayant permis au malheureux de recouvrer la liberté. Tom aurait sûrement l'occasion d'en parler avec lui prochainement, mais c'était le dernier de ses soucis pour le moment. Il savourait simplement un instant de calme. Ce répit après l'action ne lui était pas inconnu. Son esprit vagabonda pendant quelques instants aux côtés de Rebecca.

Le repas allait être servi, Mallory Walters ayant insisté pour les remercier de tout le travail accompli depuis deux jours. Tom et ses compagnons lui avaient sauvé la vie. Elle ne savait pas trop comment leur témoigner son immense gratitude. Sans parler du fait que la société Lockenstore Pharmaceuticals sortait renforcée de cette aventure. Ses actions avaient terminé la séance en hausse de soixante pour cent. Comme prévu, les rachats en clôture déclenchés par les banques avaient contraint Saunders à tout racheter, faisant littéralement exploser la valeur. Dans les jours suivants, il faudrait cependant s'attendre à un retour du titre à un niveau plus conforme à la réalité du terrain. Les *shorts* sur Lockenstone se calmeraient. La fortune personnelle de Mallory Walters venait d'atteindre des sommets, étant donné qu'elle était actionnaire majoritaire et fondatrice. Mais tout cela restait virtuel. Elle n'allait pas se départir de ses actions dans l'euphorie. Et dire que vingt-quatre heures plus tôt, elle aurait dû finir au fond de l'océan. Un joli retournement de situation, digne des meilleurs scénarios hollywoodiens.

Au milieu de ce tableau idyllique, seul Darrell travaillait encore, son ordinateur portable sur les genoux. Soudain, il se recula sur sa chaise comme s'il venait de croiser le diable. Tom le vit se décomposer en un instant.

– Qu'est-ce qui se passe, DC ?

– …

– Darrell, tout va bien ?

– Euh… Ce que je viens de trouver est tout simplement… énorme. Je t'avoue que je ne sais pas trop quoi en penser.

– Viens-en aux faits !

– J'ai trouvé où Carson Saunders planquait son fric.

– À Genève… ? Dans le Delaware… ? Aux îles Caïmans… ?

– Non, répondit-il en secouant la tête. Bien plus proche que ça.

– Écoute, Darrell, ce n'est pas le moment de jouer aux devinettes ! lança sèchement Kelcey.

Tous les convives autour de la table s'arrêtèrent de parler. Darrell en profita pour balancer sa grenade dégoupillée :

– Brodman & Zimmermann

– Quoi, Brodman & Zimmermann ? demandèrent en chœur Bill, Tom et Lamar.

– Carson Saunders a planqué un milliard et huit cent quatre-vingt neuf millions chez Brodman & Zimmermann !

Tom Kelcey prit le temps de laisser l'information faire le tour de son cerveau.

– Ce n'est pas franchement une surprise. Thornton nous a avoué que le plan consistait à utiliser dans le futur la société de Dalmore comme société-écran pour ses magouilles…

– Non, Tom, tu n'as pas compris. L'argent est chez Brodman & Zimmermann depuis des mois. Les transactions entre la société de Dalmore et ses comptes-écrans pour les opérations criminelles de Saunders sont régulières depuis bien avant la pandémie de 2020.

Tom prit une claque monumentale, tout comme Bill et Lamar. La nouvelle impliquait de revisiter de fond en comble leurs dernières années professionnelles à la manière d'amoureux transis qui découvriraient la trahison de l'être chéri. Depuis des mois, les trois hommes constituaient de la chair à canon toute désignée dans cette vilaine guerre boursière déclarée par Saunders. Baladés de bout en bout. Par qui ? Ils devaient nécessairement y avoir des complicités en interne, et pas des moindres.

Le majordome de Mallory Walters entra dans la pièce et annonça de façon protocolaire :

– Ces messieurs-dames sont servis dans la salle à manger !

Le lieutenant Maverick Jenrette pénétrait pour la première fois dans les bureaux du FBI de New York. Étant donné les informations qu'il avait fournies ces dernières heures, on lui déroula presque le tapis rouge. Lui, le flic de banlieue sans relief, souvent raillé par ses collègues pour sa petite taille et son prénom de cinoche. Un officier le guida dans les entrailles du bâtiment, au deuxième sous-sol, jusqu'à la salle des opérations, la base tactique des grosses interventions sur le terrain.

L'endroit était plongé dans une semi-pénombre. Toute la lumière émanait d'un monumental mur d'écrans. Chacun retransmettait les images d'une caméra embarquée sur le terrain et indiquait en bas à droite le nom du porteur. La superproduction du jour était assurée par l'antenne du FBI de Denver, capitale du Colorado. Une équipe d'intervention se déployait autour de la résidence de Carson Sanders à Aspen. Sur les haut-parleurs, on entendait distinctement le chef d'équipe répartir ses hommes pour encercler l'impressionnante bâtisse.

La nuit tombait et de petits flocons commençaient à virevolter sur tous les écrans. Chaque pièce de la demeure de Saunders était illuminée, comme si une grande réception se préparait. Deux Range Rover flambant neuf patientaient à l'abri de la terrasse qui dominait la vallée.

Le chef d'équipe annonça :

– Aucun signe de vie. La maison est allumée, mais on dirait qu'il n'y a personne. On attend vos ordres.

L'agent Stone, responsable des opérations depuis New York, répondit d'une voix militaire :

– On ne perd pas de temps, on intervient tout de suite ! Wolf Leader, vous avez un *go* ! Prenez les précautions nécessaires et sortez-moi ce salopard de son trou.

– Bien reçu, New York, on y va.

Puis l'officier s'adressa à ses hommes :

– Intervention, intervention, à vos postes ! Wolf 3 et 4, vous ouvrez la route, comme à l'entraînement.

Deux hommes s'approchèrent de la spectaculaire entrée, trois autres en file indienne derrière eux, l'arme au poing. Les deux leaders s'attaquèrent à la porte avec un massif vérin pneumatique. Les gonds craquèrent instantanément sans toutefois laisser l'accès aux hommes du FBI. Ils s'y reprirent à trois fois avant que la porte ne cède. Et encore, il fallut la dégager à grands coups de pied. Les cinq hommes purent enfin s'engouffrer dans la demeure en hurlant : « FBI, rendez vous ! »

Jenrette avait l'impression d'assister à un épisode de *SWAT* au cinéma, en pleine immersion grâce à une qualité d'image incroyable. Mais la suite ne fut pas à la hauteur de ses attentes. Des hommes qui se précipitent dans toutes les pièces pour déplorer l'absence de vie dans la maison. Tout à coup, six écrans sur dix s'éteignirent.

Le responsable des communications commença à s'exciter à la radio :

– On a perdu le *feed* ! On a perdu le *feed* ! Wolf Leader, qu'est-ce qui se passe ?

Au même moment, la caméra qui filmait à bonne distance montra une immense boule de feu envelopper les huit cents mètres carrés de la maison de Saunders.

Un silence pesant s'abattit sur la salle des opérations à New York. La mort en direct de plusieurs agents. Puis la voix stridente de Wolf Leader :

– Agents à terre ! Agents à terre ! Six agents ne répondent plus ! Envoyez les secours…

La voix se perdit dans un cri de douleur.

Bouleversé, Maverick sortit de la pièce en titubant. Par ses informations, il avait envoyé ces pauvres gars dans la gueule du loup. Saunders les avait piégés. Il était devenu un tueur de flics.

Soudainement, la colère reprit le dessus : cette ordure devrait payer le prix fort. Jenrette sortit son portable et appela Tom Kelcey.

À Salem, chez Mallory Walters, le jeune trader posa son téléphone et perdit son regard dans son assiette de longs instants. Tous les convives se tournèrent vers lui. Il finit par lever la tête sans savoir par où commencer. Puis il décida qu'il n'y avait pas de moyen d'atténuer la chose :

– Trop de morts… Trop de morts, ça ne peut plus durer ! Le FBI a mené un raid sur la maison de Saunders à Aspen. L'endroit était piégé. Six agents sont décédés dans une explosion. Mary, Rebecca, maintenant ces agents du FBI… ce type est un diable !

Un silence glaçant. L'horreur paraissait ne jamais vouloir se terminer. Tom serra les poings un instant et tapa sur la table. D'une voix froide et déterminée, il s'adressa à Darell :

– Il n'a pas pu se volatiliser ! Tu pourrais me trouver tous les vols qui sont partis d'Aspen ces dernières heures ? Si ce salopard a quitté l'endroit avec son jet privé, il a dû laisser des traces !

– Tu ne veux pas laisser le FBI s'en occuper ?

– Quoi, tu te dégonfles ? Tu n'es pas motivé pour exterminer cette vermine ? hurla Tom.

– Ce n'est pas la question La colère n'est pas bonne conseillère, glissa Darell d'une voix monocorde.

– Tu as raison. Excuse-moi… J'imagine que le FBI est aussi sur le coup, mais toutes les forces sont bonnes à prendre pour neutraliser ce danger public !

DC 2.0 se remit sur son écran, sans un mot, pendant que Tom sortait calmer sa rage sur la terrasse dominant l'océan. L'humidité de l'Atlantique accentuait la sensation de froid. Il eut d'entrée la chair de poule. La mort de ces agents faisait remonter à la surface tous les sentiments refoulés depuis plusieurs jours. Les morts de Rebecca, de Mary et celles de ceux qui avaient payé de leur vie l'avidité folle de Carson Saunders. L'argent roi, l'argent qui rend fou. Il se remémora la maxime « L'avidité, c'est bon » dans le film *Wall Street* d'Oliver Stone. Ce long métrage avait formaté une génération de financiers. Mais c'en était trop, Wall Street ne pouvait pas devenir le réceptacle de toutes les folies, de toutes les névroses. Saunders devait être exterminé comme un chien enragé. Servir d'exemple, aussi.

Dans un silence de chat, Vanessa arriva dans son dos et s'adressa à lui d'une voix timide :

– Je peux te parler ?

– Oui, bien sûr, Vanessa. Je suis désolé de ma réaction. Il faut en finir, peu importe ce que ça coûtera. Ce type doit disparaître.

– Je suis d'accord ! Darrell va retrouver sa trace

– J'y compte bien, mais je ne peux pas m'empêcher de culpabiliser. Tous ces morts par ma faute. Si je n'avais pas découvert les magouilles de Saunders, ils seraient tous encore vivants !

– Tom, tu as fait ce qui était juste ! Toi ou un autre, tôt ou tard, il aurait été démasqué. Et sans vous, Mallory, Adrian et tout leur staff ne seraient plus de ce monde.

Le jeune trader resta silencieux, le regard perdu. Vanessa sentait chez lui la souffrance et l'épuisement. Bien entendu qu'elle commençait à s'attacher à cet homme ! Un peu trop, parfois. Sans réfléchir, elle le prit par la main pour communier et tenter de canaliser sa rage. C'est à cet instant que Darrell débarqua sur la terrasse en boîtant. Il marqua un moment d'arrêt et Tom dégagea sa main de celle de Vanessa. La gêne se lisait sur les visages des trois compagnons, mais Darrell ne tergiversa pas :

– J'ai trouvé un Gulfstream G700 qui a quitté Aspen il y a cinq heures. Il a dû se poser pendant les douze dernières minutes à l'aéroport Francis S. Gabreski…

Tom ne réagit pas ; contrairement à Vanessa, toujours aussi vive malgré la fatigue :

– L'aéroport Francis S. Gabreski, c'est dans les Hamptons !

– Putain de merde !!!

Apeurée, Vanessa se recula face à l'explosion de Tom qui s'expliqua sur-le-champ :

– Dalmore, le patron de Brodman & Zimmermann habite dans les Hamptons. Et si Saunders allait régler son compte à Jason Dalmore qui vient de s'évader ?

– L'aéroport est à cinq kilomètres de la maison de Dalmore, ajouta Darrell. Ça m'étonnerait que Saunders ait choisi cet endroit au hasard !

Tom pensa immédiatement à Dalmore en danger de mort. Perdu pour perdu, Saunders voulait faire place nette et se venger. Il fallait absolument le prendre de vitesse et surtout prévenir Dalmore pour qu'il se mette à l'abri.

À la suite des éclats de voix de Tom, Callahan s'était précipité sur la terrasse. Son subordonné lui exposa le plan de vol de Saunders et les menaces pesant sur Dalmore.

– Il faut le prévenir de toute urgence ! Tu t'en charges, Bill ?

– Pas de problème, j'essaie chez lui et sur son portable.

Les jointures des doigts de Tom blanchissaient tant il serrait les poings. Vanessa l'observait avec inquiétude quand il se tourna vers elle :

– Vanessa, combien de temps pour descendre là-bas avec l'hélico ?

– Euh, difficile à dire… Une heure grosso modo.

– Je vous donne quarante-cinq minutes, et on est déjà partis depuis cinq minutes.

Tom fit signe à Darrell et Bill, puis partit en courant dans la salle à manger. Il déboula comme s'il avait le diable à ses trousses et cria :

– Allez, allez, on décolle tout de suite ! Sam, Chris, Nolan, vous prenez tout le matos possible, on se retrouve dans quinze secondes à l'hélico ! Lamar, c'est maintenant ou jamais pour te montrer courageux. Et plus vite que ça.

Mallory Walters et son directeur financier observaient cette effervescence dans un coin de la pièce, réfugiés contre un mur, de crainte de gêner.

Bill s'escrimait sur son téléphone prépayé. Heureusement qu'il connaissait par cœur les deux numéros de son boss, mais celui-ci ne répondait ni à l'un ni à l'autre. La tension monta d'un cran quand il lança à Tom :

– J'espère qu'il n'est pas trop tard ! Jason Dalmore ne répond pas. Son portable est sur messagerie et son fixe sonne dans le vide. J'appelle la police...

Tom lui fit un signe du pouce tout en sprintant au-devant de ses troupes en direction de l'hélicoptère. Callahan avait le sentiment d'assister à la mue de Tom Kelcey en l'homme de guerre qu'il fut en Afghanistan. Le jeune homme menait la contre-attaque. Dans ses yeux, il voyait déjà couler le sang de celui qui leur avait fait vivre un tel enfer : l'arrestation éventuelle de Carson Saunders suffirait-elle à étancher pareille soif de vengeance ? Bill doutait fortement que Tom demande à ses snipers de se borner à des tirs de sommation.

Vingt minutes plus tard, le Blackhawk survolait l'océan Atlantique. L'appareil venait de franchir Point Judith en provenance de Narragansett ; tout un symbole. La pilote mettait le cap sur Block Island. Ensuite, ce serait Montauk puis West Hamptons Beach.

Silence religieux à bord...

Kelcey s'affairait sur son téléphone, mais ne disait mot, tendu à l'extrême depuis que Darrell l'avait briefé sur les comptes secrets de Saunders et ses liens avec Brodman & Zimmermann. En revanche, il semblait déterminé comme jamais.

Vanessa connecta l'interphone intérieur et annonça :

– Atterrissage estimé dans deux minutes. Soyez prêts, les gars !

Elle s'adressait aux trois tireurs qui allaient se positionner aux endroits déterminés par Tom autour de la propriété de Dalmore, prêts à tirer. C'était un autre homme aux yeux de Vanessa, sombre et déterminé. Plus aucune douceur dans son regard.

Le Blackhawk se positionna en stationnaire, quelques centimètres au-dessus de la plage située à l'extrémité sud de la propriété, pour permettre aux trois snipers de se positionner en couverture.

– Go ! Go ! Go !

Tom dirigea la manœuvre, d'une voix sûre, comme il avait dû le faire des dizaines de fois en Afghanistan. À une différence de taille près : les anciens militaires évoluaient dans un quartier huppé des États-Unis. Pas de moudjahidines pour les accueillir au sol.

Vanessa remit les gaz deux ou trois secondes plus tard et reprit de l'altitude en donnant toute la puissance des turbines fabriquées chez General Electric. Vus de l'hélico, les trois hommes devinrent des petits points qui disparurent rapidement du champ de vision. Elle refit une boucle pour repérer la zone d'atterrissage, un espace gazonné derrière la maison de Dalmore.

En cette fin d'automne, les Hamptons s'étaient vidés de leurs riches locataires qui peuplaient la région durant les saisons chaudes. En observant la longue plage et les maisons tape-à-l'œil, Vanessa eut l'impression de survoler une zone désertique. Pas âme qui vive. La police n'était pas encore arrivée sur les lieux. Elle repéra la langue de gazon qui lui servirait de piste d'atterrissage. Cependant, elle prit la direction du large tout en accentuant son taux de montée. Tom avait les yeux rivés sur l'altimètre qui grimpait à toute vitesse. Une fois à mille mètres d'altitude, Vanessa fit demi-tour dans une courbe impeccable pour se placer dans l'axe de la propriété, une grosse masse claire dans l'obscurité. Elle compta trente secondes dans sa tête puis, sans un mot, coupa les moteurs.

Instantanément, elle tira le cyclique à elle pour cabrer la machine qui commençait à tomber comme une pierre. Dans le même temps, elle plaqua le collectif en bas pour freiner la chute de l'hélicoptère dans une manœuvre que l'on appelle « autorotation » et qui permet à un appareil en panne de moteur de conserver un semblant de portance pour éviter de se crasher. Cette manœuvre offrait également la possibilité d'aller se poser très rapidement tout en conservant un « effet de surprise ».

L'énorme Sikorsky dressa son nez vers le ciel. Puis, lentement, descendit vers le sol. Les turbines coupées, les six tonnes de l'appareil plongèrent, provoquant le sifflement des pales et les hurlements de Lamar accroché à ce qu'il pouvait. Comme si cela allait lui sauver la vie. Tom ne pouvait plus articuler un mot et Bill oscillait entre terreur et surprise. Darrell, les yeux clos, se souvenait sans doute des missions réalisées lorsqu'il avait encore ses deux jambes.

Tom connaissait ces manœuvres de panne ayant pour but de sauver la machine et ses occupants, sans l'avoir jamais vécu de l'intérieur. Vanessa ne s'entraînait pas sur un simulateur de vol. Même avec les moteurs au minimum de leur puissance, elle dirigeait sa monture d'une main de maître. Plus que trois cents mètres pour atteindre la pelouse, derrière un bosquet d'arbres rougeoyants. Dix secondes d'une chute digne d'un gigantesque saut à l'élastique. Elle cabra une dernière fois la machine et tira le collectif de toutes ses forces, puis le temps s'arrêta.

Le Blackhawk stoppa sa chute et se posa en douceur dans l'herbe, sans un bruit ou presque. On entendait les prières sourdes de Lamar.

– Lamar ! On est au sol, tout va bien, lui glissa Vanessa à la radio.

– Putain, je te hais ! éructa Lamar. J'ai cru qu'on allait y rester. Je ne sais pas comment je ne me suis pas fait dessus !!!

Tom était déjà dehors, suivi comme son ombre par Darrell. Les deux hommes observaient la maison. Bill et Lamar leur emboîtèrent le pas.

– On y va. Vanessa, tu restes ici. Je vous appelle quand on ressort.

– Dans tes rêves, Tom ! Je viens avec vous. Je ne suis pas le chauffeur qui attend les braqueurs à la sortie d'un casse.

Ce furent donc cinq silhouettes qui se déplacèrent dans la nuit jusqu'à la terrasse de Dalmore. Tous armés d'un revolver, au cas où. Une première pour Lamar, Vanessa et Bill, mais en bon chef de commando, Tom ne voulait prendre aucun risque. Saunders ne les accueillerait certainement pas avec des fleurs. Il avait déjà peut-être assassiné le patron de Brodman & Zimmermann.

Au rez-de-chaussée de la maison, aucune lumière. Arrivé sur la somptueuse terrasse en marbre, Bill indiqua la baie vitrée de droite. Il était le seul à connaître les lieux.

– C'est par là qu'on accède à la pièce principale.

Darrell sortit une trousse en cuir pour forcer la serrure. Il batailla cinq secondes mais se résigna rapidement. Vanessa posa sa main sur la poignée et poussa la porte qui s'ouvrit. Elle n'était pas verrouillée. Un poil vexé, Darrell secoua la tête de dépit.

Tout le monde dégaina son revolver, et ils s'engouffrèrent en file indienne dans le salon aux dimensions monumentales. Bill lui désigna les escaliers sur la droite. Il se faufilèrent à côté de la fameuse table basse renfermant le V8 de GT500. En haut des escaliers, un rai de lumière s'échappait sous la porte du bureau de Dalmore. Il illuminait suffisamment les escaliers. Le petit groupe grimpa sans bruit, Tom en tête. Soudain, il fit signe à ses compagnons de ralentir. Ce diable de Saunders avait peut-être piégé l'endroit. Mais un rapide tour d'horizon à l'approche du palier du premier étage ne permit pas d'identifier un quelconque dispositif meurtrier. En revanche, on distinguait des voix, encore lointaines. Arrivé sur le palier, Tom franchit les cinq ou six mètres qui le séparaient de l'entrée du bureau sur la pointe des pieds, en faisant signe à son commando de rester en retrait. Puis il colla l'oreille, contre la porte.

Il reconnut assez nettement la voix de Jason Dalmore. En revanche, il ne connaissait pas la seconde. Après tout, il n'avait jamais eu l'occasion de discuter avec le sinistre Carson Saunders, cela n'avait donc rien de surprenant. Point positif, son patron était encore en vie, mais ce qu'il réussit à percevoir lui déplut au plus haut point. Les mots lui firent l'effet de multiples coups de couteau :

– Mais putain, Carson, vous avez merdé dans les grandes largeurs !

– J'ai respecté notre plan à la lettre, mais on s'est fait doubler par ce Kelcey…

– Doubler ? Par un ex-militaire névrosé qui n'aurait rien vu venir si vous aviez fait votre boulot.

Bill n'avait pas suivi les ordres de son guide. Il s'était glissé jusqu'à la porte, dans le dos de Tom. Et il n'avait pas perdu une miette de l'échange. Les deux employés de Dalmore se fixèrent dans la pénombre : ce n'était pas Brandon Walsh le complice de Saunders, mais leur patron en personne ! Comment ce fils à papa, né avec une cuillère d'argent dans la bouche, avait-il pu tromper son monde à ce point ? Lui qu'on jugeait mollasson et incompétent en matière financière. Tom et Bill fulminaient. Dalmore était-il le monstre derrière ce carnage ?

Tom se trouvait à deux doigts de perdre le contrôle, le cœur qui tambourine, la mâchoire serrée, les jambes tremblotantes. Une pulsion soudaine qui emporte tout sur son passage. Le jeune trader devait étrangler Dalmore de ses propres mains. Pour venger Rebecca, Mary et tous les autres. Pour nettoyer la Terre de cette ordure.

Tom rangea son revolver dans son holster, puis approcha la main de la poignée. Il sentit alors celle de Vanessa effleurer son bras. Il tressaillit, se retourna et se laissa dompter par les yeux gris de la jeune femme. Son rythme cardiaque descendit légèrement.

Dans le bureau, Dalmore continuait à vociférer contre son visiteur :

– Carson, je vous ai mis des milliards à disposition pour la plus ambitieuse des opérations et vous avez lamentablement échoué.

– Mais… protesta Saunders.

– La ferme ! Walsh, préparez la voiture, on va prendre le Gulfstream et partir avant que le FBI débarque. Parce que maintenant, monsieur Saunders est en plus un tueur de flics…

– Mais on fait quoi, maintenant ? demanda Saunders redevenu simple mortel sans initiative, se comportant comme un enfant désorienté sans les conseils de sa mère.

– Vous, je ne sais pas, répondit Dalmore d'une voix acide. Pour être très franc, je n'en ai strictement rien à foutre. Par contre, je vais partir me faire oublier dans un pays où l'on ne viendra pas me chercher. Je n'ai aucune envie de croupir dans un pénitencier de haute-sécurité au milieu de l'Arizona à cause de *vos* conneries !

L'agression verbale et le mépris de Dalmore firent instantanément exploser une rage sourde dans les entrailles de l'ancien trader.

Carson Saunders faillit sauter à la gorge de son complice. Walsh s'interposa entre les deux hommes fort opportunément. Personne n'avait jamais osé lui parler de la sorte, mais l'enchaînement des événements lui avait fait perdre de sa superbe. Le sentiment d'avoir été le jouet du marionnettiste Dalmore. Il recula d'un pas, écumant de rage, à la recherche désespérée d'une échappatoire. La fuite en avant…

Et les sirènes des voitures de police qui se faisaient plus précises. Le temps que les flics franchissent le portail d'entrée…

Dans une gestuelle d'automate, Carson Saunders plongea la main dans la poche de sa veste et sortit le Colt 45 que lui avait légué son père. Il le brandit immédiatement sous le nez de Walsh qui tomba lourdement au sol en reculant, surpris et tétanisé par la peur. En quelques instants, Saunders se sentit de nouveau surpuissant. Cette arme représentait le parfait prolongement de sa rage. Il donna un méchant coup de pied dans les côtes de l'homme à terre. Tremblant de haine, il s'approcha du PDG de Brodman & Zimmermann, qui avait basculé de la colère à l'effroi dans ce brutal enchaînement.

Une évidence. Saunders ne pouvait pas laisser filer les deux hommes. Lui, finir ses jours en prison et eux se prélasser sur les plages d'un pays qui ne pratique pas l'extradition. L'ancien *hedge fund manager* mit Dalmore en joue.

– Vous n'allez pas vous en sortir comme ça, Dalmore ! hurla-t-il alors que son index blanchissait sur la détente.

Un voile de panique passa devant les yeux de Dalmore. Arrogant et prétentieux, peut-être, mais le courage ne faisait pas partie de ses qualités. D'une voix stridente, presque enfantine, il s'adressa à Saunders :

– Attendez, Carson ! Attendez ! On va trouver un arrangement, mais faisons vite avant que les flics arrivent. Venez avec moi dans mon jet ! On trouvera bien une solution pour s'en sortir ensemble.

Ses paroles eurent pour effet de décupler la rage de Carson Saunders. Tous ses sens réclamaient du sang, ça l'excitait au plus haut point. Ses rêves de richesse n'avaient soudainement plus la moindre importance, il ressentait simplement le besoin de tuer. Plus rien d'autre ne comptait.

Tétanisé, au bord du précipice, Dalmore avait perdu toute capacité de raisonnement. Avec des yeux de biche traquée, Walsh rampait pour s'éloigner mètre par mètre de Saunders, hors de contrôle. Sa respiration était saccadée, sans doute la faute à une ou deux côtes fracturées. Il priait intérieurement pour que ses deux employeurs l'oublient au moment de s'entretuer.

Derrière la porte, Tom laissa parler son instinct et cessa de réfléchir.

Sentant l'arrivée prochaine de la police, Vanessa tenta de temporiser et lui agrippa le poignet, mais l'ancien soldat se dégagea d'un geste sec et sans appel. Il poussa l'huis et entra comme une tornade dans le bureau.

Il braqua immédiatement son arme sur Carson en pensant aux agents du FBI qui venaient de mourir dans le Colorado.

– Pose ton putain de flingue, Carson, ou je te descends direct !

Effet de surprise total, instant de flottement parmi les trois complices. Tom eut le sentiment de détenir l'avantage définitif. C'était sans compter sur Saunders qui venait de basculer dans la folie.

L'ancien *hedge funder manager* promena son Colt 45 de Tom sur sa gauche à Dalmore sur sa droite. Il finit par se fixer sur sa cible première et remit Dalmore en joue alors que Vanessa, Bill et Darrell entraient à leur tour.

Tom semblait avoir oublié toute notion de danger. Il progressait vers Saunders, bras tendu. Mais la voix de Dalmore le fit stopper net son avancée. Le propriétaire de Brodman & Zimmermann tenta un coup de bluff d'une lâcheté inouïe.

– Au secours, Tom ! Abattez cet homme, il me veut du mal, il me fait chanter depuis des mois et je n'ai pas eu d'autre choix que…

Tom le fixa avec dégoût. Et dire qu'il travaillait d'arrache-pied depuis deux ans pour un homme aussi méprisable. Il retint avec difficulté ses bas instincts qui lui dictaient de lui ficher une balle entre les yeux. D'une voix tremblante de haine et de colère, il lui balança ses quatre vérités :

– Fermez-la, Dalmore ! On vous a entendu. Nous étions derrière la porte. Assumez toutes vos saloperies ! Vous vous êtes foutus de nous tous ! Vous avez attiré Bill ici, parce que j'avais découvert vos magouilles sur Narragan. Et maintenant, vous vous faites passer pour une victime ? Vous êtes une putain d'ordure, pitoyable.

Tom se tourna vers Carson et lui lança sur un ton provocateur :

– Vas-y, descends-moi ce salopard ! Avoir le droit de vie ou de mort sur les gens, c'est ton truc. Alors lâche-toi ! hurla-t-il.

Carson bouillonnait. Jamais on ne le prendrait vivant. Il entrevoyait peut-être une porte de sortie, malgré tous ces gens dans le bureau l'arme à la main. Il devait décider sur qui tirer en premier, il n'aurait pas cinquante chances. Son regard de dément se promenait entre Dalmore et Kelcey. Le principal danger restait l'ancien militaire qui le braquait.

Tom était redevenu soldat, le monde de la finance à des années-lumière de cette maison des Hamptons. Son entraînement acharné à la survie remontait à la surface. Il tentait de se mettre à la place des snipers Sam et Chris, positionnés à six cents mètres d'ici. Peut-être avaient-ils dans leurs lunettes de visée les protagonistes du drame en train de se jouer. Peut-être pas. Comment leur garantir un bon angle de tir ? Qui fallait-il protéger d'un dommage collatéral ? Des figures trigonométriques passaient par son lobe frontal. Dalmore debout, dos à la baie vitrée, Walsh terré contre un fauteuil à la gauche de son maître, proche de l'évanouissement. Saunders à moins de trois mètres. Et en retrait, répartis derrière lui, Vanessa, Bill, Lamar et Darrell.

Alors que Saunders tergiversait, Dalmore essaya, contre toute logique, de faire pencher la balance en sa faveur :

– Allez, Carson, butez-les et allons prendre ce jet…

L'air absent, Saunders cligna des yeux une dizaine de fois avant d'appuyer sur la détente.

La mâchoire de Dalmore explosa, emportant avec elle la pommette et l'œil gauche. Son corps s'écrasa instantanément contre la baie vitrée, puis s'affaissa en laissant une vilaine traînée rougeâtre derrière lui. Walsh retrouva un soupçon d'énergie pour hurler de terreur. L'assistant était couvert du sang de son patron, de bouts d'os et certainement de cervelle.

Saunders profita de la sidération dans le bureau pour diriger son Colt sur Tom. Avoir pris une vie lui donnait un regain d'énergie.

– Alors maintenant, nous allons en finir, Kelcey ! Vous et vos amis, vous allez gentiment vous mettre à genoux.

– Me mettre à genoux ? Plutôt crever ! Je vais vous finir à mains nues, Saunders, même si c'est la dernière chose que je fais sur cette Terre !!! s'égosilla Tom.

– Parce que vous avez appris à courir plus vite qu'une balle de 45 en Afghanistan ? Dites à vos amis de jeter leurs armes par terre.

Vanessa, Bill, Lamar et Darrell s'observèrent, à l'affût des réactions de chacun. Tom mit fin au flottement en leur intimant l'ordre de se débarrasser de leurs revolvers. Il avait, semble-t-il, un coup d'avance.

Puis tout alla très vite. Saunders dévia légèrement son bras vers la gauche pour viser Vanessa. Sans plus réfléchir, Tom plongea dans l'axe de tir pour la protéger. L'index pressa la détente dans l'instant. Le jeune trader s'effondra sur la pilote qui amortit la chute, le souffle coupé.

Les baies vitrées du bureau volèrent en morceaux. Le crâne de Walsh éclata, interrompant de façon définitive ses gémissements. La balle poursuivit sa course pour se ficher dans la défense d'éléphant suspendue au-dessus du bureau. Dans un réflexe, Carson Saunders se jeta derrière le canapé, tandis qu'à six cents mètres, Chris doublait son tir. Le projectile vint démolir une sculpture au fond du bureau. Saunders ne demanda pas son reste et profita du flottement pour s'enfuir à quatre pattes en direction de la porte. Il renversa Bill et Lamar tel un footballeur américain courant au *touchdown*. Callahan tenta bien de l'attraper, mais Saunders lui asséna un coup de crosse en plein visage. Le nez de Bill se rompit dans une gerbe de sang. Il lâcha immédiatement le fuyard pour porter ses mains à son nez, aveuglé par la douleur. Darrell, prostré, n'eut pas la présence d'esprit de récupérer son arme pour stopper Saunders. Une seconde après, le tueur de Dalmore disparaissait dans les escaliers.

Au milieu de la pièce, Tom, couvert de sang, essayait en vain d'émettre un son. Vanessa Hartmann l'examina à la va-vite et identifia le lieu d'impact. Le creux de l'épaule. Elle se pencha vers lui et comprima la plaie pour maîtriser l'hémorragie. L'ancien Marine articulait péniblement :

– … une habitude…

– Quoi ?

– … te sauver la vie…

Et il perdit connaissance.

Maverick Jenrette descendit de l'hélicoptère posé sur la pelouse à côté du gros Sikorsky. Une douzaine de policiers avaient débarqué en voiture, suivis de trois ambulances. Éblouissants, les gyrophares diffusaient une lumière de fête foraine. L'inspecteur d'Hoboken se dirigea immédiatement vers l'un des véhicules de secours en apercevant la jeune pilote qui lui avait révélé l'identité de Batman.

– Comment va-t-il ?

– Il a pris un tir dans l'épaule, il ne va pas pouvoir lancer la balle pour les Yankees pendant les trois prochaines années, mais il pourra continuer à faire mumuse sur les marchés financiers, répondit Vanessa…

– Je t'entends, capitaine, souffla Tom sous l'effet des antalgiques.

Elle hocha la tête puis sourit, soulagée que toute l'équipe s'en tire à si bon compte.

Carson Saunders avait pris la fuite, on ne sait trop comment. Des agents se déployaient dans le quartier pour le débusquer, mais il était peut-être déjà trop tard.

Tom et son « commando » avaient recueilli suffisamment d'éléments pour prouver l'innocence des deux fugitifs Kelcey et Callahan. Les agents du FBI menaient actuellement une perquisition dans l'immense maison de Dalmore. Jenrette s'approcha de Tom Kelcey et lui glissa à l'oreille :

– Il semblerait que Saunders et Dalmore soient de mèche depuis des mois, si ce n'est des années. En cas de problème, ils avaient prévu de vous faire porter le chapeau à vous deux, dit-il en désignant Bill, une poche de glace sur le nez.

Puis il enchaîna :

– Ils utilisaient la boîte de Dalmore comme arme de guerre pour manipuler certains titres, comme vous me l'avez expliqué. Nous avons même trouvé une liste de futurs candidats. Lockenstone n'était pas la dernière. Je ne sais pas comment ils comptaient rester dans l'ombre en faisant sauter des yachts et en butant des PDG toutes les trois semaines. Mais ils avaient un vrai *business plan*.

Un agent en uniforme s'approcha de Jenrette et lui annonça quelque chose que ni Tom ni Vanessa n'entendirent. Le flic se retourna vers eux et reprit :

– Vous avez fait un boulot de dingue, lieutenant. Si jamais vous quittez le *trading*, je crois que la police de Hoboken ou même le FBI pourraient vous offrir un job.

Tom l'observa un instant, puis son regard bascula sur Vanessa et il souffla :

– D'abord, je veux boire un verre au bord de la mer.

Il ferma les yeux et perdit connaissance encore une fois.

ÉPILOGUE

Le Chart Room, Cataumet, Massachusetts – 24 décembre – 10 h 30

Tom Kelcey observait les eaux sombres de l'océan, confortablement assis dans un fauteuil Adirondack. Son épaule le faisait encore souffrir, mais la douleur devenait largement supportable. Il pensait aux événements de ces derniers jours. Saunders avait disparu des écrans radar, toutes les polices restaient à ses trousses. Il finirait bien par tomber quelque part.

Brodman & Zimmermann en voie de démantèlement, le FBI poursuivait ses investigations. Et les têtes tombaient les unes après les autres. Trois hauts responsables de la SEC croupissaient déjà en prison pour corruption et collusion.

Tom se retrouvait donc sans emploi, tout comme Lamar et Bill. Vu ce qu'ils avaient gagné avec leurs options dans la remontée de Lockenstone Pharmaceuticals, ils pouvaient voir venir. Sans compter que Tony Patton, le patron de Northern Castle Capital, leur avait proposé un boulot « à vie », comme il disait. Pas en reste, Mallory Walters l'avait invité à monter un *hedge fund* pour lequel elle lèverait le premier milliard à gérer. Tout paraissait presque trop parfait. Cependant, son esprit vagabondait ailleurs.

Vanessa ressortit du restaurant avec Mandy, la serveuse, et une adorable fillette d'une dizaine d'années.

– Tom, commença-t-elle de façon cérémonieuse, je te présente Mandy.

– Ah oui, Mandy. On s'est vus brièvement il y a quelques semaines. Désolé, j'ai dû partir en coup de vent pour sauver une demoiselle en détresse. Enchanté de vous rencontrer.

Il tendit sa main gauche, la droite étant retenue prisonnière dans son écharpe.

– Enchanté Tom, vous n'avez visiblement pas votre pareil pour rendre vos premiers rendez-vous inoubliables.

– Oui, je tiens à ce que l'on se souvienne de moi, ironisa-t-il en souriant.

Vanessa pose sa main sur son front en déclarant :

– Mandy voudrait nous inviter pour le repas de Noël. Ça te dit ? On n'a rien prévu pour ce soir ?

– Rien de prévu, effectivement. Mais personne ne m'a présenté la demoiselle derrière.

La fillette à la frimousse couverte de taches de rousseur se cachait dans les jambes de Mandy. Cette dernière fit les présentations :

– C'est ma fille Chloé. Elle va bientôt avoir dix ans.

– Enchanté, Chloé, fit Tom. Joyeux Noël !

– Joyeux Noël, monsieur, glissa la timide gamine en s'enfuyant à l'intérieur, une boîte de crayons de couleur sous le bras.

Mandy observa Vanessa sous le charme de sa fille :

– Je vais vous laisser tranquilles. On se voit ce soir, vers 19 h à la maison.

– Pas de souci, ma belle, répondit-elle en étreignant la serveuse. Merci pour l'invitation.

Et elle lui claqua une bise sur le front.

La capitaine Vanessa Hartmann se laissa tomber à côté de Tom. Elle avait retrouvé son travail et envisageait l'avenir avec sérénité, peut-être aux côtés de ce jeune trader intrépide. Elle se colla contre lui et il gémit de douleur.

– Aïe, capitaine ! Tu sais que j'ai pris une balle pour te sauver la vie !

Elle se recula brusquement, puis sourit…

– Tu as tellement mal à l'épaule que tu ne sais même plus laquelle est blessée ? Je viens de me coller contre ton épaule gauche !

Il sourit à son tour et répondit légèrement penaud :

– Tu es bien ingrate avec l'homme qui t'a sauvé *deux* fois la vie. J'ai quand même le droit de me victimiser un peu ? Non ?

Ils éclatèrent de rire au moment où le téléphone de Tom signala l'arrivée d'un message.

– C'est qui ? demanda Vanessa. Bill qui donne des nouvelles de Californie ?

Tom sortit son nouveau smartphone de sa veste en cuir et observa l'écran de longues secondes. Il soupira et tendit l'appareil à Vanessa. Il n'y avait personne d'autre que l'océan, la marina, pas âme qui vive, mais ce message annonçait déjà le bruit et la fureur :

Rien n'est terminé,

Carson Saunders

REMERCIEMENTS

En conclusion de ce livre, je voudrais tout d'abord vous remercier VOUS, chers lecteurs, c'est pour vous que j'ai finalement pu passer de la chronique financière au vrai roman.

Mais je dois aussi dire merci à tous mes « bêta-lecteurs », qui m'ont permis de croire que j'étais capable d'aller jusqu'au bout et que je n'étais pas qu'un chroniqueur financier.

Merci aussi à Indira en particulier, qui a su me forcer à écrire et réécrire encore alors que mon impatience habituelle me poussait à boucler ce manuscrit pour attaquer le suivant.

Merci à Nathalie qui m'a montré qu'en anglais, ce livre pourrait être pas mal également et qui a su me motiver avec certains de ses mots et certaines de ses comparaisons.

Et puis merci à ma fille Chloé, qui a tenu à apparaître dans le livre et qui s'est intéressée à tout le projet du début à la fin. Je suis certain qu'un jour c'est toi, Chloé, qui remercieras tes lecteurs.

Merci enfin à toute l'équipe de Talent Éditions.

Et puis je dédie l'entièreté de ce livre à ma Vanessa à moi – ma bonne étoile – parce que sans elle je n'y aurais jamais cru, je ne serais d'ailleurs sûrement pas là, à conclure ces 400 pages. Merci mon amour.

Si vous avez aimé les aventures de Tom Kelcey et Vanessa Hartmann, ça ne s'arrête pas là, la suite arrive très bientôt.

DANS LA MÊME COLLECTION

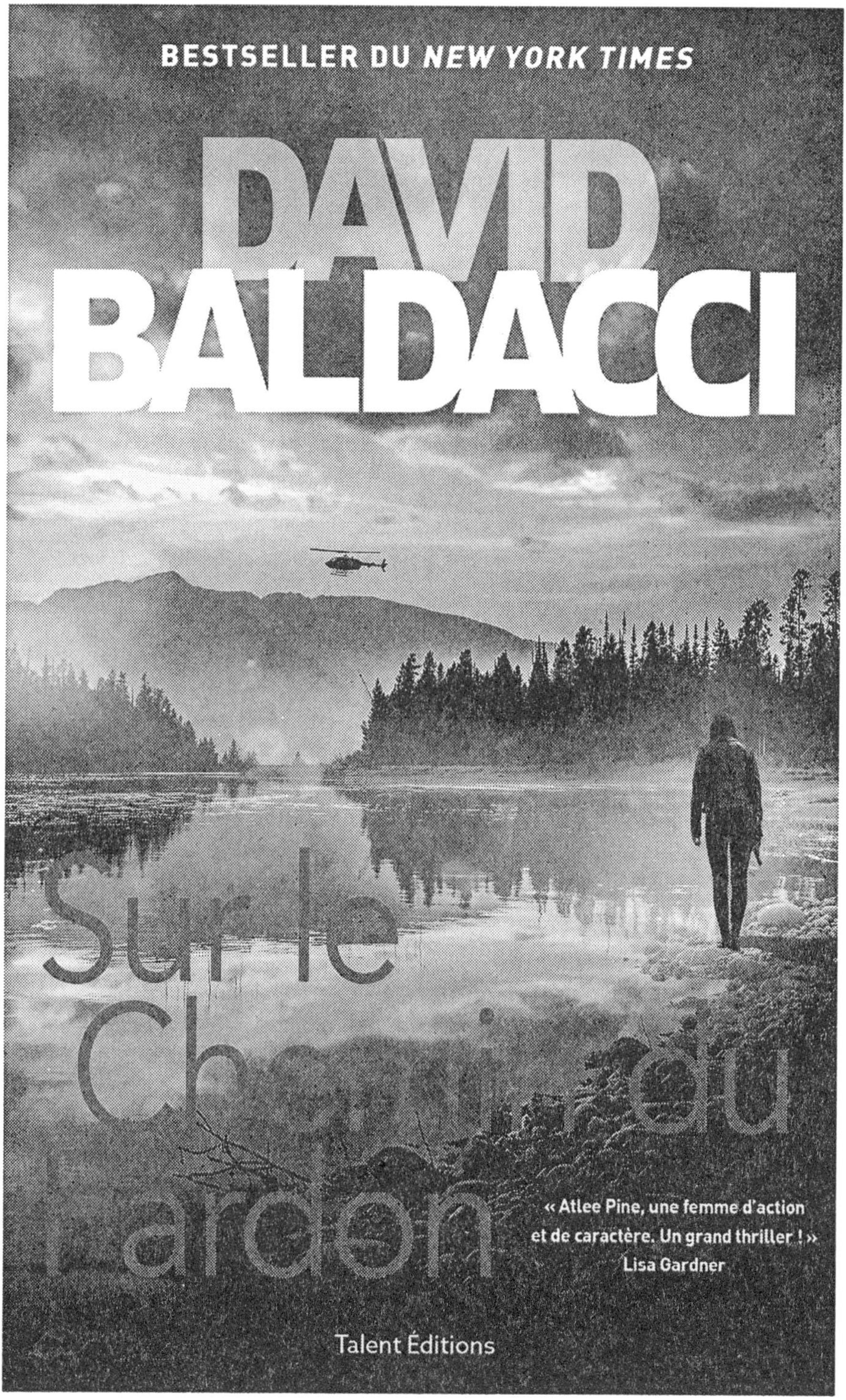

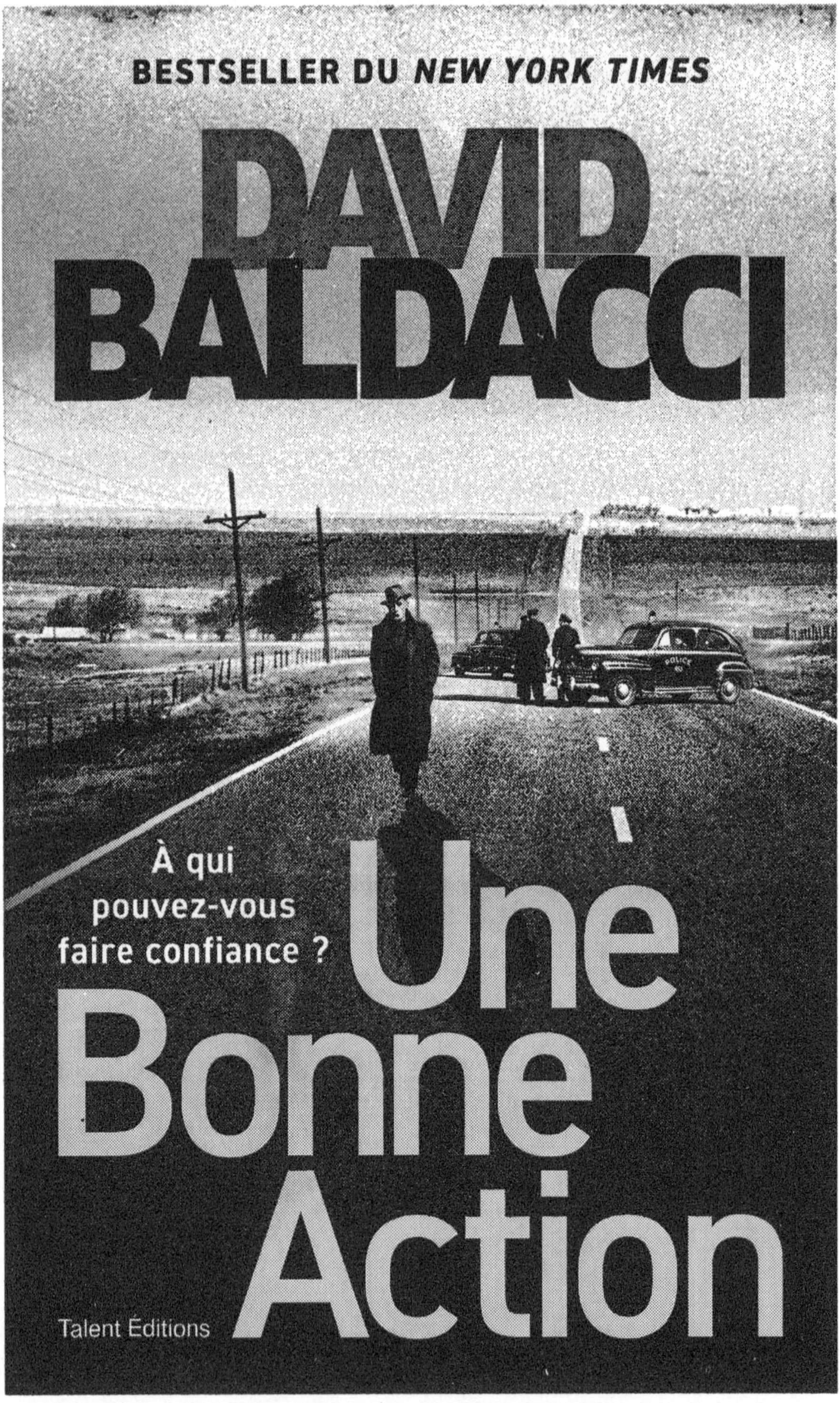
BESTSELLER DU NEW YORK TIMES
DAVID
BALDACCI
À qui
pouvez-vous
faire confiance ?
Une
Bonne
Action
Talent Éditions
POLICE

Elle pensait que les meurtres s'étaient arrêtés.
Elle se trompait...
UNE
LUEUR
DANS
LA NUIT
STACY
WILLINGHAM
Thriller
Talent Éditions

Imprimé en France par CPI
en avril 2023

Dépôt légal : avril 2023
N° d'impression : 170215

Talent Éditions est engagé dans le développement durable afin de limiter l'empreinte carbone de la fabrication de ses livres. Soucieux de l'impact environnemental de notre métier, nos ouvrages sont imprimés en France sur du papier certifié issu de plantations gérées de manière écoresponsable. Les livres non commercialisables sont recyclés et réutilisés pour la fabrication d'autres produits cartonnés.